中國文学的美感　柯慶明

Aesthetic Modes of Chinese Literature
Ching-ming Ko

麥田出版

Aesthetic Modes of Chinese Literature
Copyright © 2006 by Ching-ming Ko

Edited by David D. W. Wang
Professor of Chinese Literature, Harvard University
Published by Rye Field Publications, a division of Cite Publishing Ltd.
5F, No.141, Sec.2, Minsheng E. Rd., Taipei City 104, Taiwan, R.O.C.

麥田人文104

中國文學的美感
Aesthetic Modes of Chinese Literature

作者：柯慶明（Ching-ming Ko）
主編：王德威（David D. W. Wang）
責任編輯：胡金倫

編輯總監：劉麗真
總經理：陳逸瑛
發行人：凃玉雲
出版：麥田出版
城邦文化事業股份有限公司
104台北市民生東路二段141號5樓
電話：02-2500-7696　傳真：02-2500-1966
麥田部落格：http://blog.pixnet.net/ryefield

發行：英屬蓋曼群島商家庭傳媒股份有限公司城邦分公司
104台北市民生東路二段141號2樓
客服服務專線：02-2500-7718　02-2500-7719
服務時間：週一至週五9：30～12：00；13：30～17：00
24小時傳真服務：02-2500-1990　02-2500-1991
讀者服務信箱：service@readingclub.com.tw
郵撥帳號：19863813　戶名：書虫股份有限公司

香港發行所：城邦（香港）出版集團有限公司
香港灣仔駱克道193號東超商業中心1樓
電話：（852）25086231　傳真：（852）25789337
E-mail：hkcite@biznetvigator.com

馬新發行所：城邦（馬新）出版集團【Cité（M）Sdn. Bhd.（458372U）】
11, Jalan 30D/146, Desa Tasik, Sungai Besi, 57000 Kuala Lumpur, Malaysia
電話：（603）90563833　傳真：（603）90562833

印刷：宏玖國際有限公司
初版一刷：2000年1月
二版三刷：2010年10月
售價：450元
ISBN：978-986-173-021-9

城邦讀書花園
www.cite.com.tw
本書如有缺頁、破損、裝訂錯誤，請寄回更換

作者簡介

柯慶明

國立台灣大學中國文學系畢業

曾任：

國立台灣大學中國文學系助教、講師、副教授

美國哈佛大學燕京學社Coordinate Researcher、Associate Scholar

日本京都大學文學部招聘教授

《現代文學》雜誌主編

《文學評論》雜誌編輯委員兼執行編輯

現任國立台灣大學中國文學系・研究所教授

著有文學評論專書及文學創作：

專書

《一些文學觀點及其考察》（大西洋圖書公司，一九七〇年六月）

《萌芽的觸鬚》（雲天出版社，一九七〇年十二月）

《分析與同情——中國古典文學的批評與其理論》（蘭臺書局，一九七三年六月）

《境界的再生》(幼獅文化公司，一九七七年五月)

《境界的探求》(聯經出版公司，一九七七年六月)

《文學美綜論》(長安出版社，一九八三年五月)

《現代中國文學批評述論》(大安出版社，一九八七年十月)

創作

《出發》(散文集)(晨鐘出版社，一九七〇年九月)

《清唱》(詩集)(牧童出版社，一九七六年二月)

《靜思手札》(散文集)(東大圖書公司，一九九二年七月)

《省思札記》(散文集)(爾雅出版社，一九九六年四月)

《昔往的輝光》(散文集)(爾雅出版社，一九九九年二月)

目錄

獻給

廖蔚卿　老師

序

中國文學是一個偉大的傳統，不僅在於精神觀照的高明，生命體驗的深刻，表現形式的精美，更重要的是其中包涵廣大，作品豐富，卷帙繁多，並且充滿了生生不息的活力，江山代有才人出，方興未艾，以迄今後——因此，任何的理解終不免是掛一漏萬，誰敢說自己是真正已窺一斑？更不必夢想見其全豹了！那麼我們還有什麼資格，開口說中國文學如何如何，閉口說中國文化如何如何？幸虧我們並不是從零開始，中國文學的傳統，早經歷代才士學人的研讀品題，詮釋整理，假如我們有什麼觀念，大抵仍是「因循爲用」，頂多加上一些自己在有限的閱讀中所滋生的若干以偏蓋全的想法。當然天資更高，用功更勤的人，或許可以一切全據自己的原初性的閱讀來形成對於此一偉大傳統的嶄新詮解，但我絕對沒有這份能耐，所以上述的種種說明，不過是一種自我寫照，承認自己雖然樂於涵泳遊涉於中國文學的浩翰大海之中，卻是一直沒有安安份份的經營其中一區即自足名家的「專業」，所以迄今只能作蜻蜓點水的浮泛之談，所謂上下千年，縱橫古今，不過如此而已！所謂野人獻曝，原是不值識者一哂的。

這本論文集，一方面反映了我近年來教學反省的重點：一方面則是我在學者生涯中所遭逢的

種種機緣。有許多年我既很努力的追趕潮流，爲中文系的學生介紹西洋波濤洶湧，起伏不止的當代理論；同時又很愉悅，甚至可以說是逸興遄飛的，爲外文系的學生講授以教作品爲主的「中國文學史」。經由西方當代理論的研讀，尤其在這種種大理論重新復甦流行的年代，我一方面體認到許多「文學」的論述，所關切的議題早已遠遠超出文學之外，文學充其量不過是方便的例證；一方面則更加堅信，假如有所謂「文學」專屬的領域，恐怕還當數其文本型態上的美感特質。因此我對於文學作品的「美感」或「美學特質」的探討，是文學研究的第一序列的工作，針對這種工作的成果，我們自然可以再提出：語言符號、意識心理、傳記歷史、經濟社會、階層性別、種族國族、政治宗教、價值倫理，以至各別或人類整體文化的詮釋與反思等等的，第二或第三序列的討論。我對於能夠做這種第二或第三序列論述的學者們，自是欽敬佩服；但是爲了不違自己耽愛文學的初衷，因此這些年來總是傾向於做第一序列的研究工作。同時在深受西方理論的諸多啓發之餘，卻更感覺中國文學自有一己的主體存在，無法也不必削足適履，張冠李戴；除非必要總覺得能夠以中國自己的語言來詮釋中國自己的文學傳統時，就盡量用中國自己的語言。整個探討的基本態度，還是回歸現象本身，回歸作品，以及歷代的品評。習慣於上下幾千年時空思考的人，實在也不覺得眞有跟著一時（五年？十年？還是三年？兩年？一年？）的流行，即使是學術界的流行，作走馬燈式的馳逐之必要。

這本論集雖然寫作的方向和一己的思考有關；但「書被催成墨未濃」其動筆卻總有種種外在的機緣。最早的一篇是〈略論唐詩的開闊興象〉，那時我的啓蒙恩師葉慶炳先生和侯健先生等人，

決定於「文學評論」的學術刊物之外，另外在報紙上推出每週一篇的「文學批評」的專欄，葉老師囑付我寫一篇作為這個專欄肇始，而且需要較具開闊氣象的短論，因此才寫出了那樣的大題小作的文章。〈從韓柳文論唐代古文運動的美學意義〉一文，則是應邀擔任臺大與唐代學會合辦「唐代文學與思想」國際會議的籌備委員，卻臨時發現論文有些不足，立即趕寫補充的結果。〈中國文學之美的價值性〉，則是應韓國道教協會主辦「韓國文化與東亞文明」國際會議所邀，由主辦單位指定題目的寫作，因此這個「題目」其實是韓式的中文，和我們一般的習慣用法大有逕庭，我想他們心中所想的其實是 Aesthetic Value，卻因錯就錯，以訛傳訛，藉機把自己教文學史多年的一些想法，形諸文字。後來為了提示給友人們：在東亞世界，使用漢字並非我們的專利，此一事實；也就未再將題目改成更合我們習慣的說法了。由於文章早已超過大會規定字數的數倍，只好刪去所有的注解與出處，終於也就無暇再補。〈中國古典詩的美學性格〉，則是應耕莘文教院青年寫作會之邀請所作的「中國美學系列演講」中的一場，當時除了現場聽眾爆滿，反應熱烈，還由電台作了全場轉播，引起不少迴響，也算是一次小小的「美學熱」。後來決定由八位主講人撰述成篇，編成「中國美學論集」時，我的下筆不能自休的壞毛病就畢露無遺，這一篇的篇幅竟然佔了全書的四分之一強，給了出版者很大的難題。〈試論漢詩、唐詩、宋詩的美感特質〉，原是我試圖以最簡省的方式，讓學生對中國詩歌的基本演變，有一最粗淺認識的講課上的嘗試。後來旅居哈佛大時，也曾在卡趙如蘭教授家中的「康橋夜談」裡報告過；返國之後，應邀在「文學與美學」的學術研討會上發表時，卻又因篇幅已然超過加倍，只好緊急收筆，點到為止，頗有書不盡言，言不

盡意之感；現在終於利用出書的機緣，將往日口頭報告時原本就有的另一類例子補上，希望看起來要完整一點，論旨也可以清晰一點。

至於〈六○年代現代主義文學？〉，則是將兩門現代文學的課程（現代詩與現代小說），轉由較年輕的同仁擔任，在自己的教學與研究都集中在中西美學與文學理論多年之後，突然接到負責籌劃「四十年來中國文學會議」的齊邦媛老師的電話說：「六○年代你應該很熟，六○年代的現代主義文學一篇就由你來寫！」；齊老師長年關懷照撫我們全家，是我們全家大小最為親近的長輩，自是欣然從命。寫成之後，竟有一種脾肉重生的感覺，當年參加「現代文學」雜誌的編輯工作，以至因此而受命籌開「現代文學」領域的這些新課的往事，突然歷歷在目；也突然意識到雖然講課多年，但因當時中文學界尚未承認它們是一門「學術」的領域，我雖然自覺略有心得，但多年的論述，竟然全未涉及。轉眼之間，它們反而成為國際學界的「顯學」，真教人與時移事異之歎！

近著兩篇：〈從「亭」，「臺」，「樓」，「閣」說起〉，一方面是又重作馮婦，擔任早年教授的「歷代文選」一課，並且也在清大中文所開「中國古典散文專題討論」課程，所重新引發的思考；一方面則是為了給臺大學生作通識性質演講的需要所擬，並且公開演講過的題目，因而撰寫成篇。〈略論古詩十九首與中國詩歌的發展〉，則是為了參加紀念許詩英老師九十冥誕的學術研討會所撰的論文。許老師在「聲韻學」課上，為我們講解王粲〈登樓賦〉的情景，依然彷彿在眼中，〈古詩十九首〉，年代相去不遠，又一樣收入〈昭明文選〉之中，特別以此作為紀念。

附錄諸篇，更是充滿因緣，雖然其中也各自表達了我個人對於相關議題的意見，其實是可以視爲多年朋友之間，彼此論學切磋的部分記錄。在臺大，我們在中文系自我返系任職之後，就成立了一個由靑年敎師與硏究生們所組成的「文學討論會」，或選定名著一起硏讀，或者輪流作主講，發表各人的心得。樂蘅軍敎授是學長，天資旣高，閱歷亦富，長年是我們欽佩學習的對象，我曾戲言：「請爲我們臺大中文系的『境界』學派，寫一部鎭派之寶來！」她果然不負所望，在精金美玉的《古典小說散論》之後，又完成了巍峨宏偉的《意志與命運──中國古典小說的世界觀綜論》一書，並且又愛護有加的，要我按照我們平日論學的習慣，讓我有附驥尾的機會。何寄澎敎授則是在硏究生時期就參加了「文學討論會」，或許也是對於討論會的美好回憶吧？當他的博士論文要修訂出版時，他也給了我再次切磋討論的機會。而威斯康辛大學的倪豪士敎授客座臺大外文系時，也發起召集了另外一個以外文系年輕敎員爲主的討論會，並且邀請我們夫婦參加；王德威敎授也就是在這個討論會上開始熟識的。倪豪士敎授終於將他的多年心血譯成中文以饗讀者，自然我也就樂於爲他向中文的讀者作點提示，但更大的關切是中國文學之硏究與理解的國際化之後的處境。王德威敎授，由臺大，而哈佛，而哥倫比亞，彼此都一再獲得接觸交遊的機會，因此當光華雜誌要我評論他當時的新著「小說中國」，我自是欣然應命，以筆代舌，繼續我們平素的討論。當然，我們共同關心的是新文學的發展。我們也一起應邀爲「百年來中國文學學術硏討會」的顧問，遂有〈百年悲壯細參詳〉之期盼。拉雜交代這些機緣，或許只是基於一個信念：是人作學術；不是學術作人。所謂學術不過是一群好學深思的人們的長期的討論與意見交換。

面對中國文學的「奇文」，能夠邀請同好「共欣賞」；每遇「疑義」，則不論天涯海角，亦不憚辭費「相與析」；這樣的「聞多素心人，樂於數晨夕」的生活，原來就是我從小的夢想，不意「今日從茲役」，「抗言談在昔」的歲月，忽忽已是「一去三十年」，真是「此理將不勝？」，「言笑無厭時！」。這本大題小作的論集，或許也可以取「海內存知己，天涯若比鄰」之義，視為是一種對於精神契合的友朋們，「鄰曲時時來」，作「過門更相呼」的召喚與攀談。衷心所企盼的不過是：大家對於中國文學的「宮牆之美，百官之富」，皆能「慢慢走，欣賞啊！」

柯慶明，一九九九年五月十五日

中國文學的美感

中國文學之美的價值性

一、前言

中國文學流傳至今，我們所可以確定的最早的作品，近代的學者一般同意是《詩經》的〈周頌〉，並且相信其中有些作品可能創作於西元前十二世紀的周武王初年。由〈周頌〉以下，迄今三千餘年的源遠流長、浩瀚如海的中國文學可有其獨特的「美」？此種獨特的「美」的價值性何在？

這恐怕是一個過於龐大複雜而無法輕易回答的問題。我們目前所能初步進行的工作，或許只是略微檢視一下中國文學在三千餘年發展過程中的一些重點與面相，並且試圖辨認它們所各自顯現的「美」的性質與範疇，或許我們可以，假如夠幸運的話，再約略的自其中歸納出一些共通的精神與價值來。

二、神話

　　雖然今天所存的古代神話的資料相當不完整，散見於《詩經》以後的《楚辭》、《山海經》，以及《莊子》、《列子》、《淮南子》等作品。但是我們似乎可以相信它們可能早已存在於口述的傳統，甚至是先於《周頌》的年代。這些可以推斷是出於古代的「巫」這一階層的創作，我們今天只能看到一個情節大綱的文字記錄，亦不能斷定它們是否在祭儀中以戲劇或其他的方式表現。然而就以今日所見的零散資料而言，似乎約略可分為創世、救世、變形三大類型。在創世神話中，不論是女媧化萬物或盤古開天死後化爲自然中的萬有，似乎都表達了一種「天地與我並生，萬物與我爲一」❶的萬物同源、天人合一的宇宙本質的認識。然後在救世神話裏，不論是禹鯀治水、后羿射日、或女媧補天，宇宙的和諧顯然破滅了，人類痛苦的發現，自然若非受約束於人性的律則，就會成爲人類痛苦的根源，於是出現了利用種種發明促使自然就範的英雄。雖然英雄不免因干犯了天帝而自身成爲悲劇人物，但人性的律則畢竟是勝利了。在變形神話中，如夸父追日，精衛塡海，人的無限行動的自由受到自然的限制；作爲有生之物，死亡，更是一道人類無法跨越的鴻溝，於是不死藥、變形似是唯一的解決。但在奔月化蟾以及種種的變形之餘，固然標示了人類的悲劇性的「猛志固常在」，同時顯示的亦正是「天命不可違」的永恆悲哀。這些神話雖然簡樸，但卻洋溢著恢宏的英雄氣度，述說的是人類的以整個大自然作爲對象與場域，力求以與之對抗和競賽的行動，創造且烙印上自己存在於宇宙的意義。宇宙性的整體和諧與人類充量生活意志的雄偉，是

中國神話的宏偉之美的基調。

三、詩經

　　誠如莊子所謂：「聖人者原天地之美而達萬物之理」❷，早期神話中宇宙整體和諧的意識，就發展為《易經》對於萬物變化之律則的宇宙性秩序的探討。而人類充量生活的意志，也在人際之間形成了社會的組織與禮教的秩序。這種社會組織的締造，一方面出現在〈大雅〉的開國歷史的敍述，一方面亦見於「頌」詩的對於此一締造根源的追懷。而大部分的「風」詩與「雅」詩則出於對於這樣的一種人倫秩序，或因它的諧和而讚美，或因它的逆違而怨悱。《詩經》誠如孔子所謂：「興于詩，立于禮，成于樂」，原是以禮樂教化中的樂章而被編纂；但是它卻發展出中國文學之美的第二章：人情之美的發現。人類的情感，「真者，精誠之至也」❸，精誠就能動人，就是美。所以，孔子說：「詩三百，一言以蔽之，曰：思無邪。」❹「思無邪」指的既是出以真情的全心全意的精誠；因而也就是理當在道德上得到認可。因此無論這些情感的性質是喜是怒是哀是樂，皆可令人感動（可以興）；亦皆值得觀賞（可以觀）。因為「喜怒哀樂之未發謂之中，發而皆中節謂之和」；透過了「聲依永，律和聲」的調節，「詩言志」，正是將「在心為志」的「中」，於「發言為詩」❺之際轉化為「八音克諧，無相奪倫，神人以和」❻的「和」，不但表達了個人的心聲（可以怨），亦溝通了羣體的情懷（可以羣）。所以說：「溫柔敦厚，詩教也。」❼

　　包含了三百零五的篇數，《詩經》展現人類各樣情感的廣袤幅度。因為人類的生活中，只要是鮮活真實的生命，何處不有情感的痕跡？特別在日益複雜分化的社會裏，何處不需情感的溝通？《詩經》所展示的是透過情感來體認的世界。這個世界或好或壞，但透過情感的融會和浸潤，它或許不免於是非得失禍福苦樂的種種畫分，但卻絕不是一個疏離冷漠的世界。因而冷酷的思量計算是不存在的，有的只是人同此心心同此理以致花鳥共憂樂的同情共感。賦、比、興：直接的讚怨或草木蟲魚鳥獸的交相引發迴環譬喻就成為它的基本思考方式。並且在重疊複沓的韻律形式中達到它的一唱三嘆的效果。《詩經》就此奠定了中國文學基本上是一個抒情的傳統。

　　中國文學的根源於一部包含社會各階層，大體以日常生活的各方面為主的抒情詩歌集的《詩經》，而非如許多西方國家的根源於少數英雄之殺伐戰鬥作為主題的史詩，是一具有深遠意義的事實。因為它確認了溫柔敦厚之仁遠勝於驕傲剛強之勇。自〈周頌〉的「載戢干戈，載櫜弓矢。我求懿德，肆于時夏，允王保之」❽以降，《詩經》一貫的歌頌「豈弟君子」，稱美「不大聲以色，不長夏以革，不識不知，順帝之則」❾的「明德」，稱美「柔惠且直，揉此萬邦」❿，「柔嘉維則，令儀令色」，小心翼翼」，「既明且哲，以保其身」⓫的德性，都充分的反映了我們將有的是一個尊崇聖賢而非尊崇英雄──尤其是軍事英雄──的文化。

　　自然，戰爭是生存中所不可避免的，包含社會生活各面的《詩經》當然也觸及這種題材，但除了像：「牧野洋洋，檀車煌煌，駟騵彭彭。維師尚父，時維鷹揚；涼彼武王，肆伐大商，會朝清明」⓬之類遙遠的以軍容、以「鷹揚」為軍事將領的比喻之抒情性描寫外，真正刻意描繪的卻

不是少數英雄將領的勇武驕傲，反而是眾多兵士在戰爭之中的「靡室靡家」、「不遑啟居」❸的痛苦，在「慆慆不歸」中「日歸日歸」以及「制彼裳衣，勿士行枚」的渴望，以及家中的「婦歎於室」❹，「首如飛蓬」，「願言思伯，甘心首疾」❺，因而對於戰勝的喜悅，強調的竟是有情人終成眷屬的婚禮，以及：「其新孔嘉，其舊如之何？」❻了。這正充分的顯示了中國文學從《詩經》時代起即是民眾的文學，並且更重要的中國文化基本上是以日常的家居生活為理想的文化。所以，英雄將領的戰功似乎比不上「有敦瓜苦，烝在栗薪」❼一個家裏的苦匏令人感動。這種以百姓家居為理想，以溫柔抒情為主調的文學精神，事實上成為中國文學後來發展的基礎。

四、楚辭

繼承了《詩經》的抒情傳統的是南方楚國的《楚辭》。《楚辭》中有一部分宗教性的作品，如〈天問〉、〈九歌〉、〈招魂〉、〈大招〉，可能是繼承了早期神話的「巫」的文化，而有很顯然的「巫」的自然神的崇拜（這與《詩經》的祖先崇拜以及倫理性的「帝」的崇拜顯然不同），以及神話的宇宙觀之信仰的痕跡。不同於《詩經》的家居文化以及由此而擴大的社會禮教生活的關切，早期神話的基本精神是人類在自然中自由遊蕩，四處追索的精神。這種遨遊追尋的精神和對自然之美的人性化、神格化的崇拜，就成為〈九歌〉中優美非凡的神巫交感的偉大的戀情劇儀。它對中國戲劇後來發展的影響很難確定，但無疑卻使中國情詩的寫作提昇到深具宇宙意識的海闊天空、天長

地久的境地。在具有較強個人色彩的《招魂》、《大招》中，我們看到了以家室為中心的意念與四處上下遨遊的精神的聚會與衝突；再加上屈原個人兼承南北兩種文化，又身遭放逐的命運，屈原使《楚辭》基本上反映出一種由家居、由京城被逐，而於上下四方傍徨流蕩、痛苦追索的無處安心，無家可歸的遠別流浪的情懷。這種孤臣孽子的處境，一方面導致了對於家國的更大的渴思，一方面也促成了個人自我生命的獨特性的醒覺，以及對文明與社會之本質的反省。

迥異於《詩經》中基於對人與人的畢竟同情共感的信賴，《詩經》的作者或詩中人總是假定他的讀者基本上是會和他深有同感的），因而總是出以一往情深的訴說。《楚辭》，尤其在屈原的深具自傳性的作品中，總是反覆論辯的。揉合了最激切的熱情與複雜的說理，形成了一種深具思想性的熱情。《詩經》的情感或許因其出以精誠而有其情感體驗的深刻性與廣大的普遍性；但《楚辭》卻開始擁有它所未曾出現的思想觀照本身的深度與廣度。因為它所表達的是一個具有高度文化修養的敏銳心靈，對於時代社會之病癥的痛切反省。它透過一種高卓的文化理想，一種廣博的歷史知識，以一種憂心如焚的激切之情來關懷國家社會，來抨擊時代的墮落，人們的謬誤。它的美是一種對於高遠的理想的執著追尋之美。假如《詩經》反映的大體上只是常人之情的話，《楚辭》中反映的卻是屈原的志士哲人的憂國憂世之情。因此它的美也同時是偉大人格的自我流露之美。

《詩經》中亦不乏對於某些人物的讚頌，但其「人格」只是一種遙遠的對象，並不自我呈現自我流露。屈原不但成為中國第一個面目鮮明的詩人；而且《楚辭》也開啟了以詩人自身人格為表現的偉大的詩歌傳統。自此以後，誠如舞與舞者難分，在偉大的詩人手中，詩之偉大亦與詩人人格之

偉大，渾然一體難以區別。

為了表達他複雜的思維，為了宣洩他激烈的熱情，屈原自由的驅遣神話的意象、歷史的經驗，以香草美人的寓託，駕虯驂螭的幻想，黃鍾瓦釜的比喻，貫穿在他的彷徨流離的同時是精神上也是生活上的流浪追索的歷程，因而創造了一種極為繁富充滿了夸飾與爭辯，寓託與比喻的詩風。

這與《詩經》素樸的抒發日常生活之情的「寫實」風格大異其趣。或許為了區別的方便，我們可以姑且稱為：「傳奇」的風格，藉以強調它的於抒情之外，更偏重想像與幻想，而於現實的世界之外，更構作出另一象徵人類心靈的奇幻的文學世界的特質。「寫實」與「傳奇」自《詩經》與《楚辭》之後，遂成為中國文學的兩種基本典型的美。

五、先秦史籍

雖然中國文學基本上是一個抒情傳統，但並不是中國就沒有他的敍事傳統，只是它首先出以另一文化範疇——歷史之寫作的形態，使強調範疇劃分的近代學者，遲疑未敢將之列入文學的範圍。事實上和詩歌的誕生一樣古老的，是中國的左史記言，右史記事的傳統。中國是一極具歷史感的民族，歷史有時甚至發揮上帝的功能，賦與在現實上困頓而正直的人，一種殉道者的價值與見證。不論是「人生自古誰無死，留取丹心照汗青」；或者是「哲人日已遠，典型在夙昔，風簷展書讀，古道照顏色」❶❽……歷史都是傳統中國人精神上莫大的安慰與鼓舞。使中國人不只爭一時，爭

一世，更要爭千秋。因此這個「史」的傳統，一方面著重在「記」，在「實錄」，在「考信」；一方面也在「孔子作春秋而亂臣賊子懼」，在「定一字之褒貶」，作倫理性的價值判斷。但是若從文學寫作的角度來看：「記事」，基本上是對於情節（plot）的因果的掌握；「記言」保持模擬對話之中人物的心理的直接呈現：「記」、「實錄」、「考信」的精神，無疑的會促進一種寫實主義的文學精神與寫作風格：「定一字之褒貶」，不但強化了敘事之際的主題意識，勢必也影響到觀察事件之際，更注意到人物的行爲動機與心理歷程，因而更進一步注意到人物的整個性格的問題。這些原屬於歷史的理念，無形中都促成了中國敘事文體與文學的同時發達。因此自《尚書》的記言與《春秋》的記事開始，以至《左傳》、《國語》的揉合記事與記言，中國敘事文體終於成熟，成爲以事件中之主題與情節爲統一原則，以事件中各參與人物的心靈意識之變化轉折爲表現重心的敘事文學。例如秦晉的由交好而交惡，秦穆公、晉惠公、晉文公以及相關的諸大臣的心理態度的變化就成爲表現的中心。因而就使這些歷史的結合成爲歷史的記載，產生近乎〈毛詩序〉所謂：「是以一國之事，繫一人之本，謂之風」的效果。因此，《左傳》、《國語》雖然敘述的主要的是國內的政爭和國際間的結盟與戰爭，基本上自然是政治史的題材，但它的表現性，甚至主題，卻是文學性的，因爲政治情況中的主要人物的心理掙扎和交互影響與變化的歷程，才是敘事的興味和用心之所在。以戰爭爲例，關於戰場上的情況，除非有特別的英勇如韋之戰晉解張的受傷下仍然幷彎擊鼓；或深具人性意涵的，如韓之戰慶鄭的怨其愎諫違卜而不救晉惠公之類的情形，才加以描繪，否則往往只是像：

「夏四月辛巳，敗秦師于韓，獲百里孟明視、西乞術、白乙丙以歸」一般的一筆帶過。眞正敘事的

重點還是在交戰雙方主要人物的行為動機情感變化的心理歷程上，而這種心理變化的歷程往往就是透過對話或論辯的模擬來表現。由於對話成為敘事的主體，再穿插以用簡略的筆法所敘述的事件進展，如：「京叛大叔段，段入于鄢，公伐諸鄢」，或人物在對話之際的動作的描寫，如：「先軫怒曰……，不顧而唾」，使得整個歷史事件的敘寫非常接近劇本的呈現方式，既充分顯示事件的戲劇性，亦展露對話的文辭心思之美。尤其所處理的既是家國大事，並且往往不是宮庭議論即是外交辭令，因此呈顯的正是典型的崇高文體之義正辭嚴，鏗鏘頓挫之美。

六、寓言

緊接著「史」書的寫作，而促成中國敘事傳統的另一個發展的，是先秦諸子和戰國遊士的為了說理和論辯的需要所開發出來的「寓言」的寫作和應用。「寓言」一詞的出於莊子，就明顯的反映了先秦諸子在應用事件的敘述來闡說義理上的修辭策略的自覺。並且由於中國人的不將理智與情感對立，而在「感性分割」(dissociation of sensibility) 中，單獨的尋求偏枯的理智或放縱的情感；因此，「寓言」正是一種情理交融的具體性思維的絕佳的表達方式。即使是和古希臘的《伊索寓言》(Aesop's Fables) 相比，中國先秦的寓言，往往具有更高的抒情性。齊人一妻一妾的「相泣於中庭」 **⑲** ；或鮒魚「忿然作色」的說：「不如早索我於枯魚之肆！」 **⑳** ；固然表現的都是情緒激動的人生的重大與緊急的情境；像郢人漫堊為質，匠石運斤成風，抒寫的其實還是對於亡友的

知遇追懷之情。因此使得這些「寓言」，與其說是一種理智的訓誡，不如說是一種更完整的人性情境的整體表現。尤其到了後期，像「人有亡鈇者，意其鄰之子。視其行步，竊鈇也；動作態度，無為而不竊鈇也」，或「畫蛇添足」寓言中「一人蛇先成，引酒且飲之，乃左手持卮，右手畫蛇」 ㉑ 之類對於行動細節與心理歷程的注意，更已是純粹敘事的文學興味的表現了。

這些寓言對於中國敘事傳統的重要性在於它們開始且認可了虛構的敘事，使敘事不再只是一種「記」，而同時是一種「言無言」的「卮言日出」 ㉒，因而由客觀的寫實，在寫實的事件中尋求其倫理意義，轉化到透過義理的通達，自由的創構情境，作主觀信念情意的充分的抒發。由於是出以虛構的「卮言日出」，它的說服力遂不再建立在事件真正曾經發生的歷史的權威性，而是建立在其「和以天倪」 ㉓，合於一種「想當然耳」的一般人日常經驗的常情常理。因此，敘事就由重大的歷史事件轉換為日常的生活瑣事；美的興味亦由崇高文體的莊嚴閎肆之美，走向中間文體的平易自然之美。由特具倫理精神的少數人格素質之「高」，逐漸開啟了注意曲盡多數凡人之常情的「廣」。

這個時期的寓言，尤其出現在戰國遊士的策議，往往也使用動物，甚至低等動物為喻，例如：

「狐假虎威」、「鷸蚌相爭」，則更是完全忽略了事件之中的人格的獨特性與完整性，並且有意的規避了對於事件所必然會有的倫理感受與判斷的嚴重性，而只從近乎面對自然現象，或處理自然形勢一般的，僅作趨利避害的現實性思考。這裏也逐漸反映出一種偏枯的理智──或許我們可以稱之為機智──的純粹認知之美。雖然在動物性的比喻中，顯然也寓含著對於被喻的對象的不免於生物性之生存的嘲諷──只有以智、力相制且相食；或者豈如匏瓜焉能繫而不食的生存層面，莊

周貸粟的以鮒魚自喻，惠子相梁的鴟得腐鼠之比，其實皆是這種意義下的自嘲嘲人。所以，諷刺、滑稽亦正是這類作品的基本情味。；那麼這些寓言，流露的正是西洋喜劇或諷刺作品一般的歡快笑謔的精神。

但是當這些「寓言」出以「重言」的形式，往往假借歷史人物的名諱、事蹟或性行，則確實是相當程度的腐蝕了一切「歷史」的權威性，使人意識到「記」與「卮言」 ❷ 終究都是「文」，「文」與「質」之間畢竟是有距離的，因此不僅孔子有「文勝質則史」❷ 之嘆，司馬遷更必須要有「學者載籍極博，猶考信於六藝」 ❷ 的博覽考信的考慮與主張。這不但對後來中國歷史的寫作，對文學著作與歷史著作的交相關涉——如「詩」而要成「史」，「小說」要沿襲「歷史」的「傳」、「記」之名稱與寫作格式——有相當的影響，甚至影響到整個中國的傳統學術的發展——漢學、宋學之爭，義理、考據之辯，以至「六經皆史」 ❷ 的主張等等，都可以說是一種對於歷史之權威的過度關切所致。

七、史記

但是使中國的歷史寫作與敍事文體達到完全成熟之境的卻是司馬遷的《史記》。司馬遷在《史記》中所發展出來的「紀傳」體，不但奠定了往後的正史的寫作形式，在敍事形態上，亦將敍述的重點，由記錄對話、記述情節的因果，轉移到一個個特殊人物的特殊性格與特殊命運的捕捉上。

終於，個人，一個具有獨特個性完整人格的個人成為注視的焦點。人不再附屬於事，而是人創造了種種的事。因此，具體的人，一個個獨特的個人才是最終的實體。作為一個史家，司馬遷無法不關懷且處理人類集體命運之表現的政治社會事件，所謂：「王迹所興，原始察終，見盛觀衰，論考之行事」，他作十二〈本紀〉、作十〈表〉來加以科條陳述，並以十〈書〉來記述文明制度的種種演進；但他卻以泰半的篇幅，作了七十〈列傳〉來表彰一些「扶義俶儻，不令己失時，立功名於天下」❷⓻的人物，而其實所謂三十〈世家〉也大多是這類人物，只是他們的富貴或事業不是及身而止而已。誠如他所謂：「古者富貴而名摩滅，不可勝記，唯俶儻非常之人稱焉」❷⓼，他所真正關懷的還是這些「非常」人物。這種「非常」，用一些評論者的話，就是：「奇」❷⓽。司馬遷的「愛奇」、「好奇」，看重的一方面是「扶義」——人物的超出一己之關懷的倫理德行；一方面是「俶儻」——人物的卓異的才性。因此司馬遷的「愛奇」、「好奇」正使《史記》成為中國文學中第一部敍事性的「傳奇」作品。由於篇章、文章的觀念到戰國末年已然產生，在《史記》刻意區分的篇章中更是顧慮到篇章中情調的統一，同一歷史事件，記述在不同的篇章，由於傳述的是以不同的人物為主體，配合著人物的特別的生命情調，以及他們與歷史事件不同的關連，往往呈現出不同的風味、不同的意義。司馬遷隱藏了單一的作者的聲音，綻放出來的卻是眾多人物的多元宇宙，是多重音色的自呈與交織。因此，《史記》展現的不僅是繽紛多姿的人物性格之美；更是從悲壯到滑稽，由崇仰到諷刺各種類型的敍事筆調之美。司馬遷很成功很自然的融合了「史」與「寓言」的崇高與中間，甚至卑下的文體，而創造出一部，不僅是上下古今的通史，更是中國最早的百科

全書式綜覽各種特殊的人格類型，反映各類敘事情調的鉅著。他的把注意力由政治中心的主要人物擴散到后妃、外戚、儒林、酷吏、佞倖、貨殖、遊俠、刺客、滑稽、日者、龜策，以至遠方異國，這些題材後來都成為中國小說的主要內容。他的模擬人物性格而以適當的筆調凸顯出人物的性情之「奇」之「美」的手法，更是成為後世敘事文體——不論是史書、是小說、是古文——的典範。它同時兼具了模擬的藝術性以及文筆的表現性，因此掌握的既是人物的性格精神之美；亦是敘述者心靈才情之美。

八、漢賦

漢代是中國歷史上的一個關鍵性的時代。由於大帝國的規模，首度穩固確立，因此，統一的帝國逐漸成為人們心目中思維「天下」，思維「中國」的常態。許多配合這種思維的文化建制都始源於漢，而且沿襲至清。跟我們的論旨關係密切的是：在著述類型區劃的自覺中，文學終於自學問中分出，這種醒覺，不但見於劉歆〈七略〉中〈詩賦略〉的出現，亦見於《後漢書》中明顯的〈文苑〉與〈儒林〉分傳。同時在文學獨立的意識下，基本的美文——詩與賦——典型的文體形式終於確立，成為二千年來使用與發展的基礎。「賦」是漢代宮庭所首先獎掖的文體。由於天下一統，內部安定，同時財富往京師以及宮庭集中；大權在握的帝王，開始有餘裕享受形式主義的諛頌。

正如蕭何為高祖建未央宮，以為「夫天子以四海為家，非壯麗無以重威，且無令後世有以加也」

；叔孫通起朝儀，於是高帝「迺今日知爲皇帝之貴也」③。漢賦的始於宮苑都城，一方面表現出百科全書式的總覽大觀，「因物造端，敷弘體理，欲人不能加也」；一方面則深具形式主義的色彩：「引而申之，故文必極美；觸類而長之，故辭必盡麗。然則美麗之文，賦之作也」②，正都是出於對帝王的權威尊貴的肯定。但是影響所及，卻促成了賦體，尤其大賦的重視「鳥獸草木多聞之觀」③的寫物傳統，以及一篇之中而要囊括四海，包舉宇內的尋求掌握全面，表現整體的思維形態。

同時，這種由漢賦所首先發展出來的形式主義的偏好，亦促使大家進一步體認到了漢語的單音，漢字的獨體的形構特質，而在純粹形式美感的追求中，逐步的走向刻意律化的道路。這不但直接促成了六朝的「文」、「筆」之辨而導致駢儷之文的盛行；間接亦影響了中國詩歌的首先走向整齊的五言，接著永明體，而終至近體詩完成的發展。這種首先只在取士試賦之際，「連偶俗語，有類俳優」③，後來發展爲凡文皆駢；以及詩歌的由參差的雜言而走上整齊的五、七言，甚至進而講求四聲八病，而終於形成字數格式皆爲固定的律體等現象，固然和大一統帝國的規範意識有關──這正和學術思想的定於一尊，罷黜百家，獨尊儒術是一致的──，所以文體與詩歌形式的逐步律化都跟歷代宮庭的變本加厲，踵事增華的倡導有關；但也同時是出於對於中國文性質的認識之加深，以及形式美感的精益求精的自覺。由漢至唐，由漢賦而至唐詩，正可以說是中國文學尋求它的規律性的形式之美的階段。律詩，由於它在整齊的統一形式中蘊涵了最大的對立因素的變化效果，因此成爲此一形式美感追求的最高巔峰。在七律與拗體出現之後，傳統的詩體就不再有進一步的發展了。

漢代，和鋪陳寫物的大賦一起產生的，是往往借用騷體的抒情寫志的小賦。這些小賦，一方面繼承了〈離騷〉的孤憤的精神，一方面則因權力的集中於中央，士人出路的窄一化，而自賈誼〈弔屈原賦〉、〈鵩鳥賦〉及司馬遷〈感士不遇賦〉以降，「感士不遇」遂成為基本的文學主題。尋求外在世界的客觀的整全性的認知，以及在此整全性的世界認知中，強烈的意識到自己生命的渺小與孤獨，必須透過與權力中心的結合或關連才能獲致一己生命意義與價值，遂成為帝國時代的文人的新興意識。這種意識自漢賦開始，在魏晉六朝詩文，在唐代的詩賦，在唐宋的古文，以至明清八股之類作品的後面，始終都是士人文學的基本動力。不論當時的拔舉的制度為何，盛行的文類文體為何，個體性與整體性的關連，個人生命與人類集體的歷史生命的交織，始終都是帝國時期士人文學的基本關懷與基本課題，雖然它的解決與表現有各種方向與方式，但基本上正如賈誼〈弔屈原賦〉已經出現了：「已矣國其莫我知，獨壹鬱兮其誰語？」對屈原的孤憤加以質疑，而嚮往「鳳漂漂其高逝兮，夫固自縮而遠去，襲九淵之神龍兮，沕深潛以自珍」的高蹈，以至張衡〈歸田賦〉的尋求「苟縱心於物外，安知榮辱之所如」的自得；大抵總是表面上故作高蹈以求解脫，實際上卻是大多在「進德智所拙，退耕力不任」❸之間迴轉周折，激盪出無數的不平不安之鳴。這裏所反映的其實是存在之焦慮的挣扎與昇華之美。

九、漢詩

　　才智之士的存在之焦慮，首先出現在思想家孔子、莊子、辭賦家屈原、賈誼的文辭中。但是平常人的存在之焦慮則始見於〈古詩十九首〉。「壽無金石固」顯然是一無可置疑的現實，這種必然命運的知覺，雖然並沒有導致人們的絕望，相反的卻是激起了各種熱切生活的渴望：「盛衰各有時，立身苦不早」、「奄忽隨物化，榮名以為寶」、「服食求神仙，多為藥所誤，不如飲美酒，被服紈與素」、「人生寄一世，奄忽若飆塵，何不策高足，先據要路津」、「四時更變化，歲暮一何速，蕩滌放情志，何為自結束」、「生年不滿百，常懷千歲憂，晝短苦夜長，何不秉燭遊」、「去者日以疏，生者日以親」、「思還故里閭，欲歸道無因」、「人生天地間，忽如遠行客，斗酒相娛樂，聊厚不為薄」。但是人類終將死亡，而死亡只是赤裸裸的無可救贖的從此一現世消失的意識，卻使得中國文學從此帶上了淡淡的哀愁：「歡樂極兮哀情多，少壯幾時兮奈老何！」❸❻就成了面對人生的基本的慨嘆。這種正視「人生忽如寄，壽無金石固，萬歲更相送，聖賢莫能度」的生命事實，卻又熱切的擁抱現世，除了現世的種種生活不作他求，使得中國文學煥發出獨特的光彩，表現出來的是一種生之渴望與生之執著以及對於生活的投注之美。這種投注往往出以情感的牽連的方式，因而使得從《詩經》所開發出來的「抒情傳統」，添加上了生命存在之自覺的深度，於是誠如江淹的二大名作：〈恨賦〉與〈別賦〉所顯示的：死之恨與生之別，就成為中國文學兩大最動人

最強烈的情緒了。漢代的五言詩娓娓抒發的正是最濃郁的這種死恨與生別的情懷。但這種情懷不是激越的,而是溫厚平和的。因為一股對於特殊對象——夫妻、友朋、親人;;對於特殊地域——故鄉、京城;;對於世界,甚至對於自己生命的款款深情,潤澤且支持了對這些必然的死亡、變故與隔離之命運的負荷。深切感動而不失內心的寧靜;強烈渴望而不失精神的淡泊,似乎正是這些詩歌始終成為中國文化的中庸精神之最佳典範的原因。所以,它們在情感的抒發中,雖然所抒發的都是最為慣常的人生感慨與離合悲歡,但卻流漾著一種特具倫理意味的操持之美。情感表現的合於倫理性似乎正是漢詩獨具的美。

十、敘事詩

漢詩是中國詩歌中最具敘事模擬精神的,尤其是樂府詩。樂府詩由於出自民間,並且在形式上沒有固定的格式,因此最接近也最能反映說話的口吻。因此,模擬「說話」似乎正是樂府的特色。因此即使是抒情詩亦大多是戲劇情境中的「獨白」;而戲劇情境中的「對話」的模擬自然就是敘事詩的手法與雛形。在漢樂府的這些「對話」性的「敘事」詩中,往往側重的只是人物面臨人生困境,例如〈東門行〉的貧窮;;〈上山採蘼蕪〉、〈病婦行〉、〈孤兒行〉的人生新故變遷的倫理感懷;或者深知「好色」與「好德」之微妙對比,而往往出以將「婦容」與「婦德」並置,而對於合則兼美的崇仰讚嘆,例如:〈陌上桑〉、〈羽林郎〉,因此通常只停留在戲劇情境的呈現而已,

並未進一步發展爲糾葛的行動與情節的延續和解決。同時在這些倫理關懷中，即使是「婦德」也只是重在：「使君自有婦，羅敷自有夫」與「男兒愛後婦，女子重前夫，人生有新故，貴賤不相踰」的「守節情不移」而已，基本上只是肯定既有的社會規範與社會秩序，並未因人生的困境與變遷而對既存的社會價值加以質疑。

漢末的動亂，不但促成中國敍事詩的成熟，也在敍事詩的成熟作品：蔡琰的〈悲憤詩〉與無名氏的〈孔雀東南飛〉中流露出眞正質疑與抉擇的精神。蔡琰在〈悲憤詩〉中不但描寫了董卓之亂下，民衆的慘遭殺戮與流離，敍述了一己的被虜居胡，棄子得歸，以至託命重嫁的經歷。她更質疑了：在當政者昏昧無能，野心家肆無忌憚，一般臣民的死節，究竟有何意義？在「感時念父母」與「當復棄兒子」之間的如何抉擇？以及「流離成鄙賤」而「託命於新人」的人生安排等等。

〈孔雀東南飛〉初看似乎是「人生有新故，貴賤不相踰」❸的倫理主題之系列作品的延續。但是它藉蘭芝爲姑所惡被休，因兄長逼迫改嫁，而與仲卿殉情的故事，深切的質疑婚姻制度中「父母之命，媒妁之言」的權威：如此則個人追求幸福的權利何在？對男女之間出於至性的眞情又置於何地？它並且更進一步責問：禮教的本質是否僅在肯定居上位者的專制：「吾意久懷忿，汝豈得自由？」「處分適兄意，那得自任專？」因而對這種至爲令人傷痛禍起骨肉親人之間，但也是蘊涵在此類家庭社會制度之中，所自然而然會發生的悲劇——相同的家庭悲劇一直到《紅樓夢》仍

充分的表現了當社會秩序崩潰之後，人們的種種生存與生活的權利受到剝奪的悲慘，也更顯示了社會價值的不復能夠指引人生，而必須一一重新摸索、重新抉擇的痛苦。

是作品表現的主題——再三致意：「多謝後世人，戒之慎勿忘」。

因此中國的敘事詩正興起於，對於人們必須生活在其中的社會建制的反省。社會建制喪失了它的權威：「漢季失權柄」，就會產生破壞社會正常秩序的混亂：「董卓亂天常」，接下來就是導致民眾長期苦難的爭戰：「獵野圍城邑，所向悉破亡」，斬截無子遺，尸骸相撐拒」。但是社會建制亦可因其制度精神的偏差與權力的誤用，而成為壓迫無辜：「謂言無罪過」「仍更被驅遣」，抹殺真情：「雖與府吏要，渠會永無緣」，甚至是斷送個人幸福與生命：「生人作死別，恨恨那可論，念與世間辭，千萬不復全」，無形的暴政之根源。前者的表現固然是政治現實的批評；後者所反映的則更是文化體制的檢討。中國後來的敘事詩作，如杜甫、元稹、白居易、韋莊、吳梅村等人，固然一再關切，反覆描述的正都是政治權力的崩潰與缺失，所帶給民眾的各形各色的苦難。但是對文化體制缺陷所造成的種種罪惡之暴露與省察，卻也在明清的一些重要小說，如：《金瓶梅》、《儒林外史》、《紅樓夢》、《老殘遊記》，甚至《水滸傳》、《西遊記》中得到不斷的迴響與發揮。中國敘事詩的專注在對於集體苦難的評述與個人不幸的省思，使得它們不但有模擬人物、傳敘故事的趣味，同時更反映出一種關懷社會現實的沉思與觀照之美。

十一、詩的發展：自然

從漢魏到唐宋的詩歌，雖然每個階段皆有其獨特的關懷重點，但基本上可以說是一個對於自

然與人物之美的逐漸發現與認知的過程。自漢代的作為情境與心境的象徵之自然：「庭中有奇樹，綠葉發華滋，攀條折其榮，將以遺所思」，「日暮秋雲陰，江水清且深，何用通音信？蓮花璃珺簪」；由於宮庭宴遊詩的興起，在「述恩榮，敍酣宴」之餘，不免要「憐風月，狎池苑」❸一番，因此開始了對於自然景象的客觀的刻畫：「秋蘭被長坂，朱華冒綠池」（張華）；「白日曜青春，時雨靜飛塵」（曹植）；「白蘋開素葉，朱草茂丹華，微風搖蕑若，增波動芰荷」（張華）；「清川含藻景，高岸被華丹」，「迅雷中宵激，驚電光夜舒」（陸機）。魏晉的詩人們，首先意識到對句形式的表現力，他們企圖利用對仗與辭藻的文字本身的美感來塑造自然。往往他們使用的不僅是對句，在句內同時還要再用句內對，如「朱華」對「綠池」、「白日」對「青春」；並且強調各種顏色的感覺，然後由靜態的景象強調它們的動態的感覺，不論是朱華的「冒」，是風的「搖」、波的「動」，以至雷的「激」、電的「舒」；但是又由於對句鍛字的凝鍊形式，又使它們顯得穩重而沉穩，像「時雨靜飛塵」由於均衡的句內對，亦無形中使得充滿了動態的「雨」與「塵」失去了直接的動感而成為靜止畫面的一部分。因而創造出一種文字性的繪畫之美。

接著經過「招隱」、「遊仙」等等中間的題材，晉宋之際的詩人終於發展出山水詩與田園詩。在這一類詩中，自然呈現出另一種面貌的美感。誠如左思「招隱」詩所發現的：「非必絲與竹，山水有清音」，自然並不必須透過對仗與辭藻等文字形式的轉化才開始呈現出人為造作的藝術美。自然本身並不僅是只供藝術創造美的零碎的材料，它本身的存在形態與內涵的韻律就是一種偉大的美的形式：「天地有大美而不言，四時有明法而不議，萬物有成理而不說」❸。因此自然不僅是

可以與人爲造作的工藝相提比美：「花樹雜爲錦，月池皎如練」，「餘霞散成綺，澄江淨如練」（謝朓），事實上更是人可以玩賞，可以流連的場域與對象：「昏旦變氣候，山水含清暉，清暉能娛人，遊子憺忘歸」（謝靈運）。並且因爲這種「天地大美」其實就是「四時明法」、「萬物成理」的自然表現，因此陶淵明在「採菊東籬下，悠然見南山」之際，面對著「山氣日夕佳，飛鳥相與還」的景象要慨嘆：「此中有眞意，欲辯已忘言」。謝靈運雖未必能夠像陶淵明一樣，採行一種與自然完全認同的田園生活：「孟夏草木長，遶屋樹扶疏，衆鳥欣有託，吾亦愛吾廬」；但他面對著「林壑歛暝色，雲霞收夕霏，芰荷迭映蔚，蒲稗相因依」的自然景觀之餘，仍然會感悟：「慮澹物自輕，意愜理無違」。因爲自然是一遠比人類意志更偉大的實在：「滄波不可望，望極與天平」，「朔風吹飛雨，蕭條江上來」（謝朓），充滿了「異音同至聽，殊響俱清越」的眞理的流行。因此當我們眞正面對專注於自然之際：「情用賞爲美，事昧竟誰辨？觀此遺物慮，一悟得所遣」，不但能夠在自然美感的觀賞中，超越一己的狹隘欲望而恢復了自我的眞性，並且在「感往慮有復」之餘，「理來情無存」，體會到一己與萬物之理的冥合。這基本上就是一種融入自然，忘卻人類過度強烈的自我意識，而讓自然的亙古寧靜卻又生生不息的存有的律動，充塞自己的心靈，因而使得人的存在與整體的存有結合，也就是所謂天人合一的體驗。因此透過這種體驗所得來的關於山水自然的描寫，就是以最透明的文字捕捉表現在自然之中的存有之律動：當然也同時是這種天人合一的寧靜心態的呈露：「池塘生春草，園柳變鳴禽」，「野曠沙岸淨，天高秋月明」，「白雲抱幽石，綠篠媚清漣」（謝靈運）：「日暮天無雲，春風扇微和」，「仲春遘時雨，始雷發東隅」，「微雨從東來，好風與之

俱」（陶潛）。這種「目擊道存」，視自然為整體存有的顯現，因而在自然的景象中時時處處的意識到存有的整體臨在，不但改變了人類對於自然的體認，同時也改變了人們對於一己存在樣態的意識知：「天際識歸舟，雲中辨江樹」，「夕殿下珠簾，流螢飛復息」（謝朓），因而充分意識到人類生活與自然存在的交相融滲，互補共振，終於形成了中國詩歌的「神韻」的理論。

雖然「神韻」的理論要到晚唐的司空圖才發展完成，但盛唐的詩人，已經充分的理解，以「水流心不競，雲在意俱遲」（杜甫）的寧靜來捕捉「行到水窮處，坐看雲起時」的妙悟時刻，因而處處發現：「明月松間照，清泉石上流，竹喧歸浣女，蓮動下漁舟」（王維）的滿涵著存有之韻律的景象。在「松月生夜涼，風泉滿清聽」，「荷風送香氣，竹露滴清響」（孟浩然）中，我們更進入了所有的感官皆已開啟的色香聽觸觸皆全的世界。同時我們也意識人與自然的終極和諧：「春潮帶雨晚來急，野渡無人舟自橫」，「山空松子落，幽人應未眠」（韋應物）。但是唐詩中最令人難忘的卻是對於自然的遼遠開闊的掌握：「大漠孤煙直，長河落日圓」，「日落江湖白，潮來天地青」（王維）；「野曠天低樹，江清月近人」，「氣蒸雲夢澤，波撼岳陽城」（孟浩然）：「山隨平野盡，江入大荒流」，「孤帆遠影碧空盡，唯見長江天際流」（李白）：「星垂平野闊，月湧大江流」，「無邊落木蕭蕭下，不盡長江滾滾來」（杜甫）。以上所舉固然皆是盛唐詩人的詩句，但即使到了中晚唐：「秋風吹渭水，落葉滿長安」（賈島）：「長空澹澹孤鳥沒」，「五陵無樹起秋風」（杜牧）：「雁聲遠過瀟湘去，十二樓中月自明」（溫庭筠），雖然已帶衰颯氣象，但畢竟還是開闊的天地。

到了宋詩，自然的美不再以主體不介入的方式獨立呈現，它透過一個特殊的主體的詮釋而顯

現。並且這種詮釋或者是像：「缺月昏昏漏未央，一燈明滅照秋床」，「鳴蟬更亂行人耳，正抱疏桐葉半黃」，因為出於「病身最覺風露早」，所以「起看天地色淒涼」（王安石），以一種旅途中帶病早起的異常知覺來觀看，或者是像：「水光瀲灩晴方好，山色空濛雨亦奇」，在景象上加上了人的判斷，使得自然的美感成為人的觀念理解的自由聯想當中：「若把西湖比西子，淡粧濃抹總相宜」（蘇軾）。以人類的意識來詮釋自然：「打荷看急雨，吞月任行雲，夜半蚊雷起，西風為解紛」（黃庭堅），甚至以人類的情狀來摹寫自然，如：「凌波仙子生塵襪，水上輕盈步微月」（黃庭堅）寫的是水仙花：「也知造物有深意，故遣佳人在空谷」，「朱脣得酒暈生臉，翠袖卷紗紅映肉」（蘇軾）寫的是海棠花，都是宋詩常見的手法。同時宋詩往往更有意在自然中尋求怪誕滑稽的美感：「忿腹若封豕，怒目猶吳蛙，庖煎苟失所，入喉為鎮鎯」，吟詠的正是河豚魚的「其狀已可怪，其毒亦莫加」（梅堯臣）；而「楊柳岸，曉風殘月」[40] 或「月上柳梢頭」[41] 的優美景象，亦可被詮釋成：「暗潮生渚弔寒蚓，落月掛柳看懸蛛」（蘇軾）。此外，題畫詩與寫景詩的難分難辨：「竹外桃花三兩枝，春江水暖鴨先知。蔞蒿滿地蘆芽短，正是河豚欲上時」；「野木參差落漲痕，疏林敧倒出霜根，扁舟一棹歸何處？家在江南黃葉村」（蘇軾），正亦明顯反映出宋代詩人詮釋自然的造作上的自由。

由漢代的以自然為引生情意的象徵；而至魏晉宴遊詩的自然成為對仗鍛字的文字美的材料；而至晉宋山水、田園詩的發現自然即是一種充滿真意的美的形式；而至唐代在自然之中尋求一種開闊雄渾，深具宇宙韻律的美；而至宋代的對於自然的自由詮釋，開發自然的疏離、怪誕、想像

十二、詩的發展：人物

　　類似的發展也見於對人物之美的認知與表現。在漢代的詩歌中，女性的優美首先以「北方有佳人，絕世而獨立，一顧傾人城，再顧傾人國」，一種破壞性的吸引力出現。這種破壞性一方面是來自對於日常工作的干擾：「耕者忘其犁，鋤者忘其鋤，來歸相怨怒，但坐觀羅敷」❷；一方面則是來自，像「盈盈樓上女，皎皎當窗牖，娥娥紅粉妝，纖纖出素手」之際所隱含的「空床難獨守」❸或「使君謝羅敷：寧可共載否？」❹的沉迷而逾越的倫理的危機。這種倫理的關切，使得禮儀的恰當表現與遵守，例如《隴西行》中「好婦出迎客，顏色正敷愉」到「送客亦不遠，足不過門樞」的種種待客的過程，成為詩人所讚嘆的女性美。另外自然是工作與技藝的能力：「大婦織綺羅，中婦織流黃，小婦無所為，挾瑟上高堂」❺；「新人工織縑，故人工織素。織縑日一匹，織素五丈餘，將縑來比素，新人不如故」❻，亦成為衡量判斷的標準。禮儀與織作既是女性的美德，女性美的表現亦就自然而然的出以服飾與妝扮的形容了：「頭上倭墮髻，耳中明月珠，緗綺為下裙，紫綺為上襦」❼；「長裾連理帶，廣袖合歡襦，頭上藍田玉，耳後大秦珠，兩鬟何窈窕？一世良所無：一鬟五百萬，兩鬟千萬餘」❽。男人則以其官職：二千石、侍郎、孝廉郎、專城居，加上「黃金絡馬頭」，「青絲繫馬尾」，「腰中鹿盧劍」❾等裝飾，出入公府、貴家來強調。這種以技藝和服

飾來形容女性的美好，到〈孔雀東南飛〉依然如此：「十三能織素，十四學裁衣，十五彈箜篌，十六誦詩書」，「足下躡絲履，頭上玳瑁光，腰若流紈素，耳著明月璫」，雖然明顯的加入了類似「纖纖出素手」的肢體與姿態的誘惑性因素：「指如削葱根，口如含珠丹，纖纖作細步，精妙世無雙」，但是「知禮儀」，「守節情不移」仍是主要的考慮。經濟與倫理乃是這一時期的基本關懷與價值。

但在魏晉之際，女性美突然具有了新的意義。曹植〈雜詩〉的「南國有佳人，容華若桃李」，〈七哀詩〉中的〈愁思婦〉則以其眷眷忠愛的情懷來感動讀者。阮籍〈詠懷詩〉中亦以「西方有佳人」的「修容耀姿美，順風振微芳。登高眺所思，舉袂當朝陽。寄顏雲霄間，揮袖凌虛翔。飄颻忽忽中，流眄顧我傍」，凌虛遨翔的精神意態，來象徵一己夢寐追尋的至高理想。佳人，遂成為詩人自我認同的高度開展的精神象徵。

「時俗薄朱顏，誰爲發皓齒」，女性美成爲未被發現與重視的資質才性之美好的象徵。

南北朝之際，則北朝的民歌強調男女的勇猛剛健：「男兒欲作健，結伴不須多，鷂子經天飛，羣雀兩向波」（〈企喻歌〉）；「健兒須快馬，快馬須健兒。跶跋黃塵下，然後別雄雌」（〈折楊柳歌辭〉；「李波小妹字雍容，褰裙逐馬如卷蓬，左射右射必疊雙。婦女尚如此，男子那可逢」❺。它的高潮是代父從軍的〈木蘭詩古辭〉二首，強調的是「安能辨我是雄雌」與「父母始知生女與男同」，一種除卻了「嬌子容」，仍然與男性並駕齊驅的意識。

南朝的民歌則側重在戀愛或懷春少女的熱情與嬌態：「宿昔不梳頭，絲髮披兩肩，婉伸郎膝上，何處不可憐」；「恃愛如欲進，含羞未肯前，口朱發豔歌，玉指弄嬌弦」（〈子夜歌〉）。這些民

歌，正如下面這首〈碧玉歌〉所強調的：「碧玉破瓜時，相為情顛倒」、感郎不羞郎」，回身就郎抱」，表現的正是沉溺在兩性歡愛中，「感郎不羞郎」的為情顛倒的女性嬌態、禮教、技藝、理想、雄健皆在所不計，在所不顧。她們是純粹的戀愛中的女性，愛神的女兒。即使提到了服飾（在漢魏那正是深具倫理性質的禮儀的表現），也是充滿了兩性歡愛與誘惑的暗示：「綠攬迮題錦，雙裙今復開，已許腰下帶，誰共解羅衣」、「攬裙未結帶，約眉出前窗，羅裳易飄颺，小開罵春風」（〈子夜歌〉）。因此整體而言，它們所反映的正是青春生命的熱情與魅力。

蕭梁的宮體詩，雖然刻畫的仍是青春女性的嫵媚，但基本上卻是近乎工筆的仕女圖，只作外表形態的表相描寫：一方面描繪她們精緻引人的妝扮：「約黃能效月，裁金巧作星，粉光勝玉靚，衫薄擬蟬輕」；一方面模擬她們嬌媚誘惑的姿態：「密態隨流臉，嬌歌逐軟聲，朱顏半已醉，微笑隱香屏」、「夢笑開嬌靨，眠鬢壓落花。簟紋生玉腕，香汗浸紅紗」（蕭綱）。在這一類詩中，女性的純粹形貌姿態的美，以近乎處理靜物或山水一般的手法，在精緻鍛鍊的對句中，作繪畫性的顯現。它們不但是客觀的描述，而且呈現的女性美，去掉了富貴華麗的背景與裝飾，其實也是普遍的。

唐代一方面繼承了北朝民歌對武勇的誇讚：「一身能擘兩雕弧，虜騎千重只似無；側坐雕鞍調白羽，紛紛射殺五單于」；卻加添了風流意氣的姿態：「相逢意氣為君飲，繫馬高樓垂柳邊」（王維）；「千場縱博家仍富，幾度報仇身不死」、「男兒本自重橫行，天子非常賜顏色」（高適）；「少年負壯氣，奮烈自有時」、「落花踏盡遊何處，笑入胡姬酒肆中」（李白）。也許李頎筆下的陳章甫，

正是唐詩所欣賞的典型人物：「陳侯立身何坦蕩，虬鬚虎眉仍大顙，腹中貯書一萬卷，不肯低頭在草莽，東門沽酒飲我曹，心輕萬事如鴻毛。醉臥不知白日暮，有時空望孤雲高」。「狂歌痛飲」，

「飛揚跋扈」，或許正是唐詩中深具「傳奇」性的血性男兒的理想，杜甫的描寫〈飲中八仙歌〉實在不是是偶然。

唐代另一方面也繼承了南朝宮體詩對於女性的柔美的描繪，但卻逐步的由外表的形貌，利用景物的象徵，進入了內心的情感的幽微的世界，因而發展出以女性怨情為主的宮怨詩與閨怨詩：

「玉階生白露，夜久侵羅襪，卻下水精簾，玲瓏望秋月」（李白）：「禁門宮樹月痕過，媚眼惟看宿鷺窠。斜拔玉釵燈影畔，剔開紅燄救飛蛾」（張祜）：「新妝可憐色，落日卷羅帷。鑪氣清珍簟，牆陰上玉墀。春蟲飛網戶，暮雀隱花枝。向晚多愁思，閒牕桃李時」（王維）「閨中少婦不知愁，春日凝妝上翠樓，忽見陌頭楊柳色，悔教夫婿覓封侯」（王昌齡）。在這些詩裏更動人心魄的美是透過自然景物的優美來象徵與暗示的：「雲想衣裳花想容，春風拂檻露華濃」，但是更動人心魄卻是一些幽微動作所透露出來的柔美細膩的情感世界。自然像：「態濃意遠淑且真，肌理細膩骨肉勻」，「香霧雲鬟濕，清輝玉臂寒」（杜甫）：或「迴眸一笑百媚生，六宮粉黛無顏色，春寒賜浴華清池，溫泉水滑洗凝脂，侍兒扶起嬌無力，始是新承恩澤時」之類更具感官性的描寫，也往往出現：但是詩人表現的焦點，似乎還都在：「玉容寂寞淚闌干，梨花一枝春帶雨，含情凝睇謝君王，一別音容兩渺茫」；或「去來江口守空船，遶船月明江水寒，夜深忽夢少年事，夢啼妝淚紅闌干」（白居易）的幽怨上。即使是杜甫的〈佳人〉，由其一開始的：「絕代有佳人，幽居在空谷」看，似乎很

接近曹植、阮籍的精神理想性的「佳人」，但是出現了「關中昔喪敗，兄弟遭殺戮」的寫實性背景，以及「侍婢賣珠迴，牽蘿補茅屋」的經濟狀況的描寫，剩下的就是典型的閨怨詩的表現了…「摘花不插髮，采柏動盈掬，天寒翠袖薄，日暮倚修竹」。

宋代因為繼承了杜甫與元和詩人的敘事傾向（這類敘事原來即意不在表現人物的美好），無形中擴大了對於人物之美的欣賞範圍。因此就像王安石見「杜甫畫像」想到的就是…「吾觀少陵詩，為與元氣侔，力能排天斡九地」，他的詩歌的成就，以及…「惜哉命之窮，顚倒不見收，青衫老更斥，餓走半九州。瘦妻僵前子仆後，攘攘盜賊森戈矛。吟哦當此時，不廢朝廷憂。常願天子聖，大臣各伊周。寧令吾廬獨破受凍死，不忍四海赤子寒颼颼」的困頓中不改其憂國憂民的偉大人格…「所以見公畫，再拜涕泗流」。這種對於安貧樂道以及專意於文藝之精神的讚嘆，亦見於黃庭堅的形容陳師道…「陳侯大雅姿，四壁不治第。碌碌盆盎中，見此古罍洗。薄飯不能羹，牆陰老春薺，唯有文字工，萬古抱根柢…」。蘇東坡由於是形容自己的弟弟，相同的賞愛就出以嘲謔…「宛丘先生長如丘。宛丘學舍小如舟。常時低頭誦經史，忽然欠伸屋打頭。斜風吹帷雨注面，先生不愧旁人羞。任從飽死笑方朔，肯為雨立求秦優？眼前勃磎何足道，處置六鑿須天遊。讀書萬卷不讀律，致君堯舜知無術…」，因而別具幽默滑稽之美。這種幽默滑稽的形相，亦一再見於對自己的自嘲與嘲人…「先生食飽無一事，散步逍遙自捫腹，不問人家與僧舍，柱杖敲門看修竹」；「心衰面改瘦崢嶸，相見惟應識舊聲」，「畏人默坐成癡鈍，問舊驚呼半死生」，「東坡先生無一錢，十年家火燒凡鉛。黃金可成河可塞，只有霜鬢無由玄。龍丘居士亦可憐，談空說有夜不眠。忽聞河東

獅子吼，柱杖落手心茫然。誰似濮陽公子賢，飲酒食肉自得仙，平生寓物不留物，在家學得忘家禪」。不論是對於詩藝的讚賞，對於道德人格的崇仰，甚或是對安貧樂道的正面肯定或滑稽側寫，其實所強調的皆是精神的遠超出外在環境、外表形跡的自由高卓。因此宋詩中對人的賞愛，往往多出以對於其人精神——往往以詩文為代表——的想像幻想性的描寫：「信哉天下奇，落落不可拘」，「作詩幾百篇，錦組聯瓊琚，時時出險語，意外研精麤，窮奇變雲煙，搜怪蟠蛟魚」（歐陽修〈哭曼卿〉）；「我詩如曹鄶，淺陋不成邦，公如大國楚，吞五湖三江。赤壁風月笛，玉堂雲霧窗。句法提一律，堅城受我降。枯松倒澗壑，波濤所舂撞，萬牛挽不前，公乃獨立扛」，「竟陵主簿極多聞，萬事不理專討論，澗松無心古須鬣，天球不琢中粹溫，落筆塵沙百馬奔，劇談風霆九河飜」，即使是對於雄才武略的描寫亦是如此：「乃翁知國如知兵，塞垣草木識威名，敵人開戶玩處女，掩耳不及驚雷霆」，「阿兄兩持慶州節，十年騏驎地上行，潭潭大度如臥虎」（黃庭堅）。王安石〈明妃曲〉強調：「意態由來畫不成」，宋詩所想表現的正是這些寫生的畫工所畫不成的人物的精神意態之美。

十三、史書、志怪、與傳奇

魏晉以降迄於兩宋，除了正史之外，敍事文體的寫作似乎爲詩文的光彩所掩。但是自《漢書》以下的史書，卻留給了我們各式各樣的人物，諸如帝皇的侍從之臣，司馬相如、東方朔：遠赴異

國絕域的英雄，張騫、班超、蘇武，甚至悲劇性的李陵；以至氣節之士范滂；割據的英雄，曹操、劉備；風流名士，羊祜、阮籍、謝安等等不勝枚舉的令人難忘的圖像。這些歷史形象自然都是「傳奇」人物，顯露的仍是光彩眩目的「傳奇」性的美。

正史之外，六朝仍有在「文」、「筆」之分中，以「筆」的方式記載名士的雋語逸事的《世說新語》與志怪小說。《世說新語》表現的重點正在人物的性情見識等精神意態的顯現，雖然透過的只是人物一生事跡中一些微末的富涵意義深具暗示性質的細節。這種細節的專意記述與寫作，無疑銳利了對話之表現能力的覺識與掌握，也強化了對於人物精神性情的興趣與探討，對於唐人傳奇的作者或讀者，自然也做了某種意義上的鋪路工作。

魏晉南北朝的志怪小說，似乎在彌補，自〈古詩十九首〉和〈鵩鳥賦〉以降，在抒情的詩文傳統中所全然接受的，死亡意即現世生活的全無補償，全無救贖的結束的看法。或者肯定一個遠非帝皇權力所能企及的神仙世界，如《漢武內傳》等；或者反覆思索揣測一種人類死亡之後仍然以另一種形式存在之鬼魂的有無，以及他們存在的形態，如《搜神記》中阮瞻與鬼論辯鬼之有無，以及《列異傳》中宋定伯賣鬼等；當然幽明交通或者遭遇神異更是隨處可見，在所多有。而《列異傳》的談生與王女，《搜神後記》中的張子長與前任太守女的人鬼相戀，以至死而復生的功敗垂成，則顯然更具早期神話中「再生」的信仰與渴望。此外劉晨阮肇入天臺，以及《漢武故事》、《飛燕外傳》等帝王后妃的戀愛故事，亦標示了中國小說發展的另一個可能性：描敘男女情愛之自由追求的渴望與實現的歷程；尤其是愛情與其他情感或各種現實之壓力的種種衝突與曲折的歷程。

到了唐代以後，自敘事詩的〈長恨歌〉、傳奇的〈長恨歌傳〉、〈鶯鶯傳〉，歷經元雜劇的《梧桐雨》、《西廂記》，明清傳奇的《牡丹亭》、《長生殿》，以至清代的長篇小說《紅樓夢》、《兒女英雄傳》等等最重要的名著，始終是中國敘事文學的一個重要主題。

由六朝叢殘小語的志怪，到唐代刻意鋪敘的傳奇，自然是一絕大的進步。唐人傳奇不但把注意力由鬼神怪異拉回到現實人生來，而且是有意的要在現實人生的框架上，擬想出一種超凡入奇的精神意態來。因此，一方面不但基本上是採用史傳的形式，而且有意做種種寫實性細節的描寫，努力的藉現實生活中日常細節的模擬，給讀者製造出一種這恍惚是日常生活的遭遇或狀況的幻覺，然後與眾不同，超凡入奇，甚至入幻的人物出現了，許多精彩淋漓可歌可泣的事情發生了。我們一方面可以看到藩鎮割據，士妓交往，婚姻高門，佛道盛行，胡漢雜處等等社會現實，我們一方面所面對卻也是龍宮、蟻國、神仙、狐怪、轉世、飛行等等的幻境，而且是以寫實的筆法所刻意經營的真假莫辨，如真似夢的幻境。在這種小說中人們並不需要犧牲他們的現實感以換取一個夢幻的世界，反而是馳情入幻的以夢幻的世界來延伸了人們的現實經驗，使我們不再受到日常生活現實的拘限，而讓內心之中的奇情壯思能夠有一七彩繽紛宣洩的機會。因此唐人傳奇表現的總是一種出位之思，讚賞的總是各色出格的人，無形中帶給讀者的就是一個容許恣縱狂放之自由的心靈世界。而小說中略無拘束痛快淋漓的英雄豪傑，或文采風流，出類拔萃的才子佳人，以至多情有義的蟲獸異類，能愛敢恨的神仙鬼魂，都表現出一種強旺至極、精力瀰漫的生命情采，真的令人感

覺生身爲人的尊貴與存活在世的喜悅。唐代傳奇與六朝志怪，同具一種馳情入幻之美，但是一則絢爛歡暢，一則陰鬱恍惕，實是大相逕庭。

十四、古文

由漢賦所發展下來的重「文」輕「筆」的美感趨勢，到中唐終於有了明顯的改變。文辭形式的整齊對稱，莊嚴華麗，不再是大家所唯一追求的「美」的典範了。爲了文辭的規律與凝鍊，也有意的把當下的個人經驗整合到歷史的整體主流，六朝以降的「文」，不但在形式上是駢儷的，並且主要的是依賴爲士人所共享，已成集體經驗之傳說或歷史事跡的比附，也就是應用典故，來敘寫詮釋現實人生。影響所及，就是人類生活的詮釋，就完全局限於舊有已知的過去經驗。這在一個靜態而缺乏根本變動的傳統社會裏或許已經足夠了。但是時代變遷的新發展，卻使這種詮釋表現的方式，顯得捉襟見肘，破綻百出了。安史亂後，政治上的權力中心，顯然亦面臨式微，歷史的動力不再集中在中央的現實；從流離的杜甫開始，使許多有心的文士，終於意識到歷史的整體性不僅可以透過權力中心來代表，亦可以透過廣大的民衆，民衆的民生疾苦或安樂來反映。因此，中唐開始了以關心民衆的疾苦來尋求個人與歷史之整體結合的自覺.；於是描寫、敘述廣大中下層民衆的生活經驗——這些經驗往往並非傳統的歷史典故所能概括的——就成爲新的美學典範。因此六朝的重「文」輕「筆」的趨向不但被否定，並且在有意抹殺「文」「筆」之分的同時，或者趨

向「文」「筆」雜揉，或者乾脆以「筆」為「文」，但基本上正是一個新的重「筆」輕「文」的傾向。這種「文」「筆」雜揉的現象，出現於傳奇小說的敘寫方式，也顯露在敘事詩的重新抬頭。〈長恨歌〉與〈長恨歌傳〉的一起出現，元稹的寫《鶯鶯傳》，白行簡的寫《李娃傳》都不是偶然的。

以「筆」為「文」的傾向，則主要見於韓愈、柳宗元開始的古文運動。這種重「筆」輕「文」的趨勢，正是以敘述日常經驗，摹寫人情世態，以敘事模擬的表現性來取代文辭的整飭，歷史的比附，與自然景物的象徵等所構成的美感。假如六朝所謂「文」的駢儷文字，可以視為是一種莊嚴的「崇高」文體的話，中唐的「文」「筆」雜揉或以「筆」為「文」的傾向，所產生的就可以算是一種「中間」文體。因為「文」的理想，仍然被保持；雖然偏向了「筆」的表現。終究「傳奇」敘寫新經驗的典範，仍是《史記》、《漢書》所表現的「倣儻非常之人」，雖然不再具有歷史的真實性；同樣的，「古文」敘寫新經驗的典範，仍是《孟子》、《莊子》的「寓言說理」；只是這兩種中唐新興的文類在經驗的細節與歷程，活動的場景與人物的情態等等的描寫上都更加刻意，更加細膩了。敘事詩或較具敘事傾向的詩歌，亦然大量的依賴自然景物象徵情緒與情境的興象手法，使用的亦仍是閨怨詩、宮怨詩中常見的遼闊優美的自然景象。

但是上述的各種傾向並沒有在晚唐延續下去，晚唐在各方面看都像是一個六朝之「文」，或崇高文體的迴光反照的時代。歷史懷古的觀照，以及豔情怨情的逃避，取代了中唐對於現實的直接敘述。宋代以後，只有「古文」得到重甦與發揚。但是以「筆」代「文」對於亭臺樓閣與周圍山水景象的「寫物」，卻取代了對於當代人情事態的「敘事」。同樣的使用日常經驗的常情常理做

為依據的論說文章，自柳宗元的〈封建論〉之後更形發達了：在「敘事」的興趣減退了之後，取而代之的就是利用前人之敘事的「史論」大行其道了。但是關於作者本人或與作者有關人士的敘事的興趣與習慣則是保留了，一直經由歸有光而到桐城派，古文的作者中心的自傳性與抒情性亦加強了。正如杜甫被目為「詩史」，主觀經驗的抒情文體與客觀事件的敘事文體，在此被融合為一，同時作者亦勇於透過一己的個體性來反映歷史的整體性，於是作者不再是撰述歷史或是替他人作傳的隱形人，他自己就是他將經由種種文類與文體所撰作的歷史傳記的中心人物。宋代以後一本本的詩文集開始編纂印行了，最終呈現的都是自傳性的美！

十五、詞

假如「文」與「筆」之分，原也是「整齊華麗」與「接近口語」的文體之分，那麼中唐文士如白居易、劉禹錫的接受民間的「詞」體，而開始較大數量的填詞，顯然也是他們的以「筆」代「文」或「文」「筆」雜揉之傾向的另一嘗試。「詞」體經由這些文士的點染轉化亦因此而深具中間文體的性格。中唐的許多嘗試在晚唐沒有得到發展，但「詞」卻單獨的得到青睞，顯然正因「詞」的《花間》、《尊前》應用的性質，正與晚唐盛行的豔體怨情的詩風有所應合。因而「詞」首先始於女性姿態的描寫：「小山重疊金明滅，鬢雲欲度香腮雪，嬾起畫蛾眉，弄妝梳洗遲」（溫庭筠）；以及女性幽怨情懷的抒發：「香霧薄，透簾幕，惆悵謝家池閣，紅燭背，繡簾垂，夢長君不知」

（溫庭筠）；接著轉化爲流連風月的士人之情懷的抒發：「壚邊人似月，皓腕凝霜雪，未老莫還鄉，還鄉須斷腸」（韋莊）；而終於發展爲詞人的婉約情懷的抒寫：「河畔青蕪堤上柳。爲問新愁，何事年年有，獨立小橋風滿袖，平林新月人歸後」（馮延巳）；甚至激烈痛苦的人生感慨：「雕欄玉砌應猶在，只是朱顏改，問君能有幾多愁，恰似一江春水向東流」（李煜）。接著發展的就是整體的歷史意識：「大江東去，浪淘盡，千古風流人物」（蘇軾），以及個人的對於歷史整體關切下的特殊認同：「千古江山，英雄無覓，孫仲謀處」（辛棄疾）。到了這一階段，「詞」已經勝任了傳統上「詩」之適宜表現的各種題材了，只是由於是長短句，加上詞調先天的柔婉性格，終是顯得嫵媚勝於雄偉，接著竟是「倩何人喚取，紅巾翠袖，搵英雄淚」；高曠深遠如蘇軾，對「羽扇綸巾談笑間，強虜灰飛煙滅」所作的「故國神遊」亦前不忘「小喬初嫁了」，後則念「多情應笑我」。兒女情懷始終是「詞」的基本性格，也限制它，即使有了歷史意識現實關懷，亦只能作象徵抒情或詠物影射方式的表現，而無法作敘事性的表現。同時它所描寫的自然景物雖然亦不具宇宙的眞意或開闊雄渾的氣象；但無疑卻是掌握了園林閨閣之中，最爲細膩最爲幽微的自然景物的季節與時刻的變化：「小徑紅稀，芳郊綠徧，高臺樹色陰陰見。春風不解禁楊花，濛濛亂撲行人面。　翠葉藏鶯，朱簾隔燕，爐香靜逐遊絲轉。一場愁夢酒醒時，斜陽卻照深深院」（晏殊）；並且透過這種「銀屏昨夜微寒」（晏殊）或「雲破月來花弄影」（張先）的幽微變化的知覺，反映一種閒靜幽眇的情懷，一種淡淡若有若無，似愁似夢的生命的省覺：「自在飛花輕似夢，無邊絲雨細如愁，寶簾閒掛小銀鈎」

（秦觀）。「詞」所表現的正是最爲溫柔最爲細膩的婉約之美，不論就其景物描寫，就其反映心緒，就其語辭句調，皆是如此。

十六、曲

「曲」由於可以加襯字，在「接近口語」上又比「詞」向前邁進了一步；並且可以聯結數支同一宮調的曲牌成一套曲，因而在長度上就有了近乎古詩的自由，使它同時具有了抒情與敘事的能力；也因此它遂同時往「散曲」與「劇曲」兩個方向發展。

「曲」也由於它產生的年代正是蒙古的鐵騎縱橫，漢人爲異族統治而儒士地位低落至於屈居娼妓之下的元代，因此不但在語言上幾近俚俗，在散曲的內容上亦顯露爲造作的頹廢與有意的粗俗，因而成爲典型的「卑下」文體。這種「卑下」文體正產生在儒士已淪落於市井之中，刻意的去模仿市井小民的自然情態：「碧紗窗外靜無人，跪在床前忙要親。罵了個負心回轉身，雖是我話兒嗔，一半兒推辭一半兒肯」（關漢卿）。由於在商業興盛的市井之中，本能欲望的追逐，酒色財氣的沉溺，似乎就是生活所唯一可以掌握的目標；因此儒士們有意的捨棄自己的精神領域，而造作的完全認同於這些市井習見的本能欲望，並且甚至似乎要在這種認同中重新爲自己建立起一套新價值來：「長醉後妨何礙，不醒時有甚思。糟醃兩個功名字，醅渰千古興亡事，麴埋萬丈虹霓志」，反映的正是對於歷史整體發展的絕望：「蓋世功名總是空，方信花開易謝，始知人生多別。

憶故國，漫嘆嗟！」（白樸），「傷心秦漢經行處，宮闕萬間都做了土，興，百姓苦；亡，百姓苦」（張養浩）。在這種絕望中，或者反激為刻意的玩世不恭，如關漢卿〈不伏老〉套數以「我是個普天下郎君領袖，蓋世界浪子班頭」自許，形容自己：「我是個蒸不爛煮不熟搥不匾炒不爆響璫璫一粒銅豌豆，恁子弟每誰教你鑽入他鋤不斷斫不下解不開頓不脫慢騰騰千層錦套頭」，強調自己對於縱情聲色的無盡沉溺：「你便落了我牙，歪了我嘴，瘸了我腿，折了我手；天賜與我這幾般兒歹症候，尚兀自不肯休。則除是閻王親自喚，神鬼自來勾，三魂歸地府，七魄喪冥幽，天那！那其間纔不向煙花路上兒走」，表現的正是一種頹唐下的嬉笑怒罵：悲哀裏的放縱恣肆。或者採取一種恬退的生活姿態：「半世逢場作戲，險些兒誤了終焉計，白髮勸東籬，西村最好幽棲，老正宜」，「青門幸有栽瓜地，誰羨封侯百里？桔槹一水韭苗肥，措大家黃虀」（馬致遠）。這種充分意識到「先生」和「措大」同列，正是使得「紅塵不向門前惹，綠樹偏宜屋角遮，青山正補牆頭缺」的曠達，或「和露摘黃花，帶霜分紫蟹，煮酒燒紅葉」的喜樂，都被「上床與鞋履相別」的悲哀所抵銷的緣由。因此誇張的滑稽或刻意的曠達，其實都是一種無奈心情的姿態。「曲」所表現的不僅是亡國之音哀以思，而且是儒生文士進退失據淪落的狂歌當哭，強顏歡笑。所謂「頹廢、鄙陋、荒唐、纖佻」的曲中四弊❺，正是儒生文人被迫認同於市井措大的結果；但是痛快恣肆，活潑直率，又何嘗不是市井措大以及「曲」之表現情態上的美呢？

假如唐詩中的雄心壯志表現在開闊遼遠的山水雲日；宋詞中的柔情蜜意表現在樓臺園林的風

月花鳥：那麼元曲的恣肆滑稽就表現在比擬象喻的奇詭和各式各樣的昆蟲了⋯「看密匝匝蟻排兵，亂紛紛蜂釀蜜，急攘攘蠅爭血」；「西村日久人事少，一個新蟬噪。恰待葵花開，又早蜂兒鬧，高枕上夢隨蝶去了」（馬致遠）；「眼中花怎得接連枝，眉上鎖新教配鑰匙。描筆兒勾銷了傷春事。悶葫蘆咬斷線兒，錦鴛鴦別對了個雄雌。野蜂兒難尋覓，蠍虎兒乾害死。蠶蛹兒別罷了相思」（喬吉）。自然景象亦可以在俚俗的語言與比喻下成了⋯「冷無香柳絮撲將來，凍成片梨花撥不開。大灰泥漫不了三千界。銀梭了東大海，探梅的心嚜難揹。麵甕兒裏袁安舍，鹽罐兒裏黨尉宅，粉缸兒裏舞榭歌臺」（喬吉《詠雪》），以俚俗的「麵甕兒」、「鹽罐兒」、「粉缸兒」、「大灰泥」以至「心嚜難揹」形容文雅的「袁安舍」、「黨尉宅」、「舞榭歌臺」，並且透過虛字形容詞把原屬文雅的「柳絮」、「梨花」、「銀梭」、「東海」俚俗化，使它們喪失原有的莊重與整鍊，由客觀景物的表徵而淪為語調口吻，並且是一談諧玩笑的口吻之內涵，有意的化雅為俗，化莊嚴為儇佻，一如戲劇中聰明的傻子，逗趣的丑角的語言，正是這種典型的「卑下」文體之美！

十七、戲曲

中國的戲曲其實是兩個傳統的結合，一方面是戲劇，具有敘事文學的間架；一方面卻是套曲，仍然是抒情文學的內涵。因而在評價標準上，歷來總有重視案頭之曲與場上之戲的爭論。元雜劇由俗講、變文，以至諸宮調等講唱文學蛻化而出，仍然保持每本或每折一人獨唱的習慣，因此無

形中使它的表現更具抒情性。一方面導引觀眾在劇場中和單一的觀點人物認同，一方面吸納了所有的外在事件與動作，成為此一單一觀點人物的內在經驗，尤其是其情感經驗的內涵。因此，高潮並不在行動與抉擇，而在事件過後的觀照、沉思、感傷與追懷。到了明人「傳奇」，每折每本一人獨唱的慣例雖然打破，甚至可以有對唱、正是這種設計的範例。但是在它由一本四折而轉變為四、五十齣的同時，它所增加的幾十齣的篇幅並不全是因為事件更複雜或情節更曲折了，相反的只是增加了更多各個主要人物作與主要情節並無必然關連的感時傷懷的抒情表現的場合。因此抒情性，並且透過抒情的表現使觀眾深入的體驗主要人物的各類情感經驗，因而認同於主要人物的人格與性情（不是在其行動中認識其性格），就是元明戲曲的表現特質了。也因此情節發展的因果關連，是否合理，是否具有必然性並不重要。正如傳記的不同於西洋古典戲劇，並不能具有一種事件上的內在統一；傳記的內在統一是建立在人物性的不同於西洋古典戲劇，並不能具有一種事件上的內在統一；而《梧桐雨》的取材情與人格的內在統一上。中國的敘事傳統原是建立在「史傳」的典範上的；而《梧桐雨》的取材於〈長恨歌〉多於〈長恨歌傳〉，正提供我們一個線索，中國戲曲所繼承發揚的不僅是自「史傳」發展下來的唐人「傳奇」的傳統，事實上還更是中唐敘事詩的傳統。中唐敘事詩如白居易的〈長恨歌〉與〈琵琶行〉，由於受到了宮怨詩與閨怨詩等怨情詩的影響，比起〈悲憤詩〉、〈孔雀東南飛〉，甚至《陌上桑》、〈羽林郎〉等漢魏敘事詩，更具抒情意味，更利用情景交融，藉景興情，以景喻情的手法。《梧桐雨》和《漢宮秋》的基本意念，誠如它們的題目所暗示的，正是

建立在這種創作手法上，也建立在這種手法所產生的抒情性的美感。因此，傳寫人物的抒情之美，

才是元明戲曲的表現的重點。所以，創造故事始終不是這些戲曲的最大的關切，它們大可承襲唐

人傳奇或其他本事，或者竟是陳陳相因；創作曲文抒寫人物的情懷，因而重新塑造詮釋了人物的

情性，才是這些戲曲家用心的關鍵。寶娥的委屈，張君瑞的顛狂，唐明皇的沉湎，漢元帝的憤怒；

以至趙五娘的純孝，蔡中郎的兩難：這種種的情感的表現才是這些戲劇的重點。由於中國戲劇是

以抒情為重心的，因而戲曲家們也發展出一種重情的傳統：因此倩女可以為「情」離魂，杜麗娘

可以為「情」還魂，寶娥的「冤」情可以「感天動地」，趙五娘之「孝心」可以「感格動陰兵」；

以致湯顯祖可以更將這一重情的現象，發為有意的主張，以對抗道學家們重理的偏枯。人情之美，

正是中國戲曲之美！

　劇曲與散曲雖然發生於同時，作者也往往重疊；但是它們在美感的性格特色上卻是分歧的。

散曲由於先前已有「崇高」文體的詩與「中間」文體的詞，它的獨特的開拓與發展就在「卑下」

文體之美（自然它也有模仿詩詞之美的作品）。但是戲曲一方面自然必須包含各種類型的人物；一

方面則有顯然的主角與配角，曲文與賓白之分。往往表現的正如唐人「傳奇」，是虛構的「俶儻非

常之人」，僅只重點轉移到他們的「俶儻非常」之情。明人「傳奇」的依然使用「傳奇」為名，正

可以充分說明它們的美感性質，其實近於唐人傳奇，基本上正是「中間」文體之美。不論是元雜

劇或明傳奇，其主要人物若非帝皇、后妃、英雄、俠義、神仙、孝節，大抵都是才子佳人。才子

佳人不但是典型的「中間」敍事文類的題材，而且大量出現在這些戲曲中的權豪，如「無情的鄭

恆」或「賊」將孫飛虎，以及在許多「士與妓戀愛」作品中出現的「商人」，成為迫害性的對手，同時在戲劇結束之前都受到懲罰：這些現象正都反映了淪落的士人的自衛性與自慰性的認同與補償。由於戲曲敘事的虛構性，可以像心理劇一樣的維護了淪落士人的自我形象，並且由於曲文與賓白的並置；因此次要人物的賓白固然恰如其份的多用「卑下」文體，但主要人物，以及作品重心的曲文，卻總是抒情的詩詞，典型的「中間」文體的風格！

十八、話本

真正的表現「卑下」文體之美的敘事文類是話本。話本由於源出娛樂市井小民的「說話」，因此不但語言上採用俚俗的口語，並且往往以一般市井小民為故事中的主角，同時反映這些卑微市井小民的趣味和意識。因此，社會下層人物，如行走的商人、攤販的小經紀、製造的工匠、管事才是他們命運的象徵。對於他們而言，財富（而非官爵），的獲得與失去的夥計等等就大量的出現在話本中成為主角。對於他們而言，財富（而非官爵），的獲得與失去才是他們命運的象徵。幸福似乎也就只是財運亨通之外，有一個美好的家室。因此，財富與婚姻的得失就成為最慣常的主題。但即使在這兩項事物的得失上，也往往反映出一種小人物狂想曲式的福從天降，或錯失交臂，以及飛來橫禍。得與失之間，幾乎都是不曾努力，不經預期的無心而致。因此運氣是一個重要因素，鬼神以及某種微妙的因果就是這種運氣的表徵與執行。迷信，因此就是這種作品的基本精神風貌。在迷信的底層，是一種對於一己命運無法掌握與預期的恐怖。

鬼的一再出現，尤其以愛上主角的女性，甚至結襧的妻子的形象，正與以救星或以帶來大筆財富的貌美多才又以身相許的女性一樣重要，她們正各自成爲話本世界中惡運與幸運的象徵。而其中所宣揚的微妙的因果，正如〈錯斬崔寧〉的以一句戲言而招致三條人命；或〈賣油郎〉以一夜「幫襯」的以衣承吐，終致換來「獨占花魁」的享盡人財兩得之「風流」：都反映出一種賞罰過當的不可捉摸。這種不可捉摸，正反映出這些卑微小人物的希冀的狂想；也流露出他們根本的對於命運的恐怖——飛來橫禍確實也可以因爲位居他們之上權貴的一時喜怒，甚至生死。因此在恐怖與希冀中，郭排軍禁不住閒磕牙」（〈碾玉觀音〉）而改變了他們的命運，例如「咸安王捺不下烈火性；郭排軍禁不住閒磕牙」（〈碾玉觀音〉），而改變了他們的命運，甚至生死。因此在恐怖與希冀中，正有他們對於身遭不公，命決人手處境的隱約的抗議在內。〈錯斬崔寧〉中對於府尹問案的批評；以至藉鬼神與雞豕爲名的辱罵「拗相公」，正都流露出這種憤怒。因此巧妙的維持公平的審判者，如〈亂點鴛鴦譜〉的「喬太守」或者判令〈錢秀才錯占鳳凰儔〉的大尹，甚至脫罪還妻給蔣興哥的知縣吳傑，才成爲話本小說所讚頌再三，帶給主角幸運之喜神。因此話本反映的正是卑微人物對於無常命運的沉思與默禱，流露的正是人類最根本的祈福避禍之誠的一般人情之美。

十九、說部

　　當博學多聞的文人才士著手於「卑下」文體的白話小說的寫作時，他們一方面充分的利用了白話在敘事描寫上的自由靈活，一方面也將他們所特別具有的整體性意識帶入了小說，不但產生

了篇幅龐大的長篇說部，而且透過這些長篇說部，反映了一種複雜而注重細節的對於歷史、社會、人生的整體觀照。這種整體觀照改變了白話文體上的「卑下」性質，而使它們產生了「中間」以上文體的魅力與表現性，使得日後以白話為工具的「文學革命」有了典範上的依據。歷史，原就是人類整體性經驗之所繫，因此這種整體性觀照自然首先出現於對於歷史的重新認知，《三國演義》就是這種作品的典型。宋代「霍四究說三分」所用的語言如何已不可知；但自元代《全相三國志平話》使用的已是「文不甚深，言不甚俗」❺❷的介乎文白之間的文體，這或許受前有史書之傳承的影響；或許也受歷史事件本身所反映的集體命運的重要性與嚴肅性的影響，總之，流傳的

《三國演義》的各階段的寫本，始終在文體上沒有完全「卑下」化。但是《三國演義》在因襲平話、參考正史的逐步發展中，卻一方面超越了話本一貫的訴諸鬼神怪異因果報應的思想；一方面又超越了正史的割裂的紀傳體例，而能以一種「話說天下大勢，分久必合，合久必分」的歷史觀照，對漢靈帝至晉武帝之間的合而又分，分而又合的歷史演變作照顧細節的整體敘述，雖然材料多有傳承，但是這種敘事上的新的「整體性」確是長篇說部的貢獻。由於出現在這段歷史舞臺上的歷史勢力包括了宦官、外戚，以宗教為名的反叛的盜賊，跋扈的將領，割據的軍閥，官僚文士，崛起民間的草莽英雄，隱居待時的智謀隱士等等，幾乎囊括了在歷史上起作用的各種典型的人物，

對漢靈帝至晉武帝之間的合而又分，分而又合的歷史演變作照顧細節的整體敘述，雖然材料多有

因此這一段歷史就同時具有中國傳統歷史之縮影的典型作用，因此它們被加以整體性敘述時，就更具對於中國傳統歷史之觀照的整體性意義。而作為一部敘事的文學作品，《三國演義》更不致把歷史只是視為一些客觀的歷史勢力的交互作用；相反的它總是提醒我們，人類個人的情義利欲的

反應與掙扎，在重要的歷史時刻也在發生作用：或許這正是《三國演義》的迷人之處，也是它的並不完全刻意求實的歷史觀照的健全與眞實之處。

　　《水滸傳》所提供的自然是一種更爲偏窄化的「歷史」的透視，但觸及的卻正是「成則爲王，敗則爲寇」的歷史的鐵則。草莽的俠義，羣聚的盜賊，割據的軍閥，以至削平羣雄，統一天下的帝皇，自漢高祖以後正是歷史上改朝換代內在一貫的歷史動力。假如《三國演義》所作的是走完全程的全景的觀照：《水滸傳》所作的正是僅只走了半程的側景的特寫。但是整體性的意識仍在這部小說的發展過程中起作用，爲了彌補它在整體性意義上的不足，自《大宋宣和遺事》已藉九天玄女天書，經由神話性的天罡三十六將，來肯定此一羣體所具有的形上整體性的意義。因此雖然在實際的歷史廣涵面與影響性其實有限，但洪太尉誤走妖魔，一百零八條好漢各爲星宿下降等等的神話框架，卻正是有意藉此確認梁山泊爲歷史動力之重心的設計。經由一個神話的框架，肯定小說中的世界具有一種形上的整體性意義，因此小說中的人物與行動具有一種人類集體命運的象徵意涵，就在中國長篇說部反覆出現。《紅樓夢》的金陵十二釵，《鏡花緣》的百花仙子，固然都是《水滸傳》後最明顯的例子：而《西遊記》中孫悟空的大鬧天宮，師徒四人的皆由天上帶罪下凡，因此在地上長途跋涉求經等的神話設計，亦使此一求經的行動，具有了驚天動地的宇宙性的普遍意義。《儒林外史》楔子中藉王冕和明太祖相遇，批評取士之法，以至天降百十星君維持文運之預言：同時將全書的高潮建立在祭祀泰伯：甚至五十六回本之第五十六回的《神宗帝下詔旌賢，劉尚書奉旨承祭》，雖然未必符合作者原意：其實都是在確定全書所具的整體性的典型象徵意

義。即使是《金瓶梅》的以項羽、劉邦、虞姬、戚夫人為引，而終於結束在「普靜師薦拔羣冤」，所有主要人物的鬼魂一一出現，再去投胎轉世，都是這種暗示整體性意義的設計。

假如說人類的歷史，所謂武功，原來即包含了戰亂時期的武功，以及承平時期的文治。當中國呈現為一個自足的天下，所謂武功，指的正是改朝換代或穩定秩序的對軍閥與盜賊的征戰討伐：它們就是《三國演義》與《水滸傳》的主題：所謂文治，唐宋以後歷來也是豪紳與士人的糾葛競爭，《金瓶梅》與《儒林外史》反映的正是這批「無譁戰士」──豪紳與士人──以社會與家庭為戰場所做的名利與酒色財氣的「銜枚勇」❸的徵逐。《西遊記》描寫了許多戰鬥，卻是停留在神魔的象徵層面。；《紅樓夢》統括了豪紳家族與士人文化的糾葛，描寫的卻是一個詩意與權欲並存的貴戚家族的盛衰。它們所想表現的整體性觀照的對象，其實既不是歷史，也不是社會，而是人生。在以家為中心的傳統文化的基設上，《西遊記》表現為「出家」在外的精神歸宿的追尋：《紅樓夢》則專注在「家」的生活之各面的諦現：崇高與卑下：詩意、真情與權欲、罪惡之雜然並存，糾葛難分。

《西遊記》肯定人生終究只是一個朝聖之旅，充滿各種苦難，只有憑藉信心與不懈的奮鬥，才能實現生命的意義：；《紅樓夢》則了悟只有建立在真情的基礎上，「家」才可能是一個「真如福地」，才能實現與實現。《金瓶梅》在它的社會批評之外，比《紅樓夢》更明顯的暴露了，人生若失去了精神的追尋與提昇，富貴的生活如何可以在「飽暖思淫欲」下墮入一團漆黑的人間煉獄。《儒林外史》亦入木三分的撻伐了科舉文人的追求利祿而完全喪失其所應有的精神德性生活的墮落。這些長篇說

部皆各自創造了它們自身具足的整體性的世界，但是綜合來看：軍閥、盜賊、豪紳、文士、貴族、

僧道，亦皆是中國傳統社會的基本的結構因素，因此正是更完整的反映了中國傳統社會的歷史動

力。而《儒林外史》的質疑科舉制度；《紅樓夢》的質疑家族組織；《三國演義》、《水滸傳》的

質疑君權；《金瓶梅》的質疑紳權，以及一夫多妻的婚姻制度；甚至像《鏡花緣》的質疑重男輕

女，以至纏足的壓迫性習俗；《西遊記》質疑傳統文化的形上的父權思想，以及中國文化在安身

立命上的有效性，以至晚清小說如《老殘遊記》的質疑傳統的集司法行政於一身的吏治……這些

小說的作者們，正有意的利用了白話文體的「卑下」，因而反而較無禁忌的性質，訴諸經驗與人性

的法庭，對中國傳統文化種種發展的流弊，向廣大的讀者提出籲求；它們正反映出對於中國文化

發展的反省的自覺。正因反省的是整體性的文化基設，也因此他們必須更加訴諸一種整體性的觀

照。因而以複雜的細節，眾多的人物，糾纏的關連，創造出一個單一思維動向的紛繁變化，包含

各種典型的整全世界，正是這些長篇說部的整體性觀照之美。同時這些小說中的世界，往往以驚

天動地，繁華熱鬧的風雲際會爲高潮，但卻結束在寂天寞地，淒涼蕭瑟的風流雲散──「好一似食

盡鳥投林，落了片白茫茫大地眞乾淨」54。因此在讀者聆畢這些繽紛綺旎的交響盛樂，於衆弦俱寂，

掩卷沉思之際，升起的往往就是「是非成敗轉頭空」，個人的恩恩怨怨消融，而人類集體的生命繼

續：「滾滾長江東逝水」55的唯一的高音了。這正是另一層次的整體性的了悟。

　自然，由於白話的靈活，以及各種文體，例如詩詞文賦在這些長篇說部上的自由運用，使得

這些作品不但適於表現各階層各類型的整體性視野，加上足夠的篇幅亦使小說中的主要人物之生

長變化，性格內涵的發展，精神境界之轉昇，能夠得到充分的抒發，細膩的描寫。因此這些小說也提供給我們一批家喻戶曉，最為生動靈活，深刻豐盈的人性形象。從劉關張、諸葛亮到曹操；從武松、魯智深、宋江到李逵…從孫悟空、豬八戒到觀世音；從寶玉、寶釵、黛玉到鳳姐、劉姥姥等等幾乎都成為我們用以辨識人物，認知世界的人性知識的依據了。或許這些同時包含了高低、善惡、美醜的各類人性形象的創造之美，才是這些小說的更難令人忘懷的貢獻吧！因此，這些長篇說部基本上也正是包含了眾生各相的一座座人像的畫廊，永遠標幟著中國文學中對於人的關切與興趣。

二十、結論

簡略的探視過中國文學的各類文體所呈示的美，我們或許不難發現：中國文學之美是繁複的。包含了高、中、低各種文體，也紛雜著各個時代各種歧異的關懷。但是我們是否能夠確認它們之中仍然具有某種一致的共通性呢？或許我們可以說：從早期的神話開始，中國文學就擁有一個內在性的宇宙。中國人並不設想一個獨立且外在於人類現世生活之外的超越世界。即使是鬼神，也是內在於人類現世生活的鬼神，它們依存於人類對於生活的渴望，而非人類的生存恃於它們獨立自足的存在。因此中國文學，正如中國文化，是一種以人類，現世生活中的人類為中心的文學。神學的付諸闕如，以及歷史意識的特別發達，正呈示了這種內在性的世界觀。其次，即使在

歷史中，在種種的敘事文學中，人物的重要性始終大於情節的因果；正同時反映了中國文學的以人為實體，以種種的事件，為人之附帶衍生的屬性的特質。我們並不以為舞與舞者難分，我們永遠相信舞者的存在先於舞。舞，不過是舞者內在情性的短暫透顯。而人的情性才是一切事件，一切文學表現的最後實體。同時，人的情性又必須藉助於種種內外界的刺激，以及外在的表現方能透顯。因此，抒情似乎正是生命至真的表現；亦是文學主要的內涵。因此中國文學的種種文類，似乎又可以看成是種種不同的抒情方式。狹義的抒情詩文所抒的只是靜觀之情；敘事、說理等文類則僅是變化抉擇之情與深觀諦視的超昇於普遍之域的忘我之情的抒發。因而所謂抒情，亦正是以內在於事實之刺激的外緣性抒發；與情性因內在律動的內質性的抒發。寫實與虛構亦僅是情性因宇宙，內在於現世，以一生命存在的意識觀看世界萬象，面對紛然雜陳的宇宙萬有，人生百態的自然反應。正因以生命存在的眼光看世界，正因一開始即接受一個道器不分的宇宙，所以天地萬物與我並生合一；因此自然成為抒情的媒介，亦充滿了與生命相關的真意，而成為關注的第二對象。甚或在物我兩忘、不分的時刻，與人一樣成為第一對象。因此在物我並生的現世中，經由物我映照所顯現的人物之美、人的情性之美、抒情之美，以及自然之美，就成為中國文學之美的主要價值。而〈易繫辭〉說得好：「天地之大德曰生」，生命之美，正是中國文學之美的價值性所在。

註釋

❶ 見《莊子》〈齊物論〉。

❷ 見《莊子》〈知北遊〉。

❸ 見《莊子》〈漁父〉。

❹ 見《論語》〈為政〉。

❺ 見《禮記》〈中庸〉。

❻ 見《尚書》〈舜典〉。

❼ 見《禮記》〈經解〉。

❽ 見《詩經》〈周頌〉〈時邁〉。

❾ 見《詩經》〈大雅〉〈皇矣〉。

❿ 見《詩經》〈大雅〉〈崧高〉。

⓫ 見《詩經》〈大雅〉〈烝民〉。

⓬ 見《詩經》〈大雅〉〈大明〉。

⓭ 見《詩經》〈小雅〉〈采薇〉。

⓮ 見《詩經》〈豳風〉〈東山〉。

⓯ 見《詩經》〈衛風〉〈伯兮〉。

⑯ 見同⑭。

⑰ 見同⑭。

⑱ 見文天祥〈正氣歌〉。

⑲ 見《孟子》〈離婁下〉。

⑳ 見《莊子》〈外物〉。

㉑ 見《呂氏春秋》〈去尤〉。

㉒ 見《戰國策》〈齊策二〉。

㉓ 以上引句俱見《莊子》〈寓言〉。

㉔ 見《論語》〈雍也〉。

㉕ 見《史記》〈伯夷列傳〉。

㉖ 見章學誠《文史通義》。

㉗ 以上引句俱見《史記》〈太史公自序〉。

㉘ 見司馬遷〈報任安書〉。

㉙ 參見揚雄《法言》〈君子〉：「子長多愛，愛奇也」；與司馬貞〈史記索隱後序〉：「其人好奇而詞省」。

㉚ 見《史記》〈高祖本紀〉。

㉛ 見《史記》〈劉敬叔孫通列傳〉。

㉜ 以上引文俱見皇甫謐〈三都賦序〉。

㉝見《漢書》〈王褒傳〉為漢宣帝語。

㉞見《後漢書》〈蔡邕傳〉。

㉟見謝靈運〈登池上樓〉。

㊱見漢武帝〈秋風辭〉。

㊲見辛延年〈羽林郎〉。

㊳引句見劉勰《文心雕龍》〈明詩〉。

㊴見《莊子》〈知北遊〉。

㊵見柳永〈雨霖鈴〉。

㊶見歐陽修〈生查子〉。

㊷見漢樂府〈陌上桑〉。

㊸見〈古詩十九首〉〈青青河畔草〉。

㊹見同㊷。

㊺見漢樂府〈相逢行〉。

㊻見古詩〈上山採蘼蕪〉。

㊼見同㊷。

㊽見同㊲。

㊾見同㊷。

㊿見《北史》〈李孝伯傳〉。

51見鄭騫《景午叢編》頁一七三，中華書局，臺北，民國六十一年一月初版。

52見羅貫中《三國志演義》，庸愚子〈序〉。

53「無譁戰士銜枚勇」，見歐陽修〈禮部貢院進士就試〉詩。

54見《紅樓夢》第五回。

55兩引句見《三國演義》題詞。

《意志與命運──中國古典小說世界觀綜論》序

附錄一

中國的敍事傳統，要到司馬遷的《史記》才臻完全成熟的境地。因此《史記》不但成爲後世正史的典範，而且更爲中國小說之初度成熟時期的唐傳奇所取法。而司馬遷的創作《史記》其實是深具清晰的敍事文類之理念與題材選擇的高度自覺。因此在〈報任安書〉中，他一方面自敍：「近自託於無能之辭，網羅天下放失舊聞，略考其行事，綜其終始，稽其成敗興壞之紀」，正是一種人物性格（character）的選擇與偏重的「情節」（plot）的觀念；而「唯倜儻非常之人稱焉」則正是注重事件之因果關連的「情節」（plot）的觀念；而「唯倜儻非常之人稱焉」則正是注重事件之因果關連的「情節」（plot）的觀念；而意蘊更加深遠的是他形容自己撰述「凡百三十篇」的意圖是：「亦欲以究天人之際，通古今之變，成一家之言」。

「通古今之變」，從今天的角度來看，似乎就是歷史家天經地義地當應有的職責，但在當時卻是遠遠超過了「記言」、「記事」，甚至「筆則筆，削則削」，「以一字爲褒貶」的石破天驚的重大突破。因爲它初度清晰明白的掌握了「變」，「古今」的「成敗壞興」的「終始」變化，才是歷史，甚至是任何敍事文體所當著力的焦點──假如我們可以將「古今」當作較寬泛的任何「昔今」，過去與現在來了解。而促成此一「古今」或今昔的「成敗興壞」之變化的，正來自具體可見的「人」

的「行事」，以及必須「綜其終始，稽其成敗興壞之紀」才能體察的「天道」或「天命」。前者正是人物「盡人事」的意志的表現；後者則竟是「聽天命」的命運的彰顯。因此任何「通古今之變，成一家之言」的敍事文體，在「略考其行事，綜其終始」的敍事表層之下，終究涵蘊著一種「我欲載之空言，不如見之於行事之深切著明也」的更深一層的「天人之際」的究詰與寄意。因此，「意志」與「命運」，正是歷史，甚至是一切敍事文類的表現的重點與探究的主旨。

但是「天人之際」，若從「十有五而志於學，三十而立」，甚至「四十而不惑」的角度看，可能只是「人」的「行事」與意志使然；但若從「五十而知天命」的角度看，則終不免要如「君子有三畏」的「畏天命」，處處要見到命運的顯現了。所以「天人之際」的必須「究」詰，正因其見仁見智，原來就有多重詮釋的可能性。因而即使是「歷史」的寫作，明顯的成敗興壞的事實結果不變，而若探討敍述其間的因果，則在種種人物意志與廳常天命之間，亦往往有賴於撰述者的選擇與詮釋，無法完全免除其主觀的認知與判定，而逐是事象的純然呈露。因此任何敍事中情節的關連，終是無法避免必須有賴於敍事者觀照世界的預定的信念，基本上正是一種創構。這種自覺，反映在司馬遷的省思，就是他不但用了「草創」二字來形容自己的著作，更且明白的宣稱他所「欲」的不過是「成一家之言」而已。「學者載籍極博，猶考信於六藝」的歷史寫作尚且如此，其他原屬虛構的敍事文類，不論敍事技巧如何善自隱藏，冷靜「客觀」，所敍的事象終究是主觀信念的流露呈現，就更不待言了。

敍事文類所以會有或者偏於「意志」，或者偏於「命運」的詮釋，其實正來自敍事文體的成熟，

亦即要在「綜其終始」之際，顯現其間的因果之關連，這固然是「情節」觀念，甚至以人物「性格」之統一與變化觀念的自覺，但也就在「稽其成敗興壞之紀」的需求下，形成了或者以「人事」為主，或者以「天命」為重的，不同的詮釋與敘述的傾向，而呈顯了「成一家之言」的主觀特色。

但是這種「一家之言」的主觀特色，不但是撰述者個人的性向才氣的表現，例如一般相信：「子長多愛，愛奇也」：「其人好奇而詞省，故事覈而文微」：但更重要的其實是敘事之際的自覺或不自覺的觀照世界的基本信念，若根本相信：「唯倜儻非常之人稱焉」，則出現在《史記》中的為能不是一個「傳奇」的世界？而這種信念終究不會僅止於個人的性向與氣質的表現，它勢必同時也是一種社會文化的共同價值，是一種敘事表現的美感規範，甚至因而形成了敘事文類的結構特性。

這種情形，誠如西班牙哲學家奧德嘉‧賈塞特（José Ortega y Gasset）在《對吉軻德的沉思》（Meditations on Quixote）一書中所指出的：希臘史詩（Epic）與近代小說（Novel）在敘事文類上的差異，其實正來自一則出以神話象徵；一則出以現實日用的世界觀照的分歧。但是這種觀照上的歧異，並不來自荷馬與福婁拜個人，而是來自他們所生存的社會文化的差別云云。西方文學傳統中，敘事文類的由史詩（Epic）而逐步轉趨近代小說（Novel）的發展，我們或許可以視為是由宗教社會逐步往俗世社會發展，因而在世界觀照上的逐漸「解神話」（demythologization）的過程與徵象。但是這裏所牽涉的終究是西方文化社會的內部嬗遞與發展的現象，並不必須放諸四海而皆準。

中國的敘事傳統經歷的自然是一個迥異的歷程，但是其間次文類的嬗遞，而每一次文類亦自

有其特殊的美感規範與世界觀照，則是如出一轍的。我們的敘事傳統早在孔子作春秋之際，就已是俗世而道德取向的。所謂：「王者之跡熄而詩亡，詩亡然後春秋作」。神話早在詩的興起之前就衰退而消逸了。因此，超越性的觀照，並不以系統的神話世界出現，而只以「君子畏天命」或「五十知天命」的抽象的形態出現，而終以司馬遷的「究天人之際」而達到敘事傳統之自我省思的高峯。影響所及，遂以「非常之人」的意志，以及難以究詰但確感存在的「天命」或命運，成為成熟發展的敘事文類的基本關懷與起始信念。因此形成了唐人傳奇與宋明話本的截然不同的風貌。

雖然一般學者最早注意到的「傳奇」與「話本」的差異是語言與社會階層的；但是若從敘事傳統的發展演變來看，則更應是世界觀照的區劃。

這種形成敘事文類的特質的世界觀照之差別的探討，必須一方面是共時性的，掌握某一敘事文類內在結構系統的統一的共性與變化的類型，另一方面則自然是一種歷時性的認知，由此我們可以看到次文類，如何在文類傳統中的嬗遞與代換，正因彼此各具不同的特質，所以在交相對照中，我們格外能認識其間的演化發展的意義。

樂蘅軍先生的這本《意志與命運——中國古典小說世界觀綜論》，在中國敘事文學傳統的探討上，最基本的貢獻就是，同時掌握了共時性的系統完整，與歷時性的對照演化，透過「究天人之際」的發展線索，慧眼獨具的明白指出：「唐傳奇」基本上呈現的是一個個的「意志世界」；而「宋明話本」則塑造的是一類類的「命運人生」，因而以「意志」與「命運」的辯證來綜貫了中國小說的進展。它在中國小說傳統研究上的貢獻，正如王國維先生在詞學上的指出「境界」，不僅是道其

面目，而是探其根本。同時更重要的是：樂先生在探討「唐傳奇的意志世界」時，並不以分類描述為滿足，通過唐傳奇作品的示例，進一步析理入微的探究了「意志」的「原始」、「欲求」、「自覺」等種種心理機轉與表現形態，因而構設出一套深具類型學意義的系統的人性論來，其意味之深遠已迥出於小說作品的研究了。同樣的，樂先生在《宋明話本的命運人生》的論析上，亦再度的發揮了她的綜攝構作的才華，在「命觀溯源」中綜合縷析的指出中國文化傳統裏的各種型態的命運觀念與發展，而於各別宋明話本作品的印證，一一指出思想觀念與敘事經驗的潛在的辯證關係，因而達到了對於人生與世界的整體視境，至少是這個文化所提供的整體視境。它們的由以「天人之際」的角度來探究小說，而本身逐成為高明深刻的「究天人之際」的著作，實在是令人讀來最感興味盎然之處。

接下來是兩篇深具「通古今之變」意味的論述。「唐傳奇」與「宋明話本」兩論的並列對照，自然亦已形成了一種「歷時性」的嬗遞變化的意指，但二文的論述的重點，終究還是在「共時性」的內在系統的完整觀照上。因而內涵的、人性的、哲理的探討就成為觀察論述的重點。但《水滸的成長與歷史使命》與《中國小說裏的名士形象及其變貌》二文，卻從外緣的歷史社會的情境出發。《水滸》一文中，指出宋江等人的故事，如何由歷史事蹟，基於時代心理的渴欲，而轉化為寄託性的理想化的文學形相，而這些託情寄意的故事，又如何歷經宋、元、明、清的時代處境的影響，而造成了《水滸》故事在歷代各別版本的流變成長，增刪改易，各自反映了不同時代的心理需要。這種探討一方面是人性的、心理的、表現的；但卻更是歷史的、社會的，甚至是版本的。

兩者結合，不但論述了〈水滸〉的歷史使命與文化義涵，其實更重要的是指出：小說，或者更廣

義的說，文學的創作，原來就是人類面對時代環境的「命運」的限定中，力圖伸張其人性渴望的

一種「意志」的表現，這既闡發了文學的性質，亦且詮釋了作品的內涵。

　　同樣的，〈名士〉一文，亦由《禮記》、《世說新語》所指稱的歷史上的「名士」，而逐漸論及

明代平話小說中的莊子、李白、柳永、盧柟，以至《儒林外史》的杜少卿、《紅樓夢》的賈寶玉、

《老殘遊記》中的老殘等小說中的人物。討論正是由歷史人物而轉化延伸到小說人物，不但辨析各

人的性情類型的殊異，更藉歷史、經濟、甚至政治現實等外緣來詳加落實的解釋。如果說〈水滸〉

一文的論述其實仍以「情節」(plot) 的增刪改變為主，則此篇的辨析重點，正都在小說中主要人

物的「性格」(character) 特色的表現上。「名士」一方面是天生的才性使然，若非傲骨天生，才

慧過人，何能為「名士」?但另一方面亦已成為中國文化開發的典型：既超脫塵俗，又率真處世，

正是與世界保持著一種「不即不離」關係的寫照。若從「意志」與「命運」的觀點看，則正是「意

志」不足以改變「命運」所形成的世界，但又在世界的「命運」安排之中，能以精神的超越性，

堅持一己個性之完整的「意志」。與〈水滸〉人物的「由驚天動地而寂天寞地」，任俠征戰終究未

能扭轉乾坤，甚至無法保全性命，空餘「猛志固常在」，一文一武正有異曲同功之妙。這算不算是

喪失了「唐傳奇意志世界」的信心，飽受「宋明話本命運人生」之洗禮後的迴光返照，甚至是拚

力反撲?一種對於「意志」的近乎悲劇性的禮讚?

　　中國小說在五四之後，放棄了文言的寫作，卻也不再依循話本、平話或章回的典範，而改向

西方近代的寫實小說取法。但在「感時憂國」的寫實框架，真正摹寫的卻不是超然客觀「命運」的鐵律，反而卻是浪漫的革命召喚，或激憤的嚴辭譴責，其實反而是一種作者「意志」的表現。

書中五篇關於近代以至當代的小說的論述，一方面探討類似第一人稱敍述等等的外來的敍事技巧，一方面一再的檢討鄉土、悲運、苦難的人物，如何於「命運」的鐵蹄之下，轉化爲艱難的求生「意志」，或者表現爲一種「倔強」（羅淑），或者超化爲一種「悲情」（臺靜農先生），或者遁入荒謬的「浪漫」（黃春明）。其實所在探討的正是一切寫實小說的基本美學難題：當人物不再是「個儻非常之人」，反而是平庸、凡愚，甚至是落難、可憐之人，作品的美感無法再從人物的「性格」以及相應的行爲而產生，必須祈援於「敍事」的敍述手法本身。宋明話本，以作者的高出於他的聽衆或讀者的「命運」的代言，獲得某種「崇高」的效果。五四以後新小說的策略，往往是寓浪漫於寫實，以作者的「意志」來填補空缺。讓弱小人物的蒼涼手勢，亦在作者的激越強烈的憤慨、博大深厚的同情，甚至狂放荒謬的幻想下，在特殊集中放大的敍事手法中，獲致了震撼鄉野的力量。正如將以個人遭遇而論，明明是無助無力的「悲哀」，但是透過類型化、普遍化的象徵作用，就可以轉化爲生民艱困的史詩式的「敢有歌吟動地哀」，假如未曾驚天，至少就有了動地的份量了。

書中所論，雖爲抽樣，但卻鞭辟入裏，切中近代寫實小說美學的肯綮。尤其剖析精微細膩，無形中更添所論作品的嫵媚。

總體而言，或許本書的另一個令人流連神往，不忍釋卷之處，正在探討作品之際，不論是作爲例證，或者就是論述的對象，到處流露的世事洞明與人情鍊達，真是體察深刻，滿涵智慧：更

且妙筆生花，絡繹奔會，讀來如誦人情詩，如覽浮世繪，本身就是一種豐盈的藝術經驗。而全書所闡釋的問題，不論是共時性、歷時性，以至文化特質、時代精神、人格類型、一般技巧、個別作者、單一著作，實已包含了敘事文類的各種層面的課題；所論述的作品更貫穿了先秦、兩漢、魏晉、唐、宋、元、明、清、五四，以迄當代，更是充分涉及了中國小說的各個主要的階段與年代，正是難能可貴的「綜論」。

樂蘅軍先生在求學期間是高班學長；成為同事之後，大家共組「文學討論會」，為最忠誠熱心的會員，二十餘年來，「奇文共欣賞，疑義相與析」，啓迪提携我輩之功，豈止惠賜良多所可形容！現在不嫌我的淺陋，讓我榮享先睹為快之樂，敢書雜感於前，就權充個得勝頭迴吧！

中國古典詩的美學性格

——一些類型的探討

中國古典詩歌是一極為浩繁的藝術寶藏，因此任何對其美學性質的探討都難免掛一漏萬，總是選擇性大於全面性，類型的討論多於整體的掌握。這裏我們希望透過一些有關詩歌的觀念與實際作品的配合，嘗試窺探中國古典詩歌的一些美感規範，尤其是界定詩歌本質的那種規範。當我們提到有關詩歌的觀念時，自然我們會注意具體成形的詩歌理論。但是由於理論往往是出現於創作之後的反省與說明，所以我們以為詩歌的理論事實上並不能窮盡所謂詩歌的觀念。除非我們相信詩歌的創作可以出於完全無意識的狀態，否則任何的創作，背後一定都要有某種觀念在支持與導引，即使這些觀念尚未發展成明白提出的理論。就是這種觀念中有關詩歌本質的美感規範，將是我們掌握中國古典詩的美學特質的指引。

一、「言志」詩的構成

《尚書》〈堯典〉的：

帝曰：「夔，命汝典樂，教冑子。直而溫，寬而栗，剛而無虐，簡而無傲。詩言志，歌永言，聲依永，律和聲。八音克諧，無相奪倫，神人以和。」夔曰：「予擊石拊石，百獸率舞。」

或許是我們所知的中國最早的對詩的談論。「詩言志」後來雖然成為傳統對詩歌的基本觀念與認識，但在上文中，「詩」卻顯然是附屬於「樂」的。「歌永言，聲依永，律和聲，八音克諧」的音樂性質才是其中所強調的美感素質之所在。這種音樂性質正建立在改變了語言的正常使用，一方面以「永言」以「依永」來發「聲」：一方面又刻意符合「無相奪倫」的「聲」的規「律」與「和」、「諧」的要求的結果。因此這裏所強調的美感的構成，甚至因此產生的「直而溫，寬而栗，剛而無虐，簡而無傲」以至「神人以和」的倫理影響，顯然都並不建立在「詩言志」的「志」的性質與內涵上，而是建立在「聲」、「樂」、「八音」的形式特質──即它們的「永」、「律」與「和」、「諧」的性質之上。因此，「詩」固然是「歌」中之「言」，「言」亦是「志」的表達，但它們至多只是美感創構的生料，「樂」、「音」才是藝術創造的表現和重心，也是其藝術影響的倫理教化的手段與關鍵。所以夔的回答也強調的只是這種音樂性的「予擊石拊石，百獸率舞」，根本上「百獸」是無法

瞭解人類的「言」，更遑論「言」中之「志」了！

在這種觀念下，我們就可以產生如下的這種「詩」歌：

〈噫嘻〉

噫嘻成王，既昭假爾。率時農夫，播厥百穀。

駿發爾私，終三十里。亦服爾耕，十千維耦。

〈周頌〉

〈豐年〉

豐年多黍多稌，亦有高廩，萬億及秭。

爲酒爲醴，烝畀祖妣，以洽百禮，降福孔皆。

〈周頌〉

在上文中提到「詩言志」時，其實並不是以「志」來解釋「詩」的特質，因爲只要是「言」表達的就是「志」，它所強調的只是以「樂」「歌」仍然是以「言」作爲它的生料，這種作爲「樂」「歌」生料的「言」就叫做「詩」；而在這種觀念下，任何「言」只要能夠出以「歌永言」而能符合「聲依永，律和聲，八音克諧，無相奪倫」的音樂表現的要求，都可以是「詩」。因此「詩」與「非詩」的區分，並不在「言」的能否表達「志」，或「志」的具有某種特性，而只在它是否合「樂」，以及是否「聲依永」而出以「永言」的「歌」。因此像〈噫嘻〉、〈豐年〉這類的「詩」和任何「非詩

的禱詞或命令並無「志」意上的不同，唯一的區別是它已合「樂」而成為「樂」「歌」；並且在語「言」上為了合「樂」，而修整成整齊的四字句，或接近四字句的韻語的形式而已。自然這種禱詞或命令，亦接近早期宗教社會神權思想的「神人以和」的理想。

但是只要「詩」是一種藝術，遲早它就必須發展出它自身的美感特性來，而無法只是「樂」的附屬或生料。因此即使是樂歌集的《詩經》中就已經有了如下的發展：

〈魏風〉

〈碩鼠〉

碩鼠碩鼠，無食我黍！三歲貫女，莫我肯顧。
逝將去女，適彼樂土。樂土樂土，爰得我所。

碩鼠碩鼠，無食我麥！三歲貫女，莫我肯德。
逝將去女，適彼樂國。樂國樂國，爰得我直。

碩鼠碩鼠，無食我苗！三歲貫女，莫我肯勞。
逝將去女，適彼樂郊。樂郊樂郊，誰之永號。

〈鄭風〉

〈將仲子〉

將仲子兮！無踰我里，無折我樹杞。豈敢愛之！畏我父母。
仲可懷也；父母之言，亦可畏也。

將仲子兮！無踰我牆，無折我樹桑。豈敢愛之！畏我諸兄。

仲可懷也；諸兄之言，亦可畏也。

將仲子兮！無踰我園，無折我樹檀。豈敢愛之！畏人之多言。

仲可懷也；人之多言，亦可畏也。

這裏我們看到的是〈國風〉、〈小雅〉最典型的三章複沓的型式。這種形式或許是來自音樂的發展與需要。但是我們卻已可以在這類作品中進一步看到了文學性的形式美感的要求與表現。首先，在〈碩鼠〉中我們可以發現即使是基本上是相同的意念結構，但卻利用了複沓的形式轉換了每一章的押韻與韻腳的用字，而形成文學性的音韻之美在統一之中的更大的變化。而「無食我……」的由「黍」、「麥」、「苗」的變化亦顯然構成了一種情勢與感受意義的逐步嚴重的發展變化；更重要的是第三章的結尾，突然改變了「爰得我……」的形式，而出之以「誰之永號」，更明顯標示出總結全詩的心理情狀。同時詩中重複的使用「碩鼠」、「樂土」、「樂國」、「樂郊」等疊詞，後三者甚至作了「頂針」的使用，都明顯的表示某種特殊意念與情緒的強調而導致某種特殊文學形式效果上的發展與表現。這種形式上的效果，即使在失去了與音樂之附屬的脫穎而出的獨立之發展。它品中感受觀察到，它所顯現的正是文學的美感形式的由音樂之附屬關連的脫穎而出的獨立之發展。它們所顯露的正是文學性的美感形式中主題原理的凸顯。這種主題原理的形式表現不但出現在疊詞的重複強調，在第三章結句的變異，事實上也建立在對比原則的充分應用。全詩的主題，也是其

詩意的張力，正建立在「碩鼠」與「樂土」、「樂國」、「樂郊」的對比，在「女」與「我」的對立，在「三歲貫女」與「莫我肯顧、德、勞」彼此對待的差異，在「逝將去女」與「爰得我所、直」的強調等等正反對比的展示上。當然這首詩在文學美感上的最大的突破還在「碩鼠」之隱喻的使用。我們自然無需如Max Eastman視隱喻（Metaphor）和聲律（Meter）為詩的兩大主要構成的原理。但是以「碩鼠」來取代聚斂的統治者的「女」，無疑是改變了語言的正常使用，而使整個語言與情緒的表現增長了美感品味的距離與空間。一方面固然達到了如李重華所謂：「徵色于象」，詩歌在「發竅于音」之外的，另一層的美感效果；另一方面更因「運神于意」的傳達出一種難以利用確指的語言表示的更為豐富、幽微的複雜情意❷。「鼠」若參照《詩經》〈鄘風〉〈相鼠〉

❸一詩，顯然正是一種最為微賤又最被鄙視的小動物：加上「食黍」、「食麥」、「食苗」亦是真正可能的「鼠」患：當聚斂的「貴人」或「大人」們被隱喻為「『碩』鼠」，不但明顯的體認了兩者在傷害災禍上的並無二致，同時亦將對於「鼠」的鄙夷、輕視、厭憎的情緒與態度轉移到這些統治者身上了❹。此外，由於人類對渺小的「鼠」輩儘管是輕鄙厭憎，但「鼠」患卻總是無法根絕，那種氣惱痛惜但又對之無可奈何的矛盾情緒，亦正給此詩的「逝將去女，適彼樂土」的既嚮往又逃避的心情，提供了一種如此反應的合理背景……。由以上的簡單的分析，我們就約略的可以看出透過物象的呈示為手段，是如何的能夠超越確指的言說在意涵上的有限性，而開拓出足令觀賞者吟詠玩味的無限的美感體驗的空間來了。但是這種美感體驗的無限空間，卻絕對是文學性的美感所特有的人類情意的知覺、領會與想像的無涯領域與專屬範疇。

在〈將仲子〉一詩裏，三章複沓形式中所顯現的內容意義的發展性更清晰、更重要。因為所做為結論的「亦可畏也」的對象，已由近及遠的自「父母之言」、「諸兄之言」而歸結到「人之多言」。這不但與「仲子」所「踰」的「我里」、「我牆」、「我園」所形成的由遠而近的發展對揚，而且正是呼之欲出的展示了敍述者所眞正關切苦惱的正是社會生活中的禮教的規範。在這首詩中物象的呈示，並未出以刻意的隱喻，「踰牆」、「折樹」似乎正是「直指其名直敍其事」❺的事件本身。但是它們卻顯然不是事件的全貌，而是事件的選擇性的換喻（Metonymy）。因為事情的要點顯然並不在「踰牆」本身，而是「踰其東牆，摟其處子」的追求行動。同時「踰牆」的行動亦正有「踰閑蕩檢」不守禮法的象徵意涵。同樣的「折樹」，若參照《詩經》〈周南〉〈桃天〉的以「桃之夭夭」來象徵「于歸」的「之子」；〈召南〉〈摽有梅〉的以「摽有梅」來象喻「庶士」對於「迨其吉兮」，已經到了適婚年齡之女主人公「我」的追「求」；〈衞風〉〈氓〉的以「桑之未落，其葉沃若」和「桑之落矣，其黃而隕」來象喻由處子而婦人的變化；以及〈豳風〉〈伐柯〉所謂：「伐柯如何？匪斧不克。取妻如何？匪媒不得」的以「伐柯」來比喻「取妻」，則顯然是更具有一種追求占有未婚處子的象徵意涵。由「折樹」的「折」，以及「樹」的皆強調「我樹」，因此而言及「杞」、「桑」、「檀」，則此一行動顯然亦象徵著「我」的一種傷害，一種對其擁有的「財富」或「美好」的破壞。所以一方面在上一句的「里」、「牆」、「園」之上都強調了「我」；一方面在下一句則說：「豈敢愛之」。這首詩所依循的不是對比的原則；而是衝突與矛盾的戲劇性的掙扎。這首詩雖然是針對著仲子而說的，話語中亦一再強調到「我」，但是其基本的立場卻不是「女」、「我」

的對立，相反的呈現出來的卻更像是「我」面臨抉擇的兩難心情。詩中表現的焦點顯然是集中

在敍述者面臨情人「仲子」的熱烈但卻踰矩的追求，必然和她的家人──「父母」、「諸兄」，甚至

街談巷議的「人之多言」所代表的社會禮儀的規範力量互相衝突之際，深感左右爲難的取捨的困

境。詩開始於祈求性的「將仲子兮」的呼喚，似乎流露出與「仲子」極爲親密，對「仲子」是極

爲溫柔的情懷；但連續兩句：「無踰我……」、「無折我樹」則又轉換爲對「仲子」的推斥排拒，

因爲顯然是受到了「仲子」追求行爲的「侵犯」與「傷害」。但緊接的卻是惟恐觸怒「仲子」的「豈

敢愛之！」，則又反映出一種心甘情願不以「侵犯」與「傷害」爲念的熱烈情意，所擔憂的更像是

惟恐「仲子」一怒絕去的可能反應。但接著表現的卻是近於〈氓〉所謂的：「于嗟女兮，無與士

耽：士之耽兮，猶可說也；女之耽兮，不可說也」，對家庭與社會規範的制裁不能不顧忌的思慮，

因此強調「畏我父母」、「畏我諸兄」。其中「父母」、「諸兄」之上的強調「我」，

正與前面的「里」、「牆」、「園」，「樹杞」、「樹桑」、「樹檀」之上的「我」一致，正是強調也體認

到這種受到「侵犯」與「傷害」之權益的家庭的共有性，也反映出敍述者對於自我身分認同的自

覺，畢竟截至目前敍述者仍與「父母」、「諸兄」是共同屬於一個「我」的；同時「兄」的強調其

爲「諸」，「人之言」的強調其爲「多」，亦都有意的強調了社會規範的羣眾性格，以及敍述者對自

身之爲羣體的一分子的自覺。其基本的抉擇與兩難至此似乎已然完全呈露了。但使這首詩充滿了

戲劇性趣味的是，在「畏」的思慮之餘，竟又如「豈敢愛之」的出現了明明白白的「仲可懷也」，

對於「仲子」本人的思戀與愛慕的表白；以及緊接著卻又在心裏重新浮現對於「父母」、「諸兄」、

「人」的「之言」的「可畏」，這樣的兩「可」之間的迴光返照式的矛盾與掙扎。這首詩固然仍是獨白的形式，但是反映的並不是有如〈碩鼠〉一般首尾一貫的心思情意，它的徘徊於兩種立場所顯現的矛盾與掙扎的戲劇性，正使此處所謂的「賦」體，不僅是「直指其名，直敍其事」而已。它所反映的其實正是一種「敍事文學」的以矛盾與衝突的心理抉擇與掙扎為核心的美感形態。

在以上的兩個例子裏，不論它們的結構原則是傳統詩論所謂的「比」或者「賦」，它們都不只是附屬於「樂」的簡單的「言」而已。並且很清楚的即使是失去了與「樂」的關連，它們仍然具有獨特的美感興味。這種美感興味顯然正是來自透過語言所呈露的心理活動與內涵的豐富性與戲劇性。因此人類內心活動的特殊形態與樣相就成為中國古典詩歌在脫離音樂之際，頭一個自覺到的獨立的美感的泉源。《詩大序》雖然使用的還是「詩言志」的詞語，但針對著《詩經》中作品本身的發展，就不得不賦與它不同的詮釋與意義了：

詩者，志之所之也。在心為志，發言為詩。情動於中而形於言，言之不足故嗟嘆之，嗟嘆之不足故永歌之，永歌之不足，不知手之舞之，足之蹈之也。

從我們的目的看來，這一段話最重要的是，它指出了詩歌的美感內涵就是人類主體的意向性的心理活動以及這種心理活動的內涵。「詩者志之所之也」，顯然具有兩重可能的解釋，而且每一重的可能解釋，對我們而言皆深具啟示：第一層的解釋是，假如「志」指的是主體的意向性的活動，

那麼「志之所之」指的就是意向性心理活動所指向的對象。例如在〈碩鼠〉中這種對象既是聚斂的統治者，也是統治者聚斂所造成的「女」「我」對立的情境與關係，它們成爲〈碩鼠〉一詩的題材(subject matter)，而敍述者「我」對此對象所產生的意向性反應，就成爲此詩的主題(theme)。同樣的在〈將仲子〉中這種對象既是「仲子」，也是「仲子」、「踰牆」、「折樹」行動所造成的社會性的緊張的情勢，它們亦正是此詩的題材。而敍述者「我」對此對象的意向性反應，雖然不同於〈碩鼠〉的立場確定，而是一種矛盾兩難的反應，亦一樣的就是該詩表現的主題。在這種解釋下，它界定了詩歌美感的題材與主題的性質與範疇。

第二層的解釋是，假如「志」指的是意向性的內涵，那麼「志之所之」指的就是意向性的心理活動的歷程。從這種角度看，在〈碩鼠〉中對聚斂的統治者的厭鄙，就是該詩的「志」，亦即是該詩以一種厭鄙的心情隱喻聚斂的統治者爲「碩鼠」開始。而要求對方停止傷害掠奪自己辛勞所得的權益與生計：「無食我黍」；而強調自己對於對方的長期容忍卻得不到回報：「三歲貫女，莫我肯顧」；而決定離棄對方以追求一種理想的新生活：「逝將去女，適彼樂土」；而產生的心理歷程，就是「志之所之」：「樂土樂土，爰得我所」；這整個主題意向的發展動向與因此強烈的表達出對理想新生活的渴望。也就是詩歌的不可爲主題所化約的內容的整全的實體。這種解釋指出，詩歌乃是意向性心理歷程的展現，因此透過語言對這種意向性心理歷程的模擬，就成爲詩歌內容的結構原則，亦是詩歌美感的表現性質與趣味。是以說：「在心爲志，發言爲詩。」

但即使在這句話裏仍然容許上述的兩種解釋的。當「志」被視爲是主體性的意向性的活動時，

「在心爲志」：就可以被解釋爲這種意向性的活動並不指向對於意向性的對象採取行動，以伸張一己之意志；相反的此一意向性的活動卻只是對於對象的深入體察，而在這一「在心」的體察中同時更加強烈明晰的感知一己意向的性質與動向。因此所「發」的「言」並不是要改變對象或情勢，而是在於面對對象之一己意向的自我釐清與明白展現。由於「言」的「發」，本來就是爲了自我意向與其性質的清晰顯現，因此伴隨意向所引發的情感激盪就不再是無關緊要，而必然成爲其顯示的重點之一。因爲這種情感激盪的狀態，亦正是意向性質的一種界定與表現。因此詩歌所展示的意向性活動的心理歷程，就不只是意向本身的轉變發展的歷程而已，同時正是一種情感激盪的特殊形態的形成與顯現。

「情動於中而形於言」，這一句話不但肯定了情感激盪在詩歌所表現的意向性活動的重要；反過來說，亦界定甚至限定了詩歌所表現的意向性心理活動的性質，它強調了這種心理歷程必須同時是一種情感經驗。由於它是一種生命主體已然投入的情感經驗，因此在此類經驗的情感激盪狀態中，往往我們有相當的部分是不斷然而然，因此「情動於中而形於言」，就有自然流露的意思；而「嗟嘆」、「永歌」，甚至「不知手之舞之，足之蹈之」皆爲一種「誠於中而形於外」的自然表現。

詩歌因此被視爲是詩人內心最爲眞實狀況的顯露。在這種觀念下，詩歌內容中所包涵的意向活動的對象，並不被視爲只是純粹美感觀照或美感經驗的對象。它必須是能夠引發愛憎好惡，激起喜怒哀樂情感的對象。於是它必須是能引人歡欣喜樂或悲愁怨怒的現實生活的眞實狀況。詩歌因此不可能只是美感觀照中純粹的想像的遊戲或產物，而是被視爲是社會人生之中的深入人心之眞

實的揭示。

它所揭示的真實，大致包涵三種層次：首先，它自然反映作詩者，甚至賦詩者的個性人格。這既是《詩大序》中所謂：「吟詠情性」、「發乎情，民之性也」的主張；也是《左傳》中所記載的「賦詩言志」的意旨❻。其次，由於作詩者的個性人格，亦即他們面對情境產生情感反應的特殊形態與傾向，並不全然是天性，亦同時是一種文化教養之下的產物；因此在情感反應的形態與方式上，它們同時反映了社會教化與時地風氣的特性。因為它們無形中也決定了意向性活動的選擇方向與反應形態。這就是《詩大序》中所謂：「發乎情，止乎禮義」、「止乎禮義，先王之澤也」的論點。透過這種主張，當反過來使用詩歌為教化的手段時，就成了：「先王以是經夫婦，成孝敬，美教化，移風俗」和「溫柔敦厚，詩教也」的觀念❼。第三，由於此類意向性活動最後必須指向，能夠引發情感的現實生活的真實狀況，因此結果必然指向影響人人生存與生活的政治社會的現實情狀，也就是在個人的遭遇境況裏，正同時反映了政治社會的基本現實。這就是《詩大序》：

音哀以思，其民困。

情發於聲，聲成文謂之音。治世之音安以樂，其政和；亂世之音怨以怒，其政乖；亡國之

的現象❽。這一段話，雖然基於情感和「聲」、「音」之間的關係，而偏重於「音」、「聲」的情感性質──「安以樂」、「怨以怒」、「哀以思」──的討論，但詩歌對於政治社會現實的反映的立場卻

是極為明晰。透過這種反映，詩歌也就可以有「正得失」，「正也，言王政之所由廢興也」，「國史明乎得失之跡，傷人倫之廢，哀刑政之苛，吟詠情性，以風其上，達於事變而懷其舊俗者也」，甚至「上以風化下，下以風刺上，主文而譎諫，言之者無罪，聞之者足戒」❾的功能和作用了。詩歌因此一方面成為個人性情，社會風教，國家政治的指標：一方面也就負有「正得失」與「美教化」的使命。因此倫理價值性的判斷，就不但是詩作之意向內容的屬性，亦成為觀詩的基本立場了。

詩歌具有反映個人性情，社會風教，國家政治之真實的觀念，雖然在〈詩大序〉中得到了明文的指說，但是這些觀念其實也可算是對於《詩經》作品之特質的一種描述。就以前面例舉的〈碩鼠〉與〈將仲子〉而言，〈碩鼠〉為一種政治狀況的反應與反映固不待言。面對這種政治狀況，詩的敍述者採取的顯然是「逃避」(move away from others)，而不是「攻擊」(move against others) 或「親近」(move toward others) 的反應。這和〈將仲子〉的採取「親近」以及〈相鼠〉的採取「攻擊」等反應，正充分顯示這三首詩的敍述者的個人性情的差異❿。但是在嚴重的政治情況中，寧可採取「逃避」而非「攻擊」，就有「怨誹而不亂」的社會風教的意義⓫。同樣的，在〈將仲子〉中即使採取的是「親近」的反應，但同時一再強調社會規範的「人言可畏」，仍是「立於禮」的立場。所以這些「詩」的編集，顯然亦自有相當的政教倫理的意涵，並不完全只為了美感的愉悅。

反映的正是「好色而不淫」的文化理想⓬。〈相鼠〉一詩的「攻擊」反應，卻正針對著「人而無禮」，

這種要求詩作之意向內容，必須包涵主體投入的情感反應，因此一方面不能只是純屬「無關心」(entirely disinterested) 的美感觀照與判斷❸；另一方面同時要求其必須蘊涵著一種倫理性的關懷，甚至這種關懷成爲作品的主題：這在《詩經》或許只是一種「描述性」的事實，但是經由〈詩大序〉的指明，後來就成爲「言志」詩，在「志之所之」解釋爲意向的對象時的「規範性」的觀念了。它要求詩歌必須表現詩人的個人的人生理想與性情修養，必須表現對於政治現實或社會現象的倫理關懷，必須有關風化甚至有所諷諫。它要求詩人必須在政治社會的政教體系，透過詩歌發揮參與政治，移風易俗的功能。

二、「神韻」詩的出現

當我們以意向性的心理歷程來解釋「志之所之」時，《詩經》中的下列作品，卻呈示了這種解釋的另一層可能的含意：

〈采葛〉　　　　　　　　　　　　　　　　　　　　　〈王風〉

彼采葛兮。一日不見，如三月兮。

彼采蕭兮。一日不見，如三秋兮。

彼采艾兮。一日不見，如三歲兮。

〈蒹葭〉

蒹葭蒼蒼，白露爲霜。所謂伊人，在水一方。
溯洄從之，道阻且長；溯游從之，宛在水中央。
蒹葭淒淒，白露未晞。所謂伊人，在水之湄。
溯洄從之，道阻且躋；溯游從之，宛在水中坻。
蒹葭采采，白露未已。所謂伊人，在水之涘。
溯洄從之，道阻且右；溯游從之，宛在水中沚。

〈秦風〉

〈采葛〉一詩雖然始於意向的對象及其活動：「彼采葛兮」，「彼采蕭兮」，「彼采艾兮」；但是對象的活動卻更像是一種景象而已。因爲這些活動顯然對於敘述者而言，並不構成直接的影響，也因此對象的活動就與敘述者之間，並未產生任何可能的倫理關涉。這首詩的重點，就轉移到敘述者面對此一景象的心理歷程：由「見」到的喜悅，而在喜悅的舒散之餘，意識到「不見」的等待的焦灼與度日如年的感覺：「一日不見，如三月兮」，「如三秋兮」，「如三歲兮」。這裏雖然充分的反映了敘述者對於「彼」之對象的思念的意向，但表現的注意卻顯然的已由思念的對象——「彼」，而轉移到思念的心理歷程本身：「一日不見，如三月兮」。於是「發言爲詩」，就變成「在心爲志」的心理歷程的展示而已。詩歌的內涵就不再以對象的倫理關懷爲重點，反而是以一己的情感狀態爲呈現的重點。這種心理「歷程」，這種情感「狀態」，似乎才是這類詩歌表現的主題，以及美感

趣味的焦點。因此在這類詩中既不對對象的素質做判斷（固然沒有像〈碩鼠〉的指斥，甚至沒有「窈窕淑女，君子好逑」的肯認，而只是單純的「彼」）；亦不對對象的活動採取立場（對其「采葛」、「采蕭」、「采艾」既未讚揚，又未反對，只是指陳），因此整個對於對象的意向中就不具任何顯明的倫理立場與素質，而必須要讀者以其倫理意識來認知和再判斷。這無形中就給讀者保留了較大的對於這種作品作純粹的美感觀照的空間。

相同的缺乏明顯的倫理判斷的素質，亦見於〈蒹葭〉。這一點我們只要和〈關雎〉一詩略加比較就可明瞭❹。雖然這兩首詩都是《毛傳》所謂「興也」的作品，這在詩歌表現的形式結構上顯然是有異於「賦」體的〈采葛〉，而有著顯然不同的美學效果。雖然〈蒹葭〉和〈關雎〉一樣，都在表現一種對於對象的「追求」的意向（在〈關雎〉裏是「寤寐求之」；在〈蒹葭〉裏則是「溯洄」和「溯游」「從之」），但是〈關雎〉一方面很明顯的強調了所追求對象的倫理性質：「窈窕淑女」；一方面也明白的確認了這一追求本身的倫理性質：「君子好逑」正說明了這是一種合於社會禮俗，為禮教所認可的婚配的追求。並且在具體的指出「琴瑟友之」、「鍾鼓樂之」的追求方式中，一方面顯示詩中對於這一追求之描述所具有的外在的現實性；一方面也間接的反映出，雖然此詩亦有「求之不得，寤寐思服，悠哉悠哉，輾轉反側」的「發乎情」的心理歷程，但訴諸行動之際，則永遠是「止乎禮義」的倫理性質。這也就是〈毛詩序〉所可以強調：

〈關雎〉樂得淑女，以配君子，憂在進賢，不淫其色；哀窈窕，思賢才，而無傷善之心焉⋯⋯是〈關雎〉之義也。

的理由。與此大相逕庭的是〈蒹葭〉裏對於其「追求」的描述。首先，對於其所追求的對象，除了「在水一方」的情境之外，並無任何明顯的素質的指陳。「所謂伊人」的指陳方式，甚至使得此處的「伊人」，顯然不具有「彼采葛兮」的「彼」那麼明顯的眞確性，反而更接近《老子》所謂的：「惚兮恍兮，其中有象；恍兮惚兮，其中有物」的確而不定了。⑮。這也就使得朱熹在《詩集傳》一方面似乎很確定的解釋這首詩，以爲是：「言秋水方盛之時，所謂彼人者，乃在水之一方，上下求之而皆不可得」；一方面卻又說：「然不知其何所指也」。相同的反應亦見於一些當代的箋注者：「這是一首懷人的詩。詩中的『伊人』是詩人訪求的對象，至於是男是女，則不能確定」⑯；「此有所愛慕而不得近之之詩，似是情歌。或以爲訪賢之詩，亦近是」⑰。朱熹的「然不知其何所指也」的疑惑，或許不僅只是「伊人」是男是女，追求是兩性間的戀愛或政治上的訪賢⑱；亦可能是在解釋了「宛在水中央」爲「宛然，坐見貌；在水中央，言近而不可至也」之餘，對於「所謂彼人者，乃在水之一方，上下求之而皆不可得」的在現實上之不可能。誠如〈河廣〉一詩所說的：「誰謂河廣？一葦杭之」⑲，「在水一方」，「宛然坐見」，如此接近，在現實上理解顯然是不可能「上下求之而皆不可得」。因此這首詩的由「所謂伊人，在水一方」的處境，以至「溯迴從之，道阻且長；溯游從之，宛在水中央」的整個追求的行動與歷程，無寧是更接近〈漢廣〉所謂的：

「南有喬木，不可休息。漢有游女，不可求思。漢之廣矣，不可泳思。江之永矣，不可方思」[20]，基本上只是一種象徵的情境。正如其中的「不可休息」、「不可泳思」、「不可方思」其實只在表達一種「不可求思」的內心的感覺；同樣的「在水一方」、「道阻且長」、「宛在水中央」也正是敘述者對於「所謂伊人」的可望而不可即的思慕心理歷程之反映，未必即是現實上「溯洄」、「溯游」之渡水行動的結果。

當詩人把注意力由現實情境與行動的投注，而轉移到在情境與行動中心理歷程的體驗與品質，無形中就給與了我們一種面對現實情境與行動的「優游不迫」的美感距離，使我們不但免除了現實情境與行動的利害成敗的壓迫，以及因此必須採取的倫理關懷與立場，甚至超越了這種利害成敗與倫理關懷所引起的情感反應之籠罩與羈絆，因而充分的體驗到「肆行無礙憑來去」，我們精神之自由本質的充量發揮，帶給我們的正是完全的美感觀照的無窮喜悅[21]。王國維在《人間詞話》中說：

《詩》〈蒹葭〉一篇，最得風人深致。晏同叔之「昨夜西風凋碧樹。獨上高樓，望盡天涯路。」意頗近之。但一灑落，一悲壯耳。

顯然對於這首詩採取的就是視其中的景物、動作的描寫皆為一種反映精神狀態的「象徵情境」的認識。

因此同樣是「興」體，〈關雎〉的「先言他物以引起所詠之辭」的「興」句，就很明顯的具有一種「托物興詞」，或「本要言其事，而虛用兩句鉤起，因而接續去者」[22]，和所詠的本事分裂爲兩截的現象，所以二者的關係者除去了「興者，起也」[23]所具的「發端」、「引起」的作用，其實是近於譬喻的。是以不但陸德明釋「興」以爲是：「譬喻之名」；而從《毛傳》、《鄭箋》以至朱子《集傳》亦皆以「雎鳩」的「摯而有別」來解釋「君子」與「淑女」的「好逑」關係：「言相與和樂而恭敬，亦若雎鳩之情摯而有別也」[24]。朱熹甚至還要強調：「後凡言興者，其文意皆放此云」。

但是〈蒹葭〉的「蒹葭蒼蒼，白露爲霜」，《毛傳》仍然勉強以：「白露凝戾爲霜然後歲事成；國家待禮然後興」來做譬喻的解說；《鄭箋》亦因而以爲《毛傳》釋此詩爲「興也」乃是：「興者，喻：衆民之不從襄公政令者，得周禮以教之則服。」但是朱熹則顯然意識到這兩個「興」句，其實和全詩的「在水一方」的整體情境不但是一致的，而且正是其中不可分割的一部分，因此他以：「蒹葭未敗，而露始爲霜；秋水時至，百川灌河之時也」，「言秋水方盛之時，所謂彼人者，乃在水之一方」，來解釋句中的涵意，以及它們和全詩的關係。他的強調它們意指「秋水方盛之時」，自然不能說是錯誤，但多少總是忽略了它們所具有的豐富意涵以及美學效果。這一方面，李重華顯然就有更深入的認識：

興之爲義，是詩家大半得力處：無端說一件鳥獸草木，不明指天時，而天時恍在其中；不顯言地境，而地境宛在其中，且不實說人事，而人事已隱約流露其中，故有興而詩之神理全

事實上「蒹葭蒼蒼，白露爲霜」，正如晏殊〈蝶戀花〉例中的「昨夜西風凋碧樹」一般，不但給「溯游從之」的追求提供了心理的動因；也給「在水一方」的「象徵情境」提供了感覺性的具體內容，使得整個追求的「象徵情境」因而具有足夠的現實感；同時更可以由主體的心理歷程轉化爲可以經驗、可以感覺追求的美感客體。而「蒹葭蒼蒼，白露爲霜」作爲景象本身的豐富優美的美感性質，更是超越了語言的脈絡和意指，獨立的提供了一種「不涉理路，不落言荃」㉕，可以在想像觀照中流連品賞的無窮興味。換句話說就是，「蒹葭蒼蒼，白露爲霜」所呈示的基本上就是一種我們後來習慣稱之爲具有「畫意」的「景象」。這種「景象」自身早已涵具一種獨立自足的美感觀照與品味，即使脫離了原詩的情意脈絡，它一樣可以提供給我們一種美感品賞上的充分滿足，某種意義上是可視爲一個獨立的美學客體的自足單位。因此這類具有「畫意」景象的詩句，即使對於全詩的「詩情」具有某種「象徵」的作用或「示意」的功能，但是它顯然不能像「譬喻」或「隱喻」一般的可以被化約爲只是某種「意念」的「形象化」的表達。這就是當朱熹想用代表「秋水方盛之時」的意旨來詮解「蒹葭……」二句，我們無法完全心服；甚至李重華的「天時」、「地境」、「人事」的同時恍宛其中，隱約流露的說法，都無法令我們滿意的緣故。畢竟這都是一種要破壞其作爲一自足的美學客體所涵具的美感經驗的完整性，而只是將它化約爲某一確定的觀念或意指的「言志」性的詮解。

具也。

就在這一點上，摯虞《文章流別論》以爲：「興者，有感之辭也」；或鍾嶸〈詩品序〉所謂：
「文已盡而意有餘，興也」，雖然說得含混，反而是更能掌握這類「興」句的美感特質。「興」句當
它深具獨立的「畫意」之時，所以能夠保持其「畫意」的美感效果的完整，正因「興」句，一如
它的定義所示的，總是出現在全詩或一段的發端，因而在閱讀欣賞的歷程，它得以享有獨立存在，
單獨被吟味的時刻；只有當它與底下的「言志」的語句結合，再重新回顧之後，它才方始產生「象
徵」或「示意」的作用。也因此使它可以同時既具呈示獨立的「畫意」景象的功能；又可以使此
一「畫意」景象和「詩情」結合，而形成一種兼具「詩情畫意」之「象徵情境」的呈示與表現。
這種獨立景象所具的更豐富的象徵示意的作用，在王弼的《周易略例》中，雖然是爲了討論
易象，但已經說得很明白了。

夫象者，出意者也；言者，明象者也。盡意莫若象；盡象莫若言。言生於象，故可尋言以
觀象。象生於意，故可尋象以觀意。意以象盡，象以言著。故言者所以明象，得象而忘言；
象者所以存意，得意而忘象。猶蹄者所以在兔，得兔而忘蹄；筌者所以在魚，得魚而忘筌也。
是故，存言者，非得象者也；存象者，非得意者也。象生於意而存象焉，則所存者乃非其象也；
言生於象而存言焉，則所存者乃非其言也。然則忘象者，乃得意者也；忘言者，乃得象者也。
得意在忘象；得象在忘言。故立象以盡意，而象可忘也；重畫以盡情，而畫可忘也。

這一段話，雖然王弼的原意是在假借莊子的言意觀點來詮解《周易》的卦象爻辭，以形成一種更通達的象徵理論，基本上是一種更廣涵的語言哲學，似乎亦深具啓示性。從這一段文字，我們可以很自然的引伸出以下的觀點：首先它似乎強調了：藝術作品作爲一個美感的客體，不同於自然景物，它所呈示具現的不僅只是景物本身所涵具的美感素質或潛能，同時更是創作者內在的美感觀照和美感經驗。因此觀賞者必須透過對於藝術作品的媒材之素質，以及由媒材素質所組構而成的形式，既能充分的知覺，但又能夠超越對於它們的知覺，因而不致只將它們視同自然事物而產生現實性的反應，或者忽略它們的構成形式而只作部分的反應，並且最重要的仍然需要超越對形式本身的貫注，才能憑藉形式的導引，在自己內心的想像活動中，形成足以掌握創作者憑藉形式來傳達的美感觀照的內容，也就是透過自己所被引發的美感觀照去捕捉創作者原初的美感觀照，在自己的美感經驗中體驗創作者原初的美感經驗。王弼探取了莊子「得意忘言，得魚忘筌」❷⑥的觀點，視語言傳達的功能不在指向外界的現實，而在表達內心的體驗。

正是一種將「志之所之」不解釋爲意向所注的外在對象，而將它解釋爲意向活動的心理歷程自身之表達的詩歌類型，提供了一種廣大而堅強的理論基礎。「興」，假如根據摯虞的了解，正是一種專注於意向活動的心理歷程自身，而非意向對象的語言表達，所以，他的解釋就是「有感之辭也」。

其次，這一段話指出了，意向活動的心理歷程自身，一如我們的美感觀照之中的美感體驗，是無法直接傳達的。正如意向需要對象，觀照亦需要對象，才能構成內容，而成其爲經驗。當意

向的對象可以指向外在的實有之際，心理歷程自身的傳達就只有依賴，具有實有所引起的感覺素質而並非即是實有本身的「象」，作爲媒介。也因此不能對這些「象」產生面對實有之事物的現實或倫理的反應。因此專注於心理歷程自身，往往就成爲一種美感觀照的呈現與傳播的過程。「詩」

在這種「志之所之」的理解下，就可以成爲純粹的美感經驗的表現與傳達。因此，詩所表達的就是一種美感觀照中的「詩情」而非現實、倫理的感情。而此種「詩情」既然有賴於「象」來具現與傳達，因此具有「畫意」的「象」，以及呈示這種深具「畫意」之「象」的語言，就成爲最自然且是最有效的表現方法。像「蒹葭蒼蒼，白露爲霜」的「興」，固然是這種具有「畫意」之「象」的呈示，而〈蒹葭〉一詩與其「興」句結合一致所呈現的形象化的「象徵情境」，其實亦正是一種

兼具「詩情」、「畫意」的「象」的表達。這種掌握「立象以盡意」原理，而以美感觀照下的心理歷程自身爲表現之目標，充分的透過深具「畫意」之呈現，卻又在欣賞之際要求欣賞者「得意忘象」、「得象忘言」以掌握其「象外之意」的詩歌，就是所謂的「神韻」詩。換句話說，它就是一種以「文已盡而意有餘」爲理想的詩歌。

鍾嶸雖然是頭一個提出了：「文已盡而意有餘」的詩歌的「神韻」的表現；甚至在反對「用事」之際，一方面體認到詩歌的目的在表現心理歷程，而不在對事物作現實倫理性的反應，因此強調：「夫屬詞比事乃爲通談：若乃經國文符，應資博古：撰德駁奏，宜窮往烈。至乎吟詠情性，亦何貴於用事？」因而改變了《詩大序》的「國史明乎得失之迹，傷人倫之廢，哀刑政之苛」，「以風其上，達於事變，而懷其舊俗者也」的「吟詠情性」的了解與意義。並且在舉例說明之際，

強調：

「思君如流水」既是即目；「高臺多悲風」亦惟所見。「清晨登隴首」羌無故實；「明月照積雪」詎出經史？觀古今勝語，多非補假，皆由直尋。

從某方面來說，已經是顯然具有以帶「畫意」的形象語句爲詩歌的「勝語」的覺識。他的「即目」、「所見」，亦對這些詩句的「形象性」，以及其經由興會觸發而同時兼具「畫意」和「詩情」之凝合的性質有所指陳。但是正如鍾嶸只以「文已盡而意有餘」來解釋「興」。他的「興」仍然是與「比」、「賦」相提並論，因而以爲：「宏斯三義，酌而用之，幹之以風力，潤之以丹彩，使味之者無極，聞之者動心，是詩之至也」；基本上只將此一新理念視爲僅是詩歌的表現方式之一。他甚至以爲：「若專用比興，患在意深，意深則詞躓」。因此他雖然是首先意識到「神韻」詩之存在的評論者，但基本上他仍然並不能算是以「神韻」爲理想的詩論家。

這主要的是，在他的時代，五言詩在漢代興起之後，固然已經有像：

〈庭中有奇樹〉

庭中有奇樹，綠葉發華滋。攀條折其榮，將以遺所思。馨香盈懷袖，路遠莫致之。此物何足貢，但感別經時。

〈古詩十九首〉

〈雜詩〉　　　　　　　　　　　　　　曹植

高臺多悲風，朝日照北林。之子在萬里，江湖迴且深。方舟安可極，離思故難任。孤雁飛南遊，過庭長哀吟。翹思慕遠人，願欲託遺音。形影忽不見，翩翩傷我心。

這種並不強調對象的現實倫理素質，反而只以簡單的「所思」、「之子」來稱呼，主要的注意力全集中「思念」的心理歷程，並且巧妙的利用深具「畫意」的景象：「庭中有奇樹，綠葉發華滋」，「攀條折其榮」，「馨香盈懷袖」；「高臺多悲風，朝日照北林」，「江湖迴且深」，「方舟安可極」，「孤雁飛南遊，過庭長哀吟」，來呈示形成全詩的「象徵情境」的「詩情」，已經頗具「神韻」美感的詩作。但是更多更重要的主流，卻還是如：

〈結髮爲夫妻〉　　　　　　　　　　（傳）蘇武

結髮爲夫妻，恩愛兩不疑。歡娛在今夕，燕婉及良時。征夫懷遠路，起視夜何其。參辰皆已沒，去去從此辭。行役在戰場，相見未有期。握手一長嘆，淚爲生別滋。努力愛春華，莫忘歡樂時。生當復來歸，死當長相思。

〈箜篌引〉　　　　　　　　　　　　曹植

置酒高殿上，親友從我遊。中廚辦豐膳，烹羊宰肥牛。秦箏何慷慨，齊瑟和且柔。陽和奏

奇舞，京洛出名謳。樂飲過三爵，緩帶傾庶羞。主稱千年壽，賓奉萬年酬。久要不可忘，

薄終義所尤。謙謙君子德，磬折欲何求？驚風飄白日，光景馳西流。盛時不可再，百年忽

我遒。生存華屋處，零落歸山丘。先民誰不死，知命復何憂。

這類以描述現實情境，表現倫理意圖，反映個人志意為重點的「言志」詩。當然在建安以降詩人

的宮庭宴遊的詩作中，詩人們因為「憐風月，狎池苑」而已經有相當的篇幅用到以對句描寫具「畫

意」的景象，但是由於這類詩歌寫作的目的原在「述恩榮，敘酣宴」㉗，因此這些寫景偶句往往較

具裝飾、寫實的性質，而未能使全詩形成一種「象徵情境」；而且一旦意在「述恩榮」，現實倫理

的顧念就在其中，因此全詩的精神基本上就仍是「言志」的，而無法充分的實現「神韻」的理想。

但是陶淵明、謝靈運、謝朓等人的山水田園詩歌的繼承且取代了「玄言詩」的出現，卻導引

中國的詩歌進一步的往「神韻」詩的方向發展。一方面由於模山範水逐漸成為詩歌表現的主體，

無形中作為美感觀照之獨立的客體的具「畫意」的山水景物成為詩歌主要的內容，因此超越了「言

志」詩的社會現實、政治倫理的考慮；另一方面則因所描寫的山水景物同時被視為是「玄言詩」

中所要表現的玄理的具體顯現，因此這些具「畫意」的山水景物並不被視為就是經驗寫實中至竟

的客觀實體，反而是被視為僅是傳達某種宇宙「真意」或「理」的「象」，因而正充分實現了王弼

「立象以盡意，而象可忘也」的主張；這種情形正如下列二詩所顯示的：

〈飲酒〉之五　　　　　　　　　　　　　　　　陶淵明

結廬在人境，而無車馬喧。問君何能爾?心遠地自偏。采菊東籬下，悠然見南山。山氣日
夕佳，飛鳥相與還。此中有眞意，欲辨已忘言。

〈石壁精舍還湖中作〉　　　　　　　　　　　　謝靈運

昏旦變氣候，山水含清暉。清暉能娛人，游子憺忘歸。出谷日尚早，入舟陽已微。林壑斂
暝色，雲霞收夕霏。芰荷迭映蔚，蒲稗相因依。披拂趨南徑，愉悅偃東扉。慮澹物自輕，
意愜理無違。寄言攝生客，試用此道推。

雖然這類詩作往往包涵了一個實際的行動或經驗的歷程，例如:「結廬在人境」、「采菊東籬下」;或自「出谷日尚早」至「愉悅偃東扉」的整個遊歷的過程，但是透過它們所要表達的卻是一種忘懷現實遊心物外:「而無車馬喧」，「心遠地自偏」;或「慮澹物自輕，意愜理無違」，「此中有眞意，欲辨已忘言」，超越於社會倫理、政治關懷之外，而直接與宇宙精神交感相契的眞理領悟的心靈經驗。這種經驗基本上正是接近莊子「獨與天地精神往來，而不敖倪於萬物」之超越精神的形上體驗❷⑧，並不就是一種單純的美感體驗。但是正如莊子所謂的:

天地有大美而不言，四時有明法而不議，萬物有成理而不說。聖人者，原天地之美而達萬

物之理。是故至人無為，大聖不作，觀於天地之謂也。㉙

這種形上的體驗，正是透過「觀於天地」的直觀感知，而在「原天地之美」，充分的知覺天地之本然具足無限圓滿的美感性的體驗中：「達萬物之理」，體認到萬物的「各得其和以生；各得其養以成」的自足自成的存在之理㉚。因此這種以超越的觀點，掌握「萬物」之存在的自具目的性的「成理」之形上眞理的領悟，就不是一種以「議」論「言」、「說」之思辯的結果，而是在「四時行焉，百物生焉」的宇宙實相之流轉顯現中透露的無限天機的直接感悟上㉛。因而本質上就和「有為」的實用思辨與「制作」的倫理知解判然有異（因為這類思辨和知解，正都建立在否定萬物自身存在的「成理」，而要將它們納入以人類自身之目的為中心所設計的系統中，正是一種要將萬物材料化、手段化、工具化的作為），反而是和「至人無為，大聖不作」之際的，近乎純粹美感觀照的知覺活動融合為一；因而同時也就成為一種美感經驗的無窮意蘊與內容了。就此而論，這類詩作所表現的雖然未必就是一種狹義的情感體驗，但其為「立象以盡意而象可忘也」，為「言有盡而意有餘」，在其美感效果的形態上，則和表現情感體驗之心理歷程的以「畫意」之形象表現「詩情」的作品，初無二致。影響所及，亦促進了他們對於表現情感體驗之「神韻」詩在創作上的自覺：

〈擬古〉

陶淵明

日暮天無雲，春風扇微和。佳人美清夜，達曙酣且歌。歌竟長嘆息，持此感人多。皎皎雲

間月，灼灼葉中華，豈無一時好，不久當如何！

〈石門巖上宿〉　　　　　　　　　　　　　　謝靈運

朝搴苑中蘭，畏彼霜下歇。瞑還雲際宿，弄此石上月。鳥鳴識夜棲，木落知風發。異音同至聽，殊響俱清越。妙物莫爲賞，芳醑誰與伐？美人竟不來，陽阿徒晞髮。

〈秋夜〉　　　　　　　　　　　　　　　　　　謝朓

秋夜促織鳴，南鄰擣衣急。思君隔九重，夜夜空佇立。北窗輕幔垂，西戶月光入。何知白露下，坐視階前濕。誰能長分居，秋盡冬復及。

〈玉階怨〉　　　　　　　　　　　　　　　　　謝朓

夕殿下珠簾，流螢飛復息。長夜縫羅衣，思君此何極！

這樣的創作實踐上的自覺，經由理論上像鍾嶸的體認到「興」句所具的「象」的性質與功能，而將它詮釋爲「文已盡而意有餘」；以及劉勰《文心雕龍》在〈神思篇〉以爲美文寫作的心理活動就是：

使玄解之宰，尋聲律而定墨；獨照之匠，闚意象而運斤：此蓋馭文之首術，謀篇之大端。

注意到文學創作必須基於一種獨創性的美感觀照，「獨照之匠」；而觀照的內容正是一種「意」、「象」生成的體悟，「闚意象」；而這種意象之生成，依據的乃是：

神用象通，情變所孕；物以貌求，心以理應。㉜

的原理。基本上正是以「物」「貌」作為「心」「理」之象徵，藉以形成一種美感意象，並且以此反過來作為孕育此一美感意象之情感歷程——「情變」——的具體表現。因而到了盛唐的王昌齡，就提出如下明確的創作方法：

詩思有三：搜求於象，心入於境，神會於物，因心而得，曰取思。久用精思，未契意象，力疲智竭，放安神思，心偶照境，率然而生，曰生思。尋味前言，吟諷古制，感而生思，曰感思。㉝

在三種「詩思」中除了「感思」是由前人作品所引發，和擬作或格調詩的關係較為密切外，「取思」、「生思」所強調的都是「神用象通」的原理，基本上亦仍是「立象以盡意」的主張。這種「契意象」

的創作手法，正是唐詩的「神韻」精神之所寄：

〈同從弟銷南齋翫月憶山陰崔少府〉　　　　　　　　王昌齡

高臥南齋時，開帷月初吐。清輝淡水木，演漾在窗戶。苒苒幾盈虛，澄澄變今古。美人清

江畔，是夜越吟苦。千里其何如？微風吹蘭杜。

〈芙蓉樓送辛漸〉　　　　　　　　　　　　　　　王昌齡

寒雨連江夜入吳，平明送客楚山孤。洛陽親友如相問，一片冰心在玉壺。

〈玉階怨〉　　　　　　　　　　　　　　　　　　李白

玉階生白露，夜久侵羅襪。卻下水精簾，玲瓏望秋月。

〈送孟浩然之廣陵〉　　　　　　　　　　　　　　李白

故人西辭黃鶴樓，煙花三月下揚州。孤帆遠影碧空盡，惟見長江天際流。

〈下江陵〉　　　　　　　　　　　　　　　　　　李白

朝辭白帝彩雲間，千里江陵一日還。兩岸猿聲啼不住，輕舟已過萬重山。

〈宿建德江〉

移舟泊煙渚，日暮客愁新。野曠天低樹，江清月近人。

孟浩然

〈送杜十四之江南〉

荊吳相接水爲鄉，君去春江正淼茫。日暮孤帆泊何處？天涯一望斷人腸！

孟浩然

〈鳥鳴澗〉

人閒桂花落，夜靜春山空。月出驚山鳥，時鳴春澗中。

王維

〈欒家瀨〉

颯颯秋雨中，淺淺石溜瀉。跳波自相濺，白鷺驚復下。

王維

〈少年行〉

新豐美酒斗十千，咸陽游俠多少年，相逢意氣爲君飲，繫馬高樓垂柳邊。

王維

〈送靈澈〉

蒼蒼竹林寺，杳杳鐘聲晚。荷笠帶斜陽，青山獨歸遠。

劉長卿

〈旅夜書懷〉　　　　　　　　　　　　　　　杜甫

細草微風岸，危檣獨夜舟。星垂平野闊，月湧大江流。名豈文章著，官應老病休。飄零何所似？天地一沙鷗。

〈登高〉　　　　　　　　　　　　　　　　　杜甫

風急天高猿嘯哀，渚清沙白鳥飛回。無邊落木蕭蕭下，不盡長江滾滾來。萬里悲秋常作客，百年多病獨登臺。艱難苦恨繁霜鬢，潦倒新停濁酒杯。

〈滁州西澗〉　　　　　　　　　　　　　　　韋應物

獨憐幽草澗邊生，上有黃鸝深樹鳴。春潮帶雨晚來急，野渡無人舟自橫。

〈楓橋夜泊〉　　　　　　　　　　　　　　　張繼

月落烏啼霜滿天，江楓漁火對愁眠。姑蘇城外寒山寺，夜半鐘聲到客船。

〈春怨〉　　　　　　　　　　　　　　　　　劉方平

紗窗日落漸黃昏，金屋無人見淚痕。寂寞空庭春欲晚，梨花滿地不開門。

杜牧

〈秋夕〉
銀燭秋光冷畫屏，輕羅小扇撲流螢。天階夜色涼如水，臥看牽牛織女星。

李商隱

〈嫦娥〉
雲母屏風燭影深，長河漸落曉星沉。嫦娥應悔偷靈藥，碧海青天夜夜心。

溫庭筠

〈瑤瑟怨〉
冰簟銀牀夢不成，碧天如水夜雲輕。雁聲遠過瀟湘去，十二樓中月自明。

透過「契意象」的表現型態，不論是明顯的表現某種特殊的情感型態，如：「愁」、「怨」、懷念、「斷腸」、「孤」、「獨」、「飄零」、「潦倒」或「意氣」、自得；或者竟是只在顯示某種「天地之美」、「萬物之理」，展現人在悠「閒」之際，對於宇宙「真意」的體悟，唐詩一方面基於情感型態的多樣性，一方面亦由於具畫意景象本身的無窮變化之可能的豐富性，因而形成主觀情意的多種美感型態與眾多客體物象的美感素質的繁複配合，而創造出極為豐富多樣的美感類型。由皎然《詩式》〈辨體〉的十九字：「高」、「逸」、「貞」、「忠」、「節」、「氣」、「情」、「思」、「德」、「誠」、「閒」、「達」、「悲」、「怨」、「意」、「力」、「靜」、「遠」，基本上都是只做「言志」的倫理德性上的劃分，而轉變到司空圖《二十四詩品》的：「雄渾」、「沖淡」、「纖穠」、「沉著」、「高古」、「典雅」、

「洗煉」、「勁健」、「綺麗」、「自然」、「含蓄」、「豪放」、「精神」、「縝密」、「疏野」、「清奇」、「委曲」、「實境」、「悲慨」、「形容」、「超詣」、「飄逸」、「曠達」、「流動」，討論的正都是情意與景象融會之後的風格類型，我們就可以看出「神韻」詩在唐代的充分實現與完全成熟。

因此使得倡言「韻外之致」，尋求「鹹酸之外」的「醇美」，主張「妙契同塵，離形得似」，「超以象外，得其環中」，強調「意象欲生，造化已奇」，「不著一字，盡得風流」❸的司空圖，得以不只是從「意」與「象」的相契的創作方法，或「立象以盡意而象可忘」的欣賞態度來討論詩歌的「神韻」理論，而是將「神韻」詩的存在當作一根本既成的事實，因而以此為出發點，著眼於對這些「神韻」理論，而是將「神韻」詩的存在當作一根本既成的事實，因而以此為出發點，著眼於對這些「神韻」詩作美感類型的分辨與探討，以形成一個完整的「神韻」詩之諸體有與可能風格的理論體系。皎然《詩式》中：「貞」、「忠」、「節」、「志」、「氣」、「情」、「思」、「德」、「誠」、「意」諸體在司空圖《二十四詩品》中找不到對等的品類，正可反映出「神韻」詩在風格上的迥異於「言志」詩之處，這既反映出它的美感型態的特質，亦同時顯示了它的美感內涵的限制。

「立象以盡意」固然符合「形相的直覺」❸的美感觀照，但人類的生存經驗，情志思維卻有許多時刻與場合，無法也不容許只以「畫意」的「景象」來作保持美感距離的觀照與表達。元和詩人的背離「神韻」的美學典範，促成了司空圖《二十四詩品》的「神韻」理論的自覺與完成，意圖透過此一「理論」的提出，重新回歸「神韻」詩歌的典範與道路。同樣的元祐詩人的繼承元和詩人的美學典範而踵事增華的發展，亦使嚴羽《滄浪詩話》重新提出鍾嶸「文已盡而意有餘，興也」的理想，以為…

夫詩有別材，非關書也；詩有別趣，非關理也；然非多讀書，多窮理則不能極其至。所謂不涉理路，不落言筌者上也。詩者吟詠情性也。盛唐諸人惟在興趣，羚羊掛角，無跡可求；故其妙處，透徹玲瓏，不可湊泊，如空中之音，相中之色，水中之月，鏡中之象，言有盡而意無窮。近代諸公乃作奇特解會，遂以文字為詩，以才學為詩，以議論為詩。夫豈不工，終非古人之詩也。

大抵禪道惟在妙悟，詩道亦在妙悟。且孟襄陽學力下韓退之遠甚，而其詩獨出退之上者，一味妙悟而已。惟悟乃為當行，乃為本色。然悟有淺深，有分限，有透徹之悟，有但得一知半解之悟。漢魏尚矣，不假悟也。謝靈運至盛唐諸公，透徹之悟也。他雖有悟者，皆非第一義也。

司空圖雖然完成了「神韻」詩的理論；但在建構理論之際，似乎以為這就是「詩」的理論。直到嚴羽才清楚的在意識中，一方面承認「神韻」詩只是中國既存詩歌的美學類型中的一種；一方面卻又堅決以其為理想：「余不自量度，輒定詩之宗旨，且借禪以為喻，推原漢魏以來，而截然謂當以盛唐為法，雖獲罪于世之君子不辭也」。因此就「神韻」詩之為中國詩歌的基本美學類型之一的理論自覺而言，我們似乎可以說「神韻」詩的理論要到嚴羽方才完全提出；並且由於明白指明了這正是盛唐詩歌的美學性格之所在，遂使理論與實例得到充分的配合，足以互為詮解，對後世在接受與運用此一美學典範上，產生了很大的影響。

自然他的以禪喻詩中所提出的「妙悟」一語，無疑也因語詞的簡省而滋生了不少的困擾，但其所指陳的其實不外鍾嶸的「直尋」，王昌齡的「取思」、「生思」和「感思」之類的心理活動。所謂「透徹之悟」指的就是這種美感觀照之中物象與情意的能夠充分契合，完全表出成為一個富涵象徵效果的美感情境而已。這一方面可以由他引伸鍾嶸的「興」為：「言有盡而意無窮」的「興趣」；一方面他的猶如鍾嶸在提出「直尋」之際，批評當時詩人的「補假」、「用事」：

顏延謝莊尤為繁密，於時化之。故大明泰始中，文章殆同書抄。近任昉王元長等，詞不貴奇，競須新事。爾來作者，寖以成俗，遂乃句無虛語，語無虛字，拘攣補衲，蠹文已甚。但自然英旨，罕值其人。詞既失高，則宜加事義。雖謝天才，且表學問，亦一理乎？❸❻

如出一轍的批評「近代諸公」的「以文字」、「以才學」、「以議論為詩」：

且其作多務使事，不問興致。用字必有來歷，押韻必有出處。讀之反覆終篇，不知著到何處。

見出端倪。「妙悟」與否的關鍵，一方面正在「薄言情悟，悠悠天鈞」、「意象欲生，造化已奇」的在內心形成「生氣遠出」，「妙造自然」而又「離形得似」的「象」❸❼；一方面則在瞭解「言者明象

也」，而使「獨照之匠，闚意象而運斤」，透過語言表現出一種獨創的富含美感意味的鮮活形象來。

這種「直尋」之「妙悟」的心理歷程，實在即具有「興」的「觸物起情」、「感物吟志」的性質，㊳

這一點葉夢得《石林詩話》中即已說得很清楚：

「池塘生春草，園柳變鳴禽」，世多不解此語為工。蓋欲以奇求之耳。此語之工，正在無所用意，猝然與景相遇，借以成章，不假繩削，故非常情所能到。詩家妙處，當須以此為根本，而思苦言難者，往往不悟。鍾嶸《詩品》論之最詳，其略云：「思君如流水，既是即目；……自然英旨，罕值其人。」余每愛此言簡切，明白易曉。但觀者未嘗留意耳。自唐以後，既變以律體，固不能無拘窘。然苟大手筆，亦自不妨削鏤於神志之間，斵輪於甘苦之外也。

嚴羽的貢獻，正在他將原是創作方法的「興」，轉化引伸為作品風格的「興趣」，並且透過所添加的「趣」字，強調了這類作品中所呈現的內容，其實並非現實的景物或情感，而是一種渾然的美感觀照中的作為美感經驗之對象的「意」象：「如空中之音，相中之色，水中之月，鏡中之象」，因此不能視為日常語言，以條理的認知、現實的態度加以反應：「不涉理路，不落言筌」，「羚羊掛角，無迹可求」，只有透過相似的美感觀照方能掌握，「故其妙處，透徹玲瓏，不可湊泊」，其結果自然是一種「言者所以明象，得象而忘言；象者所以存意，得意而忘象」的「言有盡而意無窮」，其結果自然是一種「言有盡而意無窮」，一種無法以語言的理解，甚至以形象喻意之辨析，所能窮盡的美感趣味的再生。而美感的趣味亦

就成為嚴羽心目中盛唐詩人所想經由詩歌所表現的「意」了，是以說：「盛唐諸人，惟在興趣」。

三、「格律」詩的意義

「言志」詩和「神韻」詩的美學規範，基本上都是「內容」性的規範，前者側重和現實情境的關係；後者偏向美感的形象觀照。「格律」詩與「格調」詩則主要是基於一種「形式」畫分的規範。

假如說「言志」詩和「神韻」詩在美學性向上顯然具有相當的不相容成分的話，則在「格律」詩和「格調」詩之間，並沒有任何必然的矛盾，它們的提出只是為了對於某類作品的美學性質之說明上的方便。真正和「格律」詩相對的是雜言的「樂府」詩，像：

〈有所思〉

有所思，乃在大海南。何用問遺君？雙珠瑇瑁簪，用玉紹繚之。聞君有他心，拉雜摧燒之。摧燒之，當風揚其灰。從今以往，勿復相思！相思與君絕！雞鳴狗吠，兄嫂當知之。妃呼狶，秋風肅肅晨風颸，東方須臾高知之。

〈上邪〉

上邪！我欲與君相知，長命無絕衰。山無陵：江水為竭，冬雷震震，夏雨雪，天地合，乃

敢與君絕！

這樣的詩，在脫離了音樂之餘，除了仍有明顯的押韻的跡象，幾乎可以算是「自由」詩了。它們的美感顯然並不依賴語言的某些明顯的格律。但是若是仔細加以觀察，它們的美感亦仍依賴於語文「形式」的兩種特質：一是接近日常語言，所形成的對於「說話者」「說話」之口吻語調的模擬。由於語調往往反映說話者的情緒與個性，這種語調的模擬本身亦正成爲一種「情感」與「個性」的表現。因此它們在語句上的參差，並不只是爲了追求一種參差的「形式」的美感。在這類「形式」上的美感往往是不易覺知與把握的。它們的語句參差，正是一種「內容」的表現。在這類作品中，語言的「形式」主要的是應合說話的「心理」和「情意」之「內容」而決定的。因此語言「形式」並未脫離其所表現的「內容」而獨立。它所具有的美感基本上是表現性的。雖然如此，我們若再仔細觀察，上述詩中的「語言」，基本上和日常語言仍有相當的差異。使用「意象」的表現，固然是其一。但更重要的心意表達的結構上，其實是大量的使用「對比」以及「類似」的呈現來連接。

在〈有所思〉中，「有所思」和「何用問遺君」之間，顯然具有情意上的「類似」性，而「乃在大海南」與「雙珠瑇瑁簪」之間，一方面「大海」與「珠」、「瑇瑁」之間亦有關連上的「類似」性，而「大」與小，近與遠則成「對比」。「何用問遺君」與「聞君有他心」則具「消息溝通」的「類似」性，而又在情意對待上成爲「對比」。「用玉紹繚之」亦和「拉雜摧燒之」所處理的皆是象

徵情意的「雙珠瑇瑁簪」，而處理的態度與方向皆成「對比」。「摧燒之，當風揚其灰」與「從今以往，勿復相思」在情意上為類似。「勿復相思」與「相思與君絕」則同時具有「類似」的對於對之「相思」的否定，而上下兩句又有不要「相思」的情愛與要「相思」的情愛行為的「對比」。「雞鳴狗吠」與「秋風肅肅晨風颸」有強調其聲響的「類似」性，又有驚擾的聲響和自然的聲響的「對比」。「兄嫂當知之」，「東方須與高知之」在「知之」上是「類似」，在時間和知之者上又成「對比」。

同樣的藉「類似」與「對比」作為組構的原則，亦見於〈上邪〉一詩中。「我欲與君相知」與「乃敢與君絕」其為「對比」固無待言。「長命無絕衰」和「山無陵」在句式上有其「類似」，意念上正是「對比」。「山無陵」和「江水為竭」在意念上是「類似」，在景物上是「對比」。「天地合」與「乃敢與君絕」，在字面上「合」與「絕」成「對比」，在強調其為不可能的意念上則為「類似」。和「夏雨雪」在氣候的反常上是「類似」。「天地合」與「乃敢與君絕」，在字面上「合」與「絕」成「對比」，在強調其為不可能的意念上則為「類似」。

事實上利用景象與意念的「類似」與「對比」之並置來呈現，正是詩歌消減了解說的精簡的表達方式；也是足以轉化內在的意念與情感的體驗為欣賞者可以經驗與感受的經驗品（經驗的對象）的必然途徑（人類作夢經驗中的夢思亦往往經由相同方式來轉化為夢境）。因此「自由」詩與「格律」詩的基本差異，其實主要的是在語句的參差與整齊上，而不是在基本的思維方式上。詩歌的基本思維方式，假如除去了「敘事」的對於「情節」與「人物」的模擬，其實正是「格律」詩所刻意強調的方式：「對」。

那麼「自由」詩的參差與「格律」詩的整齊之「形式」差異，其意義何在？但是作這樣的詢

問，就中國古典詩歌而言，或許是一種誤導。事實上是中國古典詩並無所謂的「自由」詩存在。凡是語句「參差」的仍然押韻，並且主要的都是「合樂」的樂歌，不論是《詩經》，是「樂府」，是「詞」，是「曲」皆是如此。《楚辭》的情況比較隱晦，但至少在其形式已有獨特的「兮」字來形成它專有的音律效果。因此，正如李東陽《麓堂詩話》所謂：

詩在六經中，別是一教，蓋六藝中之樂也。樂始於詩，終於律。人聲和則樂聲和。又取其聲之和者，以陶寫情性，感發志意，動盪血脈，流通精神，有至於手舞足蹈而不自覺者。後世詩與樂判而為二，雖有格律，而無音韻，是不過為排偶之文而已。使徒以文而已也，則古之教，何必以詩律為哉！

「格律」正是「詩與樂判而為二」之後所喪失的「樂律」在「音韻」上的代替品。沒有了音樂的「聲依永，律和聲」39，只好以文字形式上的「詩律」來補充。而整齊正好是最容易覺知的形式特點，因此詩律發展的第一步，除了押韻之外，就是語句的整齊化。中文的獨體單音的特質，無疑的使這一整齊化格外容易，也就更容易依賴這種整齊。甚至因為這種整齊，中國的古典詩被稱為四言、五言、六言、七言等等。純為五言的〈古詩十九首〉中的：

生年不滿百，常懷千歲憂。晝短苦夜長，何不秉燭遊？為樂當及時，何能待來茲？愚者愛

惜費，但爲後世嗤。仙人王子喬，難可與等齊。

和雜言的樂府詩〈西門行〉在內容，甚至部分語句的重疊近似：

出西門，步念之：今日不作樂，當待何時？逮爲樂，逮爲樂，當及時。何能愁怫鬱，當復待來茲。釀美酒，炙肥牛，請呼心所歡，可用解憂愁。人生不滿百，常懷千歲憂。晝短苦夜長，何不秉燭遊？遊行去去如雲除，弊居贏馬爲自儲。

正可解釋「樂始於詩，終於律」，因此合樂的「詩」則不妨「參差」；而當「詩與樂判而爲二」，只有以刻意的「詩律」，依賴語句的「整齊」劃一，方才能夠顯示詩歌的「音韻」之美的狀況。

當「詩律」因「與樂判而爲二」而走上語句的整齊劃一之後，詩歌慣常使用的「對比」與「類似」的語句與語句連接的思維模式，很自然的就不只停留在思想意念上的「對比」與「類似」，而遂更發展爲在語句與語句文法關係之對稱上去實現此一「類似」與「對比」的效果。

「對稱」因此就是一種由於單音獨體文字而能充分實現的語句的整齊劃一之「形式」美感的更進一步發展的指導原則。這種「對稱」的效果，首先只出現在零星的語句中，如：「胡馬依北風，越鳥巢南枝」說理的比喩；或「靑靑陵上柏，磊磊澗中石」起興的景象，基本上都只是裝飾性的語句中❹。而當宮庭宴遊詩興起，存心作詩的文人開始爲了競逞才華，刻意強調這種「裝飾」趣味的

美感，因而不斷製作出像：「白日曜青春：時雨靜飛塵」，「凝霜依玉除，清風飄飛閣」（曹植）：「白蘋開素葉，朱草茂丹華，微風搖蓂若，增波動芰荷」（張華）：，「清川含藻景，高岸被華丹」，「迅雷中宵激，驚電光夜舒」（陸機）之類的寫景對句來。對句至此已經顯示它不只具有「對比」與「類似」的效果，而且顯然的它可以在不加解說或連接，使兩個「景象」因為句法的「對稱」而疊合成為一個完整的「整體畫面」，並且因為內在的互補均衡而形成穩定自足的可以無窮品味的獨立的美感單位。這對以獨立的具「畫意」景象呈現「詩情」的「神韻」詩的發展，顯然是極具影響的促進與方便。因此，對句在「為情造文」的時代，只具邊緣的「裝飾」或「增益」的效果；但在「為文造情」的時代，甚至可以成為構思或表達的基本原則，而產生像下列純粹以「對句」構成的詩作：

〈登池上樓〉　　　　　　謝靈運

潛虬媚幽姿，飛鴻響遠音；薄霄愧雲浮，棲川怍淵沉。進德智所拙，退耕力不任。徇祿反窮海，臥痾對空林。衾枕昧節候，褰開暫窺臨。傾耳聆波瀾，舉目眺嶇嶔。初景革緒風，新陽改故陰；池塘生春草，園柳變鳴禽。祈祈傷豳歌，萋萋感楚吟。索居易永久，離群難處心。持操豈獨古，无悶徵在今。

自然的景象，由於是外在的複雜的客體，使用「對句」加以表達時，似乎有意無意中正將人類的

再組織與詮釋的痕跡抹去，而顯現為近乎「景象」的「直接呈現」的效果。因此「對句」似乎正是「巧構形似之言」的關鍵。但是人類自身的情志：「進德智所拙，退耕力不任」，行動：「傾耳聆波瀾，舉目眺嶇嶔」，以及生活狀況：「徇祿反窮海，臥痾對空林」，使得「對句」來表達時，就顯出一種「刻意造作」的「美感距離」來。正與「參差」的樂府詩所要模擬說話者說話的語調以反映說話者的情緒與個性之美感效果相反；這種「整齊」甚至刻意「對稱」的語言「形式」，正要強調「語言」是一個獨立於「事件」的美學客體，「詩歌」是一種「語言的創造」而不是「事件的敘述」。「事件」因此被「語言」陌生化了，「情志」、「行動」、「境遇」亦被客觀化、外在化而喪失了它們的個人特殊的屬性。中國古典詩中省略主詞所形成的整體境況的由特殊個人之境遇而轉化為人類普遍的共同經驗之可能，以及共同命運之象徵，至此得到更進一步的發展與完成。「名豈文章著？官應老病休！」因此成為多少失意文人的共同心聲：「此情可待成追憶，只是當時已惘然。」又是多少有情人在追憶懷思之際的慨嘆！「格律」詩因此提供了雙重的美感：情境事件心志景象諸「內容」的美感；以及語言文字組構「形式」的美感。而後者的美感，甚至可以不是「輔助」性質，甚至可以是我們所首先經驗的原初美感，只有再加思維、想像才能體會到前者的美感。

「格律」詩的出現正提醒我們，詩歌所提供給我們原是一種「語言」經驗，而並不就是「情志事象」的經驗；正如「詩」與「樂」的美感並不全然相同，同樣的「詩」的「語言」美感和「情境」美感亦並不全然相同，二者亦一樣可分可合。「格律」詩打破了我們在「言志」與「神韻」觀念中，以為「語言」只是一種「工具」、一種「媒介」、一種「手段」的觀念，當「言志」

觀念要我們「知人論世」、「以意逆志」、「神韻」觀念要我們「得意忘言」甚至「得象而忘言」之際，「格律」詩卻要我們正視「詩」就是「語言的特殊組構」，我們對「詩」的美感經驗正是始於對於「語言」的經驗。「詩」、「語言」正是「詩」本身。「語言」組構的「形式」美正是「詩」之不同於其他文類、文體的命脈之所在（即使是以無韻的自由詩為主的現代詩，亦有賴於「分行」、「分段」或「圖象」化等語言組構之「形式」設計，來作為與其他文體、文類區分的基礎）。因此當唐初的詩學將劉勰《文心雕龍》〈麗辭篇〉針對對偶的原理所提出的「四對」：

故麗辭之體，凡有四對：言對為易，事對為難，反對為優，正對為劣。言對者，雙比空辭者也；事對者，並舉人驗者也；反對者，理殊趣合者也；正對者，事異義同者也。

擴充為「八對」之說，不論是上官儀《筆札華梁》的：

一曰正名，二曰隔句，三曰雙聲，四曰疊韻，五曰連綿，六曰異類，七曰迴文，八曰雙擬。❹

或者是元兢《詩髓腦》的：「正對、異對、平對、奇對、同對、字對、聲對、側對」❷，其實側重的正都是「對句」的語言的特殊「形式」。劉勰的「四對」之說仍然以「內容」為重，因此強調「事對為難」，「反對為優」。但是上官儀的「八對」，除了「正名」、「異類」稍涉「內容」，其實「雙聲」、

「疊韻」是有音韻重複性質之造詞法的應用：「連綿」、「雙擬」皆為重字的不同形態的造句法。「迴文」、「隔句」則是特殊的複句以上的關連，基本上正都是「形式」在「對偶」之上的「刻意複雜化」的強調與表現。而元兢「八對」中的：「正對」、「異對」、「平對」、「同對」皆因承襲前人而多少牽涉到「內容」與評價，但他所新創的：「奇對」、「字對」、「聲對」、「側對」：

奇對者，若馬頰河；熊耳山。此馬熊是獸名，頰耳是形名，既非平常，是為奇對，他皆效此。又如漆沮；四塞。漆與四是數名；又兩字各是雙聲對。又如古人名，上句用曾參，下句用陳軫，參與軫同是二十八宿名。若此者，出奇而取對，故謂之奇對，他皆效此。……字對者，若桂楫；荷戈。荷是負之義，以其字草名，故與桂為對。不用對，但取字為對也。……或曰：「山椒架寒霧；池篠韻涼飈」，山椒即山頂也，池篠，傍池竹也。此義別字對。……聲對者，若曉路；秋霜。詩曰：「初蟬韻高柳；密蔦掛深松」，蔦草屬，聲即與飛鳥同，故即與露同，故將以對霜）。又曰：「形驂初驚路，白簡未含霜」（路是途路，聲以對蟬。……側對者，若馮翊（地名，在左輔也）；龍首（山名，在西京也）。此為馮字半邊有馬，與龍為對；翊字半邊有羽，與首為對，此為側對。又如泉流；赤峯。泉字其上有白，與赤為對，凡一字側耳，即是側對，不必兩字皆須側也。（《文鏡祕府論》東卷）

其實都是純粹經由文字「形式」在原有的「內容」之外，尋求「祕響傍通，伏采潛發」的「爭價一句之奇」的表現；正是劉勰《文心雕龍》〈隱秀篇〉所謂：「義生文外」，「文外之重旨者也」的「隱」的「形式」規律上的發明。這些都反映出「格律」詩的種種「格律」之規約與尋求，其實就是出於對語言組構之「形式」美，在傳達「內容」之外所具有的獨立價值之肯定的立場。

「格律」誠如李東陽所謂：「雖有格律，而無音韻，是不過為排偶之文而已」，因此「詩律」的另一個必然的發展是如何在「整齊」的「形式」基礎上，同時尋求「音韻」的「對比」與「類似」的「對稱」原理之最大的實現。這也就是沈約在《宋書》〈謝靈運傳論〉所謂：

夫五色相宣，八音協暢，由乎玄黃律呂，各適物宜，欲使宮羽相變，低昂互節，若前有浮聲，則後須切響。一簡之內，音韻盡殊；兩句之中，輕重悉異，妙達此旨，始可言文。

的基本立場。雖然他用了「五色相宣，八音協暢」之「各適物宜」來辯解，其實他只不過將原來用在辭義的「對偶」的原理用到字音上來，在一句之內採取「句內對」的精神就成了「一簡之內，音韻盡殊」；在兩句之中採取「對句」的形態，就得到「兩句之中，輕重悉異」。所謂「始可言文的「妙達此旨」，不過是「若前有浮聲，則後須切響」的「聲音」上的「對稱」原理的反覆運用。因此由「四聲八病」的講求到近體詩的充分完成，其實不過就是以「整齊對稱」的語言「形式」來自覺的彌補「詩與樂判而為二」所損失的「樂律」所具有的「歌永言，聲依永，律和聲，八音

克諧，無相奪倫，神人以和」的美感效果而已。因此沈約一方面承認：「曲折聲韻之巧，無當於

訓義，非聖哲立言之所急也」；是以子雲譬之雕蟲篆刻，云壯夫不爲」；一方面仍然堅持：「若以文

章之音韻，同弦管之聲曲，則美惡妍蚩，不得頓相乖反」[43]是以除非「詩」或者走倚聲合樂的道

路，如「樂府」、「詞」、「曲」，否定一己的獨立性；或者乾脆放棄自己的音韻效果，併入藝術性的

散文，如「詩」終究是要講究「格律」的。只是這些「格律」未必皆如近體詩的因爲充分的利用了傳

統中國語文的單音獨體的方便，而把「整齊」、「對稱」的美感規律發揮得那麼淋漓盡致罷了。

四、「格調」詩的價值

當詩歌的寫作，一旦脫離了純爲自然流露的天籟階段，美感規範的習得就成爲創作的先決條

件。一般而言，化爲抽象理論的美感規範，往往只具空泛的方向指導，對於作品的產生總是消極

的限制的意義多，實際的促成塑型的意義少。因此在實際創作的過程中，美感規範的習得主要的

還是來自對於具有典範性質之作品的揣摩模擬。建安詩人至今依然留下相當數量使用「樂府舊題」

的作品，或許就是這種典範學習過程的殘跡。而事實上，除非能夠自行開創新的美感風格，一個

詩人或者一輩詩人，甚至一整個時代的詩人，可以一直停留在已經由前人的具典範性的作品所充

分具現的美學風格的籠罩中。這種在既有的美學風格中寫作，其實並不一定就妨礙一個詩人所充

志」，甚至追尋「神韻」。因爲風格畢竟是一種具有相當普遍性的美感類型。一個美感類型中盡有

足夠的空間可以容納與其美感性質相容的各式各樣的情意、景象「內容」與各型各類語言結構的「形式」。同時各種文類、文體本身亦往往有其基本的風格傾向與限制，因此一方面誠如王國維所謂：

四言敝而有楚辭；楚辭敝而有五言；五言敝而有七言；古詩敝而有律絕；律絕敝而有詞。蓋文體通行既久，染指遂多，自成習套。豪傑之士，亦難於其中自出新意，故遁而作他體，以自解脫。一切文體所以始盛終衰者，皆由於此。故謂文學後不如前，余未敢信，但就一體論，則此說固無以易也。

而有文體嬗變的現象：一方面則在「文體通行既久，染指遂多，自成習套」，由於足為典範的作品的大量出現，因此形成了這一文體的固定的或標準的風格的觀念，使用這種文體就意味著接受也追尋這種固定的美學風格。或者若果已然出現數種以上不同的美學風格，使用這種文體，也就意味著對這些不同風格的判別、批評與取捨。因此寫作就不僅是表達一己之情志或美感觀照，而必須同時是某種對於先前作品的欣賞肯定與批評鑑別的活動。這種同屬於一個文類文體所形成的傳統，而寫作就是某種對此一傳統中其他作品之認同取法或變異爭勝的意識，使作品與作品之間因傳統的發展這一觀念而形成一種交互影響的辯證關係。在這種關係中，一個文類或文體的具有某種範圍的共同的美學風格，亦就形成一種最廣義的「格調」的觀念。從這種最廣義的

角度看，任何作品事實上都不能踰越其所屬文類文體的本質性的「格調」，因此「格調」的學習就是寫作這種文類文體，參加此一文類文體之整體發展的傳統的必要的先決條件。所以所有的「格調」的理論總是包含著一種對於文類文體之整體發展的「傳統」的意識以及對此「傳統」重新再認的努力。

這不但見於主張「當以盛唐爲法」的嚴羽：

　　試取漢魏之詩而熟參之，次取晉宋之詩而熟參之，次取南北朝之詩而熟參之，次取沈宋王楊盧駱陳拾遺之詩而熟參之，次取開元天寶諸家之詩而熟參之，次取李杜二公之詩而熟參之，又盡取晚唐諸家之詩而熟參之，又取本朝蘇黃以下諸家之詩而熟參之，其真是非自有不能隱者，倘猶于此而無見焉，則是野狐外道，蒙蔽其真識，不可救藥，終不悟也。夫學詩者，以識爲主，入門須正，立志須高。以漢魏晉盛唐爲師，不作開元天寶以下人物。若自退屈，即有下劣詩魔入其肺腑之間，由立志之不高也。……工夫須從上做下，不可從下做上，先須熟讀楚辭，朝夕諷詠以之爲本，及讀古詩十九首，樂府四篇，李陵蘇武漢魏五言，皆須熟讀，即以李、杜二集，枕藉觀之，如今人之治經。然後博取盛唐名家，醞釀胸中，久之自然悟入。

亦見於模擬所有重要五言詩人而寫成《雜體三十首》的江淹：

　　雖學之不至，亦不失正路。……

夫楚謠漢風，既非一骨；魏製晉造，固亦二體。譬猶藍朱成彩，雜錯之變無窮；宮商為音，靡曼之態不極。故蛾眉詎同貌而俱動於魄，芳草甯共氣而皆悅於魂。不其然歟？至於世之諸賢，各滯所迷，莫不論甘而忌辛，好丹而非素，豈所謂通方廣恕，好遠兼愛者哉！……然五言之興，諒非復古，但關西鄴下，既已罕同；河外江南，頗為異法。故玄黃經緯之辨，金碧浮沉之殊，僕以為亦各具美兼善而已。今作三十首詩，斅其文體，雖不足品藻淵流，庶亦無乖商榷云爾。

由於江淹所面對的是「五言之興，諒非復古」，是一個方興未艾，相對而言相當初始短暫的「傳統」，對他而言只要「亦各具美兼善而已」，承認他們合而成為一個五言詩的已然成立的「傳統」，而他們的獨特風格在此「傳統」中，各為五言詩之「格調」的可能的表現之一，即已足夠。但是嚴羽，由於面對的其實是一個已然高度發展，近於「染指遂多，自成習套」的「終衰」之際的「傳統」。

「傳統」的「格調」不但已經完全成形，而且已經各個階段的顯著變化，因此明顯的形成多種不可能的「格調」在「傳統」中的雜然並陳。於是開創新的美學風格，新的「格調」，遂不再是要務，而是認識此一「傳統」，尤其是「傳統」中最合此種文類文體的美學風格的「格調」的「真識」就成為創作的首要條件，所以強調「夫學詩者，以識為主」。因此嚴羽一方面在強調形成「格調」的認知之「識」的形成上，仍然以為必須涵蓋整個古近體詩的整體發展：由「取漢魏之詩而熟參之」……直到「取本朝蘇黃以下諸家之詩而熟參之」；但在眾多風格的取法上則要求有所選

擇：「入門須正，立志須高，以漢魏晉盛唐為師，不作開元天寶以下人物」，因而在實際的寫作上則主張僅以《楚辭》漢魏、李杜、盛唐為典範。這一方面是當「傳統」已經過為繁複時不加選擇，事實上就失去典範學習的意義；另一方面則是在「一切文體」的「始盛終衰」的發展過程中，肯定其「始盛」的美學風格為該文體之最適宜的美學風格，亦即以「本色」、「當行」或者「極致」、「入神」：「詩而入神，至矣盡矣，蔑以加矣！惟李杜得之，他人得之蓋寡也」的作品之「格調」作為學習的典範。明代「格調派」的詩論大抵承襲了嚴羽的這種觀念。但是以前人為典範，雖然未必選擇「本色」、「當行」的作品；而且各人對何謂「極致」往往有不同的看法；事實上是在文體已充分發展，「自成習套」之餘的後起時代詩人，除非能夠另闢蹊徑，自創新鮮的美學風格，所難以避免的命運：

國初之詩，尚沿襲唐人：王黃州學白樂天；楊文公劉中山學李商隱；盛文肅學韋蘇州；歐陽公學韓退之古詩；梅聖俞學唐人平淡處。至東坡山谷，始出己意以為詩，唐人之風變矣。山谷用工尤為深刻，其後法席盛行海內，稱為江西宗派。近世趙紫芝，翁靈舒輩，獨喜賈島姚合之詩，稍稍就清苦之風。；江湖詩人多效其體，一時自謂之唐宗：不知祇入聲聞辟支之果，豈盛唐詩公大乘正法眼者哉！🄫

嚴羽與明代的「格調派」詩論，正是基於文體的「本色」、「當行」的觀念，寧可「入門須正」，「雖

學之不至，亦不失正路」，因此強調「從頂顙上做來」，要「直截根源」以「始盛」至「極致」的

「漢魏晉盛唐爲師」，寧可歸宗於前人最高的美學典範，而不願如「東坡山谷，始出己意以爲詩」。

這固然是「正格」與「變調」之間的評價問題，也是遵循典範或改變典範的選擇的問題。晚明「性

靈派」如袁宏道詩論的稱賞蘇東坡與宋詩，正因其「始出己意以爲詩」：「今之人徒見宋之不唐法，

而不知宋因唐而有法者也」[45]；「法李唐者，豈謂其機格與字句哉？法其不爲漢，不爲魏，不爲六

朝之心而已，是眞法者也」，「迹而敗，未若反而勝也；夫反，所以迹也」[46]。但是不論是「迹」是

「反」；是遵循是改變正都建立在明顯的意識到「傳統」與「典範」的存在的結果。或許意識到前

人作品的已然存在是所有後起者所無法逃避的命運，因此不論是「格調派」的理論或「性靈派」

的主張，都是被後起者的詩觀，都無法完全擺脫這種「師」與「法」的問題與考慮。

但是即使是被嚴羽視爲「始出己意以爲詩」的「東坡山谷」，亦未必眞的全出己意，前無所承，

其實往往只是「轉益多師是汝師」[47]，不爲一家所限而已。蘇東坡晚年喜好陶淵明詩，追和其作達

一百有九篇，雖自以爲：

> 古之詩人，有擬古之作矣，未有追和古人者也；追和古人，則始於吾。吾於詩人，無所甚
> 好，獨好淵明之詩。淵明作詩不多，然其詩質而實綺，癯而實腴，自曹、劉、鮑、謝、李、
> 杜諸人，皆莫及也！吾前後和其詩，凡一百有九篇；至其得意，自謂不甚愧淵明。

但卻正說明了「和」詩其實是和「擬古」相近，正是有他人作品在心之際的寫作，因此事實上亦不妨「子瞻詩句妙一世乃云效庭堅體⋯⋯」❹。同時這一段話亦說明了所謂改變典範，亦往往是出於對於「傳統」或對於「極致」有了不同的詮釋，提昇了前人所較不注意的作者作品以作典範而已。而黃山谷更是所謂「換骨法」、「奪胎法」的首倡者，《野老紀聞》載：

山谷云：詩意無窮，人才有限，以有限之才，追無窮之意，雖淵明少陵不能盡也。然不易其意而造其語，謂之換骨法；規模其意而形容之，謂之奪胎法。❹

「換骨」、「奪胎」正是「擬古」或模擬的基本手法。因此不論是專學一家，是「具美兼善」，甚至「會萃百家句律之長，究極歷代體製之變」❺，基本上都是一種典範的學習，美感風格的取法。為了討論的方便我們就將這種衍生自既有作品而具近似美感風格類型的詩作，不論其原來作品為古人或同時代人所作，皆稱為「格調」詩。

對於這種「格調」詩所具有的美學意義與價值，也許仍該從具體的實例來思考，茲先以陸機的「擬古詩」為例：並且為了討論觀察的方便，我們將它與原作一一並列：

〈涉江采芙蓉〉　　古詩

涉江采芙蓉，蘭澤多芳草。采之欲遺誰，所思在遠道。還顧望舊鄉，長路漫浩浩。同心而

離居，憂傷以終老。

〈擬涉江采芙蓉〉　　　　　　　　陸機

上山采瓊蘂，窮谷饒芳蘭。采采不盈掬，悠悠懷所歡。故鄉一何曠，山川阻且難。沉思鍾
萬里，躑躅獨吟嘆。

〈迢迢牽牛星〉　　　　　　　　　　古詩

迢迢牽牛星，皎皎河漢女。纖纖擢素手，札札弄機杼。終日不成章，泣涕零如雨。河漢清
且淺，相去復幾許，盈盈一水間，脈脈不得語。

〈擬迢迢牽牛星〉　　　　　　　　　陸機

昭昭清漢輝，粲粲光天步。牽牛西北迴，織女東南顧。華容一何冶，揮手如振素。怨彼河
無梁，悲此年歲暮。跂彼無良緣，晼焉不得度。引領望大川，雙涕如霑露。

〈明月何皎皎〉　　　　　　　　　　古詩

明月何皎皎，照我羅床幃。憂愁不能寐，攬衣起徘徊。客行雖云樂，不如早旋歸。出戶獨
彷徨，愁思當告誰。引領還入房，淚下沾裳衣。

〈擬明月何皎皎〉

安寢北堂上，明月入我牖。照之有餘輝，攬之不盈手。涼風繞曲房，寒蟬鳴高柳。踟躕感

節物，我行永已久。游宦會無成，離帷難常守。

陸機

陸機的《擬古詩》共有十二首，我們這裏只引了三首，主要是它們似乎已足以顯示這種「擬古」類

型的「格調詩」的幾種基本的形態。雖然馮班《鈍吟雜錄》以為：

陸士衡擬古詩、江淹擬古三十首，如搏猛虎，捉生龍，急與之較力不暇，氣格悉敵。今人

擬詩，如床上安床，但覺怯處種種不逮耳。然前人擬詩，往往只取其大意，亦不盡如江、陸

也。

假如「氣格悉敵」不僅只是一種評價的讚語，指的亦更是不僅是「只取其大意」而是努力在「擬

作」中創造出與「原作」一一對稱的語句來，那麼陸機的擬作上確乎有此精神或意圖存在，但是

並不僅止於此。在〈擬涉江采芙蓉〉中似乎最接近這種意圖。他以「上山采瓊蘂，窮谷饒芳蘭」

來擬「涉江采芙蓉，蘭澤多芳草」其實正是在撰寫與原詩相對的「對句」。這種情形正如他以「西

山何其峻，曾曲鬱崔嵬；零露彌天墜，蕙葉憑林衰」來擬「東城高且長，逶迤自相屬；迴風動地

起，秋草凄已綠」一般；當然他也顯然有意的使「擬作」自身的兩句，正如「零露彌天墜，蕙葉

「憑林衰」是「對句」一樣的，使「上山采瓊蘂，窮谷饒芳蘭」具有了「原作」所沒有的「對句」的意味。這種「擬作」本身的「對句」化，亦見於接下來的「采采不盈掬，悠悠懷所歡」。這兩句自然和「采之欲遺誰，所思在遠道」是平行的，但卻用「采采」和「悠悠」的疊字加強了「采」的動作與心理的暗示，以及「思」的歷程：而且很巧妙的利用「悠悠」的同時既是「思」的狀態，亦可是「所歡」之所在的距離的雙關性，照應了「所思」的「在遠道」。接著「故鄉一何曠」直接以「還顧望舊鄉」的心情，既照應了「還顧」的動作，又表達了下句「長路漫浩浩」的內容，因此增添了「山川阻且難」既在主觀意識加強了「漫浩浩」的距離感，又提供了必要的外在的客觀景象，使「還顧望」的景象有了平行的表現。結句的「沉思鍾萬里」則顯然是以「沈思」照應「同心」，以「萬里」照應「離居」；同樣的「躑躅獨吟嘆」則以「躑躅」和「吟嘆」照應上句的「同心而離居」，而將觀念性的「同心而離居」，憂傷以終老，藉動作、心理與景象加以表出。因此「擬作」一方面似乎是亦步亦趨的緊隨「原作」，但卻也將「原作」中的情思一方面動作化景象化：一方面也格律化，因而產生了增益、附麗的美感。

在〈擬涉江采芙蓉〉中，陸機有意的以兩句為單位與原作作對當的表現。因此不只「氣格悉敵」而且句數相當。但在〈擬迢迢牽牛星〉上則增加了兩句，使「擬作」有了更大的自由表現，雖然仍然照應著「原作」的主要內涵。首先仍以「昭昭清漢輝，粲粲光天歩」的「昭昭」、「粲粲」保持了對於原詩中使用「迢迢」、「皎皎」、「纖纖」、「札札」疊字之特殊風格的模擬。而「昭昭」和「粲粲」在語意上亦照應了原詩中「皎皎」的明亮之意旨，並且對應「河漢」與「織女」皆為

「星象」之暗示。其實「昭昭清漢輝」正是「皎皎河漢」的景象化。而「粲粲光天步」，一方面落實「牽牛西北迴」的牽牛而行的景象；一方面隔著「昭昭清漢輝」，再由「織女東南顧」亦就顯現出「牽牛星」的「迢迢」來了。由於詩中的「跂彼織女」與「睆彼牽牛」，因此「牽牛西北迴，織女東南顧」的方位，再加上「粲粲」一詞對「牽牛」的形容，自然亦使人聯想到該詩的：「東人之子，職勞不來；西人之子，粲粲衣服」，多少正暗示了同於該詩所謂：「跂彼織女，終日七襄；雖則七襄，不成報章」。因此「擬作」中的「札札弄機杼，終日不成章」。所以「擬作」中就不復再照應「織女」的「職勞不來」的「織作」了。但是「皎皎河漢女」的「皎皎」其實不是指「河漢」而是指的「織女」，並且意義也不是普通所謂的明亮，而是如：「盈盈樓上女，皎皎當窗牖」，指的正是她的豔光四射，明豔動人。因此「擬作」以「華容一何冶」來照應這一層含意。「揮手如振素」，正以「揮」、「振」暗示「擢」、「弄機杼」，尤其充分利用了「素」的絲織品本身的形象，不但生動的表現「纖纖」、「素手」，亦且再一次的暗示了「織布」的行為。接著「怨彼河無梁」以具體的形象呈示：「河漢清且淺，相去復幾許。盈盈一水間，脈脈不得語」的隔阻的幽怨。由於「河漢清且淺」的美麗景象已在首句中以「昭昭清漢輝」中表現了。一方面在意念上以「悲此年歲暮，跂彼無良緣，睆焉不得度」加強「原作」中「泣涕零如雨」的悲哀的心理意涵，而結束全詩在：「引領望大川，雙涕如霑露」。「引領望大川」自然正照應「原作」的「河漢清且淺」、「盈盈一水間」所隱含的顧望的動作，而且有意將「原作」中的反激之言的「清且淺」和「盈盈一水」背後的嚴阻艱隔之事實，以「大川」明白表出。

在「怨彼河無梁，悲此年歲暮。跂彼無良緣，睆焉不得度」的意識中，顯得格外絕望，格外悲傷；

結句「雙涕如霑露」的「雙涕」亦強調了顧望的「雙眼」，亦加強了「望」的悲愁。這種「擬作」

已不再亦步亦趨，而具有相當意味的分析、綜合的重組再造的性質了。

〈擬明月何皎皎〉則和原詩雖然句數相同，但意味則已經有了相當大的歧異了。似乎「擬作」

只保留「原作」的「月照」引發「思歸」的基本心理結構而已。因此「原作」的「明月何皎皎，

照我羅床幃」，就轉化爲「明月照我床」的：「安寢北堂上，明月入我牖」，以及刻意表現「明月

何皎皎」，月光之清輝撩人的：「照之有餘輝，攬之不盈手」了。而「攬衣起徘徊」，則只以「涼

風繞曲房」的景象，暗示「攬衣」之「涼」：「徘徊」亦外在化爲「繞曲房」。「寒蟬鳴高柳」自然

可以有一點「出戶」的暗示，勉強亦可以說和「獨彷徨」的情調可以有一點相通。但是「涼風繞

曲房，寒蟬鳴高柳」的「神韻」詩的表現，卻是高度直抒直敘性的「原作」所絕對沒有的。而「擬

作」的全詩正亦有意的避免「原作」的「憂愁不能寐」、「愁思當告誰」、「淚下沾裳衣」的過於直

露，因此缺乏含蓄韻致的情感，甚至「客行雖云樂，不如早旋歸」的矛盾與論辯式的表白。因此

「擬作」除了採取「原作」所無的以「畫意」的景象表現「詩情」的「神韻」的手法，更重要的在

「踟躕感節物」的交代了「感物吟志」的心理歷程，特別強調的是：「我行永已久」，「游宦會無成」，

扣緊了思鄉情緒之必然。顯然就消除了「客行雖云樂」的「樂不思蜀」或「但使主人能醉客，不

知何處是他鄉」[51]之可能，以及突如其來的「憂愁」、「愁思」，甚至「淚下沾裳衣」的矛盾。因而

結束在「情景交融」的「離帷難常守」，含蓄的表現出思歸的情緒。因此無論從哪方面看在情感性

質與表現上皆較「原作」沉著深刻。所以這首「擬作」確實可以當得起《文心雕龍》〈辨騷篇〉所

謂的：「觀其骨鯁所樹，肌膚所附，雖取鎔經意，亦自鑄偉辭」了。

像〈擬明月何皎皎〉只取「原作」的「月照思歸」結構而「自鑄偉辭」方式，若

非陸機在詩題上著明「擬明月何皎皎」，其實它的「模擬」〈明月何皎皎〉的成分，並不多於李白

的〈靜夜思〉：

床前明月光，疑是地上霜。舉頭望明月，低頭思故鄉。

對於上述二詩的「模擬」，假如我們可以因為彼此情調的近似而逕自視為「模擬」的話。

由上述三例可見，假如我們不以「言志」的觀點，要求詩人必須直接表現自己的生平經歷，

則「模擬」的詩作依然大有可觀。就以〈擬涉江采芙蓉〉這類亦步亦趨的「模擬」詩作而論，雖

然原始的「詩意結構」是根源於〈涉江采芙蓉〉；假如我們同意「格律詩」的潛在的美學規範，承

認「詩」是一種「語文組構」的創造，那麼首先它仍然必須創造出與原詩「氣格悉敵」的另一種

語文組構來。在原詩的已經很優美又很自然的語言表達之外，要另外創構既表達相同意旨，又必

須是不同的語言表達的型態，同時還得達到對等，甚至超越原詩的自然與優美，若只就「格律詩」

所注意的「語文組構」層面的美感創造而言，其實並不比「直抒胸臆」來得容易。這一方面顯示

「言者所以明象」，而相同的「象」卻可以經由不同的多種的「言」來「明」。至於像以「上山采瓊

藥，窮谷饒芳蘭」來擬「涉江采芙蓉，蘭澤多芳草」，這種以「對」的方式來「擬」時，「擬作」所作的就不只是以不同的「言」來「明」相同的「象」了。事實上它正在創造自己的「象」。這一方面顯示了「象者所以存意」，事實上是相同的「意」可以經由不同的「象」來「存」。這也就是王弼在《周易略例》〈明象〉中，緊接著「得意在忘象，得象在忘言」主張之後所提出的結論：

是故，觸類可為其象，合義可為其徵。義苟在健，何必馬乎？類苟在順，何必牛乎？

的論旨。而當「神韻詩」的美學表現正在「立象以盡意」，在於獨立的具有美感性質的「象」的創造，像這一類的「擬」、「對」，事實上已經達到了「神韻詩」主要的美學規範的要求；〈擬明月何皎皎〉的「神韻」化現象的出現似乎也就不是足以詫異的事了。但是這類「模擬」其實不只是「構言」、「立象」而已，事實上它顯然包含了一種對於「原作」的「尋言以觀象」、「尋象以觀意」的欣賞與領會；而且在「得象而忘言」、「得意而忘象」之餘，能夠以其所「得」之「意」，另外「立象以盡」，能夠以其所「得」之「象」，另外設「言」以「明」。從某種意義義而言，這正是「神韻」派批評中常見的以本身即極具美感意味的「形象語句」，如司空圖的《二十四詩品》甚至是一首首相當完整的「神韻詩」，來呈示掌握「原作」之美感風格的評賞活動。因此這類「模擬」詩自然不能視為「言志」的創作；但是卻是大可當作一種「神韻」的批評。在這一點上江淹在寫作他的〈雜體三十首〉時其實是有著高度的自覺的，是以他強調：「今作三十首詩，斅其文體，雖不足品藻

淵流，庶亦無乖商榷云爾。「品藻」、「商榷」正都是「批評」的活動。
但是大多數的「格調詩」其實是更接近〈擬迢迢牽牛星〉的「往往只取其大意」的分析、綜
合的重組再造。這種情形，就以被戲為捫搩李義山至衣服敗敝的西崑詩人而論❺❷，正是「格調」
模擬的常態：

李商隱

〈南朝〉

玄武湖中玉漏催，雞鳴埭口繡襦迴。誰言瓊樹朝朝見，不及金蓮步步來？敵國軍營漂木柹，
前朝神廟鎖煙煤。滿宮學士皆顏色，江令當年只費才。

楊億

〈南朝〉

五鼓端門漏滴稀，夜籤聲斷翠華飛。繁星曉埭聞雞度，細雨春場射雉歸。步試金蓮波濺襪，
歌翻玉樹涕沾衣。龍盤王氣終三百，猶得澄瀾對敞扉。

錢惟演

〈南朝〉

結綺臨春映夕霏，景陽鐘動曙星稀。潘妃寶釧光如晝，江令花牋落似飛。昨艋凌波朱火度，
舸稜拂漢紫煙微。自從飲馬秦淮水，蜀柳無因對殿幃。

劉鋝

〈南朝〉

華林酒滿勸辰星，青漆樓高未稱情。麝壁燈迴偏照畫，雀航波漲欲浮城。鐘聲但恐嚴妝晚，衣帶那知敵國輕。千古風流佳麗地，盡供哀思與蘭成。

楊、錢、劉諸人的作品，正如前列的〈南朝〉所顯示的有許多對李商隱〈南朝〉詩的因襲的痕跡。但是若不考慮因襲的因素，「繁星曉埭聞雞度，細雨春場射雉歸。步試金蓮波濺襪，歌翻玉樹涕沾衣」，真的不如「玄武湖中玉漏催，雞鳴埭口繡襦迴。誰言瓊樹朝朝見，不及金蓮步步來」？「潘妃寶釧光如畫，江令花牋落似飛」，真的不及「滿宮學士皆顏色，江令當年只費才」？而「鐘聲但恐嚴妝晚，衣帶那知敵國輕」的諷刺不比「敵國軍營漂木柹，前朝神廟鎖煙煤」更強烈？「千古風流佳麗地，盡供哀思與蘭成」的反省又真的不比「滿宮學士皆顏色，江令當年只費才」的諷刺深刻沉著？事實上他們在因襲中正自有「踵事增華」的現象，在景象的神韻上，在語言格律的精巧上，在諷刺寄託的思致上，其實亦皆有長足的發展。雖然在美學風格的基本方向，亦即在「格調」上是承襲李義山的。這種情形正是好的「格調詩」所具有的常態。這種情形誠如徐增《而菴詩話》所謂：

夫作詩必須師承；若無師承，必須妙悟。雖然，即有師承，亦須妙悟；蓋妙悟、師承，不可偏舉者也。是故由師承得者，堂構宛然；由妙悟得者，性靈獨至。

事實上「格調」詩得自於「師承」者，正是「堂構宛然」而已；它的精彩與表現，仍然來自「即有師承，亦須妙悟」，來自自己的「性靈獨至」。並非「搆撦」、「模擬」一語足以抹殺。在〈擬明月何皎皎〉上，我們正可看到一個新的美學風格如何在師法承繼中蛻化而出。新的美學風格未必來自新的情意內容，往往正是來自基本上是近似的一般的人性反應，亦即是近似的情意經驗，但卻出以不同的整理呈現，不同的塑型方式，不同的規範表達的結果。畢竟人類的情志需求與情性反應總是共通的，而文學的傳達與表現仍然依賴的是這種規範表達的結果。

同時，美學風格，或者所謂的「格調」，其實是一些具有廣泛適用與涵括性質的類型的概念。它們事實上皆能容括相當豐富的不同的情意內容，以及無窮變化的語言表現的可能。因此情意內容的差異，或者是相同情意、經驗內容的截然不同的詮釋，並不必然構成「格調」的差異。王安石的兩首〈明妃曲〉表現的主題各自不同，並不影響它們在「格調」的類同。即使是歐陽修的〈明妃曲和王介甫作〉、〈再和明妃曲〉，甚至梅堯臣的〈和介甫明妃曲〉，雖然各人的詮釋皆有不同，而且表現的依據大抵亦不出杜甫〈詠懷古跡——羣山萬壑赴荆門〉一詩所暗示的重點，但並無礙於唱和諸人在「格調」的近似；而皆與杜甫〈詠懷古跡〉詩在「格調」上的迥然歧異。「格調」其實正是彼此唱酬的詩人集團往往具有的共同美學規範之具體呈現。時代風格，派別精神其實都是經由「格調」而得實現而可理解。至於像梅曉臣的〈依韻和永叔澄心堂紙答劉原甫〉：

退之昔負天下才，掃掩衆説猶除埃。張籍盧仝鬥新怪，最稱東野爲奇瑰。當時辭人固不少，

漫費紙札磨松煤。歐陽今與韓相似，海水浩浩山鬼鬼。石君蘇君比盧籍，以我待郊嗟困摧。
公之此心實扶助，更復有力誰論哉？禁林晚入接俊彥，一出古紙還相哀。曼卿子美人不識，
昔嘗吟唱同尊罍。因之作詩答原甫，文字駛穩如刀裁。怪其有紙不寄我，如此出語亦善詼。
往年公贈兩大軸，于今愛惜不輕開。是時有詩述本末，值公再入居蘭臺。崇文庫書作總目，
未暇綴韻酬草萊。前者京師競分買，磬竭舊府歸鄒枚。自慚把筆粗成字，安可遠與鍾王陪？
文高墨妙公第一，宜用此紙傳將來。

當拿來和歐陽修的《和劉原甫澄心紙》原詩比較：

君不見曼卿子美真奇才，久已零落埋黃埃。子美生窮死愈貴，殘章斷藁如瓊瑰。曼卿醉題
紅粉壁，壁粉已剝昏煙煤。河傾崑崙勢曲折，雪壓太華高崔嵬。自從二子相繼沒，山川氣
象皆低摧。君家雖有澄心紙，有敢下筆知誰哉？宣州詩翁餓欲死，黃鵠折翼鳴聲哀。有時
得飽好言語，似聽高唱傾金罍。二子雖死此翁在，老手尚能工剪裁。奈何不寄反示我？如
棄正論求徘詼。嗟我今衰不復昔，空能把卷闔且開。百年干戈流戰血，一國歌舞今荒臺。
當時百物盡精好，往往遺棄淪蒿萊。君從何處得此紙？純堅瑩膩卷百枚。官曹職事喜閒暇，
臺閣唱和相追陪。文章自古世不乏，間出安知無後來！

雖然歐詩稍見遒麗，梅詩略顯疏淡，但二詩基本上皆爲典型的「宋詩」的「格調」，同時雖然所敍的內容、重點因爲恰合各人立場而自然不同，但顯然正是一種「對答」的關係，而當梅堯臣有意在韻腳字上一一「依韻」時，卻使此詩一如其他的「擬作」產生了亦步亦趨的效果。這種效果自然不是在內容情意上的「氣格悉敵」彼此對當，但是卻接近「格律詩」的語文形式上的產生另外一種表現上的弦外之音。因此「格調詩」不論其為「擬古」，其為「唱和」都因爲作品與作品的特殊關連而提供了一種作品本身內容之外的額外趣味。它們像是一塘清澄的池水，除了本身「半畝方塘一鑑開」的清麗的美感之外，常常因爲反映了其他作品的「天光雲影共徘徊」豐富的內涵與聯想，而使它產生一種輝映反照的疊影的附加增益之美，並且讓我們充分的意識到它們是「爲有源頭活水來」的整個詩歌傳統的衍流開展❸。正如用典或引述往事，一個高度文明化而浸潤在一個源遠流長之豐富傳統的文化心靈是自然不能也不必全以初生嬰兒的原始眼光來觀看世界或表達思維的，「格調詩」或許不只是「剽竊」二字所能窮盡其美學意涵的❹。

在簡單描述了「言志詩」、「神韻詩」以及「格律詩」、「格調詩」的一些美學性格之後，有一點必須補充說明的是，本文雖然借用了一些傳統詩論的「術語」，但並無意完全遵守這些術語提出之際的原意，雖然若干的關連總是有的。此外，某些介乎這些類型的中間類型總是存在的，例如「言在耳目之內，情寄八荒之外」，阮籍的〈詠懷〉詩就是一種「言志」與「神韻」統合在一起的中間類型，而杜甫的〈秋興八首〉❺或許就是這種綜合類型的極致。正如所有的分類的提出都只是爲了觀察的明晰，敍述的方便，這些類型的討論也不免是極端化的理想典型，基本上是俟作描

述指陳的一種便利的設計罷了。

此外，「言志詩」表現政治現實的規範，後來就發展為蔡琰〈悲憤詩〉、杜甫〈石壕吏〉之類的敘事詩；對社會現象作倫理的關懷的規範，亦可說在〈陌上桑〉、〈孔雀東南飛〉之類的敘事詩得到實現。所以「敘事詩」其實是可視為是「言志詩」的一個支流的發展。而「言志詩」表現個人的人生理想與性情修養的規範，亦因陶淵明〈形影神〉三首之類詩作的出現而開展出「說理詩」的形態，並且在阮籍〈詠懷〉詩、左思〈詠史〉詩、陶淵明〈飲酒〉、〈讀山海經〉、陳子昂、張九齡〈感遇〉等「自敘」性的組詩中，發展出「模擬」、「議論」的形態。因此，「懷古」、「詠史」；「議論」、「說理」也正是「言志詩」的另一個支流的發展。這些發展所具的美學意涵皆因篇幅所限，未能仔細探究，當俟他日另撰一文從容討論。

註釋

❶見Max Eastman, *The Literary Mind in an Age of Science*, New York, 1931, p.165。此處參考René Wellek & Austin Warren, *Theory of Literature*的引述。

❷清李重華《貞一齋詩說》〈論詩答問三則〉云：「詩有三要，曰：發竅于音，微色于象，運神于意。……」見丁仲祜編《清詩話》。

③ 該詩全文如下：「相鼠有皮；人而無儀。人而無儀，不死何為！

　相鼠有體；人而無禮。人而無禮，胡不遄死！」

　相鼠有齒；人而無止。人而無止，不死何俟！

④《禮記》〈檀弓篇〉記載孔子過泰山側所謂「苛政猛於虎也」所傳達的情緒則顯然是畏懼恐怖多於鄙夷厭憎，由「虎」和「鼠」等喻依的差異，亦可以反映出所喻託的感覺、態度、與情緒的不同。

⑤《朱子語類》卷八〇：「直指其名直敘其事者，賦也」。

⑥ 關於「賦詩言志」，朱自清《詩言志辨》〈詩言志〉章第二節「賦詩言志」，已有詳細討論可以參考。這裏相關的或許是欣賞與引用，由於其所具有的選擇性，似乎亦如創作一般，亦可反映欣賞或引用者的個性人格。

⑦ 上句引文見〈詩大序〉；下句引文見《禮記》〈經解篇〉。

⑧《禮記》〈詩大序〉有一段相同的話語，唯其上有：「凡音者，生人心者也。情動於中，故形於聲」的前提，並且下接「聲音之道，與政通矣」的結論。

⑨ 以上引文俱見〈詩大序〉。

⑩ 上述所提及的三種反應，參閱：Karen Horeney, Neurosis and Human Growth, The Norton Library, 1970. New York, p.19. 該書國內有李明濱的中譯《自我的掙扎》，志文出版社，民國六十五年，臺北，可參考。

⑪ 由《論語》〈學而〉：「有子曰：其為人也孝弟，而好犯上者，鮮矣！不好犯上，而好作亂者，未之有也。君子務本，本立而道生；孝弟也者，其為仁之本與？」就可以看出「不犯上」、「不作亂」原就是儒家「克己復禮」的教化的目的之一。「小雅怨誹而不亂」正有相同的用意。

⑫「國風好色而不淫，小雅怨誹而不亂」，語見《楚辭》王逸注引班固〈離騷序〉以為係淮南王安敘離騷傳語。此

語亦見《史記》〈賈原賈生列傳〉。其基本精神顯然是《論語》〈八佾〉：「子曰：關雎樂而不淫，哀而不傷」的引申。

⑬「無關心」或譯「無利害關係」，以此為美感觀照與判斷的性質，見康德《判斷力批判》第一章〈美的分析〉第二節。

⑭該詩全文如下：「關關雎鳩，在河之洲。窈窕淑女，君子好逑。參差荇菜，左右流之。窈窕淑女，寤寐求之。求之不得，寤寐思服。悠哉悠哉！輾轉反側。參差荇菜，左右采之。窈窕淑女，琴瑟友之。參差荇菜，左右芼之。窈窕淑女，鍾鼓樂之。」

⑮《老子》二十一章：「孔德之容，惟道是從。道之為物，惟恍惟惚。惚兮恍兮，其中有象。恍兮惚兮，其中有物。窈兮冥兮，其中有精；其精甚真，其中有信。自古及今，其名不去，以閱眾甫。吾何以知眾甫之狀哉？以此。」我們固然不必以「惟道是從」來附會〈荇葭〉的「溯洄從之」和「溯游從之」，但在「莫葭蒼蒼」之中出現「所謂伊人」，確實具有「惚兮恍兮，其中有象；恍兮惚兮，其中有物」的效果；而「伊人」的於「道阻且長」的不可即之餘，卻強調其「宛在水中央」的可望，亦與「窈兮冥兮，其中有精；其精甚真，其中有信」的意念近似。這裏正都反映出一種「確而不定」之追求的共同結構。後來如司空圖等人要以老莊心目中的「道」來詮釋詩歌的「神韻」境界，顯然是有它的道理的。

⑯見《中國文學史參考資料——先秦之部》，頁六五，里仁書局印行。

⑰見屈師萬里著《詩經詮釋》，頁二二一，聯經出版事業公司印行，民國七十二年，臺北。

⑱《毛傳》序此詩以為：「荇葭刺襄公也，未能用周禮，將無以固其國焉」，《鄭箋》解「所謂伊人，在水一方」

云：「伊當作緊，緊猶是也。所謂：是知周禮之賢人乃在大水之一邊，假喻以言遠」。

⑲ 見《詩經》〈衛風〉。

⑳ 見《詩經》〈周南〉。

㉑ 嚴羽《滄浪詩話》以為詩：「其大概有二：曰優游不迫；曰沉著痛快。」優游不迫和沉著痛快或許正可以視為神韻詩與言志詩的各別的風格特質之區分，雖然言志詩未必皆沉著痛快，但神韻詩基本上則是優游或許不迫的。「肆行無礙憑來去」見《紅樓夢》第二十二回「聽曲文寶玉悟禪機」。而不論是「優游」，或是「肆行無礙」，其實都有莊子「逍遙遊」的意涵，所用的隱喻亦皆相同。

㉒ 朱熹《詩集傳》：「興者，先言他物以引起所詠之辭也。」《朱子全書》：「興者，托物興詞，如關雎、兔罝類是也。」《朱子語類》：「本要言其事，而虛用兩句鈎起，因而接續去者，興也。」

㉓ 見劉勰《文心雕龍》〈比興篇〉。

㉔ 見朱熹《詩集傳》。

㉕ 見嚴羽《滄浪詩話》〈詩辯〉。

㉖ 見《莊子》〈外物〉：「荃者所以在魚，得魚而忘荃。蹄者所以在兔，得兔而忘蹄。言者所以在意，得意而忘言。」

㉗ 見劉勰《文心雕龍》〈明詩〉：「文帝陳思，縱轡以騁節，王徐應劉，望路而爭驅；並憐風月，狎池苑，述恩榮，敍酣宴。」

㉘ 見《莊子》〈天下〉。

㉙ 見《莊子》〈知北遊〉。

⑳ 語見《荀子》〈天論〉。〈天論〉中的這一段，在基本精神上，顯然和〈知北遊〉上的那一段是相通的：「列星隨旋，日月遞炤，四時代御，陰陽大化，風雨博施（按：相當於『四時有明法』），萬物各得其和以生，各得其養以成（按：相當於『萬物有成理』），不見其事而見其功，夫是之謂神；皆知其所以成，莫知其無形，夫是之謂天（按：相當於『不言』、『不議』、『不說』、『無為』、『不作』）。」

㉛ 語見《論語》〈陽貨〉：「子曰：『天何言哉？四時行焉，百物生焉，天何言哉！』」這一段話不但與〈知北遊〉、〈天論〉的兩段話顯然是相通的，即使視之為它們的根源，似亦可以成立。

㉜ 見劉勰《文心雕龍》〈神思〉贊。

㉝ 見胡震亨編《唐音癸籤》卷二〈法微〉。

㉞「韻外之致」、「鹹酸之外」語見司空圖〈與李生論詩書〉。其餘引句俱見《二十四詩品》。

㉟ 此為克羅齊對美感經驗的界定，參閱其《美學》及朱光潛《文藝心理學》。

㊱ 見鍾嶸《詩品序》。

㊲ 引句俱見司空圖《二十四詩品》。

㊳ 楊慎《升菴詩話》〈賦比興〉條引李仲蒙曰：「觸物以起情，謂之興；物動情也。」劉勰《文心雕龍》〈明詩〉篇以為：「人稟七情，應物斯感，感物吟志，莫非自然。」筆者以為由「感物」而「吟志」正是「興」的特色；而劉勰的〈神思〉篇主張：「獨照之匠，窺意象而運斤」，實亦出於他的「感物吟志」的理論使然。

㊴ 見《尚書》〈堯典〉。

㊵ 例句俱見〈古詩十九首〉。

㊶見殘存於《吟窗雜錄》中所謂《魏文帝詩格》，據王夢鷗先生以《文鏡祕府論》所引錄上官儀《筆札華梁》參校二者幾同，故斷為上官儀《筆札華梁》殘葉。見王夢鷗《初唐詩學著述考》；商務印書館，民國六十六年一月初版，臺北。

㊷見王夢鷗《初唐詩學著述考》所輯，頁七四，同註㊶。

㊸見《答陸厥書》。

㊹見嚴羽《滄浪詩話》。

㊺見袁宏道《雪濤閣集序》。

㊻見袁宏道《敘竹林集》。

㊼見杜甫〈戲為六絕句〉。

㊽見黃庭堅詩題。

㊾見王栐《野客叢書》附。

㊿見劉克莊〈江西詩派小序〉對黃庭堅的形容。

51見李白〈客中作〉。

52事見宋劉放《中山詩話》：「賜宴，優人有為義山者，衣服敗敝，告人曰：『我為諸館職撏撦至此。』聞者歡笑。」

53引句俱見朱熹《觀書有感》。

54金王若虛《滹南詩話》以為：「魯直論詩，有奪胎換骨，點鐵成金之喻，世以為名言；以予觀之，特剽竊之黠

者耳。」

�55見鍾嶸《詩品》。

從「現實反應」到「抒情表現」

──略論〈古詩十九首〉與中國詩歌的發展

雖然《文心雕龍》〈明詩篇〉所謂：「古詩佳麗，或稱枚叔，其孤竹一篇，則傅毅之詞，比采而推，兩漢之作乎？觀其結體散文，直而不野，婉轉附物，怊悵切情，實五言之冠冕也」；或者鍾嶸《詩品》，所謂：「古詩：其體源出於《國風》。陸機所擬十四首，文溫以麗，意悲而遠，驚心動魄，可謂幾乎一字千金。」所論未必恰為十九首❶，但是〈古詩十九首〉在中國詩史上的崇高地位，則是無庸置疑的。對於〈十九首〉，我們自然可以有各種的解讀的方式；但是沈德潛所謂：「古詩十九首，不必一人之辭，一時之作」❷的認識，其實是最基本的。因此它們或者經《文選》將其編入「雜詩」之類，而具有類似的題材風格，誠如沈德潛所謂：「大率逐臣棄妻，朋友闊絕，遊子他鄉，死生新故之感。或寓言，或顯言，或反覆言，初無奇闢之思，驚險之句。而西京古詩皆在其下，是為國風之遺。❸」但是整體的時代風格的類似之中，仍然涵具著諸多的各別差異，由於它們正出現在五言詩開始步向成熟的時期，因此其中的某些差異，就喻示了中國詩歌發展的某些契機，我以為最值得重視與玩味的就是從「現實反應」到「抒情表現」的差異與發展❹。

這種差異與發展，王國維似乎有所知覺，雖然他申論的重點很快就轉移了，因此未作較大的發揮。他在《人間詞話》中兩度以〈十九首〉為例：

「昔為倡家女，今為蕩子婦。蕩子行不歸，空床難獨守。」；「何不策高足，先據要路津。無為久貧賤，轗軻長苦辛。」：可謂淫鄙之尤。然無視為淫詞鄙詞者，以其真也。五代北宋之大詞人亦然，然非無淫詞，讀之者但覺其親切動人；非無鄙詞，但覺其精力彌滿，可知淫詞與鄙詞之病，非淫與鄙之病，而遊詞之病也。「豈不爾思？室是遠而！」而子曰：「未之思也，夫何遠之有？」：惡其遊也。

「生年不滿百，常懷千歲憂。晝短苦夜長，何不秉燭遊？」；「服食求神仙，多為藥所誤。不如飲美酒，被服紈與素。」：寫情如此，方為不隔。「采菊東籬下，悠然見南山。山氣日夕佳，飛鳥相與還。」「天似穹廬，籠蓋四野。天蒼蒼，野茫茫，風吹草低見牛羊。」：寫景如此，方為不隔。

當王國維論「昔為倡家女，……」與「何不策高足，……」兩例時，他先是直斷其內容為：「可謂淫鄙之尤」，以為前者「淫」後者「鄙」，甚至到達「可謂」之尤」的地步。這從倫理判斷而言，其實是非常嚴重之指控。但卻筆鋒一轉，就憑一句「以其真也」，以為就可以「然無視為淫詞鄙詞」，這種說法顯然是太過簡略，轉折過速；否則就無異強調：「真心謀殺；就不算謀殺」一樣的無法

取信於人。雖然他接著泛言：「五代北宋之大詞人亦然」，以為：「非無淫詞，讀之者但覺其親切動人；非無鄙詞，但覺其精力彌滿」的「鄙詞」，他並未實際舉例。那麼我們是不是可以在「昔為倡家女，……」的例中，「讀之」，「但覺其親切動人」，在「何不策高足，……」的例中，「但覺其精力彌滿」？答案並不明顯。

雖然我們或許也可以視「親切動人」與「精力彌滿」為「以其真也」的一種說明或註解。

對於王國維的這種明顯矛盾的說法，也許我們可以多少自他論「生年不滿百，……」與「服食求神仙，……」兩例中，得到若干線索。假如我們再仔細閱讀《人間詞話》所引〈十九首〉四例，其實皆是面對人生處境的抉擇反應：「生年不滿百」（人生短暫）卻「常懷千歲憂」（不免憂思長抱），因而既已苦多樂少，況且百年中晝夜參半，遂而更覺「晝短苦夜長」，如此「何不秉燭（夜）遊」？「為樂當及時」！面對「人生忽如寄，壽無金石固」的現實，「服食求神仙」似是消解超越的一法，但卻「多為藥所誤」，但見其失未其得：因此「不如飲美酒，被服紈與素」，享受生命與生活中的種種美好，方為真實有效的對策。但王國維並未從人生抉擇的立場來解讀，反而他的著眼點是：「寫情如此，方為不隔」，也就是他並不視它們為對「現實」的「反應」，反而視它們為一種「情感」的「抒寫」與「表現」。

相同的情形，似乎也發生在構成問題的兩例：「昔為倡家女」，出身的情境，本非貞靜自守，不解男歡女愛的環境：「今為蕩子婦」，所嫁託終身的對象，亦非重視家庭，專一於愛情之輩。「蕩子行不歸」，當這樣的夫婿，長年在外拈花惹草，流連不歸，使得自己的「婚姻」生活，名存實亡，

那麼這位出身倡家少婦的最自然的反應，是不是該爲芳心寂寞，「空床難獨守」？一個人生活在「久貧賤」❺的境況，「轗軻長苦辛」之餘，是不是自然想要擺脫這種艱困的處境？那麼想到「何不策高足，先據要路津」，藉謀取富貴利達，先占先贏，來紓解困境，是不是也是自然的反應？這樣的人生抉擇，當然談不上什麼高貴與品格，正如「飲美酒，被服紈與素」，甚至「秉燭夜遊，及時行樂」也一樣，並不是什麼特別值得禮敬的德行，只是後者或者尚不致招受太嚴重的批評，而前者已瀕臨敗德邊緣，因而以倫理素質而言，難免「淫鄙之尤」的譏諷。王國維在這裏也就先視其爲「現實反應」而作了倫理判斷；但卻又很快的從其「寫情」，「精力彌滿」的表現效果，強調它們的符合於人之常情，也就是反應了一種「常人之境界」❻的「眞」。假如說：「生年不滿百，……」與「服食求神仙，……」兩例可以作爲「寫情如此，方爲不隔」的範例，那麼，「昔爲倡家女，……」與「何不策高足，……」兩例，又何嘗不然？因此亦不妨以「寫情」「不隔」的角度，強調它們的「眞」，甚至「精力彌滿」，「親切動人」。

但是本文的目的，並不是在解釋王國維的評述，而是藉此指出〈古詩十九首〉中的一種已在上述的討論中約略提及的特質，亦即其中的許多作品，往往不只具有「抒情表現」，同時往往更涵具「現實反應」的內涵。也許前面已然論及的〈青青河畔草〉，假如配合上了另一首〈迢迢牽牛星〉比對而觀，我們或者更能看出這種特質：

青青河畔草，鬱鬱園中柳。盈盈樓上女，皎皎當窗牖。娥娥紅粉妝，纖纖出素手。昔爲倡

家女，今爲蕩子婦。蕩子行不歸，空床難獨守。

迢迢牽牛星，皎皎河漢女。纖纖擢素手，札札弄機杼。終日不成章，泣涕零如雨。河漢清

且淺，相去復幾許？盈盈一水間，脈脈不得語。

這兩首詩的情調初看似極不同，其實充滿了類似之點：首先，兩詩皆各用了六個疊字，不但造成

了類似的吟誦語調調，因而或多或少產生了一種近於虛構的「傳奇」而非認眞「寫實」的印象；並

且，其中「皎皎」皆用以形容詩中女主角的明豔照人，「纖纖」皆用以描寫女主角的素手，因而間

接的展示了她具體的美麗善感。同時，雖然意指不同，兩詩亦皆使用了「盈盈」，因而使得六個疊

字，有一半是重複的，在同爲十句的長度中，這樣的數量在語言的風格上，就更有近似的意味與

效果。但是眞正重要的是，兩詩皆寫夫妻離別；因而潛在的情境，

正都是：「傷彼蕙蘭花，含英揚光輝：過時而不采，將隨秋草萎」❼的必然壓力；並且皆強調了

夫方的「不歸」。因而戲劇情境所要呈現的焦點，皆在這位孤棲的妻子要如何回應這種處境。

絕對不會遭受到〈淫鄙之尤〉批評的〈迢迢牽牛星〉，它所採取的修辭策略是盡量減少這一處

境的「現實」性質，因此不但可以避免必須作「現實反應」的需要，而且可以將寫作的重點，集

中在「抒情」的「表現」上，因而只引人同情感動，不但不去思索問題的解決，更不會對人物的

「反應」加以批判。它的頭一個，也是最重要的策略，是先將這一對離別的夫妻神話化，逕自以「牽

牛星」與「河漢女」來稱呼，並且取代了他們的眞實身分與存在，雖然它還是要我們具體感受到

別婦的痛苦：「終日不成章，泣涕零如雨」。當使用了牛郎、織女等神話之際，它首先就豁免了夫妻離別的當事人，尤其是作丈夫的，導致此一分別的責任。於是此一離別就具有一種「宿命」或「天命」的意涵，除了接納與忍受，就再無其他思想反應的可能。在妻子仍爲具體的「女」，並且有著「皎皎」之光豔，「纖纖」、「素手」之可觀可感之際，卻將丈夫「虛位」化爲「星」，只強調他距離遙遠的「迢迢」，而全詩的戲劇性對比，正在詩首的「牽牛星」之「迢迢」：到了詩末卻顯現爲「河漢清且淺，相去復幾許？」，其實只是「一水間」的「盈盈」：以狀似天眞的詢問，暗示了「遊子不顧反」 ❽ 的事實：並且在「脈脈不得語」的感嘆中，喻示了連「客從遠方來，遺我一書札：上言長相思，下言久別離」 ❾ 之類的音訊與問慰全無。

「河漢女」的「皎皎」光彩奪目與「纖纖」「素手」之美麗感人的「婦容」，雖然不致於「一顧傾人城：再顧傾人國」 ❿ ，但像羅敷的吸引「使君從南來，五馬立踟躕」，以致引起「使君謝羅敷，寧可共載不」之類的追求，則是並非全無可能。因而張庚《古詩十九首解》引申吳淇之說曰：

吳氏曰：此與〈青青〉章俱有「纖纖素手」字，彼用一「出」字，的是賣弄春蔥，爲倡女之態；：此用一「擢」字，的是擲梭情景，爲貞女之事。 ⓫

雖曰「貞」、「倡」有別，這種語言表現，所涵具的對其女性魅力與美麗之強調，則仍是一致無差。但是〈迢迢〉一詩，卻是很巧妙的藉著「札札弄機杼」的「婦功」，將其一如「纖纖出素手」一樣，要讀者（或聽衆）去仔細「觀賞」或「想像」那隻（或那雙）美麗的白皙的手腕，正如達文西的

名畫〈蒙娜‧麗莎〉的表現重點，除了那神祕的微笑，就是那雙柔荑。雖然它已經由「札札弄機杼」將之轉化爲「好色而不淫」的「無邪」的展露。其實「擢」，張銑曰：「舉也」❷，從姿態與視覺效果上，都一樣是「特寫鏡頭」，而「擢」字實在要比「出」字更具動態的美感，甚至挑逗性。但是作者又很巧妙的在緊接著的「終日不成章，泣涕零如雨」，藉全心投入的思念與痛苦的情狀，反映了她的貞潔專一的「婦德」。因而吳淇《古詩十九首定論》要強調：

「纖纖」二句，手不離機杼，所守之貞也。「終日」二句，無限苦懷，所守者苦節之貞。❸

並且在結尾：「河漢清且淺，相去復幾許？盈盈一水間，脈脈不得語」，雖被孫鑛評爲：「末四句直截痛快，振起全首精神」❹，其實是溫柔敦厚，委曲婉轉的「婦言」中，達到了一位兼備「四德」，貞潔完美女性的塑造，以及完全不會引起讀者或聽衆困擾之離情別緒的抒發。

消解文學作品中所呈現情境的惱人的「現實」性：使讀者或聽衆不必去面對其中所蘊涵的「現實」的困境，不必去思索其中種種問題的必須解決，如何解決：不必去面臨種種的抉擇，以及抉擇的種種後果，因而我們只需去玩味品賞其中各式各樣「情感」反映的種種內外姿態，掌握其「文垂條而結繁，信情貌之不差」的文情並茂的表現；因而只是玩味「其爲物也多姿，其爲體爲屢遷」❺的種種文學風貌與趣味，正是「抒情」文類寫作與鑑賞的潛在的「美典」❻。這樣的消解「現實」性的方法，容許有各樣的修辭策略：一種是完全接納當時社會文化的「價值規範」或「意識型態」，

在一個主張「餓死事小，失節事大」的社會文化裏，人們「知人論事」，自可「只見」是否「失節」；而可以完全「不見」該不該要求別人或讓自己「餓死」，以及「餓死」的真正的過程，其中的種種痛苦與不人道的重重問題。因而幾乎可以借用梅堯臣〈范饒州座中客語食河豚魚〉詩中所云：「皆言美無度！誰謂死如麻？」，來加以形容。但這是我們跳脫了該一社會文化，並且在有意揭露了該一意識型態的壓迫或壓抑型態之後的「後見」之明。然而對於身處其間的作者與讀者，甚至身歷其境的詩內詩外人物，卻都可以因為「習慣成自然」，在「習焉不察」中自然將「問題」與其「現實」性，在閱讀與欣賞裏自動跳過或略去。

因此，〈迢迢牽牛星〉一詩，正如吳淇，張庚的再三稱道其「貞」「節」，事實上是採取了上述的這種修辭策略，而將其寫作的重點，指向了「抒情表現」。雖然詩中也有像「終日不成章，泣涕零如雨」的誇張比喻，但是「泣涕零如雨」，這樣的語句，確乎是在表現這位「河漢女」的痛苦，但是經由一場哭泣就可以抒洩消除的日以繼夜，經年累月的折磨與反而掩蔽了別離的漫長持續，不是苦痛之事實。尤其結束在語調和緩，狀似輕鬆，一副含情脈脈的四句詢問：「河漢清且淺，相去復幾許？盈盈一水間，脈脈不得語」裏，真的是將一切的「現實」處境與問題，轉化得太清淺，太盈盈，太溫柔，太脈脈，以致但見其柔情，不見其苦楚了。

當然，「現實」情境的「抒情」化的另一種「表現」方式，就是以省略了所有的「現實」問題，而集中在利用富涵美感的場景物象，甚至人物自身的動作與感官性的知覺，來作「興象」或「情景交融」的表現，例如底下的兩首〈玉階怨〉：

〈玉階怨〉

夕殿下珠簾，流螢飛復息。長夜縫羅衣，思君此何極！

　　　　　　　　　　　　　　　　　　　謝　眺

〈玉階怨〉

玉階生白露，夜久侵羅襪。卻下水晶簾，玲瓏望秋月。

　　　　　　　　　　　　　　　　　　　李　白

這兩首詩，假如不是詩題上還有一個「怨」字，所有的痛苦與現實皆已消失，已近於底下的這首：

〈秋夕〉

銀燭秋光冷畫屏，輕羅小扇撲流螢。天階夜色涼如水，臥看牽牛織女星。

　　　　　　　　　　　　　　　　　　　杜　牧

對於「時序」與「物色」的感觸與表現，幾乎取代了其中的「分離」處境與「孤獨」情懷。在謝眺的詩中，還有「思君此何極」的語句，在李白的詩中，幾乎完全取消了一切表現情感的辭語。這種寫作的重點，正是集中注意於人物的感官知覺與情感姿態，而無暇或無意去理會其中的真實的「處境」與「問題」，底下這首：

似乎最能說明這種「保持距離」(distance)的「無利害」(disinterestedness)、「無關心」(detach-ment)的美感態度 (aesthetic attitude) ⑰。這正是中國古典詩歌，由「言志」往「神韻」，由「現實反應」往「抒情表現」的純粹化發展的極致。

但是〈古詩十九首〉的豐富性與趣味性，卻在於「現實反應」與「抒情表現」仍在相互頡頏拉拒的狀態，因而充滿了各種的表現的可能。這一點，我們只要再比較一下，〈十九首〉中的〈明月何皎皎〉與由此脫胎而出，陸機的擬作，和情境類似，李白的〈靜夜思〉，就可以更清楚的看到：

〈怨情〉　李白

美人捲珠簾，深坐顰蛾眉。但見淚痕濕，不知心恨誰。

〈明月何皎皎〉

明月何皎皎，照我羅床幃。憂愁不能寐，攬衣起徘徊。客行雖云樂，不如早旋歸。出戶獨彷徨，愁思當告誰？引領還入房，淚下沾裳衣。

〈擬明月何皎皎〉　陸機

安寢北堂上，明月入我牖。照之有餘輝，攬之不盈手。涼風繞曲房，寒蟬鳴高柳。踟躕感節物，我行永已久。游宦會無成，離思常難守。

〈靜夜思〉

床前明月光，疑是地上霜。舉頭望明月，低頭思故鄉。

李白

這三首詩，我們可以藉吳淇〈選詩定論〉評〈明月何皎皎〉所謂：

無限徘徊，雖主憂愁，實是明月逼來；若無明月，只是趐床搗枕而已，那得出戶入房許多態？⑱

的說法，視爲都是「明月逼來」的「鄉思」。但是只要細看陸機的擬作，我們馬上可以感覺：同樣是「抒情表現」，他就有意避免了「明月何皎皎，照我羅床幃」月光直逼人來的「物」「我」交感，尤其是「何皎皎」的直陳而近乎驚嘆或呼喊的表白；反而是將整個情境，化直接感受爲近乎旁觀報導的間接敍述：「安寢北堂上，明月入我牖」。因而將注意轉爲對「月光」的「物色」性的玩賞與描寫：「照之有餘輝，攬之不盈手」；以及「涼風繞曲房，寒蟬鳴高柳」的對於「時序」之景象的感覺性刻畫，結果當然就不會有因明月照床的「憂愁不能寐」，以致「攬衣起徘徊」、「出戶獨彷徨」，因而「引領還入房，淚下沾裳衣」的「出戶入房許多態」了。因此陸機擬作自然就將注意往「踟躕感節物」上，然後以《詩經》〈小雅〉〈六月〉的「我行永久」轉化爲「我行永已久」，而得出幾乎是客觀敍述的「游宦會無成，離思難常守」近乎無動於中（detachment）的「抒情」表

現。同樣的，壓抑情感之直接以像「憂愁不能寐」、「愁思當告誰」這樣的告白；或像「攬衣起徘徊」、「出戶獨彷徨」、「淚下沾裳衣」等等行動來表現，雖然它藉與〈靜夜思〉的修辭策略，雖然它藉與「舉頭望明月」形成對比，而提出了「低頭」的情感姿態與「思故鄉」的主題。但在「抒情表現上，仍然是傾向對於「情感」採取「不著一字，盡得風流」的間接手法：它的壓抑了的情緒，雖然皆有「鄉思」全是以「疑是地上霜」的寒冷、暗淡的感覺來表現的。因而，在這三首詩中，雖然皆有「鄉思」的情懷，但是只有〈明月何皎皎〉將其情感表現得最真切，最熱烈，而令吳淇要讚嘆其：

令人千讀不厭。⓳

無甚意思，無甚異藻，只是平常口頭，卻字字句句，用得合拍，便爾音節響亮，意味深遠，

並且也是唯一一面對了，所以產生「鄉思」的原因──「離鄉」，原也是有所追求的「現實」，因而坦承了這種「情境」與「情感」的矛盾：「客行雖云樂，不如早旋歸」，所以，面對「情境」的複雜性，並且產生了抉擇性的內心衝突與矛盾「感情」，正是〈古詩十九首〉往往具有的「現實反應」的特質。

當我們再從這種「現實反應」的特質，再回到〈青青河畔草〉上來考察時，我們就會發現它的最為正視別婦之真實處境，以及敢於面臨抉擇的特質。這一點我們還可以透過與王昌齡的這首〈閨怨〉的比較，來加以討論：

閨中少婦不知愁，春日凝妝上翠樓。忽見陌頭楊柳色，悔教夫婿覓封侯。

詩中開頭的「青青河畔草，鬱鬱園中柳」，其實就是「忽見陌頭楊柳色」，而著以「青青」、「鬱鬱」的形容，不但顏色格外鮮明，而且幾乎產生一種迫人的壓力，尤其此一「春色」，由「河畔」之外界而及於「園中」之內庭，由水平之「草」而立體之「柳」，真是彌天蓋地，咄咄逼人。以「盈盈」充滿青春活力之「女」，於「樓上」見此內外一片的春色，會引發多少的春心春愁，自不待言。尤其「皎皎當窗牖」，「娥娥紅粉妝」（固是與「春日凝妝上翠樓」同一機杼），更是顯示了她的「天生麗質難自棄」⑳；這層意思，自然一直貫注到底下的「纖纖出素手」。這一句，定要強調其「的是賣弄春蔥，為倡女之態」恐怕還是受到下文影響之後的解讀。其實「纖纖素手」自是寫其美麗善感，而用一「出」字，恐怕談不上「賣弄」，反而應是一種情不自禁的「探觸」，「嚮往」，「追尋」，或者「感懷」的一種姿態，是一種近於「攀條折其榮」㉑，或「涉江采芙蓉」㉒的面對「青青岸草；鬱鬱園柳」的自然反應。

至於底下被王國維視為「淫（蕩）之尤」的四句，其實是包涵了一個很嚴肅的「現實」處境與「倫理」問題。夫妻的離別，不同於友朋、兄弟，甚至親子，原正在於必然會導致「空床獨守」或者「不守」的困境與抉擇。當這種「空床獨守」的處境，即使是雙方都努力在忍受之際，尚且會有「過時而不采，將隨秋草萎」的「青春虛度」或「同心而離居，憂傷以終老」㉓的「折磨痛苦」。何況，假如這種「空床獨守」只是單方面的：在「蕩子行不歸」的情形下，「空床難獨守」，

豈不是最自然不過的心聲？而導致這種處境與感受的難道不正是「行不歸」的「蕩子」的責任？為何只是苛求其妻而未有隻字片語責怪此夫？這正是作詩者（其實他是以第三人稱的口吻來敍事的），的溫厚同情之所在：反倒是這些評詩者未免持著「禮教吃人」的偏祖心態來發言立論，雖然不免受囿於時代文化，但總是顯示了他們在「真實」人類處境與「道德」關懷的鈍感，連「雖得其情，哀矜而勿喜」的善意，皆有所欠缺。

相形之下，王昌齡雖題其詩曰：「閨怨」，卻一口咬定「夫婿覓封侯」之舉，全為此一「閨中少婦」唆指使的結果，好像那位「夫婿」真的毫無個人野心或夢想，因此，一股腦將「分別」的責任全推給女方。並且強派這一位理應情竇初開的「閨中少婦」，為對「離別」之情境，竟是全然麻木不仁的「不知愁」人物，依然日日「凝妝上翠樓」，要待「忽見陌頭楊柳」的「春」「色」才知道後「悔」。固然這一切，我們都可以諒解王昌齡是為了強調「悔」之主題，所作的虛構，因此只是一種修辭策略的應用。但是正如王國維引以為「惡其遊也」，孔子的評論：

「唐棣之華，偏其反而。豈不爾思？室是遠而！」子曰：「未之思也，夫何遠之有？」㉔

一樣，我們一定可以說假如這位「閨中少婦」對於夫妻離別而竟可以全然無感，保持「不知愁」的狀態，我們也實在看不出一時「忽見」的，遙遠的「陌頭」之上的「楊柳色」，會有什麼神祕力量可以令她感覺「悔」恨？因此，仔細玩味，這首以「閨怨」為名目的詩作，反而是相當有趣的，

反映了時時以功名為念的新進士階層，對於他們拋棄在家裏的「閨中少婦」的真實處境與情懷的無法或有意不去體會。也許這首詩中反映得更多的，反而是「覓封侯」的「夫婿」們，對於他們家裏「閨中少婦」萬一不是如他們所「希望」或「自欺」的那樣是「不知愁」，而對她（們）忽見於「陌頭楊柳色」之外，可能興起的任何情懷，所暗暗滋生的焦慮與懊「悔」。因而在面對「現實」的「真」，「親切動人」：「精力彌滿」上，就遠不如〈青青河畔草〉，「抒情表現」的成分就要遠遠大於「現實反應」了。

〈古詩十九首〉在夫妻男女離別的主題上，其實反映了高度的倫理知覺，具體的情境感受與極具現實抉擇的反應表現。倫理知覺方面，除了〈青青河畔草〉是出以第三人稱敍述；第一人稱敍述的最好的例子，或許是〈冉冉孤生竹〉：

冉冉孤生竹，結根泰山阿。與君為新婚，菟絲附女蘿。菟絲生有時，夫婦會有宜。千里遠結婚，悠悠隔山陂。思君令人老，軒車來何遲？傷彼蕙蘭花，含英揚光輝。過時而不采，將隨秋草萎。君亮執高節，賤妾亦何為？

這首詩的「抒情表現」主要見於一再翻轉的「植物」的比喻：君是「冉冉孤生竹」；妾是「菟絲附女蘿」，君「結根泰山阿」，所以兩人「悠悠隔山陂」：在「思君令人老：軒車來何遲」的情況下，彼此的青春生命是「將隨秋草萎」的「蕙蘭花」㉕：即使曾是或仍是「含英揚光輝」。但是這一切，

由「菟絲生有時」與「過時而不采」所象徵的「夫婦會有宜」的時間壓力與離別情境，卻因為，君為「冉冉孤生竹」所象徵的「君亮執高節」的倫理抉擇與表現，「賤妾亦何為！」妾亦只有作相同的倫理抉擇，默默的忍受一切的芳華徒謝與孤獨而空虛的生活。但是，把這種離別而懷想的生活情境，表現得最為真切而具體的或許是〈凜凜歲云暮〉：

凜凜歲云暮，螻蛄夕鳴悲。涼風率已厲，遊子寒無衣。錦衾遺洛浦，同袍與我違。獨宿累長夜，夢想見容輝。良人惟古懽，枉駕惠前綏。願得常巧笑，攜手同車歸。既來不須臾，又不處重闈。亮無晨風翼，焉能凌風飛？眄睞以適意，引領遙相睎。徒倚懷感傷，垂涕沾雙扉。

這首詩以「螻蛄夕鳴悲」的意象，藉「凜凜歲云暮」、「涼風率已厲」的氣候變化起興，既象徵一己之孤寂淒涼，日久悲傷；又引起對於身為「遊子」的「良人」，在歲暮季節的是否「寒無衣」的牽掛。以「衣」與「袍」以至「錦衾」等意象來象徵夫妻的同眠共枕的親密關係，以及在男耕女織的分工下，妻的職份與對夫的情意原就在於「授衣」❷所表現的關懷，都是既切合日常生活的現實，但又飽含深情密意的「抒情表現」。而對於夫妻別離的「同袍」相違，所面對的生活真相，以最直接的「獨宿累長夜」表出，一點沒有閃躲或遮掩；而分別日久，「良人惟古懽」，彼此只成為往日的記憶，以及如真似幻的「夢想見容輝」，在「願得常巧笑，攜手同車歸」，在「願得常巧笑，攜手同車歸」

的企盼，終究只成為美夢成空之餘，只有倚門彷徨盼望：「眄睞以適意，引領遙相睎」，感傷淚下：「徙倚懷感傷，垂涕沾雙扉」，對身處其境的痛苦悲哀，也沒有逃避與妝飾。所以是深具「現實反應」的「抒情表現」。

〈古詩十九首〉，關於夫妻別離主題詩作，最具現實抉擇反應的，或許是〈行行重行行〉。為了更為清晰的凸顯這種抉擇的「現實反應」的性質，我們將透過與曹植〈七哀詩〉的比較來討論：

行行重行行，與君生別離。相去萬餘里，各在天一涯。道路阻且長，會面安可知。胡馬依北風，越鳥巢南枝。相去日已遠，衣帶日已緩。浮雲蔽白日，遊子不顧反。思君令人老，歲月忽已晚。棄捐勿復道，努力加餐飯。（〈行行重行行〉）

明月照高樓，流光正徘徊。上有愁思婦，悲嘆有餘哀。借問嘆者誰？言是客子妻。君行踰十年，孤妾常獨棲。君若清路塵，妾若濁水泥；浮沉各異勢，會合何時諧。願為西南風，長逝入君懷；君懷良不開，賤妾當何依？（〈七哀詩〉）

這兩首詩都是以夫妻闊別為主題，而且以妻子的孤樓情境為描寫焦點的作品。但是曹植的〈七哀詩〉，已經充分的「抒情表現」化了，它首先經營了一個優美動人的「清景」：「明月照高樓，流光正徘徊」。這樣的寫作方式，不但符合鍾嶸〈詩品序〉所例舉：

至乎吟詠情性，亦何貴于用事？「思君如流水」，既是即目；「高臺多悲風」，亦惟所見；「清晨登隴首」，羌無故實；「明月照積雪」，詎出經史？觀古今勝語，多非補假，皆由直尋。

所謂的「古今勝語」的表現，亦即以一明確具體，甚至是固定的空間物象：「高臺」，「隴首」，「明月」，而連接以廣泛，流動，或至少是不確定而綿延的另一甚具感覺性的形象或情境：「多悲風」，「積雪」，「清晨」，因而產生一種搖曳生姿的動蕩感受，因而正能隱喻一種「思君如流水」的起伏澎湃，無盡無休之類的心理激蕩與悠遠情懷。「明月照高樓，流光正徘徊」正是很自然的綜合了「明月照積雪」與「思君如流水」的表現效果為單一景象。並且不但增強了景象的明晰與造形；尤其是強調了「徘徊」不止的彷徨心緒。這兩句的寫法，再側重一點寫景意味，就可以得出類似「明月出天山，蒼茫雲海間」[27]，或者往對句發展，就可以成為「明月松間照，清泉石上流」[28]；或者「野曠沙岸淨，天高秋月明」[29]與「白雲抱幽石，綠篠媚清漣」[30]等發展自謝靈運而在盛唐詩人手中發揚光大的寫景佳句了。

然後，利用月夜高樓的場景（setting），將它轉化為「上有愁思婦，悲嘆有餘哀」的「戲劇情境」。並且借用了「借問嘆者誰？言是客子妻」的對話，一方面解釋了「悲嘆有餘哀」的「愁思婦」之「愁思」所在與其處境；一方面則藉此將原來的外景與「戲劇情境」的第三人稱敘述，轉向主角人物之妻子的，以第一人稱向另一主角之丈夫，（亦即第二人稱），所作的內心獨白式的傾訴。

整個「戲劇」型態的寫作策略，假如不是造成了一種「虛擬」或「虛構」的美感距離（因而我們

不必很「現實」或「認真」的來對待），至少是令我們像觀賞「戲劇」一樣，對主角保持了一種「認同」或「仿同」的距離，因為主角是在對另一主角說話，而亦有可以視為也有對第二人稱「君」自然〈行行重行行〉的「內在獨白」的性質亦不純粹，而亦有可以視為也有對第二人稱「君」傾訴的部分與意味，所以，一再的出現：「與君生別離」、「會面安可知」、「思君令人老」等等的語句。但基本上，它的著重「處境」或「內在獨白」轉移的抒寫方式，仍然接近足以引發直接「認同」或「仿同」的「內在獨白」，並且隨著詩句的發展，我們幾乎可以得到這似乎是一個漫長經驗的回溯當下，重新演出的追憶歷程：詩雖然是從「行行重行行」的分別的時刻開始的，但事實上則是彼此「相去日已遠」，早已經歷了漫長的年月，而真正的情境，則是「遊子不顧反」、「歲月忽已晚」。於是「行行重行行」的描寫，就幾乎近於電影中停格或慢動作的「特寫」，它不但是真實發生的情景，而且正是將那刻骨銘心「與君生別離」的分離的剎那，反覆咀嚼，給人一種念茲在茲，不敢亦不能或忘的呈現，就在這種「分別」的經驗中，君漸行漸遠，毫無停息，直到成為「相去萬餘里，各在天一涯」的長久存在的「現實」。

「行行重行行」自是深具內心印象之剖白與呈露的「抒情表現」，但「與君生別離」，則是對於此一分離情境的極具「現實」意涵的掌握。「生別離」自然可以因為《楚辭》〈九歌〉〈少司命〉中所謂的：「悲莫悲兮生別離：樂莫樂兮新相知」而令我們作「悲莫悲兮」的情緒意涵的聯想。但由下文的「思君令人老」，我們固然也可以解讀出「與君」一詞中，「君」的絕對的重要性。但「生別離」事實上也提供「思君」與盼望「遊子」「顧反」的可能性。所謂「會面」云云，正是有

賴於彼此的同「生」，如此我們才能毫不突兀的了解詩末「努力加餐飯」的抉擇。

接下的敍寫則大抵著重，或者至少兼顧彼此「處境」之「現實」狀態的提示。不但「相去萬餘里，各在天一涯」的重複說明，是「抒情表現」的強調，其實也是「現實」處境的勾勒。因而開展下去就是「道路阻且長，會面安可知？」的客觀性衡量。這種「衡量」顯然不樂觀；但述說者又以看似主觀的期望，卻也有其物理上的依據，來推翻上述的「衡量」：「胡馬依北風，越鳥巢南枝」。李善《文選注》謂：

《韓詩外傳》曰：「詩曰：『代馬依北風，飛鳥棲故巢』，皆不忘本之謂也。」

雖然「道路阻且長」，但是若有「思鄉」之心，則既可前往，理當亦可歸反。因此在「情境」上，就展現為雙向的可能性：既是「會面安可知」；但亦可以是「遊子」「顧反」，而終有重聚的一日。

結果是在這種雙重性的懸疑與等待中，「相去日已遠，衣帶日已緩」，隨著分離日久的折磨，述說者也日漸消瘦。不能不漸漸得出「遊子不顧反」的結論。但述說者，似乎不願就此絕望，她以「浮雲蔽白日」的比喻，來詮釋這種「不顧反」只是一時的蒙「蔽」，並非永久的本心。於是，在漸次加重的痛苦與悲觀中，又保持了希望。雖然，仍然抱持著希望，但另一個「現實」的情勢，「思君令人老」（這正是「衣帶日已緩」的自然結果），人是不堪朝朝暮暮之懷想的磨損的。而「歲月忽已晚」，歲月不待人，青春與生命隨時間日漸消失──這樣的「情勢」，直要將述說者逼入絕境，

但詩中人卻話鋒一轉：「棄捐勿復道‧‧努力加餐飯」，她選擇了「希望」與「等待」，並且透過「棄捐勿復道」的屏絕憂慮，以「努力加餐飯」的攝「生」以待「會面」，來和「思君令人老」、「衣帶日以緩」的情勢對抗。

這首詩所具有的「現實反應」的強調與特質，我們只要和〈七哀詩〉中妻對夫的那段傾訴略加比較，就很清楚。關注一個「情境」，正視其具體的「現實」內涵，視為必須不斷的重作抉擇，採取行動之際，──亦即在「情境」中的「現實」中，作倫理或利害的判斷，「選擇」可能的反應，並且針對「情境」之需要，以及為了改善或改變「情境」而採取「行動」──我們做出的正是「現實反應」。但是，規避「選擇」與「行動」，而將注意集中在以一「諸意象之綜合」(a complex of images)，來「表現」其引生此一意象綜合之特殊「情感」(a feeling that animates them) 的「直覺」，因而呈現為對此一「情感」的「觀照」(contemplation of feeling)，亦即是「純粹直觀」(pure intuition) 的「抒情直觀」(lyrical intuition)，結果產生的就是詩歌或文學的「抒情表現」❸❶。在〈七哀詩〉中，「君行踰十年，孤妾常獨樓」，當然是「現實」的體認。但詩中筆鋒一轉，詩中主角並不去思想如何對應此一困境，作「抉擇」採「行動」，反而將上述的「君行/妾獨樓」的情境，轉化為「君若清路塵‧‧妾若濁水泥」的意象組合，而感嘆起：「浮沉各異勢，會合何時諧？」來。「君」是否為「塵」；「妾」是否為「泥」，完全是自行比喻的結果，其為「浮」為「沉」，並沒有本質上的必然，反映的反而只是在「君行踰十年」之餘，對於「孤妾常獨樓」的等待的失望，甚至是絕望的情緒。因為她並未因此「判斷」，而作出任何「抉擇」或「行動」。所接續的「願為

西南風，長逝入君懷」只是一種「姿態」而非「行動」的「選擇」。所以，它真正的意義，只是與「君懷良不開，賤妾當何依？」的詩句，組合成一種呈現「雖深愛而竟被棄」之「無奈」情懷的「綜合意象」，終究只是一種「抒情表現」；與〈行行重行行〉，步步扣緊「情境」的「現實」發展，判斷各種可能，因而作出「抉擇」採取「行動」，大異其趣。因此，〈七哀詩〉就顯得空靈蘊藉，滿涵神韻，足以令人迴腸蕩氣，但反映的卻是無關「現實」的「抒情直觀」；而〈行行重行行〉，則顯得質實凝重，「現實」倫理」直逼人來。「君若清路塵」，甚至「君懷良不開」，就都沒有「遊子不顧反」在「倫理」判斷上，要來得清楚明白直接了當！

這種在「倫理」與「現實」上的高度關切，就使得〈十九首〉，在貧賤富貴的對比上，發出類似：「何不策高足？先據要路津！無為守窮賤，轗軻長苦辛」❸，「斗酒相娛樂，聊厚不為薄」「極宴娛心意，戚戚何所迫？」❸的反省：；在親交知己的追尋上，亦有「不惜歌者苦，但傷知音稀」❹，「蕩滌放情志！何為自結束？」❸，甚至「良無盤石固，虛名復何益？」❸等種種的思考；並且在人生短暫的知覺下，亦各自發展為：：或者「盛衰各有時，立身苦不早」「奄忽隨物化，榮名以為寶」❸；或者「萬歲更相送，聖賢莫能度。服食求神仙，多為藥所誤。不如飲美酒，被服紈與素」❸；或者「去者日以疏：；來者日以親」❸；以至「為樂當及時，何能待來茲？愚者愛惜費，但為後世嗤」❹等等的思慮抉擇。因而提供我們再作省察，自行抉擇與判斷的參考。在「抒情表現」中，或者往「抒情表現」的發展中，仍然保持相當程度的「現實反應」，或許就是〈古詩十九首〉，漸為後世難及而難學的特質。

因為以「抒情直觀」作「意象經營」，並且加以「聲律考究」，一如《文心雕龍》〈神思篇〉所謂：「使玄解之宰，尋聲律而定墨；獨照之匠，闚意象而運斤」的「抒情表現」，似乎成為後來中國詩歌，以至文學的主流❹。而這一主流的寫作精神，《文心雕龍》〈神思篇〉的贊文，或許是最好的摘要：

神用象通，情變所孕。物以貌求，心以理應。刻鏤聲律，萌芽比興，結慮司契，垂帷制勝。

因此以「妙悟」來瞭解這「抒情直觀」，藉「興趣」來描敘這種意象化的「抒情表現」的嚴羽，面對〈古詩十九首〉這類的作品，雖然承認：「漢魏晉與盛唐之詩，則第一義也」，但當他「推原漢魏以來，而截然謂當以盛唐為法」之際，他顯然是知覺它們與後世發展的其實有明顯的差異存在，因而只好說：

漢魏尚矣，不假悟也。謝靈運至盛唐諸公，透徹之悟也。❷

對於〈古詩十九首〉的這種同時涵具「現實反應」與「抒情表現」的特點，元代陳繹曾〈詩譜〉顯然略有知覺，因而他不免要強調其：「情真，景真，事真，意真：澄至清，發至情。」「情」、「景」之「真」或許是「抒情表現」之所在；但「事」、「意」之「真」，則是「現實反應」之重點。

而明代陸時雍的《詩鏡總論》的解說，或許更近於本文的理解：

十九首近於賦而遠於風，故其情可陳，其事可舉也。虛者實之，紆者直之，則感寤之意微，而陳肆之用廣矣。夫微而能通，婉而可諷者，風之爲道美也。

陸時雍所謂的「賦」，正有接近本文所強調的：「現實反應」的某些素質；而他所謂的「風」，亦和本文所指出的「抒情表現」有若干近似，中國詩歌走向以「抒情表現」爲主的道路，使中國文學進一步往優美的「抒情傳統」發展，確實可謂：「風之爲道美也」；但正視種種人類的生存處境，如何去理解判斷，如何去抉擇行動的「陳肆之用」也就漸漸消失了。其爲得爲失，自是見仁見智。

但是正如陸時雍用的仍是「近於賦而遠於風」而非「但用賦不用風」，〈古詩十九首〉的所以爲千古絕唱，原也在於同時具有「現實反應」與「抒情表現」的特質；自然其中也有像下列這首已然深具「神韻」，幾乎是純粹以「抒情表現」爲主，並且被譽爲「言情不盡，其情乃長，此風雅溫柔敦厚之遺」❹的作品：

足貢，但感別經時。

庭中有奇樹，綠葉發華滋。攀條折其榮，將以遺所思。馨香盈懷袖，路遠莫致之。此物何

但是人物的姿態與心理轉折，仍然比純粹精美遼貟的物象重要，而成爲詩中「抒情表現」的主體，「時序」或許發揮了「起情」的作用；但「物色」仍然未成爲「情采」的中心。或許我們也可以說〈古詩十九首〉，仍是：「人性的，太人性的」，以人爲中心的詩歌！

註釋

❶ 因此，《詩品》接著說：「其外，〈去者日以疏〉四十五首，雖多哀怨，頗爲總雜。」

❷ 見《說詩晬語》卷上。

❸ 見同上註。

❹ 就〈古詩十九首〉而言，當然只能說有此「差異」；這裏的「發展」是針對中國詩歌由漢往盛唐的風格轉變而言。

❺ 〈十九首〉中原作「守窮賤」，王國維省略了上下文，改爲「久貧賤」，固是誤記，但卻因此獲得了上下文之外的「自足」含意。因此此處的討論仍依王氏誤記的版本。

❻ 參見王國維〈清真先生遺事尚論三〉：「境界有二：有詩人之境界；有常人之境界。詩人之境界，惟詩人能感之而能寫之，故讀其詩者亦高舉遠慕，有遺世之意，而亦有得有不得，且得之者亦各有深淺焉。若夫悲歡離合羈旅行役之感，常人皆能感之，而唯詩人能寫之，故其入於人者至深，而行於世也尤廣。」

❼　見〈古詩十九首〉〈冉冉孤生竹〉。

❽　見〈古詩十九首〉〈行行重行行〉。

❾　見〈古詩十九首〉〈孟冬寒氣至〉。

❿　見李延年歌〈北方有佳人〉。

⓫　見世界書局版《古詩集釋等四種》,《古詩十九首集釋》,頁三十二,民國五十一年十一月初版。

⓬　見同上註,頁一五。

⓭　見同上註頁一七。

⓮　見同上註頁一六。

⓯　以上引句,俱見陸機〈文賦〉。

⓰　「美典」一詞是高友工先生所提出的術語,藉以指出各種藝文現象所隱含的美感規範或典律。

⓱　自十八世紀至二十世紀中葉,西方美學的主流,對美感經驗往往採取與美感態度相應的主張,雖然當代的認知,已經不再如此局限,並且以三D (dis-interestedness, detachment, and distance) 為其論述的核心 (參見John W. Bender & H. Gene Blocker: Contemporary Philosophy of Art, p.367, Prentice-Hall, Inc., Englewood Cliffs, 1993),但就區分「現實反應」與「抒情表現」而言,仍是一種方便的參考。

⓲　見同❿,頁二四。

⓳　見同上註。

⓴　見白居易〈長恨歌〉。

㉑ 見〈古詩十九首〉〈庭中有奇樹〉。

㉒ 見〈古詩十九首〉〈涉江采芙蓉〉。

㉓ 見同上註。

㉔ 見《論語》〈子罕篇〉。

㉕ 當然也可以解讀為專指妾的青春生命。

㉖ 參見《詩經》〈七月〉:「七月流火,九月授衣。……無衣無褐,何以卒歲?」

㉗ 見李白詩〈關山月〉。

㉘ 見王維詩〈山居秋暝〉。

㉙ 見謝靈運詩〈初去郡〉。

㉚ 見謝靈運詩〈過始寧墅〉,此一對句雖不寫月,但「白雲抱幽石」在構詞造句法上其實與「明月照高樓」,同一機杼。

㉛ 以上觀念與詞句的英語部分,參見克羅齊 (Benedetto Croce):"Intuition and Expression," *Contemporary Philosophy of Art*, Edited by John W. Bender & H. Gene Blocker, p.128-29, Pentice Hall, Englewood Cliffs, New Jersey, 1993。該文下註明 : "From "Aesthetic" in Encyclopaedia Britannica, 14th edition, 1929."

㉜ 見〈今日良宴會〉。

㉝ 見〈青青陵上柏〉。

㉞見〈西北有高樓〉。

㉟見〈東城高且長〉。

㊱見〈明月皎夜光〉。

㊲見〈迴車駕言邁〉。

㊳見〈驅車上東門〉。

㊴見〈去者日以疏〉。

㊵見〈生年不滿百〉。

㊶這主要是由六朝到盛唐的發展，但是除了元和、元祐，有了另外的美典以外，大抵凡以盛唐為宗的年代，總又回歸此一主流。

㊷以上有關嚴羽理念與引句俱見《滄浪詩話》〈詩辨〉。

㊸見《古詩十九首集釋》引陳祚明語，見同❿，頁一一四。

天高地迥 月照星臨

——略論唐詩的開闊興象

一、盛唐諸人，惟在興趣

唐詩，尤其是盛唐詩，自宋代嚴羽於《滄浪詩話》提出「論詩如論禪，漢魏晉與盛唐之詩，則第一義也」，「以漢魏晉盛唐為師，不作開元天寶以下人物」，並且解釋道：「漢魏尚矣，不假悟也；謝靈運至盛唐諸公透徹之悟也」，後經明代前後七子「詩必盛唐」主張的推揚，一直是中國古典詩歌的理想與典範。至於這種盛唐詩風，嚴羽亦有如下的解說：

詩者吟詠情性也。盛唐諸人，惟在興趣。羚羊掛角，無跡可求。故其妙處，透徹玲瓏，不可湊泊；如空中之音，相中之色，水中之月，鏡中之象，言有盡而意無窮。

所謂「興趣」，原自梁代鍾嶸〈詩品序〉的「文已盡而意有餘，興也」蛻化而來。因此，我們固然

可以參考明代胡應麟《詩藪》中：

作詩大要不過二端：體格聲調，興象風神而已。體格聲調有則可循；興象風神無方可執。故作者但求體正格高，聲雄調圔，積習之久，矜持盡化，形跡俱融，興象風神，自爾超邁。譬則鏡花水月；體格聲調，水與鏡也；興象風神，月與花也。必水澄鏡朗，然後花月宛然；詎容昏鑑濁流，求覩二者？故法所當先，而悟弗容強也。

的意見，援引「興象風神」作「興趣」的註腳，以爲它指的就是來自作者情性而流露在作品之內的一種特殊的精神風貌。但是更具體的從作品的結構考察，似當亦正是一種「興」的創作手法的運用，清代李重華《貞一齋詩說》說得好：

興之爲義，是詩家大半得力處：無端說一件鳥獸草木，不明指天時，而天時恍在其中；不顯言地境，而地境宛在其中；且不實說人事，而人事已隱約流露其中，故有興而詩之神理全具也。

也就是說詩人藉著一些自然景物的描寫，不但象徵性的傳達了詩人所想表示的情意，更自然而然的在這些景物的刻畫中，益加具體可感的表現了詩人的人格性情以及身居其境的世界感受與生命

意識。例如《論語》〈子罕篇〉記載：

子在川上曰：逝者如斯夫，不舍晝夜！

這樣的觸景生情，藉物起興的心理機轉，原來就是一種「興」的心理機轉，但是它雖然深具哲理的妙趣，甚至亦充分的顯露夫子獨特的人格，這樣的記述仍然不能說是詩意的，主要的原因，並不在其文字的形式的問題，而在其中缺少了對於川流不息的具體景象的刻畫與描寫。所以，漢樂府的

「百川東到海，何時復西歸？」雖然也在同樣的意念中，表現了深切的感慨，但是畢竟仍然不算達到嚴羽所謂：「不涉理路，不落言筌者，上也」的理想。正因它的表達仍是不免「猶涉理路」。同樣的雖然對人生之變化有一諦視深慨而卻依然未免猶「涉理路，落言筌」的是魏代阮籍〈詠懷詩〉的「朝為媚少年，夕暮成醜老」；但是相同的意念到了李白的〈將進酒〉：

君不見黃河之水天上來，奔流到海不復回；君不見高堂明鏡悲白髮，朝如青絲暮成雪。

不但以「君不見」而達到親自上場現身說法的效果，更重要的是已然消融了理路言筌的形跡，完全以可以置之眼前的景象來呈現，因此言黃河，則有「天上來」、「奔流」等等狀態的描寫，說頭髮，則以「朝如青絲暮成雪」來象喻，並且不但化觀念為狀態，而且進一步表現為具體情境裏的

一種動作，如：「高堂」之中、「明鏡」之前的「悲」白髮。這種寫眼前景象而能夠「有興而詩之神理全具也」的效果，正是「謝靈運至盛唐諸公」的「透徹之悟」。而底下兩首詩在表現上的差異：

曹植

〈贈白馬王彪之六〉

心悲動我神，棄置莫復陳。丈夫志四海，萬里猶比鄰。恩愛苟不虧，在遠分日親。何必同衾幬，然後展殷勤？憂思成疾疹，無乃兒女仁！倉卒骨肉情，能不懷苦辛？

王勃

〈杜少府之任蜀州〉

城闕輔三秦，風煙望五津。與君離別意，同是宦遊人。海內存知己，天涯若比鄰。無為在歧路，兒女共霑巾。

除了古詩與律體的差異，更多少反映了由「漢魏尚矣，不假悟也」到「透徹之悟」的變化。而其中的關鍵，不但在以「城闕輔三秦，風煙望五津」的地域的景象起「興」，更在於「無為在歧路，兒女共霑巾」的具體情境中之動作性的描寫，尤其「城闕」與「風煙」與「歧路」等地域景象，更使「海內」、「天涯」、「比鄰」等抽象意念得到了具體的呈示與象徵，因而就實際轉化為一種真實可感的整體的宇宙意識。使用「興」的手法，以地域性的景象，呈現為一種身居其中的宇宙意識，正是唐詩興象的開闊高遠之處。這種開闊遼遠的興象，不但是唐詩中隨處可見的現象，從某些資

料看來，還可以說是唐人有意識的創作。例如王昌齡就以為：

詩思有三：搜求於象，心入於境，神會於物，因心而得，曰取思；久用精思，未契意象，力疲智竭，放安神思，心偶照境，率然而生，曰生思。……（《唐音癸籤》卷二）

凡作詩之體，意是格，聲是律，意高則格高，聲辨則律清，格律全，然後始有調。用意於古人之上，則天地之境，洞焉可觀。……

凡屬文之人，常須作意。凝心天海之外，用思元氣之前。巧運言詞，精練意魄。……夫置意作詩，即須凝心，目擊其物，便以心擊之，深穿其境。如登高山絕頂，下臨萬象，如在掌中。以此見象，心中了見，當此即用。如無有不似，仍以律調之定，然後書之於紙。會其題目，山林、日月、風景為真，以歌詠之。猶如水中見日月，文章是景，物色是本，照之須了見其象也。（《詩格》見《文鏡祕府論》南卷）

不但強調詩的創作需出於境物景象與心神意興的契會以達到一種徹悟的境界，而其所謂「猶如水中見日月，文章是景（影），物色是本，照之須了見其象」，正與嚴羽「水中之月，鏡中之象」的論點相合。同時更重要的，他特別點明「天地之境」，「如登高山絕頂，下臨萬象，如在掌中」，以及「會其題目，山林、日月、風景為真」，正清楚的表明了唐詩在興象之際，尋求其開闊高曠夐遠遼廣的理想，以及對於地域自然景觀的運用。而孟郊〈贈鄭夫子魴〉論及詩的創作亦云：

天地入胸臆，吁嗟生風雷。文章得其微，物象由我裁。宋玉逞大句，李白飛狂才。苟非聖賢心，孰與造化該。勉矣鄭夫子，驪珠今始胎。

同樣的強調了一種納天地該造化的氣魄以及裁物象，胎驪珠的意象契會的妙悟工夫。這種自覺無疑締造了唐代雄偉高曠的特殊詩風。

二、天高地迥，覺宇宙之無窮

這種「天地之境，洞焉可觀」的興象，誠如王勃在〈滕王閣序〉所謂的「天高地迥，覺宇宙之無窮」，原是來自一種宇宙意識的自覺。這種自覺首先往往是與一種「興盡悲來，識盈虛之有數」的生命存在的意識糾結在一起的，例如陳子昂的〈登幽州臺歌〉：

前不見古人，後不見來者。念天地之悠悠，獨愴然而涕下。

或者張九齡的〈登荊州城望江〉：

滔滔大江水，天地相終始，經閱幾世人，復嘆誰家子？

東望何悠悠！西來晝夜流。歲月旣如此，爲心那不愁？

了這種典型的宇宙無窮與生命有限的意識：

在這種詩裏宇宙的無窮廣大與人類個我存在的孤絕渺小迥然對立，興發的往往正是一種生命的悲情。但是這分悲情卻在唐詩的發展過程中很迅速的被消融在一種純粹的美感觀照或積極把握的意志裏。例如張若虛的〈春江花月夜〉雖然自「江天一色無纖塵，皎皎空中孤月輪」的景象而引發

江畔何人初見月？江月何年初照人？人生代代無窮已，江月年年祇相似。不知江月照何人？但見長江送流水。

但在「白雲一片去悠悠，青楓浦上不勝愁」之餘，卻透過「誰家今夜扁舟子？何處相思明月樓？」而將注意轉移到「不知乘月幾人歸？落月搖情滿江樹」的及時把握上。當然這種把握的更典型的方式，或許往往像李白的〈把酒問月〉，在醒悟了：「今人不見古時月，今月曾經照古人。古人今人若流水，共看明月皆如此」之後，所強調的卻是「唯願當歌對酒時，月光長照金罇裏！」但是這種「海上生明月」的無窮宇宙的永恆律動之感，卻在張九齡的〈望月懷遠〉詩中，因爲「情人怨遙夜，竟夕起相思」的思念，而轉化爲「天涯共此時」的人間深情的無限延伸與擴展的象徵。因此宇宙無窮的知覺，就不復只是「興盡悲來」引發存在悲情的對照，而更進一步成爲人類所以

實現自我，可以充分活動的無限開闊的生活空間，以及可以充分體驗感受的無窮豐富的內涵。前者如王維〈臨高臺送黎拾遺〉：

相送臨高臺，川原杳何極？日暮飛鳥還，行人去不息！

後者如王之渙〈登鸛雀樓〉：

白日依山盡，黃河入海流。欲窮千里目，更上一層樓。

在這類詩作裏，「天行健」的無窮無盡，就都轉化為「君子以自強不息」的精神識認與行動征服的豪情與壯志的表現了。當然這種對宇宙知覺反應的差異，與對時間因素或空間因素之側重的不同有關。大抵側重時間的詩作，由於人命的必然有限，往往陷於悲慨；而側重空間的詩作，則因界域的廣大反而激發出一種剛健的雄心壯志來。同時由於自然景象本身的雄偉秀麗，於是當「宇宙洪荒」的「天地玄黃」顯現為可觀可賞的「白日依山盡，黃河入海流」之際，一個「美麗新世界」就在盛唐詩風裏展現了。像：

雲霞出海曙，梅柳渡江春。（杜審言）

江靜潮初落，林昏瘴不開。（宋之問）

潮平兩岸闊，風正一帆懸。（王灣）

山光悅鳥性，潭影空人心。（常建）

黃河遠上白雲間，一片孤城萬仞山。（王之渙）

青海長雲暗雪山，孤城遙望玉門關。（王昌齡）

青楓江上秋天遠，白帝城邊古木疏。（高適）

輪臺九月風夜吼，一川碎石大如斗。（岑參）

大漠孤煙直，長河落日圓。

日落江湖白，潮來天地青。

荒城臨古渡，落日滿秋山。

江流天地外，山色有無中。（以上王維）

野曠天低樹，江清月近人。

照日秋雲回，浮天渤澥寬。（以上孟浩然）

孤帆遠影碧空盡，唯見長江天際流。

三山半落青天外，二水中分白鷺洲。

明月出天山，蒼茫雲海間。

山隨平野盡，江入大荒流。

錦江春色來天地，玉壘浮雲變古今。

吳楚東南坼，乾坤日夜浮。

星垂平野闊，月湧大江流。

無邊落木蕭蕭下，不盡長江滾滾來。（以上杜甫）

這類的勝景佳句，真是美不勝收，目不暇給。同時，像「長風破浪會有時，直掛雲帆濟滄海」（李白），或「會當凌絕頂，一覽眾山小」（杜甫）的征服的意志亦往往間出，時時可見。這種壯偉開

詩：

八月湖水平，涵虛混太清。氣蒸雲夢澤，波撼岳陽城。欲濟無舟楫，端居恥聖明。坐觀垂釣者，徒有羨魚情。

以後四句而論，本來意在求仕，但出以涵蓋乾坤的前四句，則胸襟自然高遠，了無猥下之態，轉使求仕之心成爲一種壯志的表徵。於是這種壯闊的興象，又不僅只是行動的背景或觀覽的對象了。

三、星臨萬戶動，明月來相照

當自然景象同時成爲詩人心志的象徵時，人與宇宙的疏離消失了，不但「江清月近人」、「星臨萬戶動，月傍九霄多」（杜甫）而且永恆開始注入了人類的生活，雖然「人攀明月不可得」，畢竟「月行卻與人相隨」（李白），因此當人類在興高采烈，凝神深思之際，正如王維〈竹里舘〉所顯示的：

獨坐幽篁裏，彈琴復長嘯。深林人不知，明月來相照。

關的興象，不但在唐詩中處處可見，而且應用在任何題材，例如孟浩然的〈臨洞庭上張丞相〉一

人類終於感覺與自然的融合為一，相親相近，是以「長歌吟松風，曲盡河星稀」，是以「舉杯邀明月，對影成三人」，甚至「我寄愁心與明月，隨風直到夜郎西」，終至「興酣落筆搖五嶽，詩成笑傲凌滄洲」（李白），因此不但「永夜角聲悲自語，中庭月色好誰看」，「五更鼓角聲悲壯，三峽星河影動搖」，甚至在「一舞劍器動四方」之際，「天地為之久低昂」，因為「來如雷霆收震怒，罷如江海凝清光」，人類的精神與行動本身就反映出與自然一樣的雄偉與永恆。於是神話的開天闢地的豪健精神二度再現：「爛如羿射九日落，矯如羣帝驂龍翔」（杜甫）。唐人就這樣的在深切的體察自然之際，終於達到了超凌自然的精神上的壯偉！復興中華文化，或許我們最該復興的就是這種「大用外腓，真體內充，反虛入渾，積健為雄，具備萬物，橫絕太空」的「雄渾」的天地境界，以及「俯拾即是，不取諸鄰，俱道適往，著手成春，如逢花開，如瞻歲新」的清新自得的「自然」意趣吧！

試論漢詩、唐詩、宋詩的美感特質

一、前言

　　每個時代是否有每個時代的文風？若有，我們又是根據什麼來區分這些時代？是因為它們有著特異的政治條件或社會狀況？或者我們相信有一種神祕的時代精神貫穿於其間，使一切的文化事物都沾染上了特殊的時代的印記？但其實我們瞭解每一個作品都與其他的作品不同，即使是同一個作者的同一個時期，甚至同一天的作品，假如它們是作品而不是複印，它們都必然不會完全一樣。因此所有的概括形容，討論的都是方便的分類，用類型的近似來取代個別作品的獨異實體。

　　因此我們在作概括性的討論之際，我們往往正是在虛構，甚至是創造了，若加以追根柢終不免是獨斷的，一種分類。它永遠得面對一種質疑：這些獨斷的分類眞的代表事物或歷史的原貌？尤其具有評價意味的文藝作品，哪些作品才代表那個獨特的時代，更是可以因為信仰、品味、興趣與立場的差異，而人言人殊。

　　我們必須承認：歷史的整體，往往是無法為我們所絕對掌握的。因為對任何歷史的討論，總

是選擇性的，也是簡略化了的。因為以簡馭繁是我們瞭解歷史現象的唯一途徑，否則無窮無盡的歷史資料勢必淹沒我們。「生年不滿百，常懷千歲憂」的結果，我們勢必只能以一年半載的閱讀來追認上下數千年異代同時的浩如瀚海的事件與遺跡。因此，探究歷史又何嘗不是一種創作「歷史」。

尤其時隔事異，發生在個人本身尚且不免有「情隨事遷」、「已為陳跡」之嘆，對於遙遠的異代異地的古今才人之幽微心思所凝結而成的文藝作品，我們若是稍具自覺，亦必然對於自己的種種辨析、諸多論斷，不能不深自猶疑。但是這種猶疑並不該阻止我們去嘗試瞭解歷史，瞭解文藝，瞭解文藝作品的歷史發展的努力；否則我們所剩下的就只是癱瘓一切的懷疑，以及甚至是自我吞噬的虛無。畢竟對我們所有知識之性質與限制的自覺，正來自一種更加認真的求知精神。

雖然我們未必就是掌握了歷史的全貌，掌握了事物的完整真相，但是有些事情，我們卻可以確定它曾在某個時代發生或存在，而且由這些部分的確定，產生對於某些事情的認知與論斷。例如：我們可以確知宋詩和宋詞雖然產生在同一時代，甚至同一作者的同一時期，但它們的風格卻有著顯然的不同；東坡詩和東坡詞在韻味上是各有偏重的：於是我們可以相信，同一個政治、社會背景仍然可以滋生不同類型的藝術，同一個神祕的時代精神在要貫穿一切文化現象之餘，仍不免受到文類文體自身的傳統、規律、與各自發展的階段、狀況的阻礙與折射。所以，文藝作品的時代性不能只由普遍的歷史背景或時代精神去探討去詮釋，我們必須考慮文體文類自身的內在規律與發展變化的過程。如果說：「通古今之變」原就是歷史認識的一種目的，那麼認知一種文類文體在各個不同時代的美感規範的演化流轉，似乎也正是文藝歷史的合宜正當的工作。

在辨認一種文體文類的衍化轉變的過程，觀察其特殊的美感風格，探究其中所蘊涵的美感規範，或許是最直接也最有效的方法。自然在每一特殊美感風格的形成，作為其中美感規範的最主要成分，顯然包括了以下兩種因素：一是注意的題材；一是觀照事物、整理經驗的傾向與方式。前者如盛唐的邊塞詩與中唐的社會詩，注意的是性質根本不同的事件；後者如：同是一個項羽，配合了各篇情調的統一與完整，可以在〈項羽本紀〉、〈高祖本紀〉、〈淮陰侯列傳〉中，各自被呈現為一個英勇善戰的悲劇英雄、一個暴虐無道的罪魁禍首，或是因為具有極不相稱之弱點而不免於滑稽的背景人物。也就是說：經驗、事件、甚至題材，雖然自有其意義與性質，但是出現在文藝作品中它們仍然還得經過創作者的詮釋、辨認、並且加以轉化的賦予嶄新的意義。而這種加以轉化賦予意義的詮釋方式，往往不是偶然的，反而是社會性的。正如大體相同的雞鴨魚肉等原料，卻可以調烹出不同口味的川菜、湘菜、粵菜、臺菜等等來。這正來自美感規範中的觀物方式對於題材之原始性質的轉化和處理。在探討各個時代的差異之際，也許所注意的題材的分歧是更容易察覺的，所以，樂府、詠懷、玄言、山水、宮體等等觀念早就成為我們辨識傳統詩歌歷史的時代標記，並且經由這些因所注意的題材之不同而形成的里程碑，我們也進一步能夠將作品和它的歷史背景與時代精神繫連在一起，獲致的往往不只是文藝歷史而更是整體「歷史」的某種瞭解。但是觀物的方式與轉化經驗為藝術這方面的美感規律，則似乎較少與整體的「歷史」發生關聯，因此雖然透過文藝歷史的觀察，它們也往往自有相當明顯的時代性，甚至因時代先後而有不同發展的歷史性。但是這種時代性或歷史性一般說來較少受到近代學者的注意，而傳統的詩話亦僅止於

直覺的掌握，而較少作分析性的闡明。這一方面固然由於觀物的方式與轉化經驗為藝術的美感規律，沒有注意選取不同題材的美感規律那麼明顯易見；另一方面亦因在這種類型的規律上若有沿襲承繼的現象，亦比較不易覺察，難以辨認出模擬的痕跡，這正是一般詩論中所謂「師其神而不襲其貌」的「活法」，既然文藝創作總是不免始於取法和由模擬入手，其結果亦使這方面規律的時代性、歷史性混淆參雜，面目較難凸顯。同時，題材的選取與注意的規律，我們可以很容易經由題材的性質與範疇加以形容與指認，在概念的創製上並不必須透過一套完整的美學理論體系，即可優為之而且足以勝任愉快的對於現象加以描述。但在觀物以及藝術處理上的規律方面，則一直有著術語觀念的匱乏與創製亟需一套完整美學理論的困難。因此在這方面，近代以來除了像梁啟超的《中國韻文裏頭所表現的情感》等少數著作略有觸及，幾乎還是一片尚待開發的處女地。

這種工作，一方面似乎更宜就作品的本身，依其時代先後，透過對比與分析來加以探究；一方面實在亦需要暫時的忽略其與整體的「歷史」的關聯，而先行構設出一套美感類型的理論，方才能夠清晰的加以詮釋與描摹。而且，若真要完整的探討中國詩歌美感規範和實際風格的歷史發展，事實上正是徹底重寫一部中國詩歌史的艱鉅工作。這自然不是筆者目前的學力所敢奢望，更不是此文的短小篇幅所能負荷。因此，本文的構想只是嘗試就漢詩（以東漢的五言詩為代表），唐詩（以盛唐詩為代表），宋詩（以盛宋詩為代表）中所曾經出現過的若干作品，透過它們的處理相同的情感經驗——別離，以及相同的景象——月夜，來探討它們所各自呈現的美感範疇的不同類型，以及其中觀物和整理經驗的不同方式。自然這些類型未必完全始於本文所討論的各個時代

——例如盛宋詩實在是承襲了中唐詩的某些精神而發揚光大的；而這些類型的風格是不是就足以代表那個時代更是大有商榷的餘地。但是一者承襲傳統詩話的一般應用——例如習慣上總是多強調爲唐詩宋詩之別，而少強調爲盛唐中唐之分——；再者，這些風格在中國詩歌歷史上的出現與發展，亦確乎有此先後差異的關係；而正如前述從事這類工作，事實上需要先行發展出某種美感類型的理論來作探討描述的工具，因此本文最主要的興趣，正在是否可以嘗試爲中國詩歌設出一種足以描述其風格發展的美感範疇與類型的理論來？當然即使是純粹出於一種理論構設上的興趣，本文也是極爲粗疏的，因爲就是只爲了發展出一個基本架構，此處也已經遺漏了一個絕對不可忽略的階段——魏晉六朝。事實上爲了觀念陳述條理上的清晰，本文正是有意的忽漏了漢代的樂府以及魏晉六朝的發展；唐詩的初、盛、中、晚之分；宋代的西崑、江西、江湖、四靈、遺民等派，更邉論元、明、清詩的發展。自然若要勉強辯解亦可以說這些被遺漏的階段，正是由前一個主要的大典範過渡到下一個主要的大典範之間的中間類型，所以它們沒有前者基本，將來亦可以利用前者的基本分類再造作出各種適宜的次級分類來。但在此處筆者寧可視爲是自己學力不足、思慮不周的一種限制。終究這只是一種嘗試的起步，一張草圖的起筆。以上種種的疏解，其實並不在意圖豁免一己之謬誤粗陋的譏評，而是在拋磚引玉，提出問題，寄望於後來居上的賢者。

二、一些基本觀念

美，只要我們面對文學藝術的歷史就會發現，並不是只有一種。美的異質性從早期的秀美與崇高的對立開始，美學理論家就不僅是在辨認美與非美的性質，事實上更在辨析美所可能具有的種種差異的範疇。經由這種種範疇的差異，尤其文學作品中悲劇與喜劇的美感經驗的種種差異的成分，我們發覺基本上以秀美為基準所發展出來的美的觀念顯然是太狹隘、太局限，根本不足以解釋或描述文學藝術史的事實。因此，為了我們處理詩歌之美感類型變異的需要，我們似乎可以不去爭論諸如：美是主觀或客觀的之類的問題，而暫時將「美」定義為事物或藝文作品中所呈現的特別引人注意，令人發生感覺，甚至產生感動的素質。尤其在藝文作品中，這類素質，往往正是作者在創作之際所企圖捕捉的美感經驗的焦點與特質，也同時更是他企圖在此作品中呈現或凸顯的意旨或意義之所在。因此在藝文作品中，美，正是作者的主觀思感透過對於客觀事物的性質（這包括題材事物以及媒材事物自身的種種性質），所作的種種安排、運用，因而達成的效果。假如我們在藝術文學的歷史中發現，藝文作品往往呈現某種風格近似的「時代」性，那麼或許我們可以假定各種藝術或文學的類別與體製，事實上已經形成某種「時代」性的「美」的知覺或觀念。這種「時代」性的「美」的知覺與觀念，往往形成一種「典範」，而在習而未察的情形之下，自然而然的成為文學家、藝術家據以尋找事物性質，甚至形成一己思感，以表現在合宜的藝文體類的思感方式與習慣，（這種「典範」的規範作用，可以不只發生在博藍尼（Michael

Polanyi）所謂的支援意識的層面，也可以在焦點意識的層面，所以文藝史上才充滿各種當時流行的題材）；同時也創造出各種藝文體類的該「時代」性的特殊的「美」的類型❶。掌握一個藝文體類的「時代」性風格，正是掌握作品中共同近似的這種「美」的類型，以及進一步去探討它們背後所可能共有的是何種「美」的「典範」、遵循的又是哪些「美」的規律。在這種工作中，美學理論家所發展出來的美的範疇的觀念，似乎是很有幫助，但是也有目標並不相合的限制。在美學理論家尋求其理論體系的完整、概念分析的明晰與邏輯性之際，他們所發展出來的種種美的範疇或許有其超驗的不容置疑的放諸四海皆準的真實，但文藝歷史所處理的正是「時代」性的「美」的種種理念，仍然有助於我們辨析、探討，甚至描述種種歷史時代中所盛行的「美」的類型的各種性質。因此本文將一方面借助一些既有的美的範疇的概念來描述，一方面更嘗試擬構出若干的「美」的類型的觀念來掌握漢詩、唐詩、宋詩的美感特質。

在我們探討一個歷史時代的某一藝文體類的美感特質時，有一種情形可以使得實際狀況變得複雜：雖然我們可以假定在每一個歷史時期，可能有其獨特的「美感」上的偏好與偏愛，甚至因此形成那個時代的「美」的偏見（也就是那個時代所特殊瞭解的如此才是「美」的觀念），因而有意無意間促成了該一時期該一體類的作品呈現出某種近似的「美」的類型。但是由於歷史的承襲關係，前於此一時期的歷史上各個時代的作品，經過篩洗而以其圓熟的型態繼續存在，這些作品

一方面吸引當代的藝術家、文學家，認識一些已然成功甚或是輝煌燦爛的「美」的類型，並且誘

使他們去加以吸收與消化——這通常是得經過一種模仿與學習的過程；同時這些歷史上已然存在

的「美」的類型，會因時代的繼續邁進而有一種日益添加增長的累積現象，而導致越是後起的時

代在仿效的可能與實踐上越是複雜，越具多樣化。另一方面這些已成歷史傳統的經典作品，又往

往迫使繼起的藝術家、文學家，為了發展自己的面目，而必須禁止自己再去重複已然高度成就

且四處充斥的「美」的類型。因此前此的歷史上的偉大作品，往往又成為一種壓迫當代藝術家、

文學家向邊緣開拓以求一己之發展空間的「美」之核心禁區，成為一種在「美」的知覺和類型上

非求新求變不可的基本壓力和原始動力。這誠如蕭子顯《南齊書》〈文學傳論〉所謂：「在乎文章，

彌患凡舊，若無新變，不能代雄」。上述的這兩種情勢的並存往往就造成了一種創作與欣賞、認知

與追求之間的分裂，一方面對於「美」的欣賞或認知，也就是對於如何是「美」的觀念，可能是

一種範圍日漸擴大、基礎日漸深廣的過程；另一方面在創作之際所尋求的「美」的領域或類型，

卻更像是一羣代代遭受放逐，而必須在更加遙遠的新的邊疆、新的荒蠻的殖民地創建家園的拓墾

者一樣，往往更因其艱辛尋獲，而執意的對於此一新發現的處女地表現出一種專注甚至不免深具

排他性的忠誠與熱愛。因此即使在觀念認知的領域，他們對「美」的瞭解上可能是更加廣闊，但

在實踐追求的領域，則可能是更加專情、更加褊狹，而使得某一種新的「美」的類型，或者是雖

然已經出現但始終未受重視的「美」的類型，得以茁壯發展而蔚為大國。因而往往可以形成一種

認知上的「美」的觀念和創作上的「美」的類型並不一致的矛盾現象。在這種矛盾的狀態中自然

會發生對傳統、既存的「美」的類型的模仿與排斥，學習與背離雜然並存，並且在學習、模仿的風格上可能是日益繁雜多樣，但每一個時期眞正創新的「美」的類型，則傾向於單一與近似，──這自然也因爲此一類型尚有大加開發的可能，但每一個時期眞正創新的「美」的類型，則傾向於單一與近似，──這的現象，不但可能發生在不同的作者、不同的集團之間，也可能發生在同一作者自身，尤其是不同的階段，這自然會導致我們決定此一時期的「代表」風格的困難。因爲仿古不但可以是多樣的，而且在數量上這類作品可能是遠要多於開新的作品，不但就時代整體而言是如此，有時候就作者本人也是如此。同時許多師法傳統風格，表現既有的「美」的類型的作品，往往就其本身而論也可以達到某種圓融完整的境地，就如一些幾可亂眞成功仿造的古董，若忘記它的歷史淵源，亦自大有可觀。這也就是仿製的作品往往可以在異國異地，甚至在整個歷史淵源的線索斷裂之餘的異代，一樣的受到尊崇。因此在文學藝術的「歷史」論述中，我們輕忽那些圓熟的重複既有「美」的類型的傳統風格的作品，而偏重展示新的美感知覺，開發新的「美」的類型的作品，並且以這些新開發的「美」的類型來「代表」這些「時代」，視爲是這個「時代」的基本成就與主要風格，就不是毫無商榷或爭論餘地的。特別是歷史發展的淵源與線索並不一定總是清楚或完整的；尤其在歷史過程上的創新，更不是一種必然放諸四海皆準爲大家所重視的價值。但是以新變的「美」的類型，作爲那個「時代」的成就與代表，卻是本文論述的基本立場。

就以上述種種限制之下的意義，我以爲漢詩基本上表現的是一種「素美」；唐詩表現的是一種「優美」；宋詩表現的則是一種「畸美」。漢詩所表現的，基本上是一種情意倫理之美；唐詩所表現

的是一種美感形象化的情景交融之美；宋詩所表現的是一種經過疏離之後的造作之美。唐詩所注重的美的範疇是秀美與雄渾；宋詩所注重的美的範疇是抽象、滑稽、怪誕，有時候則偏向清冷、疏淡、衰殘；而漢詩所注重的美的範疇，為了我們的特殊需要，我們可以稱之為：溫厚。因此就以與所描寫的人生情境的距離關係而論，漢詩所寫是境內之感，唐詩所寫是境緣之觀，宋詩所寫是境外之思。因之，漢詩以情勝，唐詩以景勝，宋詩以意勝。漢詩的思維方式，出以直感，近於賦；唐詩的思維方式，出以想像，近於興；宋詩的思維方式，出以幻想，近於比。

三、以離別主題的作品為例

對於上述的種種論斷，或許我們可以藉一些表現了相同或類似的人生情境的各個時代的作品來加以闡釋，此處我們所首先選取的是一些以離別為主題的例子：

〈與蘇武〉　李陵

良時不再至，離別在須臾。屏營衢路側，執手野踟躕。仰視浮雲馳，奄忽互相踰。風波一失所，各在天一隅。長當從此別，且復立斯須。欲因晨風發，送子以賤軀。

嘉會難再遇，三載為千秋。臨河濯長纓，念子悵悠悠。遠望悲風至，對酒不能酬。行人懷往路，何以慰我愁？獨有盈觴酒，與子結綢繆。

携手上河梁，遊子暮何之？徘徊蹊路側，恨恨不能辭。行人難久留，各言長相思。安知非日月，弦望自有時？努力崇明德，皓首以爲期。

〈送友人〉　　　　　　　　　　　　　　　　　　　　　　　　李白

青山橫北郭，白水遶東城。此地一爲別，孤蓬萬里征。浮雲遊子意，落日故人情。揮手自茲去，蕭蕭班馬鳴。

〈贈汪倫〉　　　　　　　　　　　　　　　　　　　　　　　　李白

李白乘舟將欲行，忽聞岸上踏歌聲。桃花潭水深千尺，不及汪倫送我情。

〈送別〉　　　　　　　　　　　　　　　　　　　　　　　　　王維

山中相送罷，日暮掩柴扉。春草明年綠，王孫歸不歸？

〈臨高臺送黎拾遺〉　　　　　　　　　　　　　　　　　　　　王維

相送臨高臺，川原杳無極。日暮飛鳥還，行人去不息。

〈送元二使安西〉

王維

渭城朝雨浥輕塵，客舍青青柳色新。勸君更盡一杯酒，西出陽關無故人。

〈辛丑十一月十九日既與子由別於鄭州西門之外馬上賦詩一篇寄之〉

蘇軾

不飲胡為醉兀兀，此心已逐歸鞍發。歸人獨自念庭闈，今我何以慰寂寞！登高回首坡壠隔，但見烏帽出復沒。苦寒念爾衣裘薄，獨騎瘦馬踏殘月。路人行歌居人樂，童僕怪我苦悽惻。亦知人生要有別，但恐歲月去飄忽。寒燈相對記疇昔，夜雨何時聽蕭瑟？君知此意不可忘，慎勿苦愛高官職。

〈蕪湖口留別弟信臣〉

梅堯臣

少也遠辭親，俱為異鄉客。昨日偶同歸，今朝復南適。南適畏簡書，叨茲六百石。重念我當去，送我江之側。溪山遠更清，溪水深轉碧。因知惜別情，愈賒應愈劇。

〈示長安君〉

王安石

少年離別意非輕，老去相逢亦愴情。草草杯盤供笑語，昏昏燈火話平生。自憐湖海三年隔，又作塵沙萬里行。欲問後期何日是，寄書應見雁南征。

在上列的詩中，傳爲李陵〈與蘇武〉詩三首雖然一般的學者早已認定，它的年代不可能那麼

早，但視爲東漢的作品則是確然無疑的。因爲五言詩到東漢方始成熟，這三首詩即使推斷爲東漢

的作品，並無礙於它們作爲「漢詩」之典型的代表性。就離別的主題而言，一般表現的不外是：

離別的情感，離別的景象，以及離別經驗所具有的意義之體認。雖然這三個層次或重點並不彼此

排斥，並且更通常的情形是三者融貫爲一個難分難辨的整體，但是仔細體察，我們還是可以感覺，

漢詩的表現偏重在離別的情感，唐詩的表現偏重在離別的景象，宋詩的表現則偏重在離別經驗所

具的意義之體認。

在三首〈與蘇武〉詩裏，首先值得注意的是它們所抒寫的內容，似乎就是一個充滿了離情別

緒的人物的所思所感所見所聞，完全沒有中立於或外在於此一情緒之外的事物的描寫，所以一開

始就是：「良時不再至，離別在須臾」，詩的敍述傳達的是主人公念茲在茲對於離別的感受。而此

一離別的感受，又跟聚會的體驗成一相反相成的對比。詩中的意識一開始就充滿了敍述者對於聚

會的珍惜——「良時」、「嘉會」然後急轉直下：「不再至」、「難再遇」，於是無盡的幽愁暗恨就自

然湧現。王國維說得好：「有我之境，以我觀物，故物皆著我之色彩。」❷ 此處正是以離情別緒

觀物，故物皆著離情別緒之色彩。所以出現的離別景象的敍述，皆一再的強調構成離別的「分」

與「合」的兩個互相矛盾的因素，而使這兩個衝突的因素彼此激盪而迸起離情的波濤來：「衢

路」是「分開」的地點，「執手」是人與人在此一文化中的最爲親密的「聚合」的表示，而在「分」

與「合」交接的空間：「野」，人物陷入一種情緒勝於行動的兩難式的狀態：「屏營」、「踟蹰」

——「屏營衢路側，執手野踟躕」。而正如一開始——「良時不再至，離別在須臾」，除了強調了「聚合」之美好——「良時」以及因此隱含的「分別」之痛苦——「不再至」；同時「良時」、「不再至」、「在須臾」更強調了在此特殊的情緒下，所深切感受的，合、分，與分合之際的時間的久暫——「不再至」的分離之久與「在須臾」的聚合之暫。這種基於深情厚意所益形感受到分合的空間距離與時間倉促之感，終於在「仰視浮雲馳，奄忽互相踰。浮雲馳」、「奄忽」「風波」都強調了聚合的匆促、短暫、不定；但「各在天一涯」的運的體認。「浮雲馳」、「奄忽」「風波」都強調了聚合的匆促、短暫、不定；但「各在天一涯」的「在」卻暗示了分離的確定與長久。聚合在此被強調為只是一種內在即已蘊涵了分離因子的「互相踰」，而進一步在「風波一失所」中甚至否定了「互相踰」中所原來具有的「聚合」的因子，因此達到的是恆常、確定的，不可跨越的、長久的分離的意識：「各在天一涯」。這種在自然景象中發現彼此分合命運的情狀，似乎一方面有類於唐詩的景象塑造，另一方面亦接近宋詩的對經驗所具意義的捕捉。但有一顯然的分別是：此處的景象除了強調那種分合的性質與命運，以及由此性質與命運的意識而更加引發的一種別離的哀感之外，並未如唐詩的表現景象本身所具的美感特質；或如宋詩所掌握的是此一離別經驗的離合之外的意義——這是第幾次或在哪種人生情況下的離別。由於漢詩的這種離合似乎只有當下現前的反應，因此即使是景象的塑造，甚或意義——命運性質——的探討，都成為只是更深一層情感的抒發，因為它始終籠罩在詩中主要情緒情感的範圍，而並未作獨立於此一情感之外的景象的刻畫或經驗意義的探究。而整首詩的結構原則依循的正是這一特殊情感的發展變化歷程。在〈與蘇武〉詩的第一首中，全詩正由聚合的「良時」

的即將消失的意識，在短暫的別離前的暫聚中，一層又一層的意識到分隔別離的到來與必然，一方面一層層的加深了那離別之際的哀愁，而同時與此一別愁纏結的正是聚合的歡樂，以及經由此一彼此歡喜之情所衍生的臨別之際的依依之意：「長當從此別，且復立斯須」，以及戀戀不捨之情，事實上因晨風發，送子以賤軀」。「且復立斯須」的小駐，除了「立」還保持著最低度的景象性的虛字此一動作已完全被「長當從此別」的意識所精神化、情感化了，在「且復」的無可奈何性的運用，以及「長」、「別」和「斯須」的對比下，顯現的正完全是一種情意而非景象的表現。影響所及是「欲因晨風發，送子以賤軀」中的「晨風」和「賤軀」的形象性亦大為減弱。在「欲因……發」與「送子以……」的強調中，固然兩句本身已是偏重在依依戀戀的情意的表現，但是「晨風」不但呼應了「良時」的對於時間的因情感而滋生的念茲在茲的高度意識，而且誠如曹植〈七哀詩〉所謂的「願為西南風，長逝入君懷」，「因晨風發」正有一種附貼追隨的纏綿意致在此一景象中；尤其「驅」而強調為面對對方的自謙自抑的「賤」，原就使此處的「驅」被強調為一意念性的詞語，再加「送子」的「送」原即有「送行」與「贈送」的雙關含意——特別在「送子以……」的句法中，更使人產生「贈送」之義的錯覺——，因而兩句主要表現的就是一種對於對方依慕追附，甚至不惜投擲交付自己的一種纏綿的情思與意願——「欲」。整首詩的扣人心弦之處，正在貫穿於其中全心全意投入的親愛歡好之情，以及因而於離別之際所轉化而出的別愁離緒，纏綿中有悱惻，悱惻裏有纏綿。詩中人的情深意厚完全透過其沉溺於別離情境中，擬似自然反應的心思流轉中層層迴蕩而出。因此，它的表現方式固然有類於梁啟超所謂的「迴盪的表情法」❸，但它的表

現性，卻全在不露匠意、不見用心的直接模擬沉浸在情感中的心意流轉的自然歷程，而透過在此心理歷程所透顯的情感的深摯、純厚、誠篤等倫理性質來感動讀者。因此它雖然也出現意象，甚至使用比較抽象的語句，但基本上讓我們感覺的仍是「爲情造文」❹，是「在心爲志」的「發言爲詩」，是「情動於中而形於言」，甚至是「不知手之舞之足之蹈之」的「不知」——不自覺的自然流露❺。當王國維在《人間詞話》中論「詞家多以景寓情，其專作情語者，……此等詞求之古今人詞中，曾不多見」之前，原有「昔人論詩詞，有景語、情語之別；不知一切景語，皆情語也」一則，後來在發表時刪去，顯然就是他意識到：並非「一切景語，皆情語也」，並且它往往能夠「專作情語而絕妙者」正因爲它的表現性來自情感流露的心理歷程與所流露的情感所具的倫理品質。前者爲情感之「姿」，後者爲情感之「質」。這種對於情感之「姿」的模擬，掌握情感流露中情感內在所蘊涵的矛盾衝突的戲劇性，以及情感定向流動層轉的自然而然呈露出情感本身合於文化理想的倫理意涵的「質」，使得宋代的嚴羽，一方面肯定：「漢魏晉與盛唐之詩則第一義也」；一方面也確認：「漢魏尚矣，不假悟也；謝靈運至盛唐諸公透徹之悟也」，明顯的意識到漢詩與唐詩的不同，以及漢魏詩的無法以盛唐詩的思維方式寫作。「不假悟也」正是「不知手之舞之足之蹈之」的「不知」。我們可以透徹的觀照我們自身的情感，但是誠如老子所謂：「道可道，非常道」，由於「觀我之時，又自有我在」❻，當

來中國的詩歌發展中，確實可以有並非情語的景語，甚至這種獨立於情感之外的景象的自足的美感性質，還可以在神韻傳統中成爲詩歌所追求的理想。但是在漢詩之中，確實我們可以同意它的

我們去觀照自我之際，我們已是觀照者的我而非被觀照者的我，因此觀照之所得遂已被客觀對象化了，而無復生生不息的主體心靈本身，更無法顯現情感原始狀態的意識情緒的自然流轉。因此將情感流轉的歷程呈現於文字，固然是一「模擬」的問題，但是卻必須出以不自覺的無心的自然流露，否則一旦有意，一旦自覺，在「詩言志」的觀念下，馬上就顯得「假」，就是「不誠」，也因此必須「不知」而且「不假悟」方能「不假」。由於「詩言志」的理念，漢詩中的對於情感狀態中的情緒意識流轉的「模擬」，以及透過此一「模擬」而以情感狀態中的「姿」與「質」來感動讀者的表現方式，遂無法使用具有「虛假」、「不誠」意涵的「模擬」之觀念來表達，同時更無法發展爲一種文學上的模擬的理論。所以歷來論漢詩，或者強調：「凡讀漢詩，先眞實，後文華」「古詩十九首：情眞，景眞，事眞，意眞。澄至清，發至情」（元陳繹曾《詩譜》），注重它爲眞情的表現：或者如清費錫璜《漢詩總說》所謂：

三百篇後，漢人創爲五言，自是氣運結成，非人力所能爲。故古人論曰：「蘇李天成，曹劉自得。」天成者，如天生花草，豈人翦裁點綴所能彷彿？如鑄就鐘鏞，一絲增減不得，解此方可看漢詩。

強調它的非經人力有心工巧所得，因爲若詩是眞情實感的流露，必然它是出於人生情境的自然反應：

漢人詩未有無所爲而作者，如垓下歌、春歌、幽歌、悲愁歌、白頭吟，皆到發憤處爲詩，所以成絕調；亦不論其詞之工拙，而自足感人。後人絕命多不工，何也？只爲殺身成仁等語誤耳。

同時它的語言亦必出以平淺明白率意自然，如明謝榛《四溟詩話》所謂：

古詩十九首，平平道出，且無用工字面，若秀才對朋友說家常話，略不作意。如「客從遠方來，寄我雙鯉魚」是也。及登甲科，學說官話，便作腔子，昂然非復在家之時。若陳思王「游魚潛綠水，翔鳥薄天飛」是也。此作平仄妥帖，聲調鏗鏘，誦之不覺腔子出焉。魏晉詩家常話與官話相半，迨齊梁，開口俱是官話。官話使力，家常話省力；官話勉然，家常話自然。今之工於近體者，惟恐官話不專，腔子不大，此所以泥乎盛唐，卒不能超越魏晉而追兩漢也。夫學古不及，則流於淺俗矣。今之工於近體者，惟恐官話不專，腔子不大，此所以泥乎盛唐，卒不能超越魏晉而追兩漢也。嗟夫！

並且由於表現的重點在透過以語言模擬自然流轉的心理歷程來呈露特殊的情感激盪，因此一些評論者往往強調：「漢魏之詩，辭理意興，無跡可求」（清黃子雲《野鴻詩的》）；或「漢魏詩只是一氣轉旋，晉以下始有佳句可摘，此詩運升降可別」（清沈德潛《說詩晬語》）。不論是「眞」、是「至

情」、是「到發憤處爲詩」、是「說家常話，略不作意」，是「一氣轉旋」，是「辭理意興，無跡可求」，都反映了傳統評論者對漢詩的以情感之掙扎或激盪的心理歷程爲模擬的表現重點的體認；但是因爲所模擬的只是獨白式的心理歷程，一般並不視爲是一種模擬，反而視爲是「詩言志」，「情動於中而形於言」的最佳典範。事實上漢詩誠如沈德潛《說詩晬語》所言：

風騷既息，漢人代興，五言爲標準矣。就五言中較然兩體：蘇李贈答、無名氏十九首，是古詩體；廬江小吏妻、羽林郎、陌上桑之類，是樂府體。

以模擬戲劇性（某一顯然特殊的人生情境中）的「獨白」或「對話」，而可以區分爲兩類：古詩體和樂府體。兩類在經由話語模擬人物在特殊人生情境下的情感激盪的心理歷程的方式上初無二致，只是樂府體爲多人的心聲而彼此有糾葛或事件的發展，古詩體不同於樂府體的「重唱」，爲單人的「獨唱」，雖有個人心意的發展，但事件並無糾葛或發展，這自然已是抒情文學和敍事文學在文類上的分歧。但是戲劇性獨白的方式，畢竟在抒情上和「以景寓情」的比興的表現方式是有所不同的。前者仍是一種對於心理歷程情感狀態的「模擬」；後者則已偏重在憑藉外界景象來作內心情意的「象徵」，而不只是把心意外在化爲語言，事實上要更進一步外在化爲景象了。由於「模擬」與「象徵」的思維方式的根本差異，往往使得唐宋以後的詩人或文人深自感覺與漢詩的寫作甚至欣賞皆有一種斷層：

詩惟漢詩最難學，最難讀。極頂才人，到漢人輒不能措手，輒不能解隻字，有強解者，多

屬皮裏膜外，止堪捧腹。漢詩即贊嘆亦難盡，高古雄渾等語，俱贊不著也。（清費錫璜《漢詩

總説》

這種現象亦可以由沈德潛所謂「樂府體」的敍事詩，在漢魏以後幾乎是後繼乏人，只有寥寥可數

的幾位作者，可見一斑。因此，「詩言志」的理念，在後來的發展中，大家並沒有注意其「在心爲

志，發言爲詩」，以語言直接模擬心志的可能意涵，只是確定了「詩」在本質上是抒情的，進一步

排除了往敍事發展的可能。在陸機《文賦》的「詩緣情而綺靡」的主張裏，固然肯定了詩的抒情

性質——緣情；但他的「綺靡」的主張似乎早已接受了猶如王弼《周易例略》的∵

觀象，象生於意，故可尋象以觀意。意以象盡，象以言著。

夫象者，出意者也。言者，明象者也。盡意莫若象，盡象莫若言。言生於象，故可尋言以

以象表意，言在寫象的觀念，雖然他強調的重點已是踵事增華的「綺靡」之上了。後來詩人如王

昌齡的主張必須用心於「搜求於象，心入於境，神會於物」（《唐音癸籤》），更是明顯的以「興象」

爲詩歌表現的重點。這一點我們將在討論唐詩時進一步詳述。此處所想指陳的只是：由於西洋文

學與其理論的參證，我們似乎可以藉用他們的涵義極廣的「模擬」一詞，指出漢詩不論古詩體或樂府體，其實表現的方式，皆在直接以語言模擬情感激盪下的心理歷程，即使是古詩體都近似於戲劇性獨白。但是由於「詩言志」的傳統理念，使一般人認定在詩中，說話者即是作者本人，詩中所言，即是作者眞實的人格心志的表現，因此情感的「眞誠」與情感的「倫理品質」，就成爲詩中之言，亦即是詩的瞭解與評量的標準。由於有此傳統上的基本差異，我們寧可用「直感」而不用「模擬」來指陳漢詩的思維方式，我們希望「直感」一詞既可以反映人物身處某一特殊情境之先決條件，又可表明一種在此特殊情境之下情感激盪的自然流露，心理歷程的直接顯現。在傳統的術語中，李仲蒙所謂：

敍物以言情，謂之賦，情物盡也；索物以託情，謂之比，情附物也；觸物以起情，謂之興，物動情也。

假如這裏的「物」，至少在「賦」的部分上，可以解釋爲所遭遇的特殊情境，那麼敍述所面對的情境，並且直接以語言顯示在情境中的情感反應與心理狀態的「敍物以言情」，以及情境與情感的直接一起表現的「情物盡」，似乎就是最近於漢詩的內容與思維表現方式了。所以陸時雍《詩鏡總論》遂以爲：

微，而陳肆之用廣矣。夫微而能通，婉而可諷者，風之為道美也。虛者實之，紆者直之，則感寤之意

十九首近於賦而遠於風，故其情可陳，而其事可舉也。虛者實之，紆者直之，則感寤之意

陸時雍重視風體的「深婉」與「諷諫」，強調：「詩人一嘆三詠，感寤具存，龐言繁稱，道所不貴」，因此不免要批評：「西京語迫意鑅，自不及古人深際」。但是他的批評漢詩的不「微」、不「紆」、不「婉」，正是體認到了漢詩敍述特殊具體情境的「直」，批評漢詩的不重在呈現情感激盪的心理歷程的「感」，而不在於「諷諫」的「能通」之「寤」了。因此當他轉換了價值判準之際，他不禁亦得承認：「五言在漢，遂為鼻祖，西京首首俱佳」，而感嘆：

蘇李贈言，何溫而戚也！多唏涕語，而無蹶蹙聲，知古人之氣厚矣。古人善於言情，轉意象於虛圓之中，故覺其味之長而言之美也。後人得此則死做矣。

事實上漢詩的美感效應正正發生在直接「言情」之際，它所顯現的心理歷程在情意上的深厚與溫婉，在心念意識轉折變化上的虛圓與靈活，所以陸時雍不免要補充的說：

詩之佳，拂拂如風，洋洋如水，一往神韻，行乎其間。班固明堂諸篇，則質而鬼矣！鬼者，無生氣之謂也。

以前引的傳李陵〈與蘇武〉詩而論，只有情深意摯的人，才會一心一意的感覺彼此相聚的時刻是「良時」，因而劈頭就因「離別在須臾」而說：「良時不再至！」也正因體認對方在自己心目中的絕對獨特的地位與意義，才會強調彼此的交往為「嘉會難再遇」（一本作「嘉會難兩遇」，就更凸顯了這種獨特性），而甚至感覺「三載為千秋」，視彼此聚會的時日為永恆！但就在這近乎永恆不改的無上幸福之感的「三載為千秋」之下，立刻銜接的正是逆轉「千秋」為「三載」的分離之醒覺：「臨河濯長纓」，以及在這種醒覺之下油然而生的無限的思懷與若有所失的感觸：「念子悵悠悠」。而在這種若有所失的憑空眺望，感受到的正是無限的空虛，以及這無限的空虛中流溢而至的不盡哀傷：「遠望悲風至」，以至「對酒不能酬」。在詩中戲劇性的獨白的第一人稱，即使在尚未真正分離，正在最後的「酬酢」的時刻，已經被即將分離所造成的無限空虛與哀傷所襲擊，而感覺無法勝任施行分離時刻的「酬對」。在這種鉅大的空虛與憂傷的壓迫下，他同時正體會到了「嘉會」的已然在精神層次的走向了終結：「行人懷往路，何以慰我愁？」但也在這種終結的體認中，醒悟了把握最後聚首的珍貴時刻，而忍不住要強調、珍惜：「獨有盈觴酒，與子結綢繆」了。由「三載為千秋」而「念子悵悠悠」，由「臨河濯長纓」而「遠望悲風至」，由「對酒不能酬」而「獨有盈觴酒，與子結綢繆」不僅情深意厚，更是層層轉折，在情思意念的變換之中，展現為無盡搖曳橫生的丰姿，真是經由心理變化的發展歷程，具現了人物善感多情的心靈之美！所以漢詩的美，其實是它所表現的性情品質的美！它的「驚心動魄，可謂幾乎一字千金」❼，正在其所表現的心靈情感本身的溫柔敦厚，豐盈感人，而不在所謂句法的巧妙，景象的美麗等方面。「良時不再

至」、「嘉會難再遇」都是再平常不過的直陳句法。「執手野踟躕」、「仰視浮雲馳」、「臨河濯長纓」、「遠望悲風至」等等的景象，亦談不上有何綺靡偉麗，但是卻都深具表現情感的潛能。「臨河濯長纓」的身體動作，連綴以「念子悵悠悠」的內心感受；「遠望悲風至」的外在知覺，配合上「對酒不能酬」的內在感懷，就在彼此的轉折與張力中爆發為無限情意的表白。而「長當從此別」的深切意識與直截表達，亦使緊接其下的看似平常的「且復立斯須」橫生波瀾，具有了無限的纏綿的意致。這固然可以藉陸時雍所謂的：

　善言情者，吞吐深淺，欲露還藏，便覺此衷無限。

來加以解釋，但誠如他接著強調的：

　此事經不得著做，做則外相勝而天真隱矣，直是不落思議法門。❽

基本上還是來自情意本身的深摯，性格天機的自然溫厚。若非全心全意念茲在茲的人，如何會於「携手上河梁」的此刻，即已念及：「遊子暮何之？」；而於「徘徊蹊路側」之際，體驗的正是「悢悢不能辭」？在「行人難久留」，分別的時刻，卻已「各言長相思」了？而這種性情的淳厚或許可以在第三首的結尾：

安知非日月，弦望各有時？

努力崇明德，皓首以爲期！

看出一點端倪。這是一種不在命運面前屈服，堅決不放棄希望的精神。所以，第一首結束在「欲因晨風發，送子以賤驅」，第二首結束在「獨有盈觴酒，與子結綢繆」，反映的都是在無可奈何中的可奈何，在否定情境中的繼續肯定。正如「悲壯」與「滑稽」是在西方文學與美學中所習見的具有倫理性質的美感範疇與類型。這種倫理精神同是也是美感類型，也許我們可以依「溫柔敦厚，詩教也」的理解，稱之爲：「溫厚」。而正如「悲壯」，往往來自勇於承擔命運，擁抱絕望而在絕望中奮力行動。以同是離別的題材而言，荊軻刺秦王，易水送別之際的〈渡易水歌〉：

風蕭蕭兮易水寒；壯士一去兮不復還！

就充分的顯現了這種悲劇意識，而爲「悲壯」美感的絕佳例證。「溫厚」卻是在近乎絕望的情境，不放棄希望：「安知非日月，弦望各有時？」而表現爲另一種意志的堅決：「努力崇明德，皓首以爲期！」假如「悲壯」總是包含著一種勇於死亡的精神，那麼「溫厚」也許就是敢於生活的意志（Courage to be）的表現。漢詩中的這種「溫厚」的精神，正一再的以不可斬絕的纏綿裏，努力生存，熱愛生命的形態出現：在古詩〈行行重行行〉中，女主人公在「浮雲蔽白日，遊子不顧

返；思君令人老，歲月忽已晚」的深切的意識下，卻決定：「棄捐勿復道，努力加餐飯」。在傳蘇武詩〈結髮爲夫妻〉中，在征夫即將「行役在戰場，相見未有期，握手一長嘆，淚爲生別滋」的悲苦情境下，卻發爲：「努力愛春華，莫忘歡樂時，生當復來歸，死當長相思」的堅執。它們都一方面表現了情意綿綿的無限「溫柔」，而也在這種「溫柔」的不可斷絕中，展現了堅持的「敦厚」的力量。所以，在〈長歌行〉中「常恐秋節至，焜黃華葉衰。百川東到海，何時復西歸?」的命運意識，並不導致絕望與虛無，反而是：「少壯不努力，老大徒傷悲!」的惕勵。「溫厚」所顯現的正是深情熱愛中自有的一種不可磨滅，不可轉移的力量!

當一個人的心靈浸潤在「溫厚」的深情厚愛中，自然就會影響到他的心念意識，所以或者會「多唏涕語」，但卻必定「而無蹶蹙聲」，某些不相應、不相容的心情與意念就成爲不可思議，因爲這不但牽涉到情感素質的統一，也牽涉到人格品質的統一。關於這一點，沈德潛《說詩晬語》論〈廬江小吏妻詩〉，或許是個最好的說明：

中別小姑一段，悲愴之中，自足溫厚。唐人棄婦篇直用其語云：「憶我初來時，小姑始扶床。今別小姑去，小姑如我長。」下節去「殷勤養公姥，好自相扶將」，而忽轉二語云：「回頭語小姑，莫嫁如兄夫。」輕薄之言，了無餘味，此漢唐詩品之分。

雖然這裏的差異，未必就是「漢唐詩品之分」，但卻足以說明漢詩的美感特質正深切的依賴於它所

反映呈露的人物的情感素質與倫理品質，因為人格乃是美感表現的焦點。所以，蘭芝別小姑的一段前，先有「新婦起嚴妝」與「上堂拜阿母」，而在「卻與小姑別，淚落連珠子」的告別語中，不但有「小姑如我長」的感傷，「勤心養公姥，好自相扶將」的勸勉，更有：「初七及下九，嬉戲莫相忘！」緣盡而情義不變的表白。所以說漢詩的表現性近於模擬，美感集中在人物情懷品質之美，展示的往往是可以稱之為「溫厚」的美感範疇，它直接就是情意的表現，而不只是「緣」於「情」而已，並且為了和後來強調必須「綺靡」以動人的「詩」之美感特質有所區別，我們基於它基本上是以情感品質與心理歷程的「本色」感人，因而稱其美感性質為：「素美」。

當我們將注意由漢代的例詩轉到唐代之際，首先我們就會意識到近體與古體的差異。假如說「古詩」除了固定的五言句式和押韻現象，以及句數等可以算是「不自然」的（「樂府詩」連句式與句數的要求都沒有）；那麼近體詩卻首先在句數，其次在平仄，接著是對仗的要求上，都使它不再是「自然」的語言，而是一種格律或規則化的人工編織下的產物。言說（speech）和文章（text）之間的差異，明顯的橫亙在二者之間。於是詩就有了更明顯自覺的作法和作法的討論。「詩」不再是「情動於中」，「不知手之舞之足之蹈之」的「在心為志，發言為詩」的直接呈現心理歷程的「言」。若以芮挺章〈國秀集序〉開篇即稱引：

昔陸平原之論文曰：「詩緣情而綺靡」，是彩色相宣，煙霞交映，風流婉麗之謂也。

為例，唐人心目中的「詩」，大抵已不再是「志之所之」而是「緣情而綺靡」的產物，因此棄「本色」就「風流」，務以「麗詞」、「麗句」為尚。所以，皎然《詩式》對於「詩」的「緣情」而「綺靡」的理解就是：

夫詩工創心，以情為地，以興為經，然後清音韻其風律，麗句增其文彩。如楊林積翠之下，翹楚幽花，時時開發。乃知斯文，味益深矣。

所謂「以情為地，以興為經」就是「緣情」；而「清音韻其風律，麗句增其文彩」則為「綺靡」。基本上他們視「詩」為「文」之一種，只是「味益深」而已。因為視「詩」為「文」，加上種種體勢格律的限制，自然一方面不再可能模擬心理歷程的自然變化與發展，因此也就失去了心理歷程發展變化中的自然統一；另一方面由於偏重麗詞麗句的結果，就更有如何併湊四句、八句……以為一詩，併湊部分以為整體的問題，就不免要討論所謂：「取境」、「明勢」、「明作用」、「明四聲」……等問題，而可以歸結為「詩有四深」：

氣象氤氳，由深於體勢。意度盤礴，由深於作用。用律不滯，由深於聲對。用事不直，由深於義類。❾

當我們一讀李白〈送友人〉或王維〈送元二使安西〉，首先面對的就是「青山橫北郭，白水遶東城」，「渭城朝雨浥輕塵，客舍青青柳色新」。一映入眼簾的就是「彩色相宣」的「青」、「白」、「青青」，以及「煙霞交映」的「山」、「郭」、「水」、「城」、「朝雨」、「輕塵」、「客舍」、「柳」，加上「橫」、「遶」、「新」的強調與形容，自然就形成一種豐富複雜的「婉麗」景象。而這些景象只是送別的背景，但或者使用對句，或者驅遣意象，卻直接強調的是此一背景本身，在空間上或時間上，在靜態上或動態中的感覺性，使它們的景象本身就是一種可作美感觀照的對象。即使不與「送別」的題旨相關，亦即足以品賞不已，玩味不盡了，完全合於「意新語工」、「狀難寫之景，如在目前；含不盡之意，見於言外」❿的標準。「背景」不是「本事」，卻於此大作文章，正是一種美感焦點的偏離，這不僅是「本色」與「風流」的差異，其實更是「賦」與「興」的差異，也就是「叙物以言情」，「情物盡也」；和「觸物以起情」，「物動情也」的差異。由於不直接「言情」，必得採取「觸物以起情」的表現方式，「取境」就成爲作詩的基本用心：

夫詩人之思初發，取境偏高，則一首舉體便高；取境偏逸，則一首舉體便逸。……取境之時，須至難至險，始見奇句。成篇之後，觀其氣貌，有似等閒，不思而得，此高手也。……高手述作，如登衡巫，觀三湘鄠郢山川之盛，縈迴盤礴，千變萬態。或極天高峙，崒焉不羣，氣騰勢飛，合沓相屬。或脩江耿耿，萬里無波，淡出高深重複之狀。古今逸格，皆造其極妙矣。（皎然《詩式》）

詩思有三：搜求於象，心入於境，神會於物，因心而得，曰取思。久用精思，未契意象，力疲智竭，放安神思，心偶照境，率然而生，曰生思。……欲爲山水詩，則張泉石雲峰之境，極麗極秀者，神之於心，處身於境，視境於心，瑩然掌中，然後用思，了然境象，故得形似。……

夫置意作詩，即須凝心，目擊其物，便以心擊之，深穿其境。如登高山絕頂，下臨萬象，如在掌中。以此見象，心中了見，當此即用。如無有不似，仍以律調之定，然後書之於紙。會其題目、山林、日月、風景爲眞，以歌詠之。猶如水中見日月，文章是景，物色是本，照之須了見其象也。

詩貴銷題目中意盡，然看當所見景物與意愜者相兼道。若一向言意，詩中不妙及無味。景語若多，與意相兼不緊，雖理道亦無味。昏旦景色，四時氣象，皆以意排之，令有次序，令兼意說之爲妙。……至於一物，皆成光色，此時乃堪用思。所說景物，必須好似四時者，春夏秋冬氣色，隨時生意。取用之意，用之時，必須安神淨慮，目觀其物，即入於心，心通其物，物通即言。言其狀，須似其景，語須天海之內，皆入納於方寸。（王昌齡《詩格》）

在這種「取境」的過程，由於相信「取境偏高，則一首舉體偏高」，因此往往「高手述作，如登衡巫，……或極天高峙，……或脩江耿耿……」，必須「如登高山絕頂，下臨萬象，如在掌中」「用意於古人之上，則天地之境，洞焉可觀」「凝心天海之外，用思元氣之前」，「語須天海之內，皆

入納於方寸」，因此所描述的「背景」，一方面皆必須海涵地負，深孕「具備萬物，橫絕太空」，「天

地與立，神化攸同」的「雄渾」的美感特質⑪，事實上皆是「天地之境」的生活世界的親切與生

動的感受。一方面它又必須能夠「觸物以起情」，「江山滿懷，合而生興」⑫，以便能夠在「物動情

也」的情形下「隨時生意」，而達到「詩貴銷題目中意盡」的目的，因此必須「看當所見景物與意

愜者相兼道」，而不能只是廣大的「天地之境」或生活世界的遠眺或綜觀的展現，而必須同時凸顯

某一具有情意之象徵或情緒之觸媒的物象的表現，而這一物象往往具有「極麗極秀者」，「如楊林

積翠之下，翹楚幽花，時時開發」的性質，因而在美感範疇上呈現爲「秀美」的特色。但是不論

是「雄渾」是「秀美」，往往都呈現爲強調形色俱全，動靜兼備的「風流婉麗」的深具感覺性的形

相美感，因此爲了與漢詩的只具情意之反映卻缺乏感覺色澤美感的「素美」相區別，我們統稱這

種風格爲：「優美」。

在前引幾首唐代的例詩，取境一方面皆具「天地之境」的「雄渾」，例如：〈送友人〉中的「青

山」與「白水」在橫亙平面空間的廣闊與展開，配上「青山」、「北郭」、「東城」本身的向上垂直

的空間暗示，而終於結合了「浮雲」、「落日」，就成了一個無限開闊而且流動不已的世界景象。〈臨

高臺送黎拾遺〉中我們更是清楚的看到作者如何有意經營一個開闊博大的宇宙：由「臨高臺」本

身的垂直面向的空間的暗示，而銜接以「川原杳無極」的近乎誇張性的強調，無限空間就展現在

讀者面前了，「川」本身的奔流不息的動態，加上「杳無極」的開闊的「原」上，再續以「日暮飛

鳥還」、「日」與「鳥」的循環性的運行飛翔，整個就形成了一個生生不息的大化流行的宇宙。然

後在這博大流動的宇宙中，一個焦點凸出了，先是「相送」的「臨高臺」，再來就是「行人」以及他的呼應「天行健」的「去不息」。同樣的〈送友人〉中「青山橫北郭，白水遶東城」山橫水遶的地理景觀，襯托出來的卻是「孤蓬」：：「浮雲」、「落日」的高遠空間，切入的竟是「揮手」；因而全詩結束集中在「蕭蕭班馬鳴」的近景的特寫。〈送元二使安西〉則藉通徹上下的「朝雨」造成了一種空間的垂直廣袤的籠罩性，然後透過「渭城」與「西出陽關」的對照，形成了一種無限廣大的水平空間的暗示，但卻在這廣大卻又動盪（朝雨）的世界中，凸顯出「客舍」、「客舍」的楊「柳」，楊「柳」顏「色」的「青青」，以及「勸君更進」的「一杯酒」。而「送別」一詩，也在「山中」、「日暮」、「明年」的廣袤的時空的綿延中，凸顯出「柴扉」的「掩」、「春草」的「綠」，與「王孫」的「歸」來。「秀美」的景象，或景象的「秀美」性質或部分，就總是在「雄渾」的背景中凸顯出來，而成為前景的焦點或畫龍的點睛。在這種融合了「雄渾」背景與「秀美」前景的「優美」景色中，人物的形象與動作也有意無意的被「優美」化了，或者他們以典故：：「王孫」；或比喻：：「孤蓬」出現，或者只以部分動作的特寫：：「揮手」、「掩」、「盡」，或者在對比中跟著被形象化：：「行人去不息」，出現在「日暮飛鳥還」之後，就令人產生「飛鳥還」、「行人去」的相提並論，等值化的形象構作的效果。像〈贈汪倫〉則人物的行動本身被戲劇情境化了：：「李白乘舟將欲行，忽聞岸上踏歌聲」，詩中不直寫汪倫來送行，卻寫在乘舟欲發時刻，汪倫以「踏歌」、「聲」先於人到來。送行而出以「踏歌」，正是刻意表現人物之「風流」，灑脫自在，無拘無礙。同樣的，人物的情意也跟著形象化、「優美」化了。「遊子意」以「浮雲」，「故人情」以「落日」，甚至隱含的離情別緒

亦以「蕭蕭班馬鳴」來表達。〈汪倫送我情〉，也以「桃花潭水深千尺」的「不及」之體認來表達。「桃花」原即「秀美」；而「潭水」一旦「深千尺」則亦由「秀美」而轉為「雄渾」了。唐詩服膺的顯然是「美是形相的直覺與表現」的美學理念⑬。而所以為「美」的「形相」，一方面則又是「秀美」或「雄渾」的形相，一方面則又必須成為情意的觸媒或象徵。所以殷璠〈河嶽英靈集序〉以為：

理則不足，言常有餘，都無興象，但貴輕艷，雖滿篋笥，將何用之！

王昌齡亦強調：

自古文章，起於無作，興於自然，感激而成，都無飾練，發言以當，應物便是。凡詩，物色兼意興為好，若有物色，無意興，雖巧亦無處用之。如「竹聲先知秋」，此名兼也。

由於景象（象）必須同時是情意（興）的觸媒或象徵，因此一方面要求「娛樂愁怨，皆張於意而處於身，然後用思，深得其情」，「張之於意而思之於心，則得其真矣」；一方面則主張用「天然物色」，用「真象」：

詩有天然物色，以五彩比之而不及。由是言之，假物不如真象，假色不如天然。如此之例，即是也。中手倚傍者，如「餘霞散成綺，澄江淨如練」，此皆假物色比象，力弱不堪也。⑭

因此描寫情景，利用「應物便是」的「真象」來觸引「感激」「意興」兼表「興」的表現方式就成爲唐詩的主要手法。因此在離別主題的詩歌中，「雄渾」的背景，亦不僅是「雄渾」的美感而已，因爲在別離時刻，空間景象所喻示的距離與阻隔；時間景象所暗示的分合之久暫，歲月的流逝，生命的短促，美好時光的不再，以及地域景象所具有熟習與新異……等等足以喚起情感意興的要素，都成了唐詩在別離主題的詩歌，由離情別緒偏離而著力於模山範水，甚至刻畫姿態動作之際，強調與表現的重點。終究唐詩是「緣情」的，仍然是「以情爲地」，但並不直寫其情，「以興爲經」，貫串而成的卻是「搜求於象，心入於境，神會於物，因心而得」的「興象」所成的「意境」。而「境」必有賴於「觀」，因此我們以爲它們所表現的正是出以「想像」的「境緣之觀」。它們所表現的始終是身臨其境，但卻是「觀我之際又自有我在」的「形相」的直覺體驗，因此既是「想像」的表現，又是最直接的美感觀照的形態，因而「詩必盛唐」自有它的內在的成因。嚴羽就因爲掌握到了唐詩的這種特質，因此以「妙悟」來解說「形相的直覺」的美感觀照，並且對於這種美感觀照的「想像」性質加以強調，所以說：

盛唐諸人惟在興趣，羚羊挂角，無跡可求，故其妙處，透徹玲瓏，不可湊泊，如空中之音，相中之色，水中之月，鏡中之象，言有盡而意無窮。⑮

王昌齡說得更直接：

猶如水中見日月，文章是景（影），物色是本，照之須了見其象也。

唐詩的「優美」正在雖出於「興」，卻是深得「物色」之「趣」；而當「物色是本」被「照之」「了見其象」之際，「下臨萬象，如在掌中」，自然能使「具備萬物，橫絕太空」者「返虛入渾」，舉重若輕，而達到「攢天海於方寸」在寥寥數語中創造「雄渾」，而其「雄渾」亦自能夠融會「秀美」而達到互補相成之功。這樣的「雄渾」與「秀美」融合為一的「優美」風格，也許在離別的主題中，我們還該以李白〈黃鶴樓送孟浩然之廣陵〉為例：

故人西辭黃鶴樓，煙花三月下揚州。

孤帆遠影碧空盡，唯見長江天際流。

當嚴羽《滄浪詩話》以「盛唐諸公大乘正法眼者」，而主張「大抵禪道唯在妙悟，詩道亦在妙

悟」，因而強調「夫詩有別材，非關書也；詩有別趣，非關理也。而古人未嘗不讀書，不窮理，所謂不涉理路，不落言筌者上」，而重申「詩者，吟詠情性也」的旨趣之際，他實在是對「至東坡、山谷始自出己法以爲詩，唐人之風變矣」的宋詩深有所感：

近代諸公作奇特解會，遂以文字爲詩，以議論爲詩，以才學爲詩。以是爲詩，夫豈不工？終非古人之詩也。蓋於一唱三嘆之音，有所歉焉。且其作多務使事，不問興致；用字必有來歷，押韻必有出處，讀之終篇，不知著到何處，其末流甚者，叫噪怒張，殊乖忠厚之風，殆以罵詈爲詩。詩而至此，可謂一厄也，可謂不幸也。

我們假如不必一定同意他的出以「截然謂當以盛唐爲法」的批評立場，至少仍然可以透過他的批評意識到宋詩與唐詩的差異。當唐詩放棄了「詩言志」的手法，而充分的往「詩緣情而綺靡」的道路上發展時，詩歌的整體結構就放棄了漢詩的模擬情志的心理歷程，而有「體勢」、「作用」、「聲對」、「義類」諸問題，大抵的解決是以「心入於境」、「處身於境，視境於心」，「目擊其物，……深穿其境」，然後在「江山滿懷，合而生興」的「專任情興」中，「神會於物」，「搜求於象」，以至「契意象」、「了然境象」，透過「興象」與「意境」的統一，而出以「高手作勢，一句更別起意，其次兩句起意，意如湧煙，從地升天，向後漸高漸高，不可階上也」，「皆須百般縱橫，變轉數出，其頭段段皆須令意上道，卻後還收初意」來表達。因此寫作的過程就成了：

夫作文章，但多立意。令境生，令左穿右穴，苦心竭智，必須忘身，不可拘束。思若不來，即須放情卻寬之，令境生，然後以境照之，思則便來，來即作文。如其境思不來，不可作也。⑯

基本上正是一個「境生」「意立」的「境思」的觀照與表現。

嚴羽對於宋詩的批評，正在於宋詩放棄了這種以「妙悟」而「令境生」，「然後以境照之，思則便來，來即作」，從結構上不免是「羚羊挂角，無跡可求」，但以內容論則是「言有盡而意無窮」的「境思」：反而遵循了語言在日常應用上的述說論證（discourse）結構，採取了「涉理路」、「落言筌」的述說方式。因此嚴羽忍不住要批評宋詩是「以文字為詩，以議論為詩，以才學為詩」。雖然他同意這些作品也是深具藝匠或用心的產物：「夫豈不工，終非古人之詩也！」這種對於宋詩之具有日常語言之論述結構的認識與批評，亦見於《對床夜語》所載：

劉後村克莊云：唐文人皆能詩，柳尤高，韓尚非本色。迨本朝則文人多，詩人少。三百年間，雖人各有集，集各有詩，詩各自為體，或尚理致，或負才力，或逞辨博，要皆文之有韻者爾，非古人之詩也。

不論是「尚理致」或是「逞辨博」，強調的皆是它們的充分發揮了語言論述之功能與特質。而「負才力」則正是「以才學為詩」，「多務使事，不問興致」的結果，恰與「妙悟」相反的寫作方式

的表現。當與漢詩比較，唐詩乃以境象為主，並不特別著重在「吟詠情性」，但是由於象以興生，境與意合，兼以「意是格，聲是律，意高則格高，聲辨則律清，格律全，然後始有調」[17]，對於聲調的講求，因此仍無礙嚴羽視為「一唱三嘆之音」。因而，當唐詩與宋詩比較時，「詩者，吟詠情性也」就成為唐詩的優點，而「蓋於一唱三嘆之音，有所歉焉」就成了宋詩的缺點。所以，楊慎《升菴詩話》亦以為：

　　唐人詩主情，去三百篇近；宋人詩主理，去三百篇卻遠矣。

劉大勤《師友詩傳續錄》亦記載王士禎的答話，以為：

　　唐詩主情，故多蘊藉；宋詩主氣，故多徑露，此其所以不及。

以上的批評固然是一種美感偏好的選擇，但在對宋詩的有所見的同時，也正是對於宋詩所反映的新發展的美學理念與規範的拒絕接受。這種美學理念或許可以藉程顥〈偶成〉一詩來略作說明：

　　閒來無事不從容，睡覺東窗日已紅。萬物靜觀皆自得，四時佳興與人同。道通天地有形外，思入風雲變態中，富貴不淫貧賤樂，男兒到此是豪雄。

首先宋代或許是另一個對於「形而上者之謂道」具有高度自覺與熱情的時代，而這種自覺一方面反映於自「萬物靜觀皆自得，四時佳興與人同」的體驗中察覺「道通爲一」[18]，甚至「渾然與天地萬物同體」[19]，另一方面則轉化爲「閒來無事不從容」的心性的操持，與「富貴不淫貧賤樂」的德行的踐履，甚至以此爲「男兒到此是豪雄」的判準。在這種時代文化理想的影響之下，並非「佳興」，不是「自得」，未能「從容」，甚至未臻「富貴不淫貧賤樂」的情感反應與表現都成了負面的現象，因而邵雍〈伊川擊壤集序〉強調：

近世詩人，窮感則職於怨憝，榮達則專於淫泆。身之休感，發於喜怒；時之否泰，出於愛惡。殊不以天下大義而爲言者，故其詩大率溺於情好也。噫！情之溺人也甚於水！

因而主張去掉「情累」的「以道觀道，以性觀性，以心觀心，以身觀身，以物觀物」，而創作「因閒觀時，因靜照物，因時起志，因物寓言，因志發詠，因詠成聲，因詩成音」，「曾何累於性情哉？」的詩歌。整個寫作過程的構想，正跟王昌齡的主張大相徑庭：

夫文章興作，先動氣，氣生乎心，心發乎言，聞於耳，見於目，錄於紙。意須出萬人之境，望古人於格下，攢天海於方寸。詩人用心，當於此也。

興發意生，精神清爽，了了明白，皆須身在意中。若詩中無身，即詩從何有？若不書身心，何以爲詩？是故詩者，書身心之行李，序當時之憤氣。氣來不適，心事不達，或以刺上，或以化下，或以申心，或以序事，皆爲中心不決。由是言之，方識古人之本也。

由此我們大略可以看出雙方在美學預設上的基本差異。唐詩即使不算完全「主情」，至少仍然遵循「緣情」的原則，表現的仍以個人的「中心不決，衆不我知」己身「當時之憤氣」的「興發意生」。因此不免要「露才揚己」，所以不但繼承了「綺靡」的原則，更發展爲「意須出萬人之境，望古人於格下，攢天海於方寸」的「用心」。一方面追求高遠「雄渾」之意境，一方面重視苦思獨創，以求超越前人，「用意於古人之上，則天地之境，洞焉可觀」：

凡屬文之人，常須作意。凝心天海之外，用思元氣之前。巧運言詞，精練意魄，所作詞句，莫用古語及今爛字舊意。改他舊語，移頭換尾，如此之人，終不長進。爲無自性，不能專心苦思，致見不成。❷

所以對於唐代的詩人而言，物象有「綺靡」或者說：「風流婉麗」與否之分，意境有「洞觀」「天地」，「凝心」「天海」與否之別，言詞有「巧運」「安穩」與「爛字舊意」之異。因此不論是物象，是意境，是言詞都是具有一種美感價値差異，甚至價値階層性的判斷，因而也就有了一種選

擇的判準與方向。為了方便，這或許可以稱之為第一義的美學，強調美感正有賴於事物的客觀屬性，因此美感價值亦就存在於事物現象自身，美感的觀照正以接納、揀擇、運用這些客觀性質來達成「妙造自然」，在「精練意魄」中創造一個「鹹酸之外」的「醇美」境界㉑。

但在「道通天地有形外」，「道通為一」的形上觀照下，不但「萬物靜觀皆自得」，如蘇軾在〈超然臺記〉所謂的：

凡物皆有可觀，苟有可觀，皆有可樂，非必怪奇偉麗者也。

否定了事物在美感價值上的差異性或階層性，而且誠如趙湘〈本文〉所說的：

靈乎物者文也，固乎文者本也，本在道而通乎神明，隨發以變，萬物之情盡矣！詩曰：「本支百世」，禮謂：「行有枝葉」，皆固本也。日月星辰之于天，百穀草木之于地，參然紛然，司蠢植性，變以示來，罔有遯者。嗚呼！其亦靈矣，其本亦無邪而存乎道矣。

一切事物的美感性質：「靈」、「文」，都是「本在道」，「其本亦無邪而存乎道」。從這種角度，萬物的美感性質：「萬物之情」，亦僅是「道」的「隨發以變」，只要能夠「無邪」，能夠「通乎神明」，則一切「參然紛然，司蠢植性，變以示來，罔有遯者」都呈現了同一道體的作用，因而也就

呈具了相同的美感價值，事物客觀的差異性因而就消融而只有「道」的「隨發以變」，「變以示來」的「變態」之差異，並且在「思入風雲變態中」之際，真正重要就是要在一切的「變態中」，體察到其與「天地有形外」的「道通」。因而在這種「道通」中達到「富貴不淫貧賤樂」的操守與「閒來無事不從容」的心境。這也就是蘇軾在〈超然臺記〉可以由「凡物皆有可觀」而推出「吾安往而不樂」，因而反過來辨析說：

夫所爲求福而辭禍者，以福爲可喜而禍可悲也。人之所欲無窮，而物之可以足吾欲者有盡，美惡之辨戰乎中，而去取之擇交乎前。則可樂者常少，而可悲者常多，是謂求禍而辭福。夫求禍而辭福，豈人之情也哉？物有以蓋之矣。

因而以「道通天地有形外」的超然心境立說，以爲：

彼遊於物之內，而不遊於物之外；物非有大小也，自其內而觀之，未有不高且大者也。彼挾其高大以臨我，則我常眩亂反覆，如隙中之觀鬥，又烏知勝負之所在？是以美惡橫生，而憂樂出焉，可不大哀乎？

因此就形成了一種，或許可以稱之爲第二義的美學：強調在「閒來無事」的「從容」「靜觀」

中，「萬物」「皆自得」，皆具有相同的美感價值；而美感價值的產生：「皆有可樂」，正來自人類

的能以「遊於物之外」的「超然」心境，從事「誠為能以物觀物，而兩不相傷者，蓋其間情累都

忘去爾」的美感觀照的結果。而這種美感觀照的特點正在不「以心觀物，以身觀物」，「視身如丘

井，頹然寄澹泊」的「靜觀」。以此「靜觀」而作詩，則不「牽於一身而為言者」㉒，表現的因此

從某種意義言，是「不以物喜，不以己悲」㉓，忘懷「四時」美惡與個人憂樂的美感情緒㉒，

從另一種意義言，則既已超越了個己的好惡悲歡，則此種「佳興」亦就是「人同此心，心同此理」

㉔的「與人同」的道心的表現。因此蘇軾在〈送參寥師〉一詩中就進一步詮釋這種「靜觀」的作

用，以及由此而產生的美感特質：

欲令詩語妙，無厭空且靜。靜故了羣動，空故納萬境。閱世走人間，觀身臥雲嶺。鹹酸雜

衆好，中有至味永。詩法不相妨，此語更當讀。

所謂「空且靜」自然就是程顥所謂的「靜觀」或「道通」，而「靜」與「羣動」或「空」與「萬境」

的關係，正如趙湘所謂的「日月星辰之于天，百穀草木之于地」，正是「道」本之于「物」文的關

係，因而「人間」萬事，「雲嶺」百態，甚至「世」與「身」都成為這以道心觀照的「觀」、「閱」

的對象，這些對象或者為「鹹」為「酸」，但誠似「萬物靜觀皆自得」，在這種「空」、「靜」的「觀」、

「閱」之下，即成為雖然「參然紛然」「雜眾」但皆為「好」，而終究充溢或貫串的卻是「空」、「靜」

道心的「至味永」。這種「至味永」也就是他在〈書黃子思詩集後〉所謂：

予嘗論書，以謂鍾、王之跡，蕭散簡遠，妙在筆墨之外。曹、劉之自得，陶、謝之超然，蓋亦至矣。……至於詩亦然。蘇、李之天成，曹、劉之自得，陶、謝之超然，蓋亦至矣。……李、杜之後，詩人繼作，雖間有遠韻，而才不逮意。獨韋應物、柳宗元發纖穠於簡古，寄至味於澹泊，非餘子所及也。

「蕭散簡遠，妙在筆墨之外」，「天成」、「自得」、「超然」，以至「發纖穠於簡古，寄至味於澹泊」的「遠韻」。這不但是周紫芝《竹坡詩話》所引申的：

作詩到平淡處，要似非力所能。東坡嘗有書與其姪云：「大凡為文，當使氣象崢嶸，五色絢爛，漸老漸熟，乃造平淡。」余以不但為文，作詩者尤當取法於此。

並且也是梅堯臣〈讀邵不疑學士詩卷……〉所主張的：

作詩無古今，唯造平淡難。譬身有兩目，瞭然瞻視端。

或者歐陽修一再稱譽梅堯臣的：「子言古淡有真味，大羹豈須調以虀」（〈再和聖俞見答〉），「聖俞

覃思精微，以深遠閒淡為意」，「梅翁事清切，石齒漱寒瀨。……心意雖老大，有如妖韶女，老自有餘態，近詩尤古硬，咀嚼苦難嚘。又如食橄欖，真味久愈在。」《六一詩話》）其實都是「譬身有兩目，瞭然瞻視端」，由觀照的景象轉移到觀照的眼光，正是出於「空」、「靜」的道心的第二義美學的表現與強調，基於這種第二義的美學，宋詩的美感特質正在「閱世」、「觀身」之際的「觀點」的轉換，以及「鹹酸雜眾好」的美感範疇的擴大，而使「閒來無事」的所思以及「佳興與人同」的所感，皆能入詩，使詩的領域擴大到了迥非良辰美景，高情遠意之日常生活的覃思精微中。

但是離別經驗卻是最具情感性，也是最具個人性的，如何以第二義的美學來表現呢？就在這裏我們正可以看到宋詩所以往抽象、滑稽等美感範疇，甚至疏淡、衰殘等範疇發展的緣由。在蘇軾〈與子由別於鄭州西門外〉一詩，蘇軾首先以「靜觀」的自我，表現了他與沉溺於離情別緒中的「感情」的自我的疏離，並且以「靜觀」的自我的角度，將「感情」的自我「滑稽」化了：「不飲胡為醉兀兀」。「靜觀」的自我的「心」：「此心已逐歸鞍發」，但卻有意拒斥「感情」的自我的「情」。「滑稽」、「怪誕」，甚至「抽象」，正都反映主體心靈對於成為客體的事物對象的拒絕完全的認同，因而強調了對象的某種異常、某種缺陷，某種醜惡或恐怖，或者是有意的忽視對象的個體的自存，僅將它歸納而消失於普遍的形式或律則中。「不飲胡為醉兀兀」正是「靜觀」的自我對於「感情」的自我的「情」的不可「理」解。可以「理」解的是外在的，客觀性的情況：「歸人猶自念庭闈，今我何以慰寂寞！」特別強調了寫作之際的事實情況：

時東坡赴鳳翔，子由送至鄭州，復還京師侍父。❷

因此在敘述了更為特殊的具體情境的同時，也強調了離別雙方的情感狀態的差異。這首詩雖然是〈馬上賦詩一篇寄之〉是寫給蘇轍的，但一開始卻強調、稱呼蘇子由為「歸人」，並且以「庭闈」代稱他們的父親。事實上正是將蘇轍的復還京師侍父「普遍」化，利用普遍的通稱，達成了論述（discourse）的效果，其實正是一種「抽象」的「理」解的表現。因為所有的「理」解，正都來自以普遍的律則或形式，解釋特殊個體或現象，而將個體或現象所引起的困擾或迷惑，消融到已知的律則與形式中。因而就消除了個體或現象的怪異性。「歸人猶自念庭闈」是正常的，而對比之下：「今我何以慰寂寞！」就顯得怪異了。他並沒有客觀的指出：他到鳳翔是赴任判官去的。

因此也不妨說：「赴任猶自念官衙」。接下來離別之際的瞻望景象，可以是「瞻望弗及，泣涕如雨」❷，可以是「遠望悲風至」、「念子悵悠悠」❷，可以是「孤帆遠影碧空盡，惟見長江天際流」，亦可以是「平蕪盡處是春山，行人更在春山外」，這都是足以令人與離情別緒交融的情景。但是「登高回首坡壟隔，惟見烏帽出復沒」卻深具喜劇意味。特別要加上「登高」以及「回首」的動作，已經使得瞻望不再是一種完全沉溺於離別的情緒與瞻望所見的景象的深觀諦視的狀態，反而成了一種追求的行動，而追求的所得竟然強調的是「歸人」的消解為「烏帽」，並且在「坡壟隔」之際，因為隨著馬行的顛簸而呈現為「烏帽」的「出復沒」，由懷思的對象主體轉化為物品的「烏帽」，而這一頂「烏帽」不但取代了人物，並且看到的景象——「惟見」——，只是「烏帽」像變戲法的

在「坡隴」上「出復沒」，這種「物性」的取代了「人性」，而且其形象本身並不具特殊的美感──「烏帽」──，尤其出現在「登高回首」的追求之後，都使得此處充滿了喜劇性的「滑稽」效果，而沖淡轉移了離別的惆悵與憂傷。這正是另一次的以「凡物皆有可觀，苟有可觀皆有可樂」的「自得」之「靜觀」的自我，取代了「感情」的自我。

接著又由「烏帽」而聯想到「苦寒念爾衣裳薄」，更進一步「幻想」「猶自念庭闈」的「歸人」，「獨騎瘦馬踏殘月」。當我們在這裏使用「幻想」（Fancy）一語時，正要與「想像」（Imagination）有所區別❷。在「惟見烏帽出復沒」之際的白天，事實上是無法見到「歸人」的「獨騎瘦馬踏殘月」的。尤其我們可以想像的是歸人的在殘月之下的獨騎瘦馬而行，但卻無法真實的想像按照字面直述意義下的「獨騎瘦馬踏殘月」，這都不免已是一種「想入非非」的「索物以託情」，一種廣義的「情附物也」的「比」；但是又將「比」當作實有其事來敘寫來反應。正如全詩一開始的「不飲胡為醉兀兀」的「醉兀兀」原來不是實情實景，卻一本正經的奇怪，質問：「不飲胡為醉兀兀，知覺有表現，事實上它正是由「人」消解為「烏帽」，少掉的正是「衣裳」、以及其「出復沒」所可知而不可見的「騎」「馬」；因而想到了「苦寒」，而離合引生出來「獨騎瘦馬踏殘月」的「幻想」。同樣的「苦寒念爾衣裳薄」也不是實情實景，否則一開始就會有這正是一種以喻為真的「幻想」。

並且是在文字上誇張了「苦」、「寒」、「薄」、「獨」、「瘦」、「殘」等「清冷」、「衰颯」美感素質的「幻想」。正如所「踏」未必是「殘月」，所「騎」未必是「瘦馬」，而「念庭闈」的「歸人」的心情未必是孤「獨」。整個的「幻想」正是有意的將「歸時休放燭花紅，待踏馬蹄清夜月」❷的風流

豪宕，強調轉釋爲悽慘悲苦。當事實上沒有那麼愁苦悽慘時誇張了它的悽慘愁苦，正是一種令人產生「滑稽」的喜劇性的慰解的方式。所以接下去才會是「路人行歌居人樂」的歡快的論述。而宋詩的「清冷」甚至「衰颯」美感的追求，雖說是承襲了晚唐流行的賈島姚合的清苦詩風而來。

但以被東坡譏爲「郊寒島瘦」的孟郊賈島而論，他們的「寒」不過是「天色寒青蒼，北風叫枯桑」（孟郊〈苦寒吟〉）、「瘦」亦僅是「秋風吹渭水，落葉滿長安」（賈島〈憶江上吳處士〉）仍然是「天地之境，洞焉可觀」，「江山滿懷，合而生興」，卻未必如「苦寒念爾衣裘薄，獨騎瘦馬踏殘月」的全將注意力集中在人物的描寫上，而於十字中整整用了六個「清冷」的字眼，反而不若郊島輩在他們的「寒」、「瘦」中自有「語須天海之內，皆入納於方寸」的宏壯。所以，不僅是「清冷」而幾乎是近於「衰颯」或「蕭瑟」了。

「路人行歌居人樂」一方面是提出來與「獨騎瘦馬踏殘月」平衡的普遍性的論述，因此就有「抽象」的「說理」或「議論」的性質，另一方面在它所反映的「萬物靜觀皆自得」的觀點之餘，「路人」的「行歌」其實既非實景，也無必然，只是類似「居人」的「樂」的「比喻」式的形容，然後又作了以喻爲眞的描寫，正是透過這種「比」與「幻想」的方式，宋人將「說理」與「議論」轉化爲形象的語言。因而一首詩中的語言形象就各自釘住原來的語言「論述」而無法形成一個統一視點的「天地之境」了。所以，「路人行歌居人樂」與「獨騎瘦馬踏殘月」，分屬兩種境界，正如「惟見烏帽出復沒」又與「獨騎瘦馬踏殘月」情調有別。即使在「此心已逐歸鞍發」，強調的是「歸鞍」而非「歸騎」，已經令我們產生彷彿「日暮倒載歸，酩酊無所知，復能乘駿馬，倒著白接

羅」是敍述者乘馬醉歸的錯覺，然後在「歸人猶自念庭闈，今我何以慰寂寞」的對比之際，我們才清楚原來「歸鞍」是「歸人」子由所騎。全詩的結構正不在單一視點之下的「意」與「境」的統一。而是以語言的論述辯證，在多種觀點的頡頏辯論中發展、推演，以期最終具有結論性的意義的發現與產生。所以在沉溺性的「今我何以慰寂寞」、「苦寒念爾衣裘薄，獨騎瘦馬踏殘月」之餘，又再以「靜觀」的自我，提出「路人行歌居人樂」的事實，甚至藉助旁人的觀點：「僶俛怪我苦悽惻」。在相隔僅只兩句之處，兩度出現「苦」字，但卻由感傷的「苦」，轉而化爲批評：「何苦」的「苦」，正是強而有力的表現了這種兩個自我之間的辯論關係。因而進一步深入這種辯論「亦知人生要有別，但恐歲月去飄忽。」「感情」的自我終於被說服，而自己採用「抽象」、「說理」的「論證」形式，同意了：「亦知人生要有別」，但卻亦以「論證」的形式，反過來辯護爲：「但恐歲月去飄忽。」因而將注意與焦點，由兩個自我的辯證，轉化前面已經喻示的「我」、「爾」的關係，並且仍是一種「說服」的形態。因而前面的兩個自我的辯證亦同時成爲「說服」的舉證，而以「寒燈相對記疇昔，夜雨何時聽蕭瑟？」的往事作爲最強而有力的舉證：

子瞻自注曰：「嘗有夜雨對床之言，故云爾。」王注曰：「韋蘇州〈與元常全眞二生詩〉：『那知風雨夜，復此對床眠。』」次公曰：『子由與先生在懷遠驛常讀韋詩。至此句，惻然感之，乃相約早退，共爲閒居之樂。正在京師同侍老泉時近事，故今詩及之。」」㉚

並且在「寒燈」、「夜雨」的刻意強調時，重複了前面的「苦寒」的「寒」。但是「相對」不過

「寒燈」；共「聽」「夜雨」不過「蕭瑟」，所「記」的「疇昔」與所盼的「何時」，終究皆已浸染了

「苦寒」、「寂寞」、「悽惻」的情緒與情調，相形之下，離合實在並不真正構成所謂悲歡的差異。因

而雖然歸終到：「君知此意不可忘，慎勿苦愛高官職」，整體看來卻是種相當寒素的生命體認。所

以，配合了「慎勿苦愛高官職」正是「富貴不淫貧賤樂」的平淡超然的情懷，雖然不免有種種偶

然泛起的情緒的波瀾。難怪蘇軾後來在謫居黃州所作的〈定風波〉詞，所能盼望或肯定的亦僅是：

「回首向來蕭瑟處，歸去，也無風雨也無晴」了。

相同的「理性」的操持與「清冷」、「平淡」的表現，亦見於梅堯臣〈蕪湖口留別弟信臣〉與

王安石〈示長安君〉二詩。信臣，堯臣同高祖弟。在這首詩中，前四句幾乎以完全平直的語句，

敍述了兩人的離合：「少也遠辭親，俱為異鄉客。昨日偶同歸，今朝復南適。」雖然在「少也」

的「也」字的運用，多少洩露了淡淡的感傷，而在「異鄉客」的「俱為」的強調中，暗暗隱含著

彼此的同情共感。在「昨日偶同歸」的「偶」字裏，強調了聚會的無心，而於「今朝復南適」則

強調了聚散的匆匆之餘，一個「復」字暗示了離別反是常態。所以在近乎客觀冷靜的敍述中，其

實真正反映並不特別是離別的哀傷，而是遠離故鄉之羈旅異鄉的流移的命運。因此接下去就以「南

適畏簡書」的「畏」字暗示了對於這種命運的感觸。但是「畏簡書」其實又是用的《詩經》〈小雅〉

〈出車〉的典故：

昔我往矣，黍稷方華。今我來思，雨雪載塗。王事多難，不遑啓居。豈懷不歸，畏此簡書。

因此雖有「懷歸」之意，對於流移命運的「畏」亦不能多作聯想與引申。而且強調兩次的「南適」，「適」在「往」之意義外的多重意涵，亦使我們不能有太多負面的聯想。並且梅堯臣很明白的強調了另一種積極肯定的情緒與事況：「叨茲六百石」。因此此詩的前半六句，幾乎就是散文式的敘述，有客觀的情境，有主觀態度上的辯證，但是既無形象物色，亦無情景意境。正是「以文字為詩」，「以是為詩，夫豈不工，終非古人之詩也」，蓋於一唱三嘆之音，有所歉焉。」但這種客觀理性的敘述，未嘗不是一種「閱世走人間」的超然的「空且靜」，平淡中自有「至味永」，假如以「富貴不淫貧賤樂」的操持來看。因此信臣的相送，亦只是「重念我當去，送我江之側」的平靜自然的行誼與敘述。尤其不用「江濱」、「江浦」之類較具意象性的詞語，反而用「江之側」，正是有意的散文化（古文化），觀念化，與「抽象」化，而刻意造成一種「簡古」或「古淡」的風格。而到了「江之側」必然會見到的「溪山」，梅堯臣卻不讓它們成為兩人身臨其中的「境」。而卻條舉目張的陳述為：「溪山遠更清，溪水深轉碧」，成為客觀事理之觀察的對象，因而很理智的證明了：「因知惜別情，愈賒應愈劇」，並且總結了兩人「惜別」的意義。但是若我們仔細的思索了…「溪山遠更清，溪水深轉碧」與「惜別情」的「愈賒應愈劇」的關係，就不免會理解，在「江之側」或許有「山」有「水」，但何來「溪」？「溪山」、「溪水」都不免是「說理」的「比」，以及以喻為真的「幻想」，其實是出於「造作」而非眼前景的觸物起興。並且恐怕正是先有「惜別情」、「愈賒

應愈劇」的結論，因而衍生的論證，以及景象的構設。而兩人的「惜別情」亦只是「應」愈劇，而非「乃」或「是」愈劇，尤其梅堯臣亦只是「因知」而非「實覺」或「深感」。在面對情感性的情境，不表情感卻論情感之「理」，正是「以心觀心，以身觀身」，「曾何累於性情哉？」的超然的「思入風雲變態中」，自然也就是一種「尙理致」、「逞辨博」的表現。

王安石的〈示長安君〉因「長安君，公妹也」^③，所以不至大談「惜別情」之「理」。但是「少年離別意非輕，老去相逢亦愴情」的出以「普遍」性的直述，實在亦已有了「理致」在其中，尤其其中辨析了「少年離別」與「老去相逢」的兩種情緒的比較。而詩中只有「杯盤」、「燈火」、「湖海」、「塵沙」、「雁南征」等意象，但始終不讓它們構組爲整體的「情境」，相反的讓它們只成爲語句中形容的語詞，就仍然有意要保持「以文字爲詩」。因而就使「情意」停留在「字面」，而無法具有一種「言有盡而意無窮」的深切感人的力量。所以，「意非輕」、「亦愴情」終於只有停留在「字面」，而對比間的「理」就顯然勝於連續發生的「傳情」了。同時「供笑語」和「草草杯盤」，「話平生」和「昏昏燈火」在情調上其實構成分歧，「笑語」「平生」之際，而轉移注意於「杯盤」之「草草」、「燈火」之「昏昏」，即使不算分心旁顧，亦正有意以「物」之粗陋黯淡、沖淡「情」之濃郁溫馨，反映的正是一種「疏淡」「蕭瑟」、「蕭散簡遠」的情懷，而「自憐湖海三年隔，又作塵沙萬里行」，誠如李壁註，可以視爲是由：「樂天詩：『雲雨三年別，風波萬里行』」蛻化而出。「塵沙萬里」本有略顯「雄渾」的可能，但作爲「行」的修飾語，再加上「又作」的強調，遂又只成「字而「湖海」既成「三年隔」的形容，則僅成「比」義，並不具有海闊天空的「天地之境」。「塵沙萬里」本有略顯「雄渾」的可能，但作爲「行」的修飾語，再加上「又作」的強調，遂又只成「字

面」上略加翻新的「用古語及今爛字舊意」，只是更爲浩蕩，更爲工切，所謂「意新語工」的「以

才學爲詩」，「負才力」、「逞辨博」的表現而已。「欲問後期何日是，寄書應見雁南征」，一方面似

乎答非所問，一方面卻是藕斷絲連，其實是「君問歸期未有期」，卻出以轉折迴環的「幻想」的表

達：「寄書應見雁南飛」，當然由「應見」而言，則此一「幻想」又是「理」的表達了。當然李壁

註由「塵沙萬里行」，「寄書應見雁南征」以爲：「此詩恐是使北時作」，則「寄書應見雁南征」遂

更工切，而不僅是由「劉長卿詩：『離亂要知君到處，寄書應及雁南飛』㉜蛻化而出了。這首詩

雖然明言：「自憐」，但卻在結語至少在字面上是正面的「寄書應見雁南征」，並不願多所陷溺，

正如「笑語」「話平生」之際，要強調「草草杯盤」、「昏昏燈火」。「景」皆成爲「情」的平衡制

約的力量，雖然比較「精微」，我們還是可以感覺到「靜觀」的自我「覃思」的作用。或許〈岳陽

樓記〉中的「滿目蕭然，感極而悲者」與「把酒臨風，其喜洋洋者」的「江山滿懷，合而生興」

的「二者之爲」，與「不以物喜，不以己悲」的操持，不僅是「情景交融」與「情景制衡」的差異。

「想像」的實景總是情感的象徵：「幻想」的虛景，正是理致的構設。並且它們的差異，也正是唐

詩與宋詩在基本美學素質與方向的差異吧！

四、以月夜景象的作品爲例

雖然經由上述離別主題作品的討論，我們已經約略可以見到漢詩、唐詩、宋詩美感上的一些

性質。但是若能不只是以離別這種人際、內在情意的經驗為限，而能同時以自然、外在的景象，在以上三個時期的詩作中的運用與表現來觀察，或許我們更能較為周全的探討它們各別的觀物與呈現的重點與方式。在這裏我們選擇了中國詩中常見的月夜的景象，或者月的意象：

〈明月何皎皎〉

明月何皎皎！照我羅床幃。憂愁不能寐，攬衣起徘徊。客行雖云樂，不如早旋歸。出戶獨彷徨，愁思當告誰？引領還入房，淚下沾裳衣。

古詩十九首

〈明月皎夜光〉

明月皎夜光，促織鳴東壁。玉衡指孟冬，眾星何歷歷！白露沾野草，時節忽復易。秋蟬鳴樹間，玄鳥逝安適？昔我同門友，高舉振六翮。不念攜手好，棄我如遺跡。南箕北有斗，牽牛不負軛。良無磐石固，虛名復何虛？

古詩十九首

〈孟冬寒氣至〉

孟冬寒氣至，北風何慘慄！愁多知夜長，仰觀眾星列。三五明月滿，四五蟾兔缺。客從遠方來，遺我一書札。上言長相思，下言久別離。置書懷袖中，三歲字不滅。一心抱區區，懼君不識察。

古詩十九首

〈望月懷遠〉　　　　　　　　　　　　　　　　　　　　　　張九齡

海上生明月，天涯共此時。情人怨遙夜，竟夕起相思。滅燭憐光滿，披衣覺露滋。不堪盈

手贈，還寢夢佳期。

〈宿建德江〉　　　　　　　　　　　　　　　　　　　　　　孟浩然

移舟泊煙者，日暮客愁新。野曠天低樹，江清月近人。

〈山居秋暝〉　　　　　　　　　　　　　　　　　　　　　　王維

空山新雨後，天氣晚來秋。明月松間照，清泉石上流。竹喧歸浣女，蓮動下漁舟。隨意春

芳歇，王孫自可留。

〈閨人贈遠〉　　　　　　　　　　　　　　　　　　　　　　王維

洞房今月夜，如練復如霜。爲照離人恨，亭亭到曉霜。

〈竹裡館〉　　　　　　　　　　　　　　　　　　　　　　　王維

獨坐幽篁裡，彈琴復長嘯。深林人不知，明月來相照。

〈靜夜思〉　　　　　　　　　　　　　　　李白

床前明月光，疑是地上霜。舉頭望明月，低頭思故鄉。

〈玉階怨〉　　　　　　　　　　　　　　　李白

玉階生白露，夜久侵羅襪。卻下水精簾，玲瓏望秋月。

〈關山月〉　　　　　　　　　　　　　　　李白

明月出天山，蒼茫雲海間。長風幾萬里，吹度玉門關。漢下白登道，胡窺青海灣。由來征戰地，不見有人還。戍客望邊邑，思歸多苦顏。高樓當此夜，歎息未應閒。

〈把酒問月〉　　　　　　　　　　　　　　李白

青天有月來幾時？我今停盃一問之。人攀明月不可得，月行卻與人相隨。皎如飛鏡臨丹闕，綠煙滅盡清暉發。但見宵從海上來，寧知曉向雲間沒。白兔擣藥秋復春，姮娥孤棲與誰鄰？今人不見古時月，今月曾經照古人。古人今人若流水，共看明月皆如此。唯願當歌對酒時，月光長照金樽裏。

〈月夜〉

今夜鄜州月，閨中只獨看。遙憐小兒女，未解憶長安，香霧雲鬟溼，清輝玉臂寒。何時倚

虛幌，雙照淚痕乾。

杜甫

〈旅夜書懷〉

細草微風岸，危檣獨夜舟。星垂平野闊，月湧大江流。名豈文章著，官應老病休。飄零何

所似？天地一沙鷗。

杜甫

〈嫦娥〉

雲母屏風燭影深，長河漸落曉星沈。嫦娥應悔偷靈藥，碧海青天夜夜心。

李商隱

〈中秋夜吳江亭上對月懷前宰張子野及寄君謨蔡大〉

獨坐對月心悠悠，故人不見使我愁。古今共傳惜今夕，況在松江亭上頭。可憐節物會人意，

十日陰雨此夜收。不唯人間重此月，天亦有意於中秋。長空無瑕露表裏，拂拂漸上寒光流。

江平萬頃正碧色，上下清澈雙壁浮。自視直欲見筋脈，無所逃遁魚龍憂。不疑身世在地上，

祇恐查去觸斗牛。景清境勝反不足，歎息此際無交遊。心魂冷烈曉不寢，勉爲筆此傳中州。

蘇舜欽

〈永叔石月屏圖〉

蘇舜欽

日月行上天，下照萬物根。向之生榮背則死，故爲萬物生死門。東西兩交征，晝夜不暫停。胡爲虢山石，留此皎月痕常存？桂樹散疏陰，有若圖畫成。永叔得之不得曉，作歌使我窮其原。且疑月入此石中，分此兩曜三處明。或云蟾兔好溪山，逃遁出月不可關。浮波穴石恣所樂。嫦娥孤坐初不覺；玉杵夜無聲，無物來擣藥。嫦娥驚推輪，下天自尋捉。遠地掀江踏山岳。二物驚奔不復見，留此玉輪之跡在青壁，風雨不可剝。此說亦詭異，予知未精確。物有無情自相感，不相幽微與高邈。老蚌向月月降胎，海犀望星星入角。彤霞爍石變靈砂，白虹貫巖生美璞。此乃西山石，久爲月照著；歲久光不滅，遂有團團月。寒輝籠籠出輕霧，坐對不復嗟殘缺。蝦蟆縱汝惡觜吻，可能食此清光沒？玉川子若在，見必喜不徹。此雖隱石中，時有靈光發。土怪山鬼不敢近，照之僵仆肝腦裂。有如君上明，下燭萬類無遁形，光豔百世無虧盈。

〈古意〉

梅堯臣

月缺不改光，劍折不改剛。月缺魄易滿，劍折鑄復良。勢利壓山岳，難屈志士腸。男兒自有守，可殺不可苟。

〈葛溪驛〉　　　　　　　　　　　　　　　　　王安石

缺月昏昏漏未央，一燈明滅照秋床。病身最覺風露早，歸夢不知山水長。坐感歲時歌慷慨，起看天地色淒涼。鳴蟬更亂行人耳，正抱疏桐葉半黃。

〈舟中夜起〉　　　　　　　　　　　　　　　　蘇軾

微風蕭蕭吹菰蒲，開門看雨月滿湖。舟人水鳥兩同夢，大魚驚竄如奔狐。夜深人物不相管，我獨形影相嬉娛。暗潮生渚弔寒蚓，落月挂柳看懸蛛。此生忽忽憂患裏，清境過眼能須臾。雞鳴鐘動百鳥散，船頭擊鼓還相呼。

〈倦夜〉　　　　　　　　　　　　　　　　　　蘇軾

倦枕厭長夜，小寒終未明。孤村一犬吠，殘月幾人行？衰鬢久已白，旅懷空自清。荒園有絡緯，虛織竟何成？

〈夏日夢伯兄寄江南〉　　　　　　　　　　　　黃庭堅

故園相見略雍容，睡起南窗日射紅。詩酒一年談笑隔，江山千里夢魂通。河天月暈魚分子，槲葉風微鹿養茸。幾度白沙青影裏，審聽嘶馬自搘笻。

〈和涼軒〉

打荷看急雨，吞月任行雲。夜半蚊雷起，西風爲解紛。

黃庭堅

月的意象，一方面如同《詩經・邶風・日月》所謂：「日居月諸，照臨下土」，是一種特殊的天體現象，因而與夜晚，超越性的永恆與普遍的存在息息相關；一方面亦如同《詩經・陳風・月出》的「月出皎兮，佼人僚兮；舒窈糾兮，勞心悄兮」，同時亦與其明亮但卻柔和的光耀，以及由此衍生的懷慕思念的情緒，迴環相映。因此，或者以月意象為引發情緒的觸媒或比喻；或者構設為整體的優美景象，成為其畫龍點睛或不可或缺的感人部分；或者藉此引發種種的幻想，讓它成為說理的比喻，或將其形象陌生化怪誕化，轉化為一種怪異的經驗：就標誌著漢、唐、宋詩在應用處理上的不同。

在《古詩十九首》中，三首使用月意象的作品裡，〈明月何皎皎〉和〈明月皎夜光〉，皆藉此「起興」，〈孟冬寒氣至〉，雖然出現在詩作的第五第六句，算是中間前半的部位，但卻仍是由天候轉入人事的關鍵，發揮的仍是「起興」的作用。但是這樣的「起興」，就興句的性質而言，卻是近於「參差荇菜，左右流之」的立即就是情意的象徵，反而遠於「關關雎鳩，在河之洲」[33]，或「蒹葭蒼蒼，白露爲霜」[34]的可以獨自成立的景象描寫。

因此，〈明月何皎皎〉一詩中，在其「明月何皎皎！」的興句中，不但對「明月」的「皎皎」全無玩賞的意興，（本來不論是「明」或者「皎皎」，都具美感觀覽的性質與意涵），而且立即化外

景爲內情，逐以一個驚歎的「何」字，將它轉換爲一種直逼人來的壓迫的力量，以及因而產生的強烈感動；加上特別強調了它的「照我羅牀帷」的針對著「我」個人，直射著理當安眠的「羅牀幃」；所要傳達的正是一種「如有隱憂」，因而「不寐」的「耿耿」❸❺，也就是緊接著表述的「憂愁不能寐」的儆醒不安的狀態。因此，吳淇《選詩定論》，遂曰：

無限徘徊，雖主憂愁，實是明月逼來；若無明月，只是槌牀搗枕而已，那得出戶入房許多態？

因而遂自「攬衣起徘徊」以下，就全是對於客行不歸之「憂愁」的直接抒寫，而「皎皎」「明月」正是這份情思的觸媒，也是這份情感的象徵。

在〈孟冬寒氣至〉中，「三五明月滿，四五蟾兔缺」，不但是「愁多知夜長，仰觀衆星列」之所見，因而本來就是一種「愁」思觀照的投射與顯現，並且亦如前論〈良時不再至〉中的「仰視浮雲馳，奄忽互相踰」，亦正是在自然景象中發現彼此分合命運之情狀的象徵，因此，雖然月還是因爲三五的滿盈而稱爲「明月」，但在四五之際，已經改爲神話性的「蟾兔」了。在這裡月本身或月夜景象的美感性質皆未被強調，通常這類強調皆會注意物象的空間與視覺的特質；在此處表現的重點，卻在時間的延續與其中物象的變化：「變故」與「不變」才是此詩此句關注的重點，因爲要引起與發抒的正是「三歲字不滅；一心抱區區」的堅貞心意。月的「滿」、「缺」即是萬物在時間中流轉變化的自然象徵；也是詩中「長相思」「久別離」兩人之「合」「離」，以至「離」「悲」

的象徵，側重的仍是其象徵情境的意涵。

在三首中，「明月皎夜光」，似乎最具獨立美感意涵的寫景性質與表現，但是其中，「夜」之暗與「月」之「明」及其「光」之「皎」所形成的對比表現，卻未充分強調，反而在「皎夜光」的構詞中，使「夜」成爲「光」的修飾與限定，因而說明性就遠遠超過了景象性，強調的反而是「夜」的時間的性質，而非其空間視景。尤其在補上了「促織鳴東壁」的下句，整個興句的示意重點，就更往「時序」變異的方向偏斜。這一點在接觸的「白露沾野草，時節忽復易！秋蟬鳴樹間，玄鳥逝安適？」數句中更是發揮得淋漓盡至。因此，全詩的構成，就呈現爲先以八句強調時節與景物的變易，再以八句轉入對「昔我同門友」在「高舉」之餘，「棄我如遺跡」的人事變易的感歎。

因而，一如「秋蟬鳴樹間，玄鳥逝安適？」象徵的正是春去秋來，或者「促織鳴東壁」，不論參照《詩經・豳風・七月》的「七月在野，八月在宇，九月在戶，十月蟋蟀，入我床下」：或《春秋考異郵》所謂的「立秋趣織鳴」，顯然都具一種明顯的時節意涵，此處的「明月皎夜光」顯然就更有一種「秋月揚明暉」❸的時序的意涵。因而前八句的景物描寫，雖然都具有「時節」的統一或對比的關連，但卻未形成同一視點的連續境象，抒情示意的涵意與性質，仍然大於創造一個統整的美感景象的作用。

盛唐詩則顯然刻意在構設一個深具美感性質的統整景象，因而使用物象往往不僅在於它們的示意象喻作用，更要強調它們的美感以至感覺性質，在月的情況，一方面是它的形狀：「皎如飛鏡臨丹闕」：一方面是它的光耀：「綠煙滅盡清暉發」。這種光耀，觀看時是「如練復如霜」、「疑

是「地下霜」，「月照花林皆似霰，空裏流霜不覺飛」[37]；當沐浴在其中時，更是「滅燭憐光滿，披衣覺露滋」，「香霧雲鬟溼，清輝玉臂寒」，不但滿溢成一團徹上徹下的神祕浪漫的氛圍，更具一種淒寒光潤的清涼晶瑩的感覺性；甚至讓人可以產生「憐」愛，想掌握以「盈手贈」的衝動，或盛持飲味的渴望：「唯願當歌對酒時，月光長照金樽裡」。

除了感覺與美感性質的刻意強調之外，要形成一個統整的美感景象，就有賴於所謂「取境」，「明勢」等功夫來組合各別的物象，而達到「氣象氤氳，由深於體勢」的效果[38]。既談「取境」又言「明勢」，實在正是深切的明瞭要在原係時間藝術的詩歌裡，創構一個整體的美感空間形象所具的內在矛盾與困難。因而，在時間上前後連續的詩句，雖然必須作種種發展性的描繪與呈現，但是設法以「天地之境，洞焉可觀」的單一視點來統整全局，讓我們產生「處身於境」，而「所見景物」，皆為「境」之一部分的「象」，因而遂有「了然境象，故得形似」的感覺；也就是在次第詩句的進展中，先有整體畫面已然存在的錯覺，然後各別細部的景物，只是我們由「統觀」而「細覽」的迴環往覆的歷程。因此，「昏且景色，四時氣象，皆以意排之，令有次序」，各別的景象雖然有時間的進展與變化，但是詩中所要表現的卻仍為未曾變異的同一觀照的處身之「境」。

因此，要達到同一觀照與處身之「境」的完形，除了各別詩句的景象，原屬相關而且相容，因而可以在其接續中形成更加具體化的相互充實與補足的效果之外，在上述的盛唐詩例中，我們還可以看到它們往往以月意象為統一的核心，或者一再的環繞著它，不斷作各種側面的描述：如

張九齡的〈望月懷遠〉一詩，由「海上生明月」起興，但立即引申爲「天涯共此時」，於是由「海上」與「明月」所撐起拉開的廣大的「天地之境」，就成爲「情人怨遙夜」裡「共此時」的具體的「天涯」；而「明月」的光照，就成爲充滿這一「遙」遠「天涯」之廣大空間與距離的美感性實質，因而也是「情人」含「怨」「竟夕起相思」之情感的具體象徵。接著對月光的描寫：「滅燭憐光滿，披衣覺露滋」，不但由「海上生明月，天涯共此時」所感思懷想的雄渾的遠景，拉回具體身處的可感可覺的秀美近景，並且強調了其切身貼體的感受。同時經由這種具體的感受，進一步象徵了對於此一「相思」之情的「憐」惜與爲其所充「滿」；以及在「相思」中所格外感受的無依與凄涼。

既明寫完全沉浸在月光中的種種經驗與感受，同時亦暗抒相思之種種情懷與體驗，正是「物色兼意興爲好」，而就「意興」而言，幾乎並無隻字片語爲言，所以是「羚羊掛角，無跡可求」，也就是「意度盤礴，由深於作用」❸，因而結束在「不堪盈手贈，還寢夢佳期」的希求與對方有所交接的渴念，以及在無可奈何中，即使是夢中的相會，亦慰情聊勝於無的盼望。「不堪盈手贈」自然直接指陳的是月光，間接喻示的是「相思」的情懷；而「還寢夢佳期」似乎一方面兼用《楚辭·九歌·湘夫人》之「登白薠兮騁望，與佳期兮夕張」的典故，一方面則照應前面的「情人怨遙夜」，因此全詩雖然有時間的發展，但並未脫離同一情境的今夕今夜，全詩逐由「海上生明月」的薄暮起而終於「寢夢」的入夜，中間貫穿充溢的正是「明月」的光照，因此也是「天涯」「相思」的「滿」「盈」。月逐成爲反覆出現，貫穿全詩的主題景象。

這種對於月的景象不憚重複，轉而使它成爲主題貫穿的景象的情況，亦見於王維〈閨人贈遠〉，

李白〈靜夜思〉、〈關山月〉，杜甫〈月夜〉等詩作。〈閨人贈遠〉絕句的四句裡，句句有月：首句直接言「月」，次句形容月光，三句詮釋月「照」，末句強調其「亭亭」竟夜。這種句句不離主題景象的寫法，在李白〈把酒問月〉因為原就具有「詠物」的性質，固然可以不論；但是〈閨人贈遠〉所寄的其實是「不堪盈手贈」的相思之情；而其歷程，亦正是由「今夜」而「到曉」，但空間視點則始終是在「洞房」與月照之間，經由這樣的「場景」(setting) 的不變，以及主題景象的關連，全詩就成為一個單一而連續之「情景」的呈現。同樣的，李白的〈靜夜思〉所以不可視為〈明月何皎皎〉的簡縮本，不僅在其不具〈明月何皎皎〉詩中「明月逼來」、「憂愁不能寐」的種種「出戶入房許多態」，並且最重要的是「明月」在〈何皎皎〉一詩，除了作為起興，就完全不再提起，事實上全詩的表現，正是集中到「雖主憂愁」「無限徘徊」的種種心思與情態上；但貫穿〈靜夜思〉一詩的卻是明月的景象，甚至不惜在短短四句中，兩度出現「明月」，而其他兩句：「疑是地上霜」，原來指的就是「床前明月光」：「低頭思故鄉」更是作為「舉頭望明月」的對比與互補而表出的。因此，「明月」在詩中就不僅是泛泛的起興，而是「物色兼意興」的「了然境象」，正是貫串全詩的主題景象；而整個的「場景」亦全然不脫「床前」見月的此刻，雖然人物的動作，有了戲劇性的「舉頭」與「低頭」的轉換連續，並且在視域上亦有了「床前」「地上」室內景象和「舉頭望」之際，由「明月」所喻示的無限開闊的天空等的轉換。但這種空間視點之重視，以及同時強調近景與遠景之繫連，也正是唐詩之兼具秀美與雄渾美感，而以「了然境象」為其風格特質的基礎。而「明月」的千里普照與光爍在地如霜，雖為一體，但卻分別顯現為或雄渾或秀美的美

感素質，這正是它特別適合唐詩的種種表現之處。〈春江花月夜〉，雖曰音樂創自陳後主，但傳誦千古之作，就時代發展的意義而言，或許並非偶然。

同樣的，〈關山月〉雖然展現的是：「明月出天山，蒼茫雲海間；長風幾萬里，吹度玉門關」的無限開闊的「天地之境」，甚至因而引申到「漢下白登道，胡窺青海灣；由來征戰地，不見有人還」的歷史悲劇意識，但該詩在末尾，仍然將焦點收攝到「戍客」望月思鄉的「高樓當此夜」，因而以身邊近景的方式，強調他們的「多苦顏」與「歎息應未閒」的憂愁情懷；而〈月夜〉一詩，固然以「閨中只獨看」的「倚虛幌」，「照淚痕」，以至「香霧雲鬟溼，清輝玉臂寒」的秀美景象，為表現的重心，但由「鄜州月」與「憶長安」的對比，仍然在「今夜」的月色與思念裡，撐開了一片遼闊的空間，與兼具過去回憶，現在處境，及未來盼望的情意世界。它們刻意具體表現「處身於境」的抒寫意圖，則都是昭然若揭的。

而這種美感化，抒情化的「處身」之「境」的呈現，在詩作的分句書寫的必然形式要求下，正有賴於每句自成景象，而句與句之間不只在文法體式上相互對應，更重要的是景象與景象之間的互補相成，迴環呼應，形成一個不可分割的有機整體。這種整體，既有賴於「物色」之間的客觀關連；亦建立於其所象喻的「意興」的內在機轉，它們正都由句與句之間的「無字句處」，以「不著一字，盡得風流」的方式呈示。因此，句與句的連繫，不僅在於「處身之境」的整體境象的構成；更是「祕響旁通」的在「心入於境，神會於物」，「視境於心」之際，達成「興於自然，感激而成」之主體情思意興的形成與表白。因而，月照的意象，亦往往結合於其他種種的景物形象，

而或者成為整體景觀的一部分；或者更因其超越、孤絕的特質，與傳統上賦予的種種懷思的聯想

與意涵，而成為詩歌表現的或宕開或聚情的畫龍點睛的焦點。像「明月松間照，清泉石上流」，「星

垂平野闊，月湧大江流」：固然描摹清景已近天成，自足成為千古名句；但前者在〈山居秋暝〉裡，

卻正是「王孫自可留」的要點所在，松石、泉流是「山居」景物，而「明月」相「照」則是「秋

暝」起始，正完全提供了，居留其間的安逸，亦反映了其心情的適性「隨意」；後者在〈旅夜書懷〉

裡，亦是旅夜舟行之際，所面對的「天地」與「飄零」的無窮動盪和孤絕寂寞反應之所寄，雖非

「名豈文章著？官應老病休！」的感歎和「飄零」似鷗的直抒，但卻將當時「懷」中感受，以「祕

響旁通」的方式，曲達至盡。因而都是「物色兼意興」，足以令人「觸物以起情」的「物動情也」

的表現。

雖然「野曠天低樹，江清月近人」，一如「星垂平野闊，月湧大江流」，都是描寫旅夜舟行景

觀的名句，而〈宿建德江〉裡「月」的「近人」固然可以視為與「天低樹」，或者「星垂」「月湧」

一般，都是舟行「江」中特有的觀感，但是若參酌前二句的「移舟泊煙渚，日暮客愁新」，全詩一

開始就強調了旅宿的飄泊感與陌生感所形成的「客愁」，因而當「月」來「近人」，就不僅是泛泛

寫景，而更有見月如見故物或故人，因而視為來相親近相安慰的弦外之音。這種利用月的高懸遍

照的特質，藉以超越地域的隔絕與因而產生的孤獨、陌生感，亦見於〈竹裡館〉的「深林人不知，

明月來相照」。月在這裡似乎都具有一種「人攀明月不可得，月行卻與人相隨」，永遠相隨相伴之

超越性的伴侶，甚至是拯救者或安慰者的意味。因而，月在詩的結尾出現，就不只是單純的寫景，

或象徵懷思的情感，而是「情往似贈，興來如答」❹ 的，轉化了整體身處的孤寂情境，進入一種深遠的天地有情的宇宙意識。這種宇宙意識，若不嫌穿鑿的話，幾乎可以視為是近於宗教上的孤獨的面對上帝或具有上帝之理念而以此反觀一己之生命存在與情境的意涵。李白〈玉階怨〉中的「卻下水精簾，玲瓏望秋月」正是以這樣一個下簾望月的動作，進入了對於一己在「玉階」上的生活不過僅是一名「怨」婦之真相的明澈醒悟。但是所有的觀照與醒悟，若沒有高迴超絕的天心「秋月」之對照與仰望，種種盡在不言中的心理機轉與象徵表達成為不可能。因此嚴羽要強調：「唐人尚意興而理在其中」❹，因為恍如只在捕捉一片淒清月色的寫景裡，正自有著對於人類與一己生命的最深刻的觀照與反省⋯這種對照人命短暫，月之超越永恆，因而正可藉此反觀沉思人類與一己命運之性質，或許在李白〈把酒問月〉的「今人不見古時月，今月曾經照古人。古人今人若流水，共看明月皆如此」裡有著最明晰的表述。但李白仍然使用：人見月；月照人，以至共看明月的景象，來加以表現。景象化似乎是唐詩最基本的傳情達意的思維模式。

在唐詩對於月之優美雄渾景象，做了多方情景交融意興的開發之後，宋人似乎只有作好奇，甚至不惜想入非非，方才得以出「奇」制勝：事實上這也正是宋人對於月意象與其美感之開發所採取的方式。以蘇舜欽的〈中秋月吳江亭上⋯⋯〉為例⋯首先，他並不經由富涵物色的景象之描摹來轉入意興，而是直陳：「獨坐對月心悠悠，故人不見使我愁」的見／不見的辯證性情境。然後說理：「古今共傳惜今夕，況在松江亭上頭」，然後，由見而及於不見，先不強調景物之形態，

卻強調其所涵蘊的意義（這種涵意自然只是出於主觀的詮釋）：「可憐節物會人意，十日陰雨此夜收；不唯人間重此月，天亦有意於中秋）。到了詩之中段的第九句之後方始描繪月景，但是異於唐人綜合性的表現法：「海上生明月」，「明月松間照」，「月湧大江流」，採取的反而是近乎分析性的表現手法：「長空無瑕露表裏，拂拂漸上寒光流」、「長空無瑕」似既指「滿月」如壁，圓滿「無瑕」，「露表裏」則既指滿月之形（表）可見，復兼月中陰影（裏）之可察。多少正反映了宋人重視客觀觀察的精神。然後以「拂拂漸上」繼續引申「無瑕」之壁玉的隱喻，一如〈離騷〉：「折若木以拂日兮」或韋應物詩：「白玉雖塵垢，拂拭還光輝」，以拂拭的動作，喻示月出江上的情景，因而「寒光流」既是月光，亦是水光，清冷一片，流漾不止。然後，不同於「月湧大江流」的含混，他很清晰的強調了「江平萬里正碧色，上下清澈雙壁浮」，不但正面的凸現出以月為壁的隱喻，並且勾勒長空碧水，上下清澈，明月與月映之懸浮成「雙」。在這種精確而且具體的分析與描寫下，月反而失去了它的超越的神祕性或引發懷思之情的象喻性，成為清楚明白的可以客觀觀察的天上與水中的「物體」。雖然它的光耀，明亮如畫：「自視直欲見筋脈，無所逃遁魚龍憂」。但是在對於月光明亮的強調之際，詩人就不免想入非非，動用怪誕的美感，他不去舉頭望月，卻去「自視」（手腳？）而「直欲見筋脈」：又去幻想水中的「魚龍」的因「無所逃遁」而竟生「憂」，對於現代的讀者而言，這種透視力，顯然早已遠超日光，而簡直是X光或紅外線了。終於進一步幻想，整個為月光所浸淫的世界已然羽化登仙，進入天界：「不疑身世在地上，祇恐查去觸斗牛」。這裡自然是使用了張華《博物志》「天河與海通」，「人有奇志」，「乘槎而

去」，以至歸訪嚴君平，曰：「客星犯牽牛宿」的典故[42]，但無需「天河與海通」的預設，只以月光照耀，就一下子由「不疑身世在地上」而轉化爲「祇恐查去觸斗牛」，在其「不疑」與「祇恐」的心理之快速轉換中，正自強調了一種如幻似眞的非非之想，經營的正是一種幻覺的世界。但這首詩一如許多宋詩，所具有的更是一種多重觀點的轉換併合的表現，詩人在創造了幻覺之後，並不願繼續停留在幻覺之中，立即以「景淸境勝反不足」，跳出情境之外，而「歎息此際無交遊」；反映的正是將月夜與中秋月色當作客體的「景」「境」看待，而無法將「物色」同時轉化爲「意興」，成爲情意的象徵，因此即使「淸」，仍不免：淸景自淸景，人物自人物，終究情景無法交融，不能打成一片，於是終要「反」覺「不足」，而要渴盼起友朋的交遊來，而要「歎息此際」的「無交遊」了。而中秋月色所造就的竟然是「心魂冷烈曉不寢」，雖然「對月懷前宰張子野及寄君謨蔡大」，但「勉爲筆此傳中州」所傳達其實並未著墨於任何的懷思之情，反是一己「心魂」在月下的「冷烈」之感，以及在「景淸境勝」之中的到「曉不寢」：其所抒寫的正是極爲理性自制的淸冷，疏淡，兼或怪誕的美感。

蘇軾的〈舟中夜起〉，其基本的情境，其實近似杜甫的〈旅夜書懷〉，但是異於唐詩的重視空間的單一視域的寫作手法，採取卻是時間性的戲劇呈現。全詩著重在不斷打破岑寂的聲音與驚異的效果。「微風蕭蕭吹菰蒲」原本雷同於「細草微風岸」，但杜詩藉著動詞的省略，以及使前四字皆成名詞之「岸」的修飾語詞，使它往視覺性的寫景發展；蘇詩卻藉著「蕭蕭」的狀聲詞，「吹」的動詞，以及下句的「開門看雨」，一再強調的了聽覺上的聲響效果，而使「月滿湖」成爲一種驚

異的發現。但在發現之餘，並非舉頭望月；反而是往「獨夜舟」的方向強調。杜甫的「危檣獨夜舟」仍然是作視景性的表現；但東坡的「舟人水鳥兩同夢」，雖然探的是說明性的呈現，其實仍然著眼的是聽覺上的安睡無聲，人鳥俱寂。突然又以「大魚驚竄如奔狐」打破寧靜。而終於在「夜深人物不相管」的說明裡，點出「我獨形影相嬉娛」的「獨夜」之事實。夜起舟中，並不寧靜賞月，反而在月下「形影相嬉娛」。顯然並不具「起舞弄清影，何似在人間」的飄逸出塵的姿態，反而有一種近似大人學兒戲的滑稽感。這種滑稽感亦早已在「開門看雨月滿湖」與「大魚驚竄如奔狐」的驚異，甚至「舟人水鳥兩同夢」的聯想與形容裡發生了，因而使得全詩充滿了一種童趣與喜感。因而，在杜詩是「星垂平野闊，月湧大江流」的舟中月景，在蘇詩中就成了「暗潮生渚弔寒蚓，落月掛柳看懸蛛」。一般山水畫中最具美感的水紋，竟然在「暗潮生渚弔寒蚓」的月光下被視爲一條條牽弔的「寒蚓」；而在詞人筆下充滿旖旎風光的「月上柳梢頭」[43]或「楊柳岸，曉風殘月」[44]，這不但是一種近乎反高潮的惡作劇，可是卻也不得不承認其想入非非之中，自有其確可如此聯想的貼切與巧妙。其實以習慣上視爲「醜」的事物來形容比擬習慣上視爲是「美」的事物，所產生的不但具有一種「陌生化」的尖新效果，創造出來的正是一種「怪誕」的美感；也就是一種「道通爲一」裏「厲與西施」的相互等同[45]；既是「思入風雲變態中」，也就是「每下愈況」[46]。

但是，這種「怪誕」、「滑稽」美感的一個重要的心理意涵，卻是將「景物」只當客觀的外在的「物體」觀看，因此對於「景物」或許有玩賞，但卻不會有「先動氣，氣生乎心，心發乎言，

聞於耳，見於目」之「興於自然，感激而成」的「物色兼興」的表現，也就是由於人物並未認

同於物色，因而物色遂無法同時成為人物的情意之象徵，而作出情景交融的呈現。蘇東坡一如蘇

子美之超脫「身處於境」而作出「景清境勝反不足」之判斷，立即將整個月夜的景象，視為僅是

「能須臾」的「清境過眼」，將它勾銷在一個疑問中。這正好又是一個時間性的疑問。因而將詩作

結束在夜去晨興的一片以聽覺為主的喧鬧中：「雞鳴鐘動百鳥散，船頭擊鼓還相呼」。他雖然為了

和「清境過境」的「能須臾」對照，而在觀念上提出了「此生忽忽憂患裏」但其實蘇軾在詩中所

要避免的，正是一如杜甫經由自覺身處於「星垂平野闊，月湧大江流」的宏偉宇宙，而興發出對

於己人生與命運的深切反省：「名豈文章著？官應老病休！」，而終於達到：「飄零何所似，天

地一沙鷗」的悲壯觀照。與杜詩的深沉雄渾相較，蘇詩表現的正是一種舉重若輕，出於嬉娛的模

擬狀物之機巧。

　相似的以戲劇性的機智來模擬狀物，亦見於黃庭堅的〈和涼軒〉，這首詩的巧妙，並不僅是利

用倒裝句法，將自然的景象陌生化，甚至怪誕化：「打荷看急雨，吞月任行雲」。詩人將代表觀者

之人物的主詞省略，並且將代表其動作的動詞：「看」、「任」置於類似「朱華冒綠池」[47]「時雨

靜飛塵」[48]之句法的動詞位置，同時又將「急雨打荷」與「行雲吞月」的詞序打散顛倒，將「打」、

「吞」等動詞置於句首加以強調，就令人產生了一種擬人的意志性行為之錯覺，不但創造了一個動

蕩不安，恣情肆虐的自然世界，還進一步在「夜半蚊雷起，西風為解紛」的人事化的因果解說中，

確定了全詩呈現的是：將自然的種種變化，作人性化意志化詮釋的，一種特殊的宇宙之觀感。這

種觀感，或許在「明月來相照」中已然出現，但〈竹裡館〉表現的仍然是一個單一視點的整體景象，「明月」正是它的統整超昇的主題意象。〈和涼軒〉的重要卻不在強調人與自然的感應，而是不去刻意形塑一個單一視點的整體景象；假如有此整體景象的話，亦被依時間的先後加以切割，而作各別不相連屬的詮釋，皆化作種種人事糾紛的類比：「急雨打荷」，「行雲吞月」，「蚊雷夜起」，「西風解蘇」。一方面「打」，「吞」，「解紛」，甚至「起」 ❹❾ 其實都有衝突，鬥爭甚至戰，和等一般歷史所側重記載事件的意涵；一方面又刻意的安排了「雨」「雲」「雷」「風」為四句中動態的主體（自然第三句只是很巧妙的利用了「聚蚊成雷」的成語，來補足字面的上關連。）使它們的關連，除了戲劇性的時間因素，更具一種類型的歸納與整理。相同的切割亦見於「暗潮生渚弔寒蚓，落月掛柳看懸蛛」，由於加上了「弔寒蚓」與「看懸蛛」的類比，一個可以自然綜合的整體景象遂因主體的介入，主詞的遊移而被切割，並且由於都使用了同一類型，在中文裡皆從虫字旁的醜物：「蚓」，「蛛」，因而它們的關連不是景象的整體，反而是喻依的類型性，刻意強調的正是一種「醜怪」的美感。因此，分析性，戲劇性，詮釋性就成為這類詩作之寫景或觀照自然的基本原則，或許我們未必因此而得到一種深切的情景交融之感動，但或許亦不得不驚歎其巧思的機智與妙想的貼切。

黃庭堅〈夏日夢伯兄寄江南〉的「河天月暈魚分子，槲葉風微鹿養茸」，重點在寫時間性的「夏日」景象，因而仍是未以構成單一視點的「天地之境」為念，反而多少側重於「河天月暈」，「槲葉風微」的天候狀況，與「魚分子」，「鹿養茸」的動物棲息生長的關係。但和我們此處的論旨，

特別相關的是，它體物入微的寫月而及於「月暈」，而且先「河」而「天」的觀看順序，然後又寫回河裡的「魚」而甚至及於「分子」之微；既似觀月而及於月暈；文像描寫河中映月，遂有光暈，總之景象充滿轉折而頗有奇詭的意味。同樣的，在盛唐詩中，月的形象總以「明月」的形象出現，因此似乎永遠是光輝而圓滿的狀態。而在宋詩中，則亦同時以「獨騎瘦馬踏殘月」，「殘月幾人行」的「殘月」；「月缺不改光」，「缺月昏昏漏未央」的「缺月」；以及行雲掩蔽的「吞月」與月的種種的「變態」出現。並且一如王安石〈葛溪驛〉，或蘇東坡〈倦夜〉的「缺月」，同為「旅懷」，卻有異於〈明月何皎皎〉「缺」相提並論，而創造出一片「淒涼」、「倦厭」的情景，同為「旅懷」，卻有異於〈明月何皎皎〉以下的漢、唐詩作，而反映得如此困頓，如此的荒涼，真是清景不再，而卻「衰鬢久已白」，「病身最覺風露早」了。由「明月何皎皎，照我羅床幃」的豪邁有力，到「缺月昏昏漏未央，一燈明滅照秋床」的陰沈蕭條，我們自可感覺到，前者的勢必以「攬衣起徘徊」，「出戶獨徬徨」充滿行動力的來作反應；而後者則不免只是困居室內「坐感歲時歌慷慨，起看天地色淒涼」或「倦枕厭長夜」，「旅懷空自清」一番而已。這正是兩者氣象迥然有別。

李白的〈把酒問月〉，雖然在有關月意象所涵蘊的各種可能意含，多所發揮，有趣的是：對於月的形象卻只強調：「皎如飛鏡臨丹闕，綠煙滅盡清暉發」，只對「飛鏡」般圓滿而又「清暉發」的「明月」之本體加以描摹，並無意於對「月有陰晴圓缺」❺⓪之變態，有所著墨。同時，他的關注，反而指向了：「但見宵從海上來，寧知曉向雲間沒」月在一夜之間的「生」「沒」。相同的例子，亦見於張若虛〈春江花月夜〉，該詩正是始於「春江潮水連海平，海上明月共潮生」，而結束

在「斜月沉沉藏海霧」與「落月搖情滿江樹」。「海上生明月」似乎是嚮往「天地之境，洞焉可觀」的唐代詩人的共識，因而在他們「凝心天海之外，用思元氣之前」，「語須天海之內，皆入納於方寸」之際，總是不忘以「海」來凸顯，月的超越性與廣大遍在的「月行」。這種常見的強調似乎並未繼續成為宋詩表現的重點。

但與此超絕之運行相關的，卻是永恆與孤獨的主題，因而接著提出的：「白兔擣藥秋復春，死藥」的連繫之外，他並未曾刻意去修改此一神話的原始意蘊與內容；自然他也以「與誰鄰？」與「不姮娥孤棲與誰鄰？」，正是利用嫦娥奔月的早期神話來加以表現。李白除了加強了「白兔」與「不死藥」的連繫之外，他並未曾刻意去修改此一神話的原始意蘊與內容；自然他也以「與誰鄰？」的詢問，強調了「姮娥孤棲」的事實。李白正要藉此引出：「今人不見古時月，今月曾經照古人。

古人今人若流水，共看明月皆如此」，讓我們從超越的觀點，廣大的時空，對宇宙人生之恆暫關係加以沉思默省。充分的發揮了神話的提示與指示的功能。李商隱的〈嫦娥〉詩，一方面是充分利用了天海生沒的時空景象：「長河漸落曉星沈」與「碧海青天夜夜」來強調其週而復始的永恆性與時間感；另一方面則正藉此永恆的時間感來強調「姮娥孤棲」的孤獨感與寂寞心：「嫦娥應悔偷靈藥，碧海青天夜夜心」；自然這其實是一種「雲母屏風燭影深」裡之「夜夜心」的投射與放大。

雖然李商隱詩中表現的是，對於「孤棲」的命運，作出了「應悔」的反省，但掌握的卻仍是嫦娥神話之永生與孤獨的原始意涵，並未作想入非非的引伸或變造；充分利用的仍是廣大時空的景象性與神話傳說所具的人情意涵的對比重疊。

對嫦娥，蟾兔神話加以引伸幻想的是蘇舜欽，雖然他的重點是在對於歐陽修所得之「石月屏」：

「胡爲貌山石，留此皎月痕常存？桂樹散疏陰，有若圖畫成」之現象，意圖「窮其原」。他先已「且疑月入此石中，分此兩曜三處明」，以直陳的方式提示了題旨，但卻繼之以想入非非的幻想：「或云蟾兔好溪山，逃遁出月不可關。浮波穴石恣所樂，嫦娥孤坐初不覺。玉杵夜無聲，無物來擣藥。嫦娥驚推輪，下天自尋捉。遶地掀江踏山岳，二物驚奔不復見。留此玉輪之跡在青壁，風雨不可剝。」他自己立即評論云：「此說亦詭異，予知未精確」，但全詩的趣味，正建立在這種近乎兒戲的瞎掰與富涵喜劇意味的滑稽幻想中。它們正好與此詩開頭的：「日月行上天，下照萬物根。向之生榮背則死，故爲萬物生死門。東西兩交征，晝夜不暫停」的嚴肅而冷峻的宇宙圖象，以及接著：「物有無情自相感，不間幽微與高邈。老蚌向月月降胎，海犀望星星入角。彤霞爍石變靈砂，白虹貫巖生美璞。此乃西山石，久爲月照著，歲久光不滅，遂有團圓月。」引經據典的理智解說，形成一種平衡。這裡我們一方面看到了宋詩的併合多種觀點多種風格於一詩的特色；一方面也可以看到它的有意避免陷溺於抒情描摹優美景象的傾向。它可以冷峻的說理：「向之生榮背則死，故爲萬物生死門」，「物有無情自相感，不間幽微與高邈」，使用抽象，甚至是散文性的語言，唯一的詩意只是「向」「背」「生」「死」；或「幽微」「高邈」的對比，以及超越了此一對比的更高綜合：「故爲萬物生死門」，「物有無情自相感」等辯證性眞理與實體的發現與提出，近於美國文評家布魯克斯（Cleanth Brooks）所謂的「矛盾語法」（The Language of Paradox）[51]；它也可以爲了罕譬而喩，在舉例說理之際，作意象化的表現，正如前面已然提出的「生死」之「門」，雖然不論日月，或生死之理，皆與「門」了不相關；甚至可以經營出，像「老蚌向月月降胎，海

犀望星星入角。彤霞爍石變靈砂，白虹貫巖生美璞」之類的充滿藻飾的華美對句，但它們也不過

是對「物有無情自相感」論點的一些舉證；它更可以在「寒輝籠籠出輕霧」清冷，秀美而近於神

秘的美感之後，因為「坐對不復嗟殘缺」的聯想，而立即轉向「蝦蟆縱汝惡嘴吻，可能食此清光

沒？」之醜陋與秀美交織的怪誕美感。假如說這還只是沿襲了玉川子盧仝〈月蝕詩〉：「傳聞古老

說，蝕月蝦蟆精」，稍作戲劇化的表現而已，但底下的：「此雖隱石中，時有靈光發。土怪山鬼不

敢近，照之僵仆肝腦裂。有如君上明，下燭萬類無遁形，光豔百世無虧盈」，則同時創造了一個非

非之想的幻境，它的靈光可以殺死鬼怪，因而充分的開發了「土怪山鬼」，「照之僵仆肝腦裂」的

醜陋與「時有靈光發」，「光豔百世無虧盈」的美好，以戲劇方式結合而形成的一種怪誕詭異的美

感；並且以此轉化為「有如君上明」的徵象，而大談其「下燭萬類無遁形」的不被蒙蔽的君道之

理。並陳狀物，幻想，與說理的表現：兼具清冷，滑稽，與怪誕的美感，蘇舜欽的這首〈永叔石

月屏圖〉可謂將宋詩的特質發揮得淋漓盡至了。

　　詩中「老蚌向月月降胎」，正如「河天月暈魚分子」，正是一種不以整體景象的物象與物象關

係來描寫觀看自然，反而是以萬物遵循一種「物理」：「物有無情自相感」的因果性關聯來觀看自

然的物態與物態。月光，因此也可以不必為情思別緒的象徵，而可以是闡明萬物自有其不可更易

之本質的喻例，因而梅堯臣〈古意〉，要強調：「月缺不改光，劍折不改剛。月缺魄易滿，劍折鑄

復良」。這裡月的圓缺的對比與變化，突然被超越為具綜合性質之不變的月光，並且將它與「劍折」

而「不改」之「剛」相提並論，最為溫柔纏綿的「月」「光」，突然「剛」硬甚至強勁銳利了起來。

因而竟然成爲能夠抵抗「勢利壓山岳」的「難屈志士腸」，成爲「可殺不可苟」的「男兒自有守」的象徵。同樣的剛強銳利亦見於「虢山石」只因「留此皎月痕」，就要幻想其「寒輝」「清光」，足以使「土怪山鬼不敢近」，照之「僵仆肝腦裂」，能夠「下燭萬類遁形，光豔百世無虧盈」，在這類的想像中，月光幾乎由X光、紅外線，而進一步成了雷射，與永不消失的放射性物質了。物我分離，以理智的分析比喻，或以戲劇性的幻想，而非以物我合一的情景交融之感，來觀察事物，思索事物，或許正是宋詩所以偏向畸美的緣由。

五、結語

　　本文在極少的詩例，極爲簡單的分析中，以掛一漏萬的方式，對漢、唐、宋詩的美感特質，多少作了一番描述。由於所涵蓋的範圍與所實際探討詩例之極度懸殊，因此論述的是否確當，根本就是一種不必考慮的問題。若有什麼值得一提的，反而是我們是否可以從此類的角度來觀看中國詩歌，中國詩歌的歷史？以及透過這樣的角度，我們對於歷代的詩歌是否可以更有一種同情的瞭解，而更能按照其觀照的特性與風格的特色，來加以接受與欣賞？這一點，惟有就教於高明，並寄望於後來的開拓了。

註釋

❶「典範」（paradigm）的觀念，請參閱：Thomas S. Kuhn, *The Structure of Scientific Revolutions,* The University of Chicago Press, 1963, 1970。雖然Kuhn原來是用在科學研究上，但其實是從藝術史的風格變遷獲得的靈感，此處是一種還原意義的借用。博藍尼的「焦點意識」與「支援意識」的觀念，可參閱：Michael Polanyi and Harry Prosch, *Meaning,* The University of Chicago Press, Chicago 1975.

❷見王國維《人間詞話》。

❸見梁啟超〈中國韻文裏頭所表現的情感〉。

❹見劉勰《文心雕龍》〈情采篇〉。

❺以上引句，俱見〈詩大序〉。

❻見樊志厚〈人間詞乙稿序〉。

❼見鍾嶸《詩品》。

❽見陸時雍〈詩鏡總論〉。

❾見皎然《詩式》。

❿此為梅堯臣的主張，見歐陽修《六一詩話》。

⓫見司空圖《二十四詩品》。

⓬見王昌齡《詩格》，與前段引文俱見《文境祕府論》南卷，此處採據羅根澤《隋唐文學批評史》的考證。

⓭ 此為義大利美學家克羅齊（Benedetto Croce）的主張，可以參閱朱光潛《文藝心理學》。

⓮ 見⓬。

⓯ 見嚴羽《滄浪詩話》，本文中所用嚴羽的引句俱見《滄浪詩話》。

⓰ 見⓬。

⓱ 見⓬。

⓲ 見《莊子》〈齊物論〉。

⓳ 參見《河南程氏遺書》卷二：「仁者渾然與物同體」、「仁者以天地萬物為一體，莫非己也」等語。

⓴ 見⓬。

㉑ 見司空圖〈與李生論詩書〉。

㉒ 「誠能……」以下諸引句，除「視身……」見蘇軾〈送參寥詩〉外，俱見邵雍〈伊川擊壤集序〉。

㉓ 見范仲淹〈岳陽樓記〉

㉔ 參見《孟子》〈告子〉篇。

㉕ 見戴君仁先生《宋詩選》注。

㉖ 見《詩經》〈邶風〉〈燕燕〉。

㉗ 見歐陽修詞〈踏莎行〉：「候館梅殘，……」

㉘ Fancy 和 Imagination 的區分，首見於 Samuel Taylor Coleridge 的 Biographia Literaria，是 Coleridge 詩歌理論的重要觀念，但是此處應用則較為接近 T. E. Hulme, "Romanticism and Classicism" 一文中的用法。

㉙見李煜詞〈玉樓春〉：「晚妝初了明肌雪，……」

㉚見高步瀛《唐宋詩舉要》注。

㉛見李壁《王荊文公詩箋注》。

㉜見同㉛。

㉝以上詩句俱見《詩經·周南·關雎》。

㉞見《詩經·秦風·蒹葭》。

㉟見《詩經·邶風·柏舟》：「耿耿不寐，如有隱憂」。

㊱參見〈四時〉：「春水滿四澤，夏雲多奇峰，秋月揚明暉，冬嶺秀孤松」，見陶澍集注《靖節先生集》，湯注，李注皆謂出於顧凱之，劉斯立則謂：「淵明摘出四句，可謂善擇」。

㊲見張若虛〈春江花月夜〉。

㊳此處引詞，引句，皆見上一節論述之引文，茲不再一一註出，下文亦同。

㊴皎然《詩式》對於「作用」，特別在「明作用」一段作了：「如壺公瓢中，自有天地日月，時時拋鍼擲線，似斷而復續」。

㊵見劉勰《文心雕龍·物色》。

㊶見《滄浪詩話·詩評》。

㊷見《博物志》卷三，此處僅就其要點節略引述。

㊸見歐陽修詞〈生查子〉，或傳為朱淑真作。

㊹見柳永詞〈雨霖鈴〉。

㊺參見《莊子・齊物論》。

㊻參見《莊子・知北遊》。

㊼見曹植詩〈公宴〉。

㊽見曹植詩〈侍太子坐〉。

㊾例如：起兵。

㊿見蘇軾詞〈水調歌頭〉。

51見Cleanth Brooks, The Well- Wrought Urn, A Harvest Book, New York, 1947,1975.「詩的矛盾語法」為夏濟安的翻譯，見林以亮編《美國文學批評選》，今日世界出版社，一九六二。雖然原著所強調的並不就是一種「語法」，反而更近於一種思維方式。此處姑從舊譯。

從「亭」,「臺」,「樓」,「閣」說起

——論一種另類的遊觀美學與生命省察

一、觀遊自然的兩種取向

古者包犧氏之王天下也,仰則觀象於天,俯則觀法於地,觀鳥獸之文與地之宜,近取諸身,遠取諸物,於是始作八卦,以通神明之德,以類萬物之情。

〈易繫辭下〉的這一段經常被引述的話語,自然是出於一種神話式的想像,但卻無疑反映了一種特殊的「觀物」的態度。面對天地鳥獸萬物,人們掌握的卻是透過它們的象、法、文、宜,而製作為符號文字,以便通神明之「德」,類萬物之「情」。也就是《莊子》〈知北遊〉中所謂的:

天地有大美而不言,四時有明法而不議,萬物有成理而不說。聖人者,原天地之美而達萬物之理,是故至人無為,大聖不作,觀於天地之謂也。

即使面對了「天地大美」，當這些「聖人者」在「觀於天地」之際，卻往往更在推「原」其中的「四時明法」與「萬物成理」。這雖然未必就是近代科學式的認知考察，但確是一種「開物成務」的闡釋與發明。在將「自然」加以「人文化」以至「人性化」過程中，往往不僅是著重於「作結繩而為罔罟，以佃以漁」，「斲木為耜，揉木為耒」❶ 的器用以至種種文物制度的制作；更往往在自然萬物之「情」，「通」出了人類中心的「神明之德」。最簡明扼要的例子是《論語》〈雍也〉篇中記載的：

子曰：「知者樂水，仁者樂山。知者動，仁者靜。知者樂，仁者壽。」

孔子在「山」「水」的「靜」「動」之「情」中，看到了與「仁」「知」相「類」的「神明之德」，甚至盡在不言中的，使得「山」、「水」成了「仁者」、「知者」的「壽」與「樂」的象徵。自此以往，透過孟子的闡釋與引申，不但「觀水有術」，而且「登山有道」：

徐子曰：「仲尼亟稱於水，曰：『水哉！水哉！』何取於水也？」

孟子曰：「原泉混混，不捨晝夜，盈科而後進，放乎四海。有本者如是，是之取爾。苟為無本，七八月之間雨集，溝澮皆盈；其涸也，可立而待也。故聲聞過情，君子恥之。」（〈離

妻下〉)

孟子曰：「孔子登東山而小魯；登泰山而小天下。故觀於海者難爲水；遊於聖人之門難爲言。觀水有術，必觀其瀾。日月有明，容光必照焉。流水之爲物也，不盈科不行；君子之志於道，不成章不達。」（〈盡心上〉）

「山」的高聳與「海」的浩瀚，以至「水」的「瀾」，都成爲聖人之「志」的超昇與「道」之廣大；以至君子「爲言」、「志道」而至「成章」與「達」等等體驗之象喻。《荀子》〈宥坐〉以及劉向《說苑》〈雜言〉中所載的孔子與子貢：「君子見大水必觀焉」以下的對話，以至董仲舒的《春秋繁露》〈山川頌〉，皆以「君子比德焉」❷的角度，發揮了「智者樂水，仁者樂山」的豐富內涵與喻旨，顯然都是一脈相承，踵事增華的表現了。

但是在這種聖人君子的遊觀之外，平凡百姓在他們的日用生活之餘，自然也有其與此不同的遊觀型態，或許《詩經》〈鄭風〉中的〈溱洧〉，就是一個現成的例子：

溱與洧，方渙渙兮！士與女，方秉蕑兮！

女曰：「觀乎？」士曰：「旣且。」

「且往觀乎？洧之外，洵訏且樂！」

維士與女，伊其相謔，贈之以勺藥。

這裏一樣的有「觀」有「樂」，並有對於「溱與洧」的「方渙渙兮」或「瀏其清矣」；「洧之外」的「洵訏」等情狀的體會。但終於為「士與女」的「方秉蕑兮」、「伊其相謔」的情事所掩蓋，正是典型的詩歌「起興」或者「比興」的表現型態：於是「觀」與「樂」就成了「士與女」由「秉蕑」到「相謔」的心路歷程的過渡與關鍵，提供的或許就是歡愛情懷所以滋生的背景與心境。因此，同樣是「遊」，其意義自然不同：孔、孟、董仲舒等儒者，往往只重視「山」、「水」、「東山」、「泰山」、「海」、「川」等等的近乎本質的某種屬性，因而引申為某種「道」與「志」的象徵；但〈溱洧〉所掌握的卻是「方渙渙兮」，誠如鄭箋所謂的：「仲春之時，冰以釋，水則渙渙然」的季節性的特質，針對「方秉蕑兮」的「士與女」，就不免具有類似「寄言少年子，努力作春事」❸的意涵，於是「春遊」就轉換為「遊春」了。這樣的「遊觀」，諸如〈周南〉〈漢廣〉的「漢有游女，不可求思」所描述的，自《詩經》以降，一樣的充斥在詩歌、小說、以及戲曲等的傳統中。但是在上述兩種「山水」的遊觀美學的傳統之外，加上了亭臺樓閣等人文建築，它們的意涵就有了變化。當然像《詩經》〈大雅〉〈靈臺〉一類作品中的遊樂，誠如孟子所謂的：「賢者而後樂此」，則又成為「古之人與民偕樂，故能樂也！」❹的德政的象徵，依然反映的是一種「比德」的意涵。而從司馬相如的〈長門賦〉中寫陳皇后的「登蘭臺而遙望」以至「下蘭臺而周覽」，或者王昌齡〈閨怨〉詩裏「閨中少婦」的由「春日凝妝上翠樓」而至「忽見陌頭楊柳色」，反映的仍然是男女情愛追求

的悲歡離合，看到的依然是情感的投射與渴望。

然而，誠如王之渙〈登鸛雀樓〉詩所謂的：「欲窮千里目，更上一層樓」，亭臺樓閣確實是改變了我們對於「白日依山盡；黃河入海流」的自然景觀的認知與欣賞，對於「錦江春色來天地；玉壘浮雲變古今」等山水的觀賞，亦只要「花近高樓傷客心，萬方多難此登臨」的「登樓」❺即可，未必需要真的登山臨水，於是我們遂有了另外一類的遊觀美學，並且在一些以亭、臺、樓、閣為名的作品中，看到這樣的遊觀，進一步發展為某種獨特的生命省察。

二、山水美學的形成

雖然我們已經指出了「比德」與「興情」的兩種山水的遊觀型態，但是我們所習慣視為「山水美學」的遊觀型態，卻是在魏晉之後產生的。這不但見於「莊老告退，山水方滋」❻的文學表現，山水畫與畫論的興起，也見於竹林七賢以後的名士生活。

這種「山水美學」的基本要件，首先是「山水」本身的「質有而趣靈」❼，也就是謝靈運詩所謂的：「山水含清暉，清暉能娛人」❽的美感素質的發現。其次是「懷新道轉迥，尋異景不延」❾，對於這種山水美感的追尋。而這種追尋，正如「江南倦歷覽，江北曠周旋」❿所強調的，既著重在「遊」的「周旋」，亦側重在「觀」的「歷覽」。並且發展出類似：「是以軒轅、堯、孔、廣成、大隗、許由、孤竹之流，必有崆峒、具茨、藐姑、箕首、大蒙之遊」，聖賢藉此「以神法道」

的「遊」歷的神話⑪。而在這種神話裏，其所標示出的「遊」其實不僅取其身體行動的意義，如：

「子曰：『父母在，不遠遊，遊必有方。』」⑫：而顯然是同時掌握了「遊」字，所引申而具有的一種特殊的心理狀態的意義，一如〈學記〉所謂的：「未卜禘，不視學，遊其志也」，或者「遊於藝」

⑬，「以遊無窮」⑭等等的用法。或許像《詩經》〈小雅〉〈采菽〉：「樂只君子，福祿膍之」：優哉游

哉，亦是戾矣」，或叔向引詩：「優哉游哉，聊亦卒歲」⑮中的「優哉游哉」最能反映「遊」的這

種心理情態了⑯。這正是宗炳在提到這些聖賢的山水遊歷之際，要首先強調：「聖人含道」以及

「賢者澄懷」的原因⑰。

這種山水之遊的身體與心情兩面，綜括而言，就是謝靈運詩：「將窮山海跡，永絕賞心悟」

⑱中所謂的「山海跡」與「賞心悟」。而對於「山海」的「賞心悟」，除了以「優哉游哉」的心情去登臨行止之外，正有賴於一種「登山則情滿於山，觀海則意溢於海」

⑲，暫時的「遺情捨塵物，貞觀丘壑美」⑳，對於山水本身作凝神的美感觀照。因此，自謝靈運以降的山水詩，就充滿了「撫

化心無厭，覽物眷彌重」㉑，對於山水的「周覽」、「騁望」、「遙望」、「顧望」、「迴顧」、「瞻眺」、

「遊眺」、「目睹」、「舉目」、「極目」、「滿目」、「窺」、「瞰」、「睞」、「視」等等㉒的描寫與表現。但這種觀看的過程，卻不僅是「視覺」的，而同時是「心理」的。用宗炳的話來說，就是：「應目

會心」，就是「含道映物」，是「澄懷味像」㉓。而以劉勰《文心雕龍》〈物色〉的說法，則是：「山沓水匝，樹雜雲合，目既往還，心亦吐納」。謝靈運因此要強調：「觀此遺物慮，一悟得所遺」㉔，

以至「慮澹物自輕，意愜理無違」㉕了。是以，山水美感的獲得，既有待於「身所盤桓」的「遊」：

亦有賴於「目所綢繆」的「觀」，而最終則為：「應會感神，神超理得」，以至「萬趣融其神思」，

「余復何爲哉？暢神而已」㉖，爲其極至。

但是這種「應目會心」的山水情趣，其實並不限於「滅跡入雲峰，巖豎萬耳目」㉗的入深山，

或「隱汀絕望舟，鶩棹逐驚流」㉘的赴奔流，方才可得。若據《世說新語》〈語言〉的記載：

王子敬云：「從山陰道上行，山川自相映發，使人應接不暇，若秋冬之際，尤難爲懷。」

簡文入華林園，顧謂左右曰：「會心處不必在遠。翳然林水，便自有濠濮間想也，不覺鳥獸禽魚自來親人。」

則王子敬所謂的「應接不暇」，固然強調的正是「應目」的活動，而「尤難爲懷」則屬「會心」的表現；同樣的齊簡文帝所謂「翳然林水」固爲「應目」所見，而「濠濮間想」則是「會心」所感。

所「遊」或許爲「山陰道上」，所「觀」的卻是典型的山水美感。因此簡文說得好：「會心處不必在遠」。只要所至之處，「山川自相映發」，或者只是「翳然林水」，亦皆一樣

可以產生或獲致這種「應會感神，神超理得」的「暢神」的山水美感。於是不論是行旅、是園林，只要在「尤難爲懷」與「不覺」中，忘我遺慮，虛以應物，任由自然界的山川鳥獸禽魚，自然而

然，自在自得的自呈自化，就一樣的可以產生或獲致登山臨水的「山水美感」，而深深體驗到山川

的「自相映發」，或鳥獸禽魚的「自來親人」，也就是消融了自然與人的對立隔閡，而達到「萬趣融其神思」的精神狀態。

因而，只要能夠「會心」，則「應目」的不論是典型的遊山玩水所遇的清景，是「山陰道上」、是「華林園」，甚至只是「披圖幽對」之際所面對的「峰岫嶢嶷，雲林森眇」❷，其山水理趣，作為一種遊觀的美學，總是若合一契的！這也正是山水畫，以至山水詩、山水遊記、文書❸，能夠成立與存在的理由：「夫以應目會心為理者，類之成巧，則目亦同應，心亦俱會」；因為「神本亡端，栖形感類，理入影跡，誠能妙寫亦誠盡矣」，甚至可以達到「雖復虛求幽巖，何以加焉！」的境界❸。

同樣的，當我們以亭、臺、樓、閣為中心，作為遊覽的目的地時，一方面我們一樣的經歷行遊與登臨的過程：一方面即使我們「身所盤桓」的「遊」，或許只是亭畔、臺上、樓中、閣內，但是「西北有高樓，上與浮雲齊」❸，我們的「目所綢繆」遠眺或可及於山川⋯；而「青青河畔草，鬱鬱園中柳」❸，近觀亦可及於草木禽魚。就像「蘭澤多芳草」，一個「所思在遠道」的人，會因「朵之欲遺誰」，「攀條折其榮，將以遺所思」❸，在感懷思念，傳情達意上，仍是「其致一也」❸。「涉江朵芙蓉」❸⋯；而「庭中有奇樹，綠葉發華滋」之際，懷思遠人的人，亦不妨就近取便，「醉翁之意不在酒，在乎山水之間」❸的情懷，往往因此，亭、臺、樓、閣之遊，只要能夠保持「山水」美感，常常會所獲得的亦就可以是一種「山水」的美感。但是事實往往更為複雜⋯這種「山水」美感，常常會因亭、臺、樓、閣的人文素質，或者是其地理位置，或者是其歷史記憶，再加上聚會的場合，登

臨的處境，使得這種「山水」美感，只成為進一步生命省察的基礎。

三、亭臺樓閣的建築特質

不論就《爾雅》〈釋宮〉所謂的：「四方而高曰臺：陜而修曲曰樓」，或《玉篇》的：「閣，樓也」，以至《淮南子》〈主術訓〉的：「高臺層榭，接屋連閣」，或《說苑》〈反質〉的：「宮室臺閣，連屬層累」等看來，「臺」、「樓」、「閣」雖然各有其差異，但其實是具有相當的同質性與關連性的，也就是它們都是一種「高聳」甚或「層累」的建築。「亭」，相對的，若從《釋名》：「亭，停也：人所停集也。凡驛亭、郵亭、園亭，並取此義為名。」似乎強調的，並不在其建築的式樣，反而是著重在其作為延伸行程的中間休憩的性質，但也因此有異於三者在建築上可能的宏偉與華麗，往往只堪遮蔽風雨，聊供憩息而已。在傳為李白詞作的〈菩薩蠻〉中：

平林漠漠煙如織，寒山一帶傷心碧。暝色入高樓，有人樓上愁。

玉階空佇立，宿鳥歸飛急。何處是歸程，長亭更短亭。

充分利用的正是「高樓」、「樓上」的可以遠「觀」，但其實是「靜止」的：以及「長亭」、「短亭」的低矮可見，但卻反而喻示著「歸程」的「行動」，兩者之間的對比所形成的張力。

因此，不論是《漢書》〈高帝紀〉的「為泗水亭長」，顏師古注曰：「亭，謂停留行旅宿食之館。」或《漢書》〈百官表〉：「十里一亭」等資料所顯示的「亭」和「行旅」的關係；或者如《南史》《昭明太子傳》所謂：「性愛山水，於元圃穿築，更立亭館，與朝士名素者遊其中」，似乎「亭」的設立或建構，往往就是暗示著一種動態的行「遊」的意圖或先決情況，因此，「亭」的本身未必宏麗，卻往往與「行旅」的情景與「山水」的勝況，常相連繫。

當然，誠如《南齊書》〈顧歡傳〉中所謂：

採飲其水草，貧富相輝，捐源尚末。

貴勢之流，貨室之族，車服伎樂，爭相奢麗，亭池第宅，競趣高華，至于山澤之人，不敢連用，如：「亭閣華詭，垮西京」（《唐書》〈長寧公主傳〉）；「人幽宜眺聽，目極喜亭臺」（高適〈陪竇侍御靈雲南亭宴〉）；「亭臺臘月時，松竹見貞姿」（劉得仁〈冬日駱家亭子〉）；「亭樓明落照，井邑秀通川」（孟浩然〈峴山送蕭員外之荊州〉）；「誰知貴公第，亭院有煙霞」（郭良〈題李將軍山亭〉）；「亭宇麗朝景，簾牖散暄風」（韋應物〈西亭〉）。但是基本上，「臺」、「閣」、「樓」往往如明人張鼐在其〈題王甥尹玉夢花樓〉中所謂的：

六朝之後的「園亭」亦曰趣高華，因而「亭」字亦往往與「閣」、「樓」、「臺」、「院」、「宇」等字

室之左，構層樓。仙人好樓居，取遠眺而宜下覽平地，拓其胸次也。

因而，它們在歷來的「遊觀」文學中，其所呈現的的美感效應，不免側重的常是「遠眺」、「下覽」的「觀」之所見；而「亭」，一般而言，則往往強調其地點非日常所居，而側重在發現、前往、與徜徉其地的「遊」之歷程。

因此王粲〈登樓賦〉，開篇即言：「登茲樓以四望兮」；范仲淹〈岳陽樓記〉，亦首記：「予觀夫巴陵勝狀，在洞庭一湖；銜遠山，吞長江，浩浩湯湯，橫無際涯，朝暉夕陰，氣象萬千，此則岳陽樓之大觀也。」皆是以「觀」、「望」為著眼點，甚至還得出了所謂的「大觀」的印象來。相對的，王羲之〈蘭亭集序〉則首敘「暮春之初，會於會稽山陰之蘭亭，修禊事也」，先說明遊歷的目的，接著「羣賢畢至，少長咸集」，交待遊歷的伴侶，以至：「此地有崇山峻嶺，茂林修竹；又有清流激湍，映帶左右」，描寫四周的景觀，終而：「引以為流觴曲水，列坐其次，雖無絲竹管弦之盛，一觴一詠，亦足以暢敘幽情」，敘述徜徉其間的活動與心情，包括的正是完整的「遊」的歷程。

韓愈的〈燕喜亭記〉，則始於其地的發現：「太原王弘中在連州，與學佛人景常玄慧遊。異日從二人者，行於其居之後，邱荒之間，上高而望，得異處焉」，那正是「遊」的結果：至於「亭」，則不過為「自是弘中與二人，晨往而夕忘歸焉，乃立屋以避風雨寒暑」的產物，標示的則是經常的「遊」止的活動。同樣的，蘇舜欽的〈滄浪亭記〉亦先記其發現的經過：「一日，過郡學東，

顧草樹鬱然，崇阜廣水，不類乎城中。並水得微徑於雜花修竹之間，東趨數百步，有棄地，縱廣

函五六十尋，三向皆水也。」但是他的描寫，加上了先前：「予以罪廢，無所歸，扁舟南遊，旅

於吳中，始僦舍以處。時盛夏蒸懊，土居皆編狹，不能出氣，思得高爽處闊之地，以舒所懷，不

可得也。」等情況的敍述，已經就是典型的「遊」記的寫作了。

歐陽修的〈豐樂亭記〉，亦一方面記「始飲滁水而甘：問諸滁人，得於州南百步之近。」的發

現過程：一方面敍「於是疏泉鑿石，闢地以為亭，而與滁人往遊其間」的情景。而其《醉翁亭記》

更是始於：「環滁皆山也，其西南諸峰，林壑尤美。……山行六七里，……峰回路轉，有亭翼然，

臨於泉上者，醉翁亭也」行遊前往的歷程；而全篇更是集中在「太守與客來飲于此」，與眾人「從

太守遊而樂」之情狀的描繪。

至於他的〈峴山亭記〉，則提供給我們一個很重要的，因為是建築才必然遲早會具有的歷史層

面，因而強調的是：

山故有亭，世傳以為叔子之所遊止也。故其屢廢而復興者，由後世慕其名而思其人者多也。

這裏的「遊止」一詞，正凸顯了「亭」在「遊觀美學」上的最主要的特質，它既因四周的景致，

提供了前往以及在當地徜徉的「遊」的經歷，又因本身的足以「避風雨寒暑」而成為可以長期停

留憩「止」的地點。使得它們的「遊」就往往不只是或者匆匆而過，或者僅為一趟的經歷，而是

從容玩味的較長的停留或經常的觀賞。因此，一方面使得或者像「流觴曲水」之類的觴詠活動成爲可能：一方面則因可以「晨往而夕忘歸」，甚至「日與滁人，仰而望山，俯而聽泉」，玩賞「四時之景」❸而對於當地的景物，有一種歷時長久的體會。這種「歷時長久」的性質，既可以是貫穿朝夕季節的，甚至可以貫串古今，透過建築的媒介與座標，古今的「遊」人，可以在想像的四度時空裏，攜手同「遊」。

而正如所有的「遊記」，「遊者」原本就是不可或缺的一環，因爲記述的原來就是他們的經歷與活動，雖然能夠得記姓名的，往往只是一些主要人物。因而在這些以「亭」爲名的「記」、「序」中，，往往就記敍的是這些主要人物的「遊止」的經歷，如〈蘭亭〉，〈燕喜亭〉，〈醉翁亭〉等；至於〈滄浪亭〉，在蘇舜欽修築之際，固已提到：「錢氏有國，近戚孫承祐之池館也」，但主要描寫的還是他自己：「予時榜小舟，幅巾以往，至則洒然忘其歸」的遊歷；到了歸有光撰寫〈滄浪亭記〉時，追述的重點，則已是「蘇子美始建滄浪亭」了。其情況一如歐陽修的〈峴山亭記〉。

因此，建築，或者說，在某一「定點」上的，同一名稱的建築（因爲可以「屢廢而復興」）的這種「歷時長久」的特質，一方面使人在遊歷之際，可以掌握「朝暮」、「四時之景不同，而樂亦無窮也」❸，一種特殊的近乎「可居可遊」而不僅是「可行可望」的山水美感，使「遊」人的注意，由「山水之間」，而轉往「宴酣之樂」❸與「夫人之相與」❸；一方面卻也足以使對於同遊伴侶的情意交感：「人知從太守遊而樂，而不知太守之樂其樂也」❸，甚至曾經在此遊止的歷史人物，「慕其名而思其人」，因而既「遊」「覽」其「左右山川之勝勢，與夫草木雲煙之杳靄，出沒於空曠

有無之間」的自然美景；復又「襲其遺跡」而「慕叔子之風」，因而其心路歷程就轉向「懷古」，以至「則其為人與其志之所存者可知也」❹的「自我認同」的表現了。這種情況，自然不僅只以「亭」為然，或許「臺」、「樓」、「閣」等建築，一般而言，由於規模更為弘偉，並且更可能建在通都大邑，或許要更具社會性與歷史性，因而它們的「遊觀」，即使在「應目會心」的面對「山水美景」之際，就要更容易往「自我認同」的生命思索方向發展了。

四、「觀」與「觀者」的情懷

王粲的〈登樓賦〉，或許更該視為是一種「遠望可以當歸」❹的「登高思歸」的作品❹。它的重點可以說，並不在反映一種山水美感的「遊觀」經驗，雖然在《昭明文選》中，它被列為「遊覽」一目的首篇，但是它所表現的「望」、「覽」經驗，卻因為包含了多種層次的轉折，而可以提供我們作為比較討論的起點。〈登樓賦〉一起始即云：

登茲樓以四望兮，聊暇日以銷憂。
覽斯宇之所處兮，實顯敞而寡仇。

由於尚未進入「思歸」之主題，反而充分顯現「遊覽」之際，登高上樓的「觀」、「望」的特質。

首先是「登茲樓」，接著是「四望」；但在這「四望」之際，除了眼前的四方景象：「清漳之通浦」、

「曲沮之長洲」、「墳衍之廣陸」、「皋隰之沃流」，其實同時意識到的，卻是「茲樓」、「斯宇之所處」

的這一定點，事實上也就是「四望」之際的「觀點」所在。而這一「觀點」之所以可以「聊暇日

以銷憂」，也正因「登樓」這一「登高」活動，可以獲得「實顯敞而寡仇」，廣大的「四望」視野；

而在「所處」與「所見」之間，形成一種連續伸展的「視覺空間」；並且也因此而形成以「斯宇」

為中心的，種種「所見」景象與其「所處」茲樓之間的「挾」、「倚」、「背」、「臨」的關係，甚至，

「北彌陶牧：西接昭丘」的「北」、「西」的方位，也才有了確切的意義。

因此，任何「更上一層樓」所窮的「千里目」，並不都是漫無邊際而可以互相代換的。這

種「觀點」的固定，所導致的「視域」的固定，正是樓閣臺榭在觀覽之際的特殊作用。一方面它

打破了「出門便有礙，誰謂天地寬」，位居地面時必然會有的限制，一方面它所提供的「顯敞而寡

仇」的「視域」，正是由「斯宇」本身，延伸向「所處」四周，極目「所見」區域的結果。因而這

種「視域」，正如「茲樓」，是有其特殊不易的「內容」，它是一種向「斯宇」輻輳的視覺景觀，反

映的正是一種形象化了的，該「區域」的自然與人文所交織而成的網絡。因此當人們面對這些景

觀「澄懷味像」之際，或許獲得的就是「自然」或者「形象」本身的純粹的「形式」美感；但是

由於這些「形象」或「網絡」都是具有某種「人文」或「歷史」的「內容」：「陶牧」、「昭丘」的

歷史意涵過於明顯，姑且不論；「通浦」、「長洲」或許是自然形象的描寫，但「清漳」與「曲沮」，

在它們的「清」與「曲」的「形式」美感裏，只要我們一意識到它是「漳水」與「沮水」之際，

我們就同時意識到它們所被賦與的「人文」意涵，以及附麗於其上的種種的歷史記憶，於是我們所獲得的，就同時是依存於「內容」的更為複雜的美感．並且透過這些景觀的「形象」，我們的心思，很可能就脫離對其「形相的直覺」的反應，而轉向針對其「人文」、「歷史」的內容，作出種種「情意」的反應。例如：蘇軾在〈超然臺記〉[47]中，雖然敍述其於密州「因城以為臺者舊矣，稍葺而新之；時相與登覽，放意肆志焉」，但他在「觀」、「覽」之際的反應卻是：

南望馬耳、常山，出沒隱見，若近若遠，庶幾有隱君子乎？而其東則盧山，秦人盧敖之所從遁也。西望穆陵，隱然如城廓，師尚父、齊威公之遺烈，猶有存者。北俯濰水，慨然太息，思淮陰之功，而弔其不終。

雖然，東坡提到了：「馬耳、常山」的「出沒隱見，若近若遠」；或者「穆陵」的「隱然如城廓」等，以模糊視線所形成的迷離彷彿的美感效應，但是他「應目」之餘，所「會心」的，竟是「庶幾有隱君子乎？」或「師尚父、齊威公之遺烈，猶有存者」等人文、歷史的關懷。至於望「盧山」而思盧敖；臨「濰水」而嘆韓信，則更已是典型的「登臨懷古」的反應了。當然，更巧妙的是在文中看似很呆板的⋯南、東、西、北的「四望」的描敍中[48]，其實一直反覆著：「隱」、「遁」、「功」、「烈」、有「遺」、「不終」等等的對比與辯證，反映的卻是更複雜，甚至矛盾的「慕」其人「之風，而襲其遺跡，則其為人與其志之所存者，可知矣」的「自我認同」的猶疑與傍徨。在這裏，我們

正可以很明顯的看到：樓、臺之類建築所獲致的景觀，不僅往往提供了一種特殊的深具人文、歷史內涵的網絡關連，甚至還可以因為「觀者」的特殊體會，而使這些景觀，這種關連引發出特殊的個人反應，呈現出獨具的意義來。

在〈登樓賦〉中，「北彌陶牧，西接昭丘」的遠眺，是否涵具類似〈超然臺記〉一般，對於陶朱公的功成而隱遁；或楚昭王的未捷而身死，有著「慨然太息」，「弔其不終」之意，由於文字的簡略，我們不得而知。但緊接著的，卻是同時涵蓋著遠望與近觀兩種體察之描寫的：「華實蔽野，黍稷盈疇」，因為就「華實」與「黍稷」而言，似乎應該是近觀：但若就「盈疇」以至「蔽野」而言，則至少已經是放眼「望」去了。雖然這兩句，未必即可稱為「寫景對句」，但其實是深具意象性質的表現。自然顯露出大地為一片欣欣綠意所覆蓋的景象。因而它們確乎具有某種「應目」即是的「形象」與「形式」的美感，雖然未必全是「自然」的美感㊾，但「華實蔽野」與「黍稷盈疇」卻更進一步，在「內容」上，反映出一種生活供應上的「豐足」與生命感受上的「甜美」等的「客觀」的意涵，所以，王粲得出了「信美」，甚或是「價值」的判斷㊿。正是這種對於「景觀」的相當接近「應目」所見的「客觀」的刻畫，以及對「形相」作「直覺」的「會心」觀照，所產生的「實」、「信」的「美感」判斷：「顯敝而寡仇」、「美」，使得〈登樓賦〉亦具有了「遊覽」，或「遊觀」文學的成分與意義。

雖然，王粲很快的就因意識到它的「非吾土」的事實，而轉向：「曾何足以少留」的心思與「漫踰紀以迄今」之「遭紛濁而遷逝」命運的自覺與感懷，一下子將「登樓」「四望」的行為，轉

變爲「思歸」「望鄉」之舉。這裏正反映了，在「遊觀」活動中，即使所「覽」所「見」的景觀，有其固定的內涵與「客觀」的「美感」性質，卻完全可以因爲「觀者」的「主觀」情狀，而會作出不同的「詮釋」，產生截然不同的「反應」，因而形成的也就是截然不同的「美感經驗」。因而「登臨」之際的「無我之境」或許是近似的；但是滋生的「有我之境」卻是千差萬別的 ❺❶。是以王粲就在「暇日銷憂」、「登樓四望」之餘，重新以「情眷眷而懷歸兮，孰憂思之可任」的心情：

憑軒檻以遙望兮，向北風而開襟。

平原遠而極目兮，蔽荆山之高岑。

路逶迤而脩迥兮，川旣漾而濟深。

悲舊鄉之壅隔兮，涕橫墜而弗禁。

迥異於「四望」的，唯「應目」所見而不拘於任何特殊目的、特殊對象的「遊觀」；這一次是有方向：「向北」，有目的：「舊鄉」，以至有特殊情致姿態：「憑軒檻」、「向風開襟」的「遙望」。其中最值得注意的是「憑軒檻」與「向風開襟」的描寫，它一方面反映了「高臺多悲風」 ❺❷，或者「流飆激櫺軒」 ❺❸，「清風飄飛閣」 ❺❹等樓閣臺榭所經常具有的建築特質與物理現象。因此它們往往是「登臨」「觀眺」經驗的一部分；但另一方面，這樣的深具觸感的姿態與行動，卻讓我們的注意轉向「觀者」的身體的感受，「觀者」的自身存在，而不僅只專注於眼前的景物，於是「觀照」的

經驗受到干擾,對於「景物」自性的「直覺」默會不再,「景物」就成了「物以情觀」❺❺的情感的

象徵。「觀望」亦可以意在「看過」,也就是「穿越」,而非「注視」眼前的景物或對象,因此而形

成一種「視而不見」的情狀:「平原遠而極目」,以及訴諸在視覺中最基本的「見／不見」的辯證:

「蔽荊山之高岑」。同樣的,「路逶迤」與「川既漾」等「形象」中的「形式」的「美感」意涵亦被

忽略而轉移到「現實」與「情意」的「內容」:「脩迴」、「濟深」,這一切都指向了一個不可跨越

的「事實」:「舊鄉之壅隔」,因而整個的反應,就集中在「望而不見」,因此也是「懷而未歸」的

「悲」哀,而「涕橫墜而弗禁」了。

由於「視覺」中本來就包涵了「焦點」的現象,因此我們的「注意」與「意向」就在其中扮

演了一個決定性的角色。它們重新「詮釋」而「整理」了我們的「應目」所見;並且「轉移」同

時「加深」了我們的「會心」所在。因而「遊目騁懷,足以極視聽之娛」❺❻;或者景象本身的「萬

趣融其神思」的「暢神而已」,就不必然成為觀覽之際,唯一的心理反應。景象或許就被「看過」

(穿越),不但不再是「意識」的「焦點」,而其「形式」美感往往只成為某些「焦點意識」的「支

援意識」❺❼,例如:「路」的「逶迤」之於「脩迴」,「川」的「既漾」之於「濟深」;或者只是觸

發或引生久已蘊蓄情意與感動的「助緣」,一如嵇康〈聲無哀樂論〉所謂:「和聲之感人心,亦猶

酒醴之發人情也」。而由「蔽荊山之高岑」到「悲舊鄉之壅隔」的「見」荊山卻「不見」舊鄉的「見／

不見」的機轉,似乎更是一種基本的「觀覽」形態。不但崔顥那首著名的〈黃鶴樓〉詩:

昔人已乘黃鶴去，此地空餘黃鶴樓。
黃鶴一去不復返，白雲千載空悠悠
晴川歷歷漢陽樹，芳草萋萋鸚鵡洲。
日暮鄉關何處是？煙波江上使人愁。

全詩的感興，都集中在：「昔人」的「不見」，卻只「見」「黃鶴樓」；「黃鶴」，卻只「見」「白雲」；「川」、「樹」、「草」、「洲」，以至「煙波」、「日暮」的放眼可「見」，但「鄉關」卻「不見」的景物，不但與「不見」的事物成為對比，而且還是「不見」的事物的「借喻」(metonymy)，因而詩中所追尋的「焦點」其實都在「不見」的事物上，而所「見」的一切則僅成為其各項「指標」，一種要「看過」(穿越)的「支援」性質的事物。

我們還可以在陳子昂〈登幽州臺歌〉中看到這種，由「見」而及於「不見」的最極端的表現形態：

　前不見古人，後不見來者。念天地之悠悠，獨愴然而涕下。

在這首詩中，所有「登」「臺」所「見」，皆被「穿越」、「看過」，而只強調了「不見」的「古人」與「來者」，所有「日月疊璧」，「雲霞雕色」；「山川煥綺」，「草木賁華」❺❽的眼前「景象」全皆

消隱，只剩下了「與我並生」的「天地」之基本架構㊾，以及它們的「不可見」之「悠悠」──永恆長存──在「念」中。因而就在一切的「不見」中透顯為一種「生命的悲劇意識」㊿：「獨愴然而涕下」。

這種因「不見」而產生的哀感：「涕橫墜而弗禁」、「獨愴然而涕下」、「煙波江上使人愁」，甚至「長安不見使人愁」�61，固然來自「觀望者」的深切的渴望之無法實現，但在「觀望」之際，卻呈現為一方面是空間的「距離」：「平原遠而極目」，以及可見景物所形成的「阻隔」：「蔽荊山之高岑」；一方面則由於時間的猶如「黃鶴」恆是「一去不復返」，且又來去無止無盡：「白雲千載空悠悠」，所形成的另一種的「距離」與「阻隔」，是以「古人」、「來者」皆盡「不見」。因而，不但「斯宇」與「舊鄉」之間，「此地」與「鄉關」之際，是「壅隔」的：在「昔人」、「古人」、今人與「來者」之間，亦一樣有著無法跨越的鴻溝存在。於是在橫亙的時間長流中：「煙波江上」，「觀者」意識到了一己生命存在：「人生天地間，忽如遠行客」�62，相對於「天地悠悠」所體現的本質上的渺小短暫與飄忽孤絕：以及在實際上因遠離親人故里：「舊鄉壅隔」、「鄉關何處」，所形成的生命情境上的孤「獨」，因而「日暮」愁：或「愴然涕下」，甚至「涕墜弗禁」了。

因此，這類「遊觀」的作品，往往反映了一種類似如下的

「登臨」→「觀望」→「見」→「不見」→「情境的覺知」→「感傷」

這樣的「經驗結構」。當然在「見」與「不見」之間，以至形成對於一己生命情境的發現與覺知，往往可以有許多迴環往覆的歷程，其實正是由外景的「觀望」轉向不只是「觀者」；更是「觀者」的生命情境的知覺，因而也是由此覺知所滋生的內在情懷的呈露的過程。也就是所「觀」之「景」與所「觀」之「情」的迴環引生的過程。

許多短篇「遊觀」詩歌，或許就停止在這種「情以物興」、「物以情觀」的「睹物興情」之中；〈登樓賦〉卻在「悲舊鄉之壅隔兮，涕橫墜而弗禁」的「感傷」之餘，對此種「感傷」加以反省，由尼父、鍾儀、莊舄等人的經驗，得出：「人情同於懷土兮；豈窮達而異心」，對自己的「感傷」作理性的接納，同時進一步思索自己「遭紛濁而遷逝」之命運，所究竟傷痛的，正是平生志意全然落空的憂懼：「懼匏瓜之徒懸兮；畏井渫之莫食」，因而「步棲遲以徙倚兮」的徘徊樓上，又起始了另外一層的「觀望」：

白日忽其將匿。

風蕭瑟而並興兮，天慘慘而無色。

獸狂顧以求羣兮，鳥相鳴而舉翼。

原野闃其無人兮，征夫行而未息。

雖然一般的「樓臺」都不致廣大到需要跋涉其中，但仍具有足夠的徘徊流連的空間。因此登

臨之際，在「定點」的「觀望」之餘，仍是具有相當的「活動」性質。因為它們往往一方面是「使

工鑿其前爲方池，以其土築臺，高出於屋之危」❻❸，具有開闊的視野；一方面則是「臺高而安，深

而明，夏涼冬溫」❻❹，比起山顛水涯，適宜較長時間的盤桓。因此，「步樓遲以徙倚」就自然是其

「遊觀」的一部分，也正是在「定點」中，藉著「步」的或「樓」或「徙」，使「觀望」具有一種

「遊覽」的性質與意趣，因而活化且生動了「觀」的內容與經歷；但也同時強調了時間的因素。是

以接著敍及「白日忽其將匿」，就顯得並非偶然了。

在這裏我們正觸及了「遊觀」美學所必然要牽涉到的兩個重要的因素：一是時間與季候，它

們會改換了我們遊觀的山水之面貌與感受，這也是蘇軾在〈超然臺記〉中要強調：「雨雪之朝，

風月之夕，余未嘗不在」的緣故，而〈登樓賦〉要接著描寫：「風蕭瑟而並興兮」了；另一則是

觀賞的景象，必須在照明之下，才能顯現。由於〈登樓賦〉中王粲只記錄其特殊的「一日遊」，因

此只有一日之中的時間轉變。雖然如此，若參照王昌齡所謂：

　昏旦景色，四時氣象，皆以意排之，令有次序，令兼意說之，爲妙。旦，日出初，河山林

　嶂涯壁間，宿霧及氣靄，皆隨日色照著處便開。觸物皆發光色者，因霧氣濕著處，被日照水

　光發。至日午，氣靄雖盡，陽氣正甚，萬物蒙蔽，卻不堪用。至曉〔午？〕間，氣靄未起，

　陽氣稍歇，萬物澄淨，遙目此乃堪用。至於一物，皆成光色，此時乃堪用思。❻❺

王粲所掌握的正是午後的景象，因而一方面他用的是「白日」；但接著則描寫其「忽其將匿」；一方面則進一步描寫日暮天黑之狀：「天慘慘而無色」。《文選》〈李善注〉謂：「《通俗文》曰：暗色曰黬；慘與黬古字通。」不論「慘」是否當作「黬」解，然而「無色」卻一定是不符合王昌齡的「物皆成光色」的美感要求：並且就在這種「美感」上產生了意義與作用。

這裏我們正看到「天色」，在「遊觀美學」上的重要，詩人作者皆不忘記提醒我們它們的狀況與存在：「白雲悠悠」，「晴川歷歷」，「日暮煙波」，以至「三山半落青天外」，「總爲浮雲能蔽日」；〈蘭亭集序〉更是明白的陳述：「是日也，天朗氣清，惠風和暢」，因爲底下的「仰觀宇宙之大，俯察品類之盛，所以遊目騁懷，足以極視聽之娛，信可樂也」的活動與感受，都是以此爲必要條件。因爲不論是「仰觀」，是「俯察」，一切的「遊目騁懷」的「遊觀」活動，都有賴於「白日」，或者「明月」，「燈火」等的照明，這同時又是在空間的「距離」、「阻隔」之外的另一個「見／不見」的關鍵。一個反映在大自然運行上，由「時間」影響視覺所形成的「距離」、「阻隔」（這自然不同於在全球同步通訊與快捷航空的年代裏，我們稱之爲「時差」的現象）。

於是，「日暮」促使的「煙波」迷茫，使人自問：「鄉關何處？」正如「浮雲」之「蔽日」一樣引發「長安不見」的思緒：因爲光色漸暗所形成的視野的迷離，——由「見」而逐漸轉爲「不見」——亦都成了「使人愁」的情感觸媒與迫力。所以「天黬黬」的天色，亦不妨正是「天慘慘」的感觸與心情。因爲正與「陽春布德澤，萬物生光輝」[67]的歡欣鼓舞相反，「天慘無色」，總讓人聯想到「天地閉，賢人隱」[68]的「黑暗」時期，以及眼前一切「美好」的消失或淪沒。所以〈登

樓賦〉結束在：：「夜參半而不寐兮，悵盤桓以反側」的「耿耿不寐，如有隱憂」[69]，就顯然是此處在「天慘慘而無色」中，「步棲遲以徙移」的回響：：同時，「風蕭瑟而並興兮」也就成為前面「向北風而開襟」之渴望的回答。

但是值得探討與玩味的是，在「天慘無色」中，王粲是如何「看」到底下的：：「獸狂顧」，「鳥相鳴」：：「原野無人」、「征夫行息」的？就我們的視聽經驗而言，站在樓上或許極可能聽聞，甚至見到空中飛過的「鳥相鳴而舉翼」，並且由於距離的遙遠，視線的模糊，不管事實如何，確實可以「觀聞」為「原野闃其無人」，但「獸狂顧以求羣」與「征夫」的「行而未息」，恐怕就是「想像」的「心象」，而非眼前的「觀象」了。這裏我們正觸及了「遊觀」美學中，與「見/不見」一樣重要的，「觀看／想像」的課題。因為「觀看」所「不見」的事物：：依然可以透過「想像」而「望見」。

於是「心象」與「物象」皆可以「景象」的方式雜然交陳，形成引生互補或者對比辯證的關連：：完成或凸顯了我們對於「景象」或「情境」的體會與詮釋。

〈登樓賦〉由「步棲遲……」，經過中間「物象」與「心象」雜揉的「觀望」，而終於達到「心悽愴以感發兮，意忉怛而憯惻」的「觀─感」歷程，我們後來亦可以在曹植的〈贈白馬王彪〉中見到回響：：

秋風發微涼，寒蟬鳴我側。

踟躕亦何留！相思無終極。

原野何蕭條！白日忽西匿。

歸鳥赴喬林，翩翩厲羽翼。

孤獸走索羣，銜草不遑食。

感物傷我懷，撫心長太息。

全詩除了增添了「寒蟬」、「相思」等因素之外，由徘徊而日匿，而風寒，而原野寂寥，而鳥獸求索，以至傷懷，其機樞如出一轍。因而掌握的已近乎一種「原型」的經驗⑳，未必都出於實際景況的「觀—感」，尤其「鳥」、「獸」兩句（在曹詩中是兩聯），都是「花鳥共憂樂」式的「神入」（Empathy）性質的寫法，象徵的涵意恐怕要大於「感物」的事實，雖然也不妨有部分「感物」的實況。因而形成一種「觀看」與「想像」交織相輔的景況。這樣的「實景」繼之以「虛象」；「心象」揉和於「物象」，正是以人心的共感爲基礎，擴大了我們的「觀—感」經驗，及於古人、他人或後人經驗之機軸所在。因而也擴大了一切「遊觀」經驗中，局限於「觀看」與「望見」的部分，而達到更豐富情感意涵的呈露與體驗。

〈登樓賦〉在「遊觀」文學中的重要啟示，可能就在於「登覽」的活動，並不僅只「放意肆志焉」的「暢神而已」；在我們「登高」之際，我們更可能「睹物興情」，由所「見」而及於「不見」，自「觀看」而引生「想像」，獲致的不僅是山水景物的美感經驗，更可以切入歷史、社會、時局，以至個人的遭遇，成爲達到自我生命情境，也就是「命運」，之突然醒覺的階梯。使「觀者」登高

所見成為「觀者的情懷」的展現，於是整個「登覽」就成了「觀者」的自我發現，或者更精確的說是，自我與世界之「真實」關連的發現，的一種探索與朝聖的歷程。王粲也就在「原野闃其無人兮，征夫行而未息」中認識了一己與時代的「天命」。這種「知命」除非能夠轉化為「超越的智慧」，否則往往「所得是沾衣」[71]，徒然令心靈為一種深沉的「悲劇覺知」所漲滿，所以，王粲「循階除而下降兮」之際，心理是沉重的…「氣交憤於胸臆」，直到「夜參半」仍然無法消解不抑。

五、「觀者」情懷的超越與轉化

在〈登樓賦〉中我們看到了「觀覽」的心路歷程，如何由「以物觀物」的「無我之境」偏離，而轉化為「以我觀物」的「有我之境」，於是山水的純粹美感經驗就轉化為「情景交融」的情意象徵，不但蘊涵且勃發了豐沛的情感動能，而且表現為對於人我生命情境之廣大深刻的悲劇性覺知；使它成為一篇「感傷亂離，追懷悲憤」[72]的感人至深的「抒情」作品。這種在「觀看」中，注意由眼前的「景象」轉向了「觀者情懷」的展現，雖然是唐詩常見的表現形式，但在范仲淹的〈岳陽樓記〉中卻有一種嶄新的發展。

范仲淹，首先在該文中強調了「予觀夫巴陵勝狀，在洞庭一湖」，並且在對洞庭湖作了一番描寫…

銜遠山，吞長江，浩浩湯湯，橫無際涯，朝暉夕陰，氣象萬千。

以為：「此則岳陽樓之大觀也」。表達的似乎是他個人──「予觀」──對於「岳陽」上「觀」覽所得的「美感判斷」；但緊接著他卻似乎忘掉了他在句前所強調的「予觀」，竟然提出：「前人之述備矣」，顯然他在有意無意中，相信這是大家感覺一致的共同的美感經驗。因為「岳陽樓」面對洞庭湖，處於「北通巫峽，南極瀟湘」的地理位置是固定的，因而觀覽所見的內容也是固定的，雖然他也多少意識到，其實具體的情景是會隨著晝夜氣候的變化而呈現為種種不同的面貌的：「朝暉夕陰，氣象萬千」。

但是，他一下子又放棄了這種「大觀」的立場，由「遷客騷人，多會於此」的交通樞紐情況，而詢問起這眾多的「觀者」，其各自的「覽物之情，得無異乎？」，注意一樣由觀看的景物，轉向了觀者的情懷，但強調的卻不是作者自身「觀覽」的情懷，而是「想像」中的眾多的「遷客騷人」的情懷。因此〈岳陽樓記〉的寫作重點，就由「前人之述備矣」的「無我之境」的描繪，轉向了這些「遷客騷人」的「登斯樓也」之際的「有我之境」的探析。但是他事實上又不可能一一知曉各別「遷客騷人」的「我」之性情遭遇；於是他所掌握的反而是「朝暉夕陰，氣象萬千」的景象，隨著晴雨晝夜變化所引生的「覽物之情，得無異乎？」了：

若夫霪雨霏霏，連月不開，陰風怒號，濁浪排空，日星隱耀，山岳潛形，商旅不行，檣傾

桴摧，薄暮冥冥，虎嘯猿啼；登斯樓也，則有去國懷鄉，憂讒畏譏，滿目蕭然，感極而悲者矣！

至若春和景明，波瀾不驚，上下天光，一碧萬頃，沙鷗翔集，錦鱗游泳，岸芷汀蘭，郁郁青青；而或長煙一空，皓月千里，浮光耀金，靜影沉璧，漁歌互答，此樂何極！登斯樓也，則有心曠神怡，寵辱皆忘，把酒臨風，其喜洋洋者矣！

矣！

范仲淹，事實上只以晴、雨二種氣象來概括洞庭湖景的差異，同時將「霪雨霏霏」的雨景，所引起的「滿目蕭然」；以及「春和景明」與「皓月千里」的晴景，所產生的「心曠神怡」的美感反應，進一步引伸到「去國懷鄉，憂讒畏譏」，以及「寵辱皆忘，把酒臨風」的「觀者」的情懷，因而將陰雨與晴明景象的觀覽經驗，轉化為「感極而悲」與「其喜洋洋」的情感反應。基本上採取的乃是「情以物興」的寫作策略。其心理轉變的機制，雖然似乎近於王粲〈登樓賦〉的「睹物興情」，但卻缺少了類似「雖信美而非吾土兮，曾何足以少留」，這樣的情感反應與美感判斷互相矛盾的內心衝突與激盪；同時亦不具備類似「平原遠而極目兮，蔽荊山之高岑」的「物以情觀」的觀覽經驗。所以這種「想像」的觀者情懷，未免就只是出於常情常理的推斷，而只具簡單概括的「類型」涵意，未必就真的掌握了任何「觀者」的具體情懷。因而其引人入勝的，反倒是對於湖景的描寫，它所側重的不僅是晴雨的差異，而同時是具有照明與否所形成的「陰暗／光亮」，「不見／能見」，以至視野的「淺仄／廣大」等等的對比。

在「霪雨霏霏」之景象下，強調「連月不開」，不但暗示了歷時的長久，更是強調了照明缺乏：「日星隱耀」，所造成的視野的封閉；甚至對於活動的限制：「商旅不行，檣傾楫摧」，因此整個景觀就失去遠方的能見度，所謂的：「不開」、「隱曜」，以至「山岳潛形」，「薄暮冥冥」都在強調它們的「不見」的特質。而「所見」的僅為「陰風怒號，濁浪排空」，或者加上「檣傾楫摧」的湖面近景而已。相對的，不論是「春和景明」的日景或者是「陰風怒號，濁浪排空」，在表現「天朗氣清」之際，刻畫的正都是日、月照耀下，廣大的視野：「上下天光，一碧萬頃」；「皓月千里，浮光耀金，靜影沉璧」，以及明晰的能見度：湖上的「沙鷗翔集」，湖面的「波瀾不驚」，湖內的「錦鱗游泳」，以至湖邊的「岸芷汀蘭，郁郁青青」，都在登樓觀望裏盡收眼底，呈現為一片安詳中，充滿自得自在活動的魚鳥與欣欣向榮的花草，所象徵的大化流行的自然宇宙，因而范仲淹不禁要在，似乎也參預了此一和諧宇宙的人性活動：「漁歌互答：此樂何極！」了。

雖然，此處的「不見」並未指向特別的對象，但是陰暗：「霪雨霏霏」，「薄暮冥冥」；阻隔：「連月不開」，「商旅不行」；以至動盪摧敗：「濁浪排空」，「檣傾楫摧」的景象，甚至酷烈蠻荒的聲響：「陰風怒號」，「虎嘯猿啼」，確實帶給人「滿目蕭然」的感受，至於是否會因此「感極而悲」，恐怕就只有「去國懷鄉，憂讒畏譏」的「遷客」，將上述景象當作一己命運的象徵來觀感才會如此。同樣的，「上下天光，一碧萬頃」或者「長煙一空，皓月千里」的遠望，確實令人「心曠」：「沙鷗翔集，錦鱗游泳」或者「浮光耀金，靜影沉璧」的近眺，亦誠使人「神怡」，但是否就是「其喜洋洋」，又端賴在「良辰美景」當前，他能否具「寵辱皆忘」的「賞心」（這是「騷人」的特質？），

而出以「把酒臨風」的「樂事」了。

但是范仲淹卻是以此二者，作為「以己悲」與「以物喜」的觀覽的方式與「觀者」的情懷；來與「先天下之憂而憂，後天下之樂而樂」的「古仁人之心」相對。只是范仲淹並沒有告訴我們，這種「或異二者之所為」的「古仁人」在其「居廟堂之高，則憂其民；處江湖之遠，則憂其君」之餘，若登岳陽樓時，他們要如何觀覽洞庭湖景呢？還是他們在忙著「進亦憂；退亦憂」，根本無暇登樓遊觀？但是〈岳陽樓記〉作為「遊觀」文學作品來看，其美感的價值，卻完全建立在他自己的既「以物喜」，復「以己悲」的山水刻畫上，雖然他意圖超越這種「觀者」的情懷。

其實「不以物喜；不以己悲」，不僅是「古仁人之心」為然，不但《莊子》所謂：「以道觀之，物無貴賤」[73]，或「安時而處順，哀樂不能入也」[74]等都可具有這種襟懷，事實上它亦未嘗不可視為是「以物觀物」的「無我之境」這樣的純粹的美感經驗的特徵。只要不往「悲」、「喜」發展，洞庭湖的雨景與晴光，亦皆可以成為美感觀照的對象。而范仲淹未往「去國懷鄉，憂讒畏譏」、「寵辱皆忘，把酒臨風」延伸前的種種描寫，未嘗不是這樣的純粹的美感經驗。只是他終於採取了「睹物興情」的發展，扭轉了讀者對於它們的最後印象而已。

或許真正從「不以物喜；不以己悲」的美感觀照出發，來理解、處理「遊觀」經驗的，還是蘇軾的〈超然臺記〉。他一開始就說：

凡物皆有可觀，苟有可觀，皆有可樂，非必怪奇偉麗者也。

在這一段開宗明義的話裏，他強調了「觀」是達到「樂」的關鍵，也就是透過了美感觀照（觀），任何事物皆可成為美感經驗的對象與內涵（可觀），而能產生美感的愉悅（可樂），不一定要具有「怪奇偉麗」等美感素質。這裏蘇軾似乎多少意識到「秀美」（麗）、「雄偉」（偉）、以及「怪誕」（怪奇）等比較明顯易覺的美感素質，較容易引發我們的美感觀照，而令我們產生美感的愉悅，但是蘇東坡此處的論述，正要打破這種限制，而及於一切的事物，尤其是平凡日常的事物。所以他接著說：

　　餔糟啜醨，皆可以醉；果蔬草木，皆可以飽。

這裏，他似乎偏離了「可觀」與「可樂」的連結，而採取了日常生活中的「可以醉」、「可以飽」來作說明。也許不如此，他無法解釋平庸凡常的事物，如何可以呈現出「可樂」來；當然另一個重點，亦可能是他想將「美感觀照」擴展到生活的全面，以一種「美感態度」來面對生活，經營生活，所以他要強調：「推此類也，吾安往而不樂？」。

事實上他是以「欲望」的超越，來解釋這種出於「美感觀照」所形成的「美感態度」。但是在此之前，他提出了近乎《老子》所謂：「天下皆知美之為美，斯惡已；皆知善之為善，斯不善已」

❼❺ 的辯證性論點：

夫所爲求福而辭禍者，以福爲可喜而禍可悲也。人之所欲無窮，而物之可以足吾欲者有盡；美惡之辨戰乎中，而去取之擇交乎前，則可樂者常少，而可悲者常多，是謂求禍而辭福。

並且以「物有以蓋之矣」與「彼遊於物之內，而不遊於物之外」來解釋這種「夫求禍而辭福，豈人之情也哉？」的顛倒迷惑。但是饒有意味的是，他並不以提倡「見素抱樸，少私寡欲」⑦⑥或者「不見可欲，使民心不亂，是以聖人之治，虛其心，實其腹，弱其志，強其骨，常使民無知無欲」來對治所謂的「人之所欲無窮，而物之足吾欲者有盡」的困境，相反的，他卻提出了近乎美感想像：「思理爲妙，神與物遊」⑦⑧之「遊於物之外」的觀點，來超越「物」「欲」的拘束，來保持一己精神之自由與逍遙。

⑦⑦來對治所謂的

他首先對「物」提出可「觀」，接著又強調「物之外」的可「遊」，自然是爲了照應文末：「樂哉遊乎！」，子由「名其臺曰：超然：以見余之無所往而不樂者，蓋遊於物之外」的結論；但是在這裏，他同時舉出「遊觀」美學，以爲可以當作以「美感態度」面對人生之一種象徵或範例的意圖，則是昭然若揭的。當然蘇軾其實很清楚，「遊觀」之際，產生「以物喜，以己悲」的情緒反應，也是非常可能的。所以，他一方面聲言，從「美感觀照」的角度：「物非有大小也」；一方面則進一步詮釋，這種不能從欲求裏超脫，而致「美惡之辨戰乎中，而去取之擇交乎前」的「遊於物之內」，以爲：

自其内而觀之，未有不高且大者也。彼其高大以臨我，則我常眩亂反覆，如隙中之觀鬥，

又焉知勝負之所在？是以美惡橫生，而憂樂出焉，可不大哀乎！

這一段似乎正好解釋了〈岳陽樓記〉中，所謂：「憂讒畏譏，感極而悲」與「把酒臨風，其

喜洋洋」的情感反應的產生。因為拘囿於一己生命情境與心志意願，所以即使面對的是廣闊洞庭

湖的湖光水色，仍然不免要「眩亂反覆」，「美惡橫生」；所以，「如隙中之觀鬥」，正因所有的「觀

覽」僅只局限於與一己的欲望與情意的關連，並不能真正欣賞到景色風光的全面與本象。「又焉

知勝負之所在？」是以，所謂「超然」正是要超越這種「物有以蓋之矣」的心境的局限，而在登

高遠望之際，真正不僅開拓了視野，也同樣的放寬開闊了一己的心胸，而充分實現「遊觀」的美

學真諦！

但是，饒有意味的，蘇軾之所以有此體味的前提，竟是他的「余自錢塘，移守膠西」，其中所

蘊涵的生活與美感經驗的轉換：

釋舟楫之安，而服車馬之勞。
去雕牆之美，而蔽采椽之居。
背湖山之觀，而行桑麻之野。

其中「湖山之觀」固然是「觀覽」美學所要措意的重點,但是「舟楫之安」與「雕牆之美」則預先提供了「遊」與「居」的美感條件,因此正是由理想的登臨遊覽的美感情境,走向了平庸凡常的僅具實用價值的生活狀況。這種日常生活的具體的內涵,更是無味:「始至之日,歲比不登,盜賊滿野,獄訟充斥。而齋廚索然,日食杞菊。」不但如蘇軾自己所說的:「人固疑余之不樂」;事實上,至少在「始至之日」,蘇軾一定「感覺」不樂,否則這一大段「謫遷淪落」的感覺,就不但無從下筆而且也沒有描寫的必要與意義了。

但是曾經擁有的「雕牆之美」與「湖山之觀」的「觀」「遊」經驗,終於使他領悟到:「凡物皆有可觀」以及「遊於物之外」的更基本,更普遍的美感觀照的原理。這也就是《老子》三十五章所謂:

執大象,天下往。往而不害,安平太。樂與餌,過客止。道之出,口淡乎其無味;視之不足見,聽之不足聞,用之不足既。

因而能在「桑麻之野」,「采椽之居」,「車馬之勞」;甚至「獄訟充斥,齋廚索然」之間,假如不全是「為無為,事無事」(所以,蘇軾形容他在膠西是:「余既樂其風俗之淳,而其吏民亦安予之拙也。」);至少是「味無味」的⑲。其結果則是:「處之期年,而貌加豐,髮之白者,日以反黑」,得到了以「不足」養「有餘」的頤養效果;因而遂進一步「治其園圃,絜其庭宇」,將「園之北,

因城以爲臺者舊矣，稍葺而新之」，重拾「遊觀」的行徑與喜樂：不但「時相與登覽，放意肆志焉」，作爲一種偶爾爲之的消遣；甚至「雨雪之朝，風月之夕，余未嘗不在，客未嘗不從」，成爲一種經常性的共同活動，而且「擷園蔬，取池魚，釀秫酒，瀹脫粟而食之」，作生活上種種的享用；當蘇軾對此下結論曰：「樂哉遊乎！」時，他已經將「遊」與「生活」劃上了等號，所以接著要強調他自己的「無所往而不樂」。這種將「遊」「觀」經驗延伸到整個生活態度，以及各種的生活層面，正因爲「亭」、「臺」、「樓」、「閣」往往也可以是我們的日常居憩遊息之地。這一點也充分反映在其他的許多作品中。

六、「遊」與「遊人」的省覺

「觀」似乎總是相對短暫的活動，但是「遊」，自從《莊子》〈逍遙遊〉提出了「若夫乘天地之正，而御六氣之辯，以遊無窮者，彼且惡乎待哉？」的觀念之後，「遊」似乎就具有象徵一種生命形態與生活方式的潛能，因而亦往往可以代表一段較長時日的生活情態，這通常是見於地近所居，經常往「遊」的狀況。同時這也往往正是在所「遊」之地構亭修臺的緣由。於是這種長時的往「遊」，也就成爲某個階段的生活，以及其所蘊涵之意態與義理的象徵，足以反映「遊人」對於一己生命的掌握與詮釋。在這裏，是屬於「興來每獨往，勝事空自知」⑧之類的獨往；還是「少長咸集」或「余未嘗不在，客未嘗不從」的同遊，往往就決定了他們所掌握的意趣是從「自得」，

還是從「相與」出發。前者如蘇舜欽的〈滄浪亭記〉，蘇轍的〈黃州快哉亭記〉；後者如王羲之的〈蘭亭集序〉與歐陽修的〈醉翁亭記〉等。

蘇舜欽在〈滄浪亭記〉中，先敍述了發現並且購得孫承祐池館遺址的經過之後，接著描寫構亭與遊覽的勝事：

> 構亭北碕，號「滄浪」焉。前竹後水，水之陽，又竹無窮極，澄川翠幹，光影會合於軒戶之間，尤與風月爲相宜。
> 予時榜小舟，幅巾以往，至則洒然忘其歸。觴而浩歌，踞而仰嘯，野老不至，魚鳥共樂。形骸既適，則神不煩；觀聽無邪，則道以明。返思向之汨汨榮辱之場，日與錙銖利害相磨戛，隔此眞趣，不亦鄙哉！

蘇舜欽關於「滄浪亭」的描敍其實很簡單，不過強調其有竹有水，「澄川翠幹，光影會合」，與風月相宜而已。但是正如他的「號滄浪焉」，原本就取的：「滄浪之水清兮，可以濯吾纓；滄浪之水濁兮，可以濯吾足。」所涵蘊的「不凝滯於物，而能與世推移」[81]之進退自如的意趣。這裏的整個往「遊」的描寫，不但強調他的興來獨往，而且著重在其「放意肆志焉」於其中的境況：「時榜小舟，幅巾以往」，「洒然忘其歸」，「觴而浩歌，踞而仰嘯」，其特點尤在親近自然而遠離人類：「野老不至，魚鳥共樂」，因而擺脫了「向之汨汨榮辱之場，日與錙銖利害相磨戛」的榮辱利害的

牽掛，而在純粹的自放於山水中，得到「形骸既適，則神不煩；觀聽無邪，則道以明」的「真趣」。

雖然蘇舜欽用的是「神不煩」，「道以明」，甚至「觀聽無邪」等近乎倫理性質的語句，但他強調的正是一種「無利害」(disinterestedness)、「無關心」(detachment) 的純粹的美感經驗，並且在這種經驗中超然出俗，而以往日沉溺在榮辱利害場中的自己為「鄙」！

這裏值得注意是，作為一種「遊」，蘇舜欽的活動，不僅是「觀覽」竹水風月魚鳥而已，還要「觸而浩歌，踞而仰嘯」，因此所產生的就是一種形適神暢的身心狀態。

就在這種暢適的「樂」的狀態中，他意識到了在往昔生活中，一己心靈的不安與痛苦，既置身於榮辱的汩汩急流之中；復又竟日陷身於與錙銖利害相磨戛的折磨裏，正是處於東坡所謂：「美惡之辨戰乎中，而去取之擇交乎前」的「可樂者常少，而可悲者常多」的狀態。而這些不安與痛苦其實是來自自身心靈的陷溺，在榮辱利害的追逐中自作自受，自貽伊戚。因而在這種「真趣」之樂與「鄙哉」之苦的身心狀態的對比中，他終於因「視聽無邪」的美感經驗，而「神不煩」，「道以明」的「省覺」到了：

　　噫！人固動物耳！情橫于內而性伏，必外寓於物而後遣，寓久則溺，以為當然；非勝是而易之，則悲而不開。唯仕宦溺人為至深，古之才哲君子，有一失而至于死者多矣，是未知所以自勝之道。予既廢而獲斯境，安於沖曠，不與眾驅，因之復能於內外失得之源，沃然有得，笑閔萬古。尚未能忘其所寓，自用是以為勝焉。

在這一段「返思」之後的省察裏，蘇舜欽對於人之為「動物」，不但深有所感；而且其實是以「情動於中」的「動」，來加以理解的。所以，他接著說：「情橫于內而性伏」。至於他所體察到的解決之道，則雖是近乎「形於言」以至嗟嘆詠歌手舞足蹈等 ㊸「形於外」的表現過程，卻反而是將情感投注於某些外在對象與活動中來加以排遣：「必外寓於物而後遣」因而肯定了一般人的心靈注意向外追求馳逐的必要性。但卻指出了「寓久則溺，以為當然」的陷溺的可能；以及「非勝是而易之，則悲而不開」的困境。

在這裏，其實就隱隱點出了「神與物遊」之際，「遊」所具有的「不離不即」的「不凝滯於物」的重要性。那麼對於「以為當然」的久寓的所溺，除了借助寓情他物，以「勝是而易之」的方法，確實是難以自拔。即使為了所溺而身陷痛苦之中，亦將「悲而不開」，往而不回，近於范仲淹所謂「去國懷鄉，憂讒畏譏」的人士。但是范仲淹始終沒有告訴我們「以己悲」的人士，若遇到「春和景明」或「皓月千里」的良辰美景，會不會也因為「以物喜」而進入「心曠神怡，寵辱皆忘」，甚至「其喜洋洋」的境地？在這一點上，蘇舜欽則是肯定的：

予既廢而獲斯境，安於沖曠，不與衆驅。

他經由今昔生活的對照省察，體認到所謂「衆驅」正是「唯仕宦溺人為至深」，甚至「古之才哲君子，有一失而至于死者多矣」，正因為他們的「是未知所以自勝之道」的緣故；但是他卻因為

體驗到逍遙於山水自然中的「真趣」，不但「因之復能於內外得失之原，沃然有得，笑閔萬古」對於生命的真正價值與意義，有一番新的認知與體會，亦即：所有的追求，不過是人作為「動物」的「寓情」而已，未必具有更必然更客觀的價值，並且他因而找到了他的「所以自勝之道」，一方面他承認自己對於「仕宦」的「尚未能忘其所寓」，另一方面則以滄浪亭的清景幽境，「自用是以為勝焉」。這裏我們正看到了自陶淵明、謝靈運以降，乃至王維、柳宗元等人所發揮光大的，以山水遊觀活動作為仕宦失意之救濟方式的延續，以及身處其境的自覺的反省。

當蘇舜欽感嘆的強調：「噫！人固動物耳」，且將「仕宦」視為只是「情橫于內」的「外寓於物」之際，他顯然將人的社會生活中的諸多因素與考量完全忽略了。雖然未必陷入於「獨我論」(solipsism) 的立場，但是回歸山水自然而暫忘社會文化，以及將徜徉於自然的「遊觀」的經驗，延伸到了「宦遊」一事，則是無庸置疑的。是以，「人固動物耳」的「動」，顯然亦不僅只是強調「情橫于內」的「情動」；同時兼指的亦是人在自然中的「觀遊」與社會中的「宦遊」所顯現的「遊／動」的基本情況。他並且以此情況作為人的存在本質，而強調「人固動物耳」；於是正如「觀遊」的山水會隨著我們的行「動」而不斷的變化，我們的「仕宦」，亦如「宦遊」[84] 一詞所顯示的，亦是隨時變「動」不居。因此榮辱得失就一如山水景象，成為只是身屬「動物」的人們所遭遇的「外寓」之物了。

這裏有意無意之間，蘇舜欽正是以「遊觀」美學的立場，賦予了他「觀看」自己或人們的「仕宦」以一種「美感觀照」的「距離」(distance) [85]，也就是忽略了「榮辱」、「利害」的一種「無

利害」、「無關心」的體認。因為他所思考的「情」之「外寓於物而後遣」的過程本身，即是一種以「美感觀照」轉化「情感經驗」的歷程。所以，他所據以「笑閔萬古」，自以為「能於內外失得之原，沃然有得」的，其實亦只是將「內」情與「外」境加以區分，而以忘懷「失得」的美感觀照，使二者（情與境）得以分離而自由「遊動」，全部轉化為「美感經驗」中的種種不同風味而已。

這裏我們所看到的正是一種「遊觀美學」化的「生命觀照」。

正如蘇舜欽可以依據自己「沃然有得」的經驗「笑閔萬古」；蘇軾、蘇轍兄弟亦可以在張夢得「謫居齊安，即其廬之西南為亭，以覽觀江流之勝」，而蘇軾名之曰：「快哉」於前；蘇轍序其意於其後。他一方面客觀的描繪其中所覽見的景觀：

蓋亭之所見，南北百里，東西一舍。濤瀾洶湧，風雲開闔。晝則舟楫出沒於其前，夜則魚龍悲嘯於其下。變化倏忽，動心骇目，不可久視；今乃得翫之几席之上，舉目而足。西望武昌諸山，岡陵起伏，草木行列，煙消日出，漁夫樵父之舍，皆可指數，此其所以為快哉者也。至於長洲之濱，故城之墟，曹孟德、孫仲謀之所睥睨，周瑜、陸遜之所騁騖：其流風遺跡，亦足以稱快世俗。

藉所可觀覽的對象，不是「變化倏忽，動心骇目」的自然的宏偉；就是歷史英雄：曹、孫、周、陸等，人物的崇高[86]，也就是蘇轍在〈上樞密韓太尉書〉中所表白而尋求，「以知天地之廣大」的

「天下奇聞壯觀」：亦即是一種「宏壯」（sublime）的美感，因此，他們不用「樂」而用更強烈的「快哉」、「稱快」以至「快」來形容、反映這種美感經驗。而「亭」的存在，不僅可「以覽觀江流之勝」，更是提供了一種安適的美感距離，使「動心骇目，不可久視」的雄偉景象，「今乃得翫之几席之上，舉目而足」。

另一方面，卻藉楚襄王、宋玉，論「快哉雄風」的故事，將這種對於相同經歷到的「宏壯」經驗之能否欣賞（「楚王之所以爲樂：與庶人之所以爲憂」），視爲「人有遇不遇之變」，因而引申爲身處「謫居」中，張夢得的一種人格特質：

今張君不以謫爲患，竊會計之餘功，而自放山水之間，此其中宜有以過人者。將蓬戶甕牖，無所不快；而況乎濯長江之清流，挹西山之白雲，窮耳目之勝，以自適也哉？不然，連山絕壑，長林古木，振之以清風，照之以明月，此皆騷人思士之所以悲傷憔悴而不能勝者，烏睹其爲快也哉？

在這裏我們一方面看到了「去國懷鄉，憂讒畏譏，滿目蕭然，感極而悲」的「以己悲」的可能情況：但卻也呈示了「無所往而不樂」，「遊於物之外」的美感觀照所標誌的心性修養。蘇轍將這種「自放山水之間」，「窮耳目之勝，以自適也」的「遊觀」態度，不僅作爲張夢得「此其中宜有以過人者」的人格表徵：並且進一步推括爲：

士生於世,使其中不自得,將何往而非病?使其中坦然不以物傷性,將何適而非快?

蘇轍的這一段話,若參照他在前後文中所有的描寫,皆是「宏壯」的景象,也許他的「何適」而非快」的涵義,就不僅是東坡所謂:「無所往而不樂」,以「遊於物之外」的美感距離,作「超然」的美感觀照而已。似乎亦有近於面對「動心駭目」宏偉景象,而以內在的充實「自得」相頡頏,因而能夠「坦然不以物傷性」之特殊的感受欣賞「宏壯」美感的經驗與精神在❽。所以,他一而再,再而三的強調,張君與士之心靈的「其中」:在這裏,「自得」就成了最重要的精神本質,「自適」則是遭遇外物的基本態度。這裏我們似乎可以看到,他在〈上樞密韓太尉書〉中,所強調的:「其氣充乎其中,而溢乎其貌,動乎其言,而見乎其文,而不自知也」的「充實之謂美」了。這自然仍是一種「美感態度」,但卻是「孟子曰:我善養吾浩然之氣」與「太史公行天下,周覽四海名山大川」,特別是針對宏偉巨麗景象,「登覽以自廣」,「求天下奇聞壯觀」,「以激發其志氣」,「觀賢人之光耀」,也就是「盡天下之大觀而無憾」❽❽,「窮耳目之勝,以自適」的美感態度。

這顯然既不同於蘇軾從「凡物皆有可觀」所推得的「遊於物外」的「超然」,因為它的前提正是對「怪奇偉麗」之殊異的超越;亦更不同於蘇舜欽的「未能忘其所寓」,正藉「沖曠」清境與「風月」「真趣」,「自用是以為勝也」。子由與子美的根本差異,正在後者仍然執著於「情橫于內而性伏,必寓外物而後遣」,因此必得依賴外物以自勝:而前者則肯定「氣可以直養而無害」,人確實

可樹立「自得」、「自適」的人格，而不但不因「情橫」而「性伏」，而且可以「何往不病」，「何適

非快」的達到「使其中坦然，不以物傷性」的境地，在這裏「悲傷憔悴而不能勝者」之「情」，不

過被視為「使其中不自得」的「以物傷性」之「病」；所要做正是「氣可以養而致」的「充氣」全

性」。這裏蘇轍一樣的區隔了「內性」與「外物」，但卻更加措意「性」的「自得」、「自適」「坦

然不傷」等強旺剛健的屬性，這正是使我們情願「求天下奇聞壯觀，以知天地之廣大」，能夠欣賞

「宏壯」美感的剛健與崇高之精神本質。因此，三人皆自「遊觀」的美感經驗出發，但是蘇軾要「超

物」；蘇舜欽要「遣情」；蘇轍要「養氣」，入手的方式雖然不同，但是以某種美感觀照的態度，尋

求掌握一己主體精神的主動與自由，因而雖生於世，但卻能遊於物而不役於物的立場，則是一致

的。因此，「遊」（以及其中的「樂」、「趣」、「快」、「適」），就成為「道以明」的生活方式與生命

精神的象徵了。

七、「遊」、「樂」的一致與差別

山水清景，基本上不同於個人居室，原就是一個公共的空間，因此依此而建構的「亭」、「臺」

之類的建築，往往也具有「公共」或「半公共」空間的性質——「於是疏泉鑿石，闢地以為亭，而

與滁人往遊其間」[89]，或者「郡守蘇軾時從賓客僚吏，往見山人，飲酒於斯亭而樂之」[90]，諸如此

類的同遊共賞，也就成為「遊觀」的另一常態，並且在相當的程度裏改變了它的經驗重點與內涵。

就像在兩篇〈赤壁賦〉(雖然它們不是以建築爲中心)中,不論是「舉酒屬客」,與客問答,以至「洗盞更酌,肴核既盡」;或者是「仰見明月,顧而樂之」,「行歌相答」,往往注意的重點,都會由「江上之清風與山間之明月」,轉向「吾與子之所共適」或「蓋二客不能從焉」之類的考量。因此「遊人」的「相與」關係,也就成爲這類「遊觀」經驗的一種反省描寫的重點。

在〈蘭亭集序〉中,由於「會於會稽山陰之蘭亭」,原本爲的就是「修禊事也」,因此「羣賢畢至,少長咸集」的人際交往,很顯然的就優位於「此地有崇山峻嶺,茂林修竹」的自然景觀,於是:

又有清流激湍,映帶左右。引以爲流觴曲水,列坐其次;雖無絲竹管絃之盛,一觴一詠,亦足以暢敍幽情。

「清流激湍」的自然景觀,亦被轉化爲「流觴曲水」的活動場域,因而「列坐其次」,並不感覺「山水有清音」⑨,反而想到的是:「無絲竹管弦之盛」,因此整個注意與活動的中心是,人際間的:「一觴一詠」與「暢敍幽情」了。

因此,在〈蘭亭集序〉中所刻意描寫的「遊觀」狀況,反而是注目於「是日也,天朗氣清,惠風和暢」,由於天氣晴朗顯示爲「陽春布德澤,萬物生光輝」⑨,一種近乎「照燭三才,暉麗萬有」⑨的照明效果,因而接著就是:「仰觀宇宙之大,俯察品類之盛」的宇宙意識的興起。同時,

在「暮春之初」，近乎一團和氣的「惠風和暢」中，亦使「遊人」沐浴在最為和煦舒適的春風裏。

於清景良辰中達到了「所以遊目騁懷」，心靈的自在自由，與「足以極視聽之娛」的充分「觀覽」的樂趣：「信可樂也」；得出來的還是「遊」與「樂」的命題。

但是，這個「遊」之「樂」的命題，卻是扣緊了「人之相與」以及因以「俯仰一世」，也就是中「仰觀」，「俯察」之「遊」，這樣的角度，來加以引申發揮：

　夫人之相與，俯仰一世：或取諸懷抱，晤言一室之內；或因寄所託，放浪形骸之外。雖趣舍萬殊，靜躁不同，當其欣於所遇，暫得於己，快然自足，不知老之將至。

所有的「有生之樂」：「欣於所遇，暫得於己，快然自足，不知老之將至」，其實都從「相與」來解釋，也都從「遊」來解釋，不但具有明顯活動的「因寄所託，放浪形骸之外」本來就是一種「遊」；即使重點在「人之相與」的「取諸懷抱，晤言一室之內」，也因「相與」，而具有「欣於所遇」的「遊」之意涵。於是「有生之樂」就等同而具現在「遊」之「樂」上了。但是，既然是「遊」，它就包涵了無法固著的變動與渴求新鮮的性質：於是：

　　及其所之既倦，情隨事遷，感慨係之矣！向之所欣，俛仰之間，已爲陳跡，猶不能不以之

「樂」固然是「人之相與」的交「遊」的結果；而人生的「俯仰一世」亦何嘗不是一種在「宇宙」

興懷；況修短隨化，終期於盡，古人云：「死生亦大矣」，豈不痛哉！

基於「渴求新鮮」，「遊」就無法長久重複，於是「向之所欣」，可以瞬息之間，轉爲「陳跡」，無論「所之」的是何種景觀地域，何種交遊對象，亦皆因此會產生「既倦」，以至「情隨事遷」的變化，對於這種「無法固著」的現象，我們除了「感慨係之」以外，我們全然無可奈何；至於「修短隨化，終期於盡」的最大的「死生」變化，我們除了「豈不痛哉」的深沉的悲嘆之外，又復何言？這眞是由「遊」與「樂」來透視人生，所能達到的最弔詭，也是最悲劇性的覺知。

但是，這種「歡樂極兮哀情多，少壯幾時兮奈老何！」的感嘆，並不就是王羲之的最後結論。當他指出「遊」：「雖趣舍萬殊，靜躁不同」，但是它們所以達到「樂」的情狀，基本上皆是在「遊」中經歷一種「欣於所遇，暫得於己」的狀態；並且在這種當下即是的「樂」之情狀裏，「快然自足」，體驗到某種超越時間的「永恆」：「不知老之將至」。同樣的，對於「遊」之「既倦」，因「時間」之流轉變化而滋生的「情隨事遷」與「終期於盡」等無法避免的命運，以及對此命運的「感慨」、「興懷」上，王羲之亦皆看到了人類基本情性的一致性，因而他強調：「每覽昔人興感之由，若合一契」；「雖世殊事異，所以興懷，其致一也」，因此，也看到了終究不免一死的人們，得以超越生死而古今共感的可能。

因而，他強調了文學的感通的效果，一方面是「未嘗不臨文嗟悼，不能喩之於懷」，人們可掙脫一己的有限性，擁抱一切「遊」「樂」與「感懷」；一方面則「後之視今，亦猶今之視昔」，「遊」

人」的生命，一如其「遊」、「樂」與「感懷」，亦皆可以在「後之覽者，亦將有感於斯文」中，復活重生。這裏不但確定了「遊」的可重複性，其實更是確定了「遊興」，不論是「乘興」的「樂」，或是「興盡」的「感慨」的可重複性：某種意義上正是「遊」而要有種種「書寫」的意義……透過「遊觀」文學，即使「世殊事異」，我們一樣的成為「遊觀」的同伴，而不斷的分享，增益這種古今同遊之「樂」，與種種的「感」「懷」──「亦足以暢敍幽情」。因此，人類的歷史與實存，也就成為一場浩大的「相與」攜手，「俯仰」宇宙，漫漫「共感」的長久的「遊」歷。同時也就是在這種「遊觀」型態的一致性與「遊觀」經驗的可感通性上，一切的「遊觀」文學的「觀覽」，甚至種種「遊觀」美學的討論，才有了可能與意義。

自然，王羲之在〈蘭亭集序〉所透視的「遊觀」經驗與書寫，其意涵原就可以推括到整個的「人生」歷程與全部的「文學」創作：但是「遊觀」終究是核心的經驗與全體之象徵。這可能是對「遊觀」經驗的最深刻，最基本的反省與沉思，因為我們所得到的是對於人類生命本質與其命運的覺知與認識。正如《莊子》〈齊物論〉中的南郭子綦的「今者吾喪我」，王羲之在蘭亭之「遊」中的種種沉思與觀照，其實都是「無我」的，是針對著「人」的一致性，針對著人類共同的情性本質與生命情境而發的。就在這種共通的本質情境中，種種的差別，與深具個性的「我」，又有了表現發揮的空間。

歐陽修在〈醉翁亭記〉裏的寫作策略，基本上就是以「自號曰醉翁也」的「太守」，也就是「醉能同其樂，醒能述以文」的作為作者的「我」之發現，當作整個「遊觀」寫作的軸心。因此，這「醉

篇文章事實上是以「醉翁亭」的發現爲起始，經歷其間種種的「山水之樂」，因而在「樂」的層層差別中，達到了對於身爲「醉翁」的「太守」：「太守謂誰？盧陵歐陽修也」的發現爲終結。因而整篇作品呈現的就是經歷種種層次「山水之樂」的迷宮，而達到「得之心而寓之酒」，「不在酒，在乎山水之間」的「醉翁之意」的體認與發抒。

在這種近乎迷宮的探索中，「醉翁亭」的發現，固然經歷由「環滁皆山」，而「琅邪也」，而「釀泉也」，而「醉翁亭也」的層層轉折，歷經「西南諸峰，林壑尤美，望之蔚然而深秀」；「山行六七里，漸聞水聲潺潺，而瀉出於兩峰之間」；「峰回路轉，有亭翼然臨於泉上」等等景觀的變化，描寫的正是由滁州前往「醉翁亭」的沿途所見，顯示了「遊人」們所獲的「遊觀」之樂，並不僅限於「醉翁亭」四周，而是一上路即已應接不暇，美不勝收。但是「醉翁亭」所在的「山間」，仍然更有：

> 若夫日出而林霏開；雲歸而巖穴暝，晦明變化者，山間之朝暮也。野芳發而幽香，佳木秀而繁陰，風霜高潔，水落石出者，山間之四時也。

等等「朝暮」、「四時」之可賞景觀的種種變化存在；於是日、雲等照明的變化，林木、巖穴，花發，木秀，林霏，樹陰，風霜，水石等附麗於山間的景物的轉換等都成了「日涉以成趣」[95] 的對象。因此，「朝而往，暮而歸，四時之景不同，而樂亦無窮也」，這裏既強調了「醉翁亭」的存在，

使得四時長期的「遊覽」成為可能；亦說明了這種種「晦明變化」的季節景象之差異，使得「山間」成為無法經由一次之「遊」即可完全掌握或玩賞殆盡的場域。因而涵具了「無窮」的「遊」「樂」之可能。這種「無窮」之「樂」的可能性，正是根源於景象在時序早晚等時間變化中，所顯現的種種「差別」之上。

但是，不僅「景觀」在時間裏有差別變化；更重要的是即使當「太守與客來飲於此」，「遊」「宴」的活動中，各人的表現與感受，復又有種種之差別：

　　至於負者歌於塗，行者休於樹，前者呼，後者應，傴僂提攜，往來而不絕者，滁人遊也。臨谿而漁，谿深而魚肥；釀泉為酒，泉香而酒洌；山肴野蔌，雜然而前陳者，太守宴也。宴酣之樂，非絲非竹，射者中，奕者勝，觥籌交錯，起坐而諠譁者，眾賓歡也。蒼顏白髮，頹然乎其間者，太守醉也。

這一段可能是以建築為中心的記「遊」作品裏，描寫各色人等，以及各種活動，最為繁雜繽紛，充滿了差異與對比的段落。以大體而言，則「滁人遊」有別於「太守宴」；而「滁人遊」則有負者，行者；前者，後者；以至傴僂，提攜，往，來之別，不僅各有姿態，並且在「歌」「呼」「應」裏，顯現得熱鬧非凡，充滿聲音與情意。至於「太守宴」，亦包含「臨谿而漁」，「釀泉為酒」的準備活動，以及「射者」，「奕者」，「觥籌交錯，起坐諠譁」沉醉在種種遊戲笑鬧的「眾賓」以及「頹

然其間」的「白髮」太守。甚至還描寫了宴飲的內容：「谿深而魚肥」，「泉香而酒冽」，「山肴野蔌，雜然前陳」，既強調了它們的屬性，復形容了它們的鮮美豐盛；正因歐陽修充分強調了種種「差別」所形成的種類繁多，多姿多彩。

但是，真正與「遊觀美學」相關的，反而是歸程之後的反省：

已而夕陽在山，人影散亂，太守歸而賓客從也。樹林陰翳，鳴聲上下，遊人去而禽鳥樂也。然而禽鳥知山林之樂，而不知人之樂；人知從太守遊而樂，而不知太守之樂其樂。醉能同其樂，醒能述以文者，太守也。

這裏雖然簡短，卻是描述了「遊」的「歸程」，這常常是最被忽略的一部分。它固然是「遊」的不可或缺的一部分，往往也是饜飽飫足於山水活動之「樂」後，深具畫龍點睛之意的句點。雖是曲終人散，但卻餘音不絕，裊裊可玩。歐陽修很確切的指出，以「亭」而論，「夕陽在山，人影散亂」，固然不免於人去樓空的寂寥；以「山」而論，則正是「樹林陰翳，鳴聲上下，遊人去而禽鳥樂也」，自然回復其本來原始面目之時；也就是萬物各得其和，各盡其性的渾然天機的狀態。這或許正是山林所原本來具有，同時亦是人們往遊其間所追尋的「山林之樂」。

但是「遊」一旦出以「人之相與」的方式，則種種「取諸懷抱」，「因寄所託」的觴詠戲弄，以至「非絲非竹」的中、勝、呼、應等等的「暢敘幽情」的「人之樂」就會出現。但是「人之樂」

除了「放浪形骸之外」的投入參與之外，尚可以「頹然其間」的方式「樂其樂」，以「觀照」領會「行動」，將活動的「快感」轉化為觀賞的「美感」。而且也正因這種「美感」的不即不離的距離，一如繪圖者必須既面對畫景又得身在圖畫之外，歐陽修強調了自己的「醉能同其樂，醒能述以文」。

他所以能夠寫作以「遊人」之活動為重點的「遊觀」文學，一方面是因「醉翁之意不在酒，在乎山水之間」：山水之樂，得之心而寓之酒也」：一方面則是由於「人知從太守遊而樂，而不知太守之樂其樂也」的「醉能同其樂」，他很巧妙的以「醉」來象徵這種純屬知覺，不具行動，卻在知覺裏陶醉的「美感觀照」，同時也藉此充分的掌握了「遊觀」的美感經驗的本質。這既是所有「遊觀」文學的寫作基礎：事實上也是我們閱讀「遊觀」文學，所獲得的真正內容。

除了以「醉能同其樂」，「意不在酒，在乎山水之間」，「山水之樂，得之心而寓之酒」的方式，我們怎能「得意忘言」的透過語言文字，領會「山水之樂」與前人的「遊觀」之樂？終究這一切紙上的山水遊觀之樂，都是來自於我們的能夠忘我而沉醉於「同其樂」的閱讀想像過程之中，而一切的「山水之樂」的領會，雖然是透過寓於文字的描寫，但終究還是「得之心」，來自我們自己意醉神馳的想像。在這裏，歐陽修以其「自號曰醉翁」所具有的特殊的「醉意」，對於山水遊觀的美學本質，作了絕妙的掌握與詮釋。

八、結語：〈滕王閣序〉的結合型態

〈醉翁亭記〉中所謂：「人知從太守遊而樂，而不知太守之樂其樂也。」自然不僅可作「遊觀」美學，以及「遊觀」文學之寫作角度的解讀，其實更通常的理解，應該還是孟子所謂的：「古之人與民偕樂，故能樂也」與「賢者而後樂此」的隱喻。

正如范仲淹在〈岳陽樓記〉中強調：「滕子京謫守巴陵郡，越明年，政通人和，百廢具興，乃重修岳陽樓」，這類建物的修築與遊樂，往往正是有意作爲「政通人和，百廢具興」的象徵。甚至連〈超然臺記〉也不例外，所以一方面要敍起：「余旣樂其風俗之淳，而其吏民，亦安予之拙也」，以作爲修臺之緣起；一方面則要強調：「余未嘗不在，客未嘗不從」的「相與登覽」，以顯示「與民偕樂」之意。

這樣的主題尤其見於歐陽修的〈豐樂亭記〉，所以該文中一方面將滁州的「民生不見外事，而安於畎畝衣食，以樂生送死」，歸因於「孰知上之功德，休養生息，涵煦百年之深也」；一方面則直言：「夫宣上恩德，以與民共樂，刺史之事也，遂書以名其亭焉。」蘇軾的〈喜雨亭記〉、〈凌虛臺記〉，雖然所述各有轉折，其所具有的政教涵意，與思維理路，則都是同樂比德之意。這樣在「相與」同遊之際，其間所涉及的就不只是單純的「遊觀」或個人生命的反省了。這一方面可以見出以建築爲中心的「觀遊」文學所涉及的題旨之廣；一方面也反映了本文在論述重點上的有所局限，並未意圖窮盡，反而只是對於「一種另類」的探討而已。

當我們分別以「遊觀美學」與「生命省察」的角度，對於這類以建物為中心的文學作品作了一番考察之餘，或許我們更應該考慮二者在同一作品的結合型態。那麼，王勃的〈秋日登洪府滕王閣餞別序〉⑯，或許就是一篇合適的觀察對象。由於這篇〈序〉作，誠如文中所云：「蘭亭已矣，梓澤邱墟」，原來就是為宴遊吟詠之雅集場合，為「登高作賦，是所望於羣公」，而「敢竭鄙誠，恭疏短引」之所作。

因此，一方面不僅有「序」，還有「一言均賦，四韻俱成」的「詩」；一方面則是起結兩段皆照應此次的「宴集」，所以首段以「豫章故郡，洪都新府」等地靈人傑、賓主逢迎之景況的鋪陳夸飾起始，而以「童子何知？躬逢勝餞」作結；而末段則以「嗚呼！勝地不常，盛筵難再」起始，而以「請灑潘江，各傾陸海云爾」作結，強調的都是此次的「勝餞」、「盛筵」，近於我們前面所討論過的：〈醉翁亭記〉的「太守宴也」的描寫；只是王勃以「童子」的身分，「幸承恩於偉餞」的處境，不免對「賓主盡東南之美」，頗多溢美之辭，正如文中的「騰蛟起鳳，孟學士之詞宗；紫電青霜，王將軍之武庫」，未免華而不實；雖然應對得體，藻麗工巧。因此，真正動人的反而是由「時維九月，序屬三秋」以至「鍾期既遇，奏流水以何慚？」的中間，假如我們可以稱之為「記」的部分。

當我們將滕王閣〈詩〉，與此處我們稱之為「記」的部分，加以對照，就可以發現：雖然出於同一作者之手，而且幾乎作於同時，但是不論就「遊觀美學」，或者「生命省察」兩者的著重點皆截然不同。首先，就〈詩〉而論，作者的自我幾乎就是隱形的：

滕王高閣臨江渚，佩玉鳴鸞罷歌舞。

畫棟朝飛南浦雲，珠簾暮捲西山雨。

閒雲潭影日悠悠，物換星移幾度秋。

閣中帝子今何在？檻外長江空自流。

這首詩，首先強調了滕王閣的位置：「臨江渚」，但也無形中強調了「高閣」與「長江」的人文建築與自然的對比；而它們正是「遊觀」的主要對象與憑藉。但是第二句的「佩玉鳴鸞罷歌舞」卻轉入了閣內的活動，並且整個轉移了「滕王閣」建構與存在的意義——也就是「滕王閣」並非為了登眺閣外的自然山水景觀所建，反而是滕王沉酣歌舞的場所。當然，此處一個「罷」字，使得原來近乎急管繁弦的「佩玉鳴鸞」的「歌舞」場景，似乎在一個緊急煞車裏頓成海市蜃樓，既似餘興未息而裊裊繞樑；又似煙消雲散，已無可捉摸。於是在曲終人散之餘，我們的注意力轉移到滕王閣的建築本身與裝潢陳設：「畫棟」，「珠簾」，並且透過它們所在位置的高曠，不但使它們與建物之外的自然：「南浦雲」，「西山雨」產生了朝朝暮暮的長久連繫，而且還以「畫棟」的華麗與「珠簾」的精美，和素淡的「雲」，透明的「雨」形成近似卻踵事增華的對比。真的是極寫了滕王閣的比擬自然而勝過自然的豪華。

但是，這一切的繁華，卻在天光雲影的映照中：「閒雲潭影日悠悠」；隨著時間無聲無息卻又無止無盡的流逝裏：「物換星移幾度秋」，顯出終究只是過眼雲煙。即使滕王閣並未因「物換」而

消失，但是以此名閣的「閣中帝子」卻早已離閣而去：「今何在？」於是所有的富貴榮華，歡欣豪奢盡成虛空。剩下的只是自然與時間的浩浩長流：「檻外長江空自流」。因而使我們不得不觀照，沉思在自然的永恆之中，而感覺人類個己的短暫渺小，終究只能任其自流自去，無法追攀，亦無可存留。

這裏正是由於「觀覽」的視點，由閣內的「歌舞」經「畫棟」、「珠簾」；而轉往閣外的「南浦雲」，「西山雨」；以及「仰觀」所見的「日」、「星」的移換：「雲」、「潭」的飄蕩──這原也是「遊觀」山水所該及見的景象──我們終於體悟：富貴不過等「閒」，雖然我們起先誤覺「閒」的只是天上的浮「雲」。年華往往「空」過，雖然我們或者錯認「空」流的乃是檻外的長「江」。「滕王高閣臨江渚」，「見」「畫棟」、「珠簾」，「見」「南浦雲」、「西山雨」，「見」日、雲、潭影，「見」「長江自流」；但卻「不見」「佩玉鳴鸞」的「歌舞」，「不見」「閣中帝子」而留給人的無限悵惘中，自然顯現。

這首詩使用的仍是「觀望」的模式，因此「觀者」自身除了進行「觀」的動作之外，並未出現。在建築與自然中被意識到的始終只是「滕王」，是「閣中帝子」，以及與他相關的「佩玉鳴鸞」的「歌舞」。作者雖有感觸，但卻是非關他的個人與遭遇，反而是以「滕王」為某種普遍類型的象徵，對人類的共同的命運作了沉思觀照。所以他的感觸，不但是人人可以有的感觸，而且極盡含蓄之能事，除了「閒」、「悠悠」、「空自」等寥寥數語，幾乎只在「今何在」的「不見」與「長江流」的「見」的對比上，作盡在不言中的寄意。

但是〈滕王閣序〉中，我們可以視之為「記」的部分，採取的卻是作者自身的「遊」的記敘；而且是一個極為完整細膩的記敘。他始終扣緊此次「遊」歷的單一性質，因而刻意突出的不僅是季節：「時維九月，序屬三秋」，更是一日中的黃昏日暮。所以他對於景色的描寫，始於「潦水盡而寒潭清，煙光凝而暮山紫」；而終於：

> 虹銷雨霽，彩徹區明。

> 落霞與孤鶩齊飛，秋水共長天一色。

> 漁舟唱晚，響窮彭蠡之濱。

> 雁陣驚寒，聲斷衡陽之浦。

強調的一方面是雨過天晴，秋光明淨，一方面則是黃昏霞光，輝耀炫爛，以至逐漸暗淡，而「日暮飛鳥還」的「孤鶩飛」、「雁陣驚」就不免要成為「行人去不息」的映襯與隱喻了[97]。因此，前有「舸艦迷津，青雀黃龍之舳」，後有「漁舟唱晚，響窮彭蠡之濱」的描寫，都是藉以作「人」、「鳥」的對比。「鳥」固然是「孤」是「驚寒」，飛翔在秋寒與日暮之中⋯「人」亦飄泊在「舸艦」在「舟」上，既感天「晚」，復覺「迷津」，心靈一片迷惘。所以，底下接著就出現了他的瞻望一己之行程與遭遇的⋯

望長安於日下，指吳會於雲間。

地勢極而南溟深，天柱高而北辰遠。

關山難越，誰悲失路之人？

萍水相逢，盡是他鄉之客！

懷帝閽而不見，奉宣室以何年？

這裏我們不但看到了「望」與「不見」的典型題旨。事實上引申的就是他自己身遭斥逐，流離他鄉，失路關山的描述，以至於：「嗟乎！時運不齊，命途多舛」的一連串慨嘆之餘，終於正面的以「勃三尺微命，一介書生」的自敍，既強調了平生的志意：「無路請纓，等終軍之弱冠；有懷投筆，慕宗愨之長風」，也交待了一己「舍簪笏於百齡，奉晨昏於萬里」的行跡，因此既扣緊了「秋日」之景；更喻示了「餞別」之意。這裏正凸顯了王勃的滕王閣之「遊」，其實發生在見罪後，前往交趾的行旅途中。於是，這次的「遊」就具有一種雙重的性質，既是謫遷省親之遊，亦是預宴登閣之遊❾❽。

但在本篇的記敍中，屬於「遊觀」的描寫都扣緊了此次的滕王閣之遊；可是因此興發的「生命」感懷，卻都是針對著必須南遊的命運。因此和〈詩〉作大異其趣的是，這裏的寫作完全以作為「遊人」的自我為中心，在「遊觀」的描寫上，很細膩的交待了此一特殊遊歷的「應目」所見；在「會心」的感懷上，則感慨多端，反覆的訴說了他處於南遊命運下的心靈掙扎。假如我們可以

說，在〈詩〉中，滕王李元嬰是被懷思的主角，那麼在〈序〉裏，尤其我們視之為「記」的部分，敍說的正是王勃自身的悲欣交集的經歷。當然他在此次南遊裏，竟然是走上了「度海，溺水，瘁而卒」❾❾的命運。更是使得本篇所描寫的一切，蒙上了悲劇的色彩。或許是因身處行旅之中，王勃很清楚的在潦盡潭清，煙凝山紫的景象下，描述了前往滕王閣的路途，並且對於滕王閣的建築本身作了相當的點染，這是後來的「樓」、「臺」之類的作品，所較少著墨的：

桂殿蘭宮，即岡巒之體勢。

鶴汀鳧渚，窮島嶼之縈迴；

飛閣流丹，下臨無地。

層巒聳翠，上出重霄；

臨帝子之長洲，得仙人之舊館。

儼驂騑於上路，訪風景於崇阿。

這裏他似乎完全擺脫了「童子何知？躬逢勝餞」之預宴的考量，而完全從「遊觀」的立場發言，所以他從「儼驂騑於上路」的道途寫起，但強調的卻是「訪風景於崇阿」，不但關切的只是「風景」，而且是以山陵的自然美景為主要的關切點。然後在一片山水的美景中凸現了滕王閣。但是他的分開兩句的敍述，卻使我們產生了遭逢女神，被引導進入仙境的錯覺❿❿。「臨帝子之長洲」，讓

我們想起《楚辭》〈九歌〉〈湘夫人〉的⋯

　　帝子降兮北渚，目眇眇兮愁予。

　　嫋嫋兮秋風，洞庭波兮木葉下。

尤其王勃前面已強調了「序屬三秋」，「潦水盡而寒潭清」；於是整個的情境都導引我們去想像認同於〈湘夫人〉中的「予」，不但要「登白蘋兮騁望」，更要「朝馳余馬兮江皋，夕濟兮西澨」的去追索，而終於看到「築室兮水中」，「播芳椒兮成堂」之舉行「聖婚」的場所❶，我們於是「得仙人之舊館」，看到了昔日神蹟發生的居所。

　　然後是對於滕王閣的「崇」「高」位置：「層巒聳翠，上出重霄」，甚至因為它的「臨江渚」，透過高低對比與倒影返照而深具「超越」與「流動」之意趣與象徵：「飛閣流丹，下臨無地」，都作了有形有色，甚至是有動作有姿態的「氣韻生動」的呈現。至此，才結束神話性的幻覺。回到「現實」的情景，由「仙境」的幻象轉爲王侯苑園宮殿的比擬與形容：「鶴汀鳧渚」，「桂殿蘭宮」。其中「鶴汀鳧渚」自可溯源至西漢梁孝王的兔園❷，「窮島嶼之縈迴」正是一個具體而實在的平視或低望的視角。同時，「即岡巒體勢」亦使前面的「超越」性質的描寫，得到了「寫實」的說明：並且間接的喻示了對滕王閣的由「遙望」而逐漸接近，以至「近觀」的過程。所以接下去就是身歷其境的登臨，以及由閣中俯視與遠眺的描寫了⋯❸

披繡闥，俯雕甍。

山原曠其盈視，川澤紆其駭矚。

閭閻撲地，鐘鳴鼎食之家；

舸艦迷津，青雀黃龍之舳。

這裏不但以「繡闥」、「雕甍」再一次勾勒了滕王閣建築的華美；也以「披」、「俯」呈示了登臨下眺的過程。「觀覽」的還首先是遠方的山水：「山原」，「川澤」。而視野的廣闊：「曠其盈視」，與居高臨下的視點：「紆其駭矚」都成爲表現的重點。接著「觀覽」的則是人文薈萃的陸上的居室與江上的船艦。無形中正凸顯了「樓」、「閣」之類建物上的「眺望」，由於位居都會，終究所見不會僅限於山水自然，也就無法在「觀賞」之際，絕聖棄智，忘懷得失。於是接下來雖然面對的是秋暮的澄江明空：「虹銷雨霽，彩徹區明」，在水天漫布的炫麗而澄澈的景象中，興起的卻隱隱是「日暮客愁新」❿的可能情緒。透過人鳥的對比映襯，於一片「響窮」的晚唱與「聲斷」的雁鳴中，蘊藏的是未言之離思悠悠。

這一切的情緒雖然只在「迷津」，「孤」、「落」、「唱晚」、「響窮」、「驚寒」、「聲斷」等等的遣詞用字，以及最重要的，將注意集中在「南遊」的「雁陣」裏打住，間接傳出；但畢竟仍是隱含的。因此，王勃仍然可先只意識到自己的「登覽」與「宴遊」之「樂」：

遙襟甫暢，逸興遄飛。

爽籟發而清風生，纖歌凝而白雲遏。

睢園綠竹，氣凌彭澤之樽。

鄴水朱華，光照臨川之筆。

四美具，二難并。

窮睇眄於中天，極娛遊於暇日。

由「睢園……」以降，到「二難并」的寫作手法，不免又回到〈序〉文開頭的華藻勝典的風格，其實只在標明舉行的乃是「公讌」之類的「詩酒遊宴」性質，並未深具任何經驗的內容。

但「遙襟甫暢，逸興遄飛」到「爽籟發而清風生」，則頗有〈登樓賦〉的：「憑軒檻以遙望兮，向北風而開襟」的意味，只是更加的喜悅而爽快。這裏的「爽籟」「清風」，幾乎就是楚襄王的「雄風」了105。並且「遙襟甫暢」的「暢」，正是宗炳形容山水美學：「余復何為哉？暢神而已：神之所暢，孰有先焉」106所用的關鍵字。而「逸興遄飛」則已不僅是興高采烈，而更是神彩飛揚了。

並且加了「絲竹管弦之盛」的「纖歌凝而白雲遏」，尤其用上了「響遏行雲」107的典故。真的令人有「不知老之將至」的得意忘歸之慨。同時「窮睇眄於中天」似乎亦不僅是「遊目騁懷」，足以極視聽之娛」而已，因為位居「中天」而「窮睇眄」似乎更有一種超凡入勝，「飄飄乎如遺世獨立，羽化而登仙」108的如夢如幻的效果。因此王勃終於得出了「極娛遊於暇日」的結論。

但是蘊藏在秋暮景象的離愁別緒，終於在「窮睇眄」之餘，喚醒了他意識到所以南遊的己身處境，而感悲於身爲「失路之人」，「他鄉之客」。終於引發了他：「嗟乎！時運不齊，命途多舛」的一連串感嘆，他徵引了馮唐、李廣、賈誼、梁鴻、孟嘗、阮籍等賢而不遇歷史人物的命運自比；同時也以「所賴君子見幾，達人知命。老當益壯，寧移白首之心；窮且益堅，不墜青雲之志」自勵；以「道勝寧外物」❿的「酌貪泉而覺爽；處涸轍而猶懽」自勉；以「北海雖賒，扶搖可接；東隅已逝，桑楡非晚」自寬。這一連串的慷慨陳辭，有多少部分是反映了他眞正的人格特質，又能產生了多少的慰勉作用，是頗值得玩味的。但是可確定的是，他在自悲「失路」之際，所念茲在茲的是：「懷帝閽」，「奉宣室」，所以他的「不墜青雲之志」，確可相信是：「窮且益堅」。因此

整個感嘆，就結束在：

孟嘗高潔，空懷報國之情！

阮籍猖狂，豈效窮途之哭？

「空懷報國之情」的心思，又在接著以「勃三尺微命，一介書生」的自敍中，再次以「無路請纓，等終軍之弱冠；有懷投筆，慕宗愨之遺風」的比擬上作了表白。可見正是他所欲表達的中心主旨。但阮籍的痛哭「窮途」；以及「請纓」之「無路」等「失路」的「命途」，才是他在修辭中不由自主扣緊的感覺。他的「遊」並沒有走向他想前去的方向，反而是南轅北轍，愈行愈遠。他

引阮籍窮途之哭爲喻，卻出以「猖狂」;「豈效」的詢問，眞是深有疑慮，對命運的反詰:是邪?

非邪?

　　但是，眞正連結起王勃對滕王閣及在滕王閣上的「遊觀」，以及他對一己命運的思索的，卻是

底下的這兩句:

天高地迥，覺宇宙之無窮。
興盡悲來，識盈虛之有數。

　　這兩句初看，首句似乎近於隱括了「仰觀宇宙之大，俯察品類之盛」的意涵，加上天地之高迥的形容以成文;次句亦近於隱括由「欣於所遇，暫得於己，快然自足」到「及其所之旣倦，情隨事遷，感慨係之」的心情變化，以盈虛有數的觀念衍對成句。但是王勃透過滕王閣上的登高遠望，以及一己的遷離長安，投奔交趾的命定旅程，卻對「天高地迥」有了遠勝於王羲之的更爲眞實深切的感覺。所以，他接著就描寫:「望長安於日下;指吳會於雲間」，而同時更要強調:「地勢極而南溟深❶」;天柱高而北辰遠」，反映出唐人特有的無限開闊悠久的時空意識。並且在生存於如此無窮宇宙的覺識中，體認到了人類生命的短暫，以及其命運起伏的必然性質。也終於因此而發覺蒙受遷移的非僅自己而已:「萍水相逢，盡是他鄉之客」。

　　這種共同命運的發現，正如曹植〈箜篌引〉詩，所謂的:「先民誰不死，知命復何憂?」無

疑的對於他：「誰悲失路之人？」的瞻顧自憐，是有一種紓解的作用。因而他也在「與前世而皆然兮，吾又何怨乎今之人」⓫，回顧前代名賢的不遇中，得到寬慰與勉勵。而終於在參與遊宴中，遂覺：「今晨捧袂，喜託龍門」，而要申言：「楊意不逢，撫凌雲而自惜，鍾期既遇，奏流水以何慚」。「撫凌雲」正照應了「青雲之志」；「奏流水」亦暗接「萍水相逢」，真的是「同是天涯淪落人，相逢何必曾相識？」⓬

但是與本節的題旨，最具關連性的卻是由「逸興遄飛」到「興盡悲來」的承接轉換。前者固然是「遙襟甫暢」的結果；後者亦緣於「天高地迥」：所以開闊廣遠的「觀覽」視野，正同時是「興飛」與「興盡」的關鍵。因為遼闊的山水天地的景象，既可成為純粹美感觀照的對象與內涵；也可以引發「在世存有」⓭的存在自覺。前者或者可以形成各種「觀物」或「遊覽」的「樂」，也就是「逸興遄飛」。但後者終於不免要「樂極生悲」，沉思生命的極限與短暫，以及在生死之間人類生活與命運的種種限制與憾恨，這也就是「興盡悲來」所產生的「生命的悲劇意識」：也就是「覺宇宙之無窮」與「識盈虛之有數」相對比之下，所油然而生的「生命的悲劇意識」。

這種「生命的悲劇意識」，用洪自誠《菜根譚》的話來說就是：

天地有萬古，此身不再得。人生只百年，此日最易過。幸生其間，不可不知有生之樂，亦不可不懷虛生之憂。

於是所有的生命省察，正都是在「有生之樂」與「虛生之憂」之間所做的辨識與決斷。我們是否能夠「酌貪泉而覺爽，處涸轍以猶懽」？我們是否能夠「君子見幾，達人知命」？是否必得「冀王道之一平兮，假高衢而騁力」才算不虛此生？因而不得不肩負「懼匏瓜之徒懸兮，畏井渫之莫食」的虛生之憂？以至「心悽愴以感發兮，意忉怛而憯惻」？我們是否能夠時時「欣於所遇，暫得於己，快然自足」，因此「樂以忘憂，不知老之將至」？我們能否「不以物喜，不以己悲」？甚至「先天下之憂而憂；後天下之樂而樂」？我們能否「魚鳥共樂」，「自用是以爲勝焉」？或者「遊於物外」，「無所往而不樂」？或者「其中坦然不以物傷性」，「將何適而非快」？或者能夠「與民共樂」，而將「山水之樂，得之心而寓之酒」？

這一切都是在人生「終期於盡」，並且往往身處遷移裏登覽，謫居處遊觀，在山水人文的勝景中，所得的種種反省與決斷。山水人文的勝景，不但提供了當下即是的美感之樂，而且提供了生命思索的環境與解決。畢竟沒有「有生之樂」那來「虛生之憂」？是以「遊觀」之義深遠哉！即使這只是一些另類的「遊觀」。

註釋

❶見《易繫辭下》

❷見《荀子》〈法行〉：「夫玉者，君子比德焉。」

❸見王安石詩〈少年見青春〉。

❹見《孟子》〈梁惠王上〉。

❺見杜甫詩〈登樓〉。

❻見劉勰《文心雕龍》〈明詩〉。

❼見宗炳〈畫山水序〉。

❽見謝靈運詩〈石壁精舍還湖中作〉。

❾見謝靈運詩〈登江中孤嶼〉。

❿見同上註。

⓫此處引句，俱見宗炳〈畫山水序〉。

⓬見《論語》〈里仁〉。

⓭見《論語》〈述而〉。

⓮見《莊子》〈逍遙遊〉。

⓯見《左傳》襄公二十一年。

⓰當然，我們也不可忽略莊子「逍遙遊」之義，對於魏晉以降山水美學的影響，所以宗炳提到堯的藐姑射之遊，再加以「遊」字的廣泛的心理意義的用法，我們寧可不局限於莊子的影響。

但宗炳卻也提到：「又稱仁智之樂焉」，「山水以形媚道，而仁者樂」，

⓱見〈畫山水序〉。

⓲見謝靈運詩〈永初三年七月十六日之郡初發都〉。

⓳見劉勰《文心雕龍》〈神思〉。此處僅借句意，並非使用劉勰原意。

⓴見謝靈運〈述祖德詩〉。

㉑見謝靈運詩〈於南山往北山經湖中瞻眺〉。

㉒以上詞語俱見謝靈運山水詩作。

㉒見〈畫山水序〉。

㉔見謝靈運詩〈從斤竹澗越嶺溪行〉。

㉕見謝靈運詩〈石壁精舍還湖中作〉。

㉖以上引句，俱見宗炳〈畫山水序〉。

㉗見謝靈運詩〈酬從弟惠連〉。

㉘見謝靈運詩〈登臨海嶠初發疆中作〉。

㉙引句見宗炳〈畫山水序〉，理念上亦據該文引申。

㉚六朝山水遊記、小品，往往出以書信的形式，如鮑照〈登大雷岸與妹書〉，吳均〈與宋元思書〉、〈與顧章書〉等。

㉛引句見宗炳〈畫山水序〉。

㉜見〈古詩十九首〉〈西北有高樓〉。

㉝　見〈古詩十九首〉〈青青河畔草〉。

㉞　見〈古詩十九首〉〈涉江采芙蓉〉。

㉟　見〈古詩十九首〉〈庭中有奇樹〉。

㊱　這裏是取王羲之〈蘭亭集序〉:「所以興懷,其致一也」之意。

㊲　見歐陽修〈醉翁亭記〉。

㊳　見歐陽修〈豐樂亭記〉。

㊴　見歐陽修〈醉翁亭記〉。

㊵　宋代郭熙《林泉高致集》謂:「世之篤論,謂山水有可行者,有可望者,有可遊者,有可居者,畫凡至此,皆入妙品;但可行可望,不如可居可遊之為得。」

㊶　見歐陽修〈醉翁亭記〉。

㊷　見王羲之〈蘭亭集序〉。

㊸　見歐陽修〈醉翁亭記〉。

㊹　以上引句俱見歐陽修〈峴山亭記〉。

㊺　見漢樂府〈悲歌〉。

㊻　參見廖蔚卿先生〈論中國古典文學的兩大主題〉,收入《漢魏六朝文學論集》頁五六至七一。

㊼　美感為「形相的直覺」,請參閱朱光潛《文藝心理學》,及所譯Benedetto Croce的《美學原理》,美感本為「形式」的;但亦有依存於「內容」者,則為康德之說法。可參閱《判斷力批判》。

❹同樣的表現「四望」的空間關係，〈登樓賦〉用「挾」、「倚」、「背」、「臨」就要更具感覺性，而表現得更靈活生動。

❹因為，「盈疇」的「黍稷」，已是人類耕作的結果，雖然它們仍然具有草本植物的造形與美感。因此，這種美感，其實更該說是「田園」的；雖然「華實蔽野」亦不妨視為是「自然」的。

❺「美」之一字，在古代漢語，甚至在當代漢語，都不僅作「美感」判斷的形容。

❺「無我之境」與「有我之境」的區分，參見王國維《人間詞話》：「有我之境，以我觀物，故物皆著我之色彩：無我之境，以物觀物，故不知何者為我，何者為物。」只是此處針對著許多「遊觀」文學的內涵觀察，一位「觀者」盡可以同時兼有兩種反應。通常是先有「客觀」、「無我」的「睹物」；然後轉變為「主觀」、「有我」的「興情」。因而二者的關係就近於 E. D. Hirsch, Jr. 所謂的 meaning 與 significance 的區分與關連了。Hirsch 的劃分，見其 Validity in Interpretation 一書。

❺見曹植〈雜詩〉。

❺見曹植〈贈徐幹〉。

❺見曹植〈贈丁儀〉。

❺見劉勰《文心雕龍》〈詮賦〉，此處只是借其語詞；並不必然採其「物以情觀，故詞必巧麗」的命題。只是他所提到：「原夫登高之旨，蓋睹物興情，情以物興，……物以情觀」的討論，確與「遊觀美學」相契。

❺見王羲之〈蘭亭集序〉。

❺「焦點意識」（focal awareness）與「支援意識」（subsidiary awareness），參見 Michael Polanyi & Harry Prosch

所著 *Meaning* 一書：awareness 譯成「意識」一詞，容易滋生誤解，或許譯為「知覺」較好，此處姑從該書中譯本之用語。見彭淮棟譯《意義》，頁三六，聯經出版公司，民國七十三年初版。

❺❽ 引句見劉勰《文心雕龍》〈原道〉。

❺❾ 參見《莊子》〈齊物論〉：「天地與我並生」，此處僅借其以與「天地」之「並生」作為思考生命存在的參考架構之義，並不涉及其「萬物與我為一」的思想。

❻⓪ 以永恒的意識與渴望觀照不免一死的人生之際，就產生了生命的悲劇意識。參見 Miguel de Unamono: *Tragic Sense of Life in Men and Nations*, translated by Antony Kerrigan, Princeton University Press, 1972。

❻① 見李白詩〈登金陵鳳凰臺〉。

❻② 見〈古詩十九首〉〈青青陵上柏〉。

❻③ 見蘇軾〈凌虛臺記〉。

❻④ 見蘇軾〈超然臺記〉。

❻⑤ 見空海《文鏡秘府論》南卷〈論文意〉，據羅根澤考證，以為是王昌齡《詩格》中文字。「至曉間」，周維德校點，以為當作「晚」字，但從上下文看，當指午後以至黃昏時分。

❻⑥ 見李白詩〈登金陵鳳凰臺〉。

❻⑦ 見漢樂府〈長歌行〉。

❻⑧ 見《周易》〈坤卦〉〈文言〉。

⑧見《毛詩序》。

⑧引句見《楚辭》〈漁父〉。

⑧見王維詩〈終南別業〉。

⑦見《老子》第六十三章。

⑦見《老子》第二章。

⑦見《莊子》〈養生主〉。

⑦見《莊子》〈秋水〉。

⑦見《後漢書》〈董祀妻傳〉，此處既借其辭語，亦多少反映出於相同亂世的感懷。

⑦見李商隱詩〈落花〉：「芳心向春盡，所得是沾衣。」

⑦此處僅只引伸借用 C. G. Jung 的 archetype 一語，以強調其所具心理型態的涵意多於實際情景的描寫而已，並不一定要涉及整個理論所牽涉的複雜內涵。

⑥見《詩經》〈邶風〉〈柏舟〉。

作的「美感想像」，而非一般書寫的心理活動。

「神用象通，情變所孕；物以貌求，心以理應」為「神思」作結，這些都可以看出，劉勰所強調的已是文藝創

⑦見劉勰《文心雕龍》〈神思〉，該篇在文中以「獨照之匠，闚意象而運斤」為「馭文之首術」，並在贊曰中，以

⑦見《老子》第三章。

⑦見《老子》第十九章。

㊟ 見同上註。

㊙ 參見王勃〈送杜少府之任蜀州〉：「與君離別意，同是宦遊人。」

㊚ 自康德以降的西方美學傳統，通常以三Ｄ：(disinterestedness, detachment, and distance) 為「美感經驗」(aesthetic experience) 的核心。參見John W. Bender & H. Gene Blocker: *Contemporary Philosophy of Art*, P.367, Prentice-Hall, Inc. Englewood Cliffs, 1993。

㊍ 此處的「宏偉」與「崇高」，其實皆在強調他／它們所具的sublime的美感性質。

㊎ 關於sublime的美感經驗的精神特質，請參閱康德的相關論述。

㊏ 以上引句俱見蘇轍〈上樞密韓太尉書〉。

㊐ 見歐陽修〈豐樂亭記〉。

㊑ 見蘇軾〈放鶴亭記〉。

㊒ 見左思〈招隱〉詩：「非必絲與竹，山水有清音。何事待嘯歌？灌木自悲吟。」

㊓ 見樂府古辭〈長歌行〉。

㊔ 見鍾嶸《詩品》〈序〉。

㊕ 見漢武帝〈秋風辭〉。

㊖ 見陶潛〈歸去來辭〉。

㊗ 為了行文的簡省，本節的標題，以及往後的行文皆從俗稱作〈滕王閣序〉。

㊘ 參見王維詩〈臨高臺送黎拾遺〉：「相送臨高臺，川原杳無極。日暮飛鳥還，行人去不息」此處之象徵心理機

制，其實可以回溯到王粲〈登樓賦〉的「鳥相鳴而舉翼」，「征夫行而未息」；或者陶潛〈歸去來辭〉的「雲出岫以無心，鳥倦飛而知還」，與其〈詠貧士〉詩中關於雲霞與飛鳥的象徵。這裏引用王維詩，只是取其解說之方便。王維此詩，自然與王勃此文風馬牛不相及。

98 見《新唐書》〈文藝傳〉：「父福畤，繇雍州司功參軍，坐勃故，左遷交阯令。……初道出鍾陵，九月九日，都督大宴滕王閣。宿命其婿作序，以夸客。因出紙筆，遍請客，莫敢當。至勃沆然不辭。」自俞正燮《癸巳存稿》謂：「勃隨父福畤往交阯，俱過洪州，閻儵之閣上」以降，屢有主隨父上任之說，但觀「他日趨庭，叨陪鯉對」文意，似於省親為近，姑仍從本傳。但以非本文宗旨所在，故不詳考。

99 見《新唐書》〈文藝傳〉。

100 遭遇女神，或者仙女，進入神域或仙境，自〈九歌〉、宋玉〈高唐賦〉、〈神女賦〉、曹植〈洛神賦〉以降，一直是中國文學的重要主題，它往往象徵著對於遭逢者的一種價值的肯定，精神的救贖，詳細的論述，請參閱張淑香〈邂逅神女——解老殘遊記二編逸雲說法〉，見《語文　情性　義理——中國文學的多層面探討國際會議論文集》，國立臺灣大學中國文學系編印，臺北，一九九六年四月。

101 以上引句俱見〈湘夫人〉。〈湘夫人〉全篇以遭逢女神始，而以「聖婚」的「靈之來兮如雲」終；但緊接在旁的〈大司命〉則形容神降臨的姿態為：「靈衣兮被被，玉佩兮陸離」，而〈湘君〉迎接女神降臨的動作為「捐余玦兮江中，遺余佩兮澧浦」，若從這些聯想去閱讀，則〈詩〉中的「佩玉鳴鸞罷歌舞」，「畫棟朝飛南浦雲」，以至「閣中帝子今何在？」又皆可以一如此處，具有另一層神話性質的意涵，而近於「昔人已乘黃鶴去，此地空餘黃鶴樓」的意趣了。

⑩ 參見《西京雜記》:「梁孝王築兔園,園中有雁池,池間有鴻洲鳧渚。」

⑩ 雖然「飛閣」在王勃之前已是現成的辭語,但此處與「流丹」,或「翔丹」並用,加上「上出重霄」;「下臨無地」的強調,都在經營出一種「仙境」或「仙宮」的錯覺。

⑩ 見孟浩然詩〈宿建德江〉。

⑩ 一個有趣的暗合,王勃以「桂殿蘭宮」形容滕王閣,而宋玉〈風賦〉中「有風颯然而至,王迺披襟當之曰:快哉此風!」的地點,正是「楚襄王遊於蘭臺之宮」。是以「遙襟」、「逸興」亦可與襄王之遊有所聯想。

⑩ 見其〈畫山水敘〉的結論。

⑩ 見《列子》〈湯問〉「薛譚學謳於秦青,未窮青之技,自謂盡之,遂辭歸。秦青弗止,餞於郊衢,撫節悲歌,聲振林木,響遏行雲。薛譚終身不敢言歸。」

⑩ 見蘇軾〈赤壁賦〉。

⑩ 見王維詩〈留別山中溫古上人兄并示舍弟縉〉。

⑩ 王羲之雖云「仰觀宇宙之大」,但不免是泛指虛寫,這裏一方面是唐世版圖與交通之廣遠,迴非半壁江山的東晉可比;另一方面也正是「亭」與「高閣」在視野上的差異。

⑪ 見《楚辭》〈九章〉〈涉江〉。

⑫ 見白居易詩〈琵琶行〉。

⑬ 此處姑借海德格之術語,以省辭費。

從韓柳文論唐代古文運動的美學意義

唐代的古文運動，基本上是一種文化重整的運動，而不僅是一種純粹的文學運動。因此陳寅恪先生〈論韓愈〉，就以為韓昌黎在唐代文化史上的貢獻為：一曰：建立道統證明傳授之淵源；二曰：直指人倫，掃除章句之繁瑣；三曰：排斥佛老，匡救政俗之弊害；四曰：呵詆釋迦，申明夷夏之大防；五曰：改進文體，廣收宣傳之效用；六曰：獎掖後進，期望學說之流傳❶。從陳先生所強調的六門觀察，其實可以歸結到：一、在思想上重建儒學的正統地位；二、在文體上改革從六朝以降的駢儷之風；三、在實踐上組織集團，推行改革運動。因此在文化學術上，「結束南北朝相承之舊局面」，「開啓趙宋以降之新局面」❷。而在上述的三點中，第三點屬於策略與方法，姑置不論。這一文化運動的基本主張，就在第一、二點的配合，亦即以先秦兩漢的「古文」文體，來弘揚重視人倫日用的儒道。也就是〈原道〉所謂的：

夫所謂先王之教者，何也？博愛之謂仁，行而宜之之謂義，由是而之焉之謂道，足乎己無待於外之謂德。其文詩書易春秋，其法禮樂刑政，其民士農工賈，其位君臣父子師友賓主昆

弟夫婦，其服麻絲，其居宮室，其食粟米果蔬魚肉：其爲道易明，而其爲教易行也。是故以之爲己，則順而祥；以之爲人，則愛而公；以之爲心，則和而平；以之爲天下國家；無所處而不當。是故生則得其情，死則盡其常；郊焉而天神假，廟焉而人鬼享。

韓愈的這種對於儒道的肯定，因而也就是對於佛老的駁斥，其基本精神除了是一種「戎狄是膺，荊舒是懲」❸，本位文化的立場，其實是類似於《荀子》〈天論篇〉所謂：「物之已至者，人祅則可畏也」，因而強調：

無用之辯，不急之察，棄而不治。若夫君臣之義，父子之親，夫婦之別，則日切磋而不舍也。

的主張。所以韓愈論佛老之弊則謂：「奈之何民不窮且盜也」；論儒道之功則謂：「如古之無聖人，人之類滅久矣」。因此他詮釋佛老則著眼於：「今其法曰：必棄而君臣，去而父子，禁而相生養之道，以求其所謂清淨寂滅者」；同時在強調「有聖人者立，然後教之以相生養之道」之餘，特別歸結到「君臣之義」：

是故君者，出令者也。臣者，行君之令而致之民者也。民者，出粟米麻絲，作器皿，通貨

財，以事其上者也。君不出令，則失其所以為君。臣不行君之令而致之民，則失其所以為臣。民不出粟米麻絲，作器皿，通貨材，以事其上，則誅。

韓愈的主張有異於荀子的：一方面是荀子的「人祅」，其實側重在：「政險失民」，「政令不明，舉錯不時」，「禮義不脩」，「上下乖離」，是對於君主的責求：而韓愈則偏重在君權的維護，這在藩鎮割據的歷史情勢中或許有其必要❹。另一方面則在「相生養之道」的強調：

有聖人者立，然後敎之以相生養之道。為之君，為之師，驅其蟲蛇禽獸而處之中土。寒然后為之衣：飢然后為之食。木處而顛，土處而病也，然後為之宮室。為之工，以贍其器用；為之賈，以通其有無。為之醫藥，以濟其夭死；為之葬埋祭祀，以長其恩愛。為之禮，以次其先後；為之樂，以宣其湮鬱。為之政，以率其怠勌；為之刑，以鋤其強梗。相欺也，為之符璽斗斛權衡以信之；相奪也，為之城郭甲兵以守之。害至而為之備，患生而為之防。

由於韓愈心目中的「道」，既包括：「欲治其心」的「仁、義、道、德」；亦包括：「君臣、父子」的「天常」：更遍及：驅禽獸、治衣食，設宮室、工賈、醫藥、葬祀、禮樂、政刑、符信、武備等一切「相生養之道」，所以他所注意的並不僅是心性與倫常的問題，更要廣泛的涉及一切百姓日用的生活問題。這種將百姓日用的生活的「相生養之道」與仁義君臣的道德倫常問題的繫連在一起，

而欲以「文」貫「道」的結果，就產生了唐代古文的基本的美學風格：以百姓日用的經驗來闡發人倫心性的旨趣。

同樣的當柳宗元，「及長，乃知文者以明道」，因而力求「凡吾所陳，皆自謂近道」❺。他心目中的「道」，自然仍是「聖人意」，而所謂「聖人」自然仍推「古聖王堯、舜、禹、湯、文、武」，與韓愈〈原道〉的「吾所謂道」，「堯以是傳之舜，舜以是傳之禹，禹以是傳之湯，湯以是傳之文武周公……」，初無二致。而且一如韓愈的充分意識到「人之類」，因爲「無羽毛鱗介以居寒熱也，無爪牙以爭食也」，「古之時，人之害多矣」，所以「聖人者立，然後教之以相生養之道」，柳宗元亦以「生人之初」：

彼其初與萬物皆生，草木榛榛，鹿豕狉狉，人不能搏噬，而且無毛羽。莫克自奉自衛，荀卿有言：必將假物以爲用者也。夫假物者必爭，爭而不已，必就其能斷曲直者而聽命焉。其智而明者，所伏必衆；告之以直而不改，必痛之而後畏：由是君長刑政生焉。故近者聚而爲羣。羣之分，其爭必大，大而後有兵有德。❼

用「相生養之道」來解釋「君長刑政」，以至「兵」、「德」之產生。雖然他更進一步以爲「聖人之意」乃在「公之大者」，亦即：「夫天下之道，理安，斯得人者也。使賢者居上，不肖者居下，而後可以理安」❽。但是他心目中的「道」，不僅是關乎仁義道德，更是及於「生人之理」，則是無可

置疑。所以他亦強調：「道之及，及乎物而已耳。」❾

由於韓、柳心目中的「道」，皆不僅限於柳冕所謂：「蓋言教化發乎性情，繫乎風者謂之道」，並不僅止於「君子之道與君子之心」的表現❿，而能遍及一切生活日用的「物」，以及「相生養之道」、「生人之理」。所以「文以貫道」或「文以明道」的結果，就走向一種即物窮理，寓言寫物的修辭策略，因而導致一種新起的美學風格的確立，使古文運動終於達到了文學上的成功。

這種憑藉外物，經由百姓日用的經驗，來闡發修齊治平，賢與不肖等等的仁義道德之理，所形成的新起的美學風格，雖然並未見於韓、柳論文的主張，但是卻充分的在韓、柳文章的創作中實踐，而且達到了極度的成功。由所謂驅蟲蛇禽獸，韓愈有〈鱷魚文〉，強調天子的慈武與刺史守土治民的決心：柳宗元有〈羆說〉，申論不善內而恃外之險。進一步以禽獸申論倫理道義：韓愈有〈獲麟解〉，申論「以德不以形」的「祥」與「不祥」；有〈貓相乳〉申論仁義的感應；〈雜說一〉以龍喻君道；〈雜說四〉以馬喻臣德。柳宗元有〈鶻說〉，借鶻說仁義；有〈牛賦〉，借牛說命運；以〈捕蛇者說〉喻賦斂之毒；以〈謫龍說〉喻謫不可狎；〈三戒〉以「臨江之麋」、「黔之驢」、「永某氏之鼠」喻不推己之本之禍；〈蝜蝂傳〉以蝜蝂喻貪取之危。

由為宮室，韓愈有〈圬者王承福傳〉喻貴富難守；柳宗元有〈梓人傳〉喻為相之道。由為醫藥，韓愈有〈雜說二〉以善醫察脈喻善計天下察紀綱；柳宗元〈宋清傳〉以賣藥論市交。由為賈，柳宗元有〈鞭賈〉喻求用於朝；由種樹，柳宗元〈種樹郭橐駝傳〉以養樹喻居官養人。由器用，韓愈有〈瘞硯銘〉強調其「識之仁之義」，有〈毛穎傳〉謂其「簡牘是資，天下其同書」，皆以好

義而推愛及物，憫硯「全斯用，毀不忍棄」；論毛穎「賞不酬勞，以老見疏」為如秦之少恩。有〈三器論〉，以明堂、傳國璽、九鼎，喻歸天人之心，與太平之基，不在盛飾於外而在修誠於內。凡此種種皆可以顯示這一新起的美學風格的特質。

但是這種美學風格的意義，其實不僅止於寫物敘事以貫道、明道而已。或許同時包含了韓、柳二人意見的〈天說〉一文，最能顯示這種美學風格的另一層相。在這一篇文章中，柳宗元首先敘述韓愈對他說：「若知天之說乎？吾為子言天之說」，但是韓愈言天之說的基本立場，其實是針對著人窮而呼天的情境，並不是基於客觀的求知：

　　今夫人有疾痛、倦辱、饑寒甚者，因仰而呼天曰：「殘民者昌，佑民者殃！」又仰而呼天曰：「何為使至此極戾也？」若是者，舉不能知天。

因此韓愈的天之說，表面上似乎在說理，並且有意的以他所說的理來駁斥這種窮而呼天的反應：「今夫人舉不能知天，故為是呼且怨也」。但是由他推理的結論：「吾意有能殘斯人使日薄歲削，禍元氣陰陽者滋少，是則有功於天地者也；繁而息之者，天地之讎也。」因而進一步強調：「吾意天聞其呼且怨，則有功者受賞必大矣，其禍焉者受罰亦大矣。」雖然解釋了天的「何為使至此極戾也」；但所陳述的正是一種「殘民者昌，佑民者殃」的道理，正是使呼天且怨的情緒更加深化而確定的表現。誠如劉鶚《老殘遊記》〈自敘〉所謂：「以哭泣為哭泣者，其力尚弱；不以哭泣為

哭泣者，其力甚勁，其行乃彌遠也。」正是一種「不以哭泣爲哭泣」的表現，貌爲說理實爲抒情。

這種不能忘情於「今夫人有疾痛、倦辱、饑寒甚者」而作的貫道文章，正是「仁義之人，其言藹

如也」⓫不僅是說理明道，也是「取於心而注於手」⓬的抒情言志。所以柳宗元的反應就是：「子

誠有激而爲是耶？」並且勸他：「子而信子之仁義以遊其內，生而死爾。」因此這種以敘事寫物

爲貫道明道的美學風格，其實乃更是深一層的抒情言志的表現。因此在其寫物敘事以明貫普遍的

道理之際，其實更有個人情志的寄託在。因此他們的明道貫道，就不是學問家（不論是漢儒的章

句訓詁，玄學的校練名理，或宋儒的闡說性理）的明道貫道，而是文學家的出於一己情性，透過

具體經驗之描摹的體物言志的明道貫道。因此文以明道、貫道的結果，只是使得他們的文更具有

一種思想情感，以至人格表現的深度，並未使道學代替了文章。

但是更值得注意的是，〈天說〉中所載的韓愈論天人關係的修辭策略：

夫果蓏飲食既壞，蟲生之；人之血氣敗逆壅底，爲癰瘍、疣贅、瘻痔，蟲生之。木朽而蝎

中，草腐而螢飛，是豈不以壞而後出耶？物壞，蟲由之生；元氣陰陽之壞，人由之生。蟲之

生而物益壞，食齧之，攻穴之，蟲之禍物也滋甚。其有能去之者，有功於物者也；其有蕃而息之

者，物之讎也。人之壞元氣陰陽也亦滋甚：墾原田，伐山林，鑿泉以井飲，窾墓以送死，而

又穴爲偃溲，築爲牆垣、城郭、臺榭、觀游，疏爲川瀆、溝洫、陂池，燧木以燔，革金以鎔，

陶甄琢磨，悴然使天地萬物不得其情。倖倖衝衝，攻殘敗撓而未嘗息。其爲禍元氣陰陽也，

不甚於蟲之所爲乎？

韓愈的這段議論，在基本觀念上近於《莊子》〈應帝王〉所謂：「日鑿一竅，七日而渾沌死」。但在修辭策略上採取的卻是近於〈知北遊〉中所謂：道，「在螻蟻」，「在稊稗」，「在瓦甓」，「在屎溺」的「每下愈況」的表現方式，背後所據的正是一種近於「是其所美者爲神奇，其所惡者爲臭腐。臭腐復化爲神奇，神奇復化爲臭腐，故曰通天下一氣耳」的美學意識。所以文中大談一切臭腐的：「果蓏飲食既壞」、「血氣敗逆壅底」、「癰瘍、疣贅、瘻痔」、「木朽」、「草腐」、「蝎」、「螢」，以至「竅墓」、「穴爲偃溲」等等卑俗低下，甚至醜陋可憎的事物。不但以「果蓏、癰痔、草木」比天；更以蟲擬人。而一切先王之教，仁義之施，也就是他在〈原道〉中所謂的「聖人者立」，所教的「相生養之道」都比喻爲：「食齧之，攻穴之，蟲之禍物」，強調爲「倖倖衝衝，攻殘敗撓」，都是很明顯的以卑下之物喩崇高之道：以臭腐之事言神奇之理。所以柳宗元很正確的反應說：「子而信子之仁義以遊其內，生而死爾，烏置存亡得喪於果蓏、癰痔、草木耶？」

當韓、柳藉物事貫道言志之際，雖然未必皆如〈天說〉那麼「有激而爲」的戲劇性，但大體上總是運用卑俗的事物與經驗來發揮雅正高遠之理。所以，以低於人的禽獸，或下層階級的人物，如圬者、梓人、賣藥、鞭賈、種樹、捕蛇的行誼與經驗，來闡明士大夫所關切的仁義政刑之道，就是韓、柳古文的典型的修辭策略與美學風格。因爲誠如柳宗元在敍述了韓愈的以臭腐之物說天人之理的「天之說」，他的批評竟然是「信辯且美矣！」，這裏反映的正是一種新起的美感知覺。

美，不再被視爲是使用本身爲美麗之事物作爲比喻的喻依，這也就是我們平常所謂辭藻或麗藻的結果；反而是側重在比喻之際，喻依和喻旨之間的密切配合，因而達到令人耳目一新的說服效果的「辯」上。由重視辭藻的美麗，就產生了李謔所謂的「連篇累牘，不出月露之形；積案盈箱，唯是風雲之狀」的陳言充斥的弊病⑬。例如王勃〈滕王閣序〉：「騰蛟起鳳，孟學士之詞宗；紫電青霜，王將軍之武庫」一聯中，「騰蛟起鳳」、「紫電青霜」屬對雖工，亦有故實，但是在辭藻的美麗之外，實乏深意。這也正是韓愈所謂「戛戛乎其難哉」所「務去」的「陳言」⑭。

「惟陳言之務去」的結果，就是尋找新的經驗、新的物象來「辯」「聖人之志」來「羽翼夫道」。在這一點韓、柳其實是相當理解老子所謂：「天下皆知美之爲美，斯惡矣」的道理。因此一方面絕不放棄在憑藉事物明道言志之際，刻意的描寫物態、摹擬人情，保持經驗的生動新鮮的可感性，例如韓愈〈送孟東野序〉，論「大凡物不得其平則鳴」就著力於：

草木之無聲，風撓之鳴；水之無聲，風蕩之鳴；其躍也，或激之；其趨也，或梗之；其沸也，或炙之。金石之無聲，或擊之鳴。

所舉列之物的物態的表現。「撓」、「蕩」、「躍」、「激」、「趨」、「梗」、「沸」、「炙」、「擊」的刻意敍寫，其實皆無關於「物不得其平則鳴」的宏旨，但是卻經營出來一個具體生動的感覺世界，一個由無聲而衆聲喧嘩的經驗歷程。而這些「物之善鳴者」所要導引譬喻的正是自古以來，人文化成

的文辭的製作。同樣的在〈柳子厚墓誌銘〉，韓愈為了強調柳宗元願以柳州易劉禹錫播州的道義之交，就描述出下列虛構的世態人情。

嗚呼，士窮乃見節義！今夫平居里巷相慕悅，酒食遊戲相徵逐，詡詡強笑語以相取下，握手出肺肝相示，指天日涕泣，誓生死不相背負，真若可信。一旦臨小利害，僅如毛髮比，反眼若不相識，落陷穽，不一引手救，反擠之，又下石焉者，皆是也。此宜禽獸夷狄所不忍為，而其人自視以為得計。聞子厚之風亦可以少媿矣！

這一段充滿了形象化：「詡詡強笑語」、「僅如毛髮比」、「落陷穽」；以及誇張的動作：「握手出肺肝相示，指天日涕泣，誓生死不相背負」、「反眼若不相識」、「不一引手救，反擠之，又下石焉」；同時是前後強烈轉變對比的敘事，與柳宗元的行誼其實了不相涉，但卻充分誇張的演出了一場炎涼世態的諧劇，既是韓愈的感慨之所在，也是該文的美感形象之所寄。但是這些物態人情的形象表現，卻只是感覺性的端緒；韓、柳另一方面絕不僅止於這些卑下景象的描摹，總要經由它們對比譬喻引申出更深一層的雅正深遠的含意與主題。所以他們的修辭策略其實是可以區分為經驗的再現模擬，與經驗的引申判斷兩層。也就是經驗不妨卑下，思維卻是高雅。卑下俚俗的物事與經歷，在「駢四儷六，錦心繡口，宮沉羽振，笙簧觸手」⑮盛行的年代，自然是一種嶄新的美感經驗，足以令人目駭心折，產生強烈的感受。韓愈〈與馮宿論文書〉所謂：「僕為文久，每自則意

中以爲好，則人必以爲惡矣；小稱意人亦小怪之，大稱意即人必大怪之也」，雖然是出以負面的形容，但是確已指出這種修辭策略的效果，亦即它令讀者不能不動容或無法無動於衷。所謂「其觀於人，不知其非笑之爲非笑」[16]，正因這些卑下經驗只是喚起注意，引人思慮的感覺表相，作品的眞正的主題思維卻總是歸於仁義政刑，賢與不肖的辨別。在「抽黃對白，唔哰飛走」徒然「眩耀爲文，瑣碎排偶」的年代[17]，自然就更有「蘄至於古之立言」[18]，或「扶樹敎道，有所明白」[19]的意義。所以韓、柳的古文，不但具有美感性質其實相異的「語言的結構」（意象與節奏的安排）與「主題的結構」（意義階層的安排）[20]，亦即以卑下怪異的「肌」，表現高遠典正的「理」。這一點韓愈顯然是自覺的，所以他在〈上宰相書〉中說自己，「時有感激怨懟奇怪之辭，以求知於天下」，亦不悖於敎化，妖淫諛佞譸張之說，無所出於其中」。同時不論是「語言的結構」或「主題的結構」，韓柳的古文正都有意的追尋與當時流行的騈文，彼此對反的美學典範。所以柳宗元在〈讀韓愈所著毛穎傳後題〉就比較二者以爲：

　　……時言韓愈爲毛穎傳，不能舉其辭，而獨大笑以爲怪，……索而讀之，若捕龍蛇、搏虎豹，急與之角而力不敢暇，信韓子之怪於文也。世之模擬竄竊，取青媲白，肥皮厚肉，柔筋脆骨，而以爲辭者之讀之也，其大笑固宜。

柳宗元很清楚的指出當時騈文末流的弊病在，雖然有華靡的「語言的結構」，所謂「肥皮厚肉」；

但是在「主題的結構」上卻是相對的貧乏，缺少「有益於世」的思想寄託，所謂「柔筋脆骨」。〈毛穎傳〉卻相反，一方面它似乎有一種「戲謔」、「滑稽」的「語言的結構」：「且世人笑之也」，不以其俳乎？」但是其「主題的結構」卻是「取乎有益於世者也」：

之能盡其意，故奮而爲之傳，以發其鬱積，而學者得以勵，其有益於世歟！

且凡古今是非六藝百家，大細穿穴用而不遺者，毛穎之功也。韓子窮古書，好斯文，嘉穎

以爲：

正確的指出〈毛穎傳〉作爲一個寓言，它的「語言的結構」和「主題的結構」的相異的美感性質，以及由於相反相成的兩重結構的配合，所形成的「生龍活虎」的強烈的表現「力」，要求讀者用更大的注意與努力才能完全掌握住它豐富的意涵與寄寓的主題。柳宗元並且爲韓文這種「怪」解說，

大羹玄酒，體節之薦，味之至者。而又設以奇異小蟲、水草、楂梨、橘柚，苦鹹酸辛，雖蜇吻裂鼻，縮舌澀齒，而咸有篤好之者。文王之昌蒲菹，屈到之芰，曾皙之羊棗，然後盡天下之奇味以足於口。獨文異乎？

但是這段話，其實可以解說的不只是〈毛穎傳〉的奇特的想像與寓託，它的意旨正可以涵蓋韓、

柳所以使用卑下低俗以至臭腐之意象經驗，作為「語言的結構」或表層形相的美學意義：因為蟲、草、梨、柚、苦鹹酸辛，也是一種「味」，因此也可以成為我們美感經驗的一部分。所以韓、柳古文所欲打破的正是駢文的僅限於華靡的「甜膩」一味的美學禁忌，他們所要求的正是要「盡天下之奇味以足於口」。所以，韓愈〈答劉正夫書〉一方面，對「文宜易宜難」的問題，強調「無難易，惟其是爾，如是而已」，非固開其為此，而禁其為彼也」；一方面卻不免要主張：「夫百物朝夕所見者，人皆不注視也」；及覩其異者，則共觀而言之，夫文豈異於是乎？」「若與世沉浮，不自樹立，雖不為當時所怪，亦必無後世之傳也」。足下家中百物皆賴而用也，然其所珍愛者，必非常物。夫君子之於文，豈異於是乎？」因此不免為了要「求知於天下」而有「奇怪之辭」；而卑下俚俗甚至臭腐的經驗意象，針對著已然發掘既盡的駢文的華靡的美感範疇，不但是一個尚待開發的經驗領域與美感範疇，而且取用為「語言的結構」與美感的形相，正是一種「奇怪之辭」，足以引人「覩其異」，而「共觀而言之」。韓愈為〈毛穎傳〉而連「南來者」亦「時言」「大笑以為怪」，正是這種修辭效果的充分達成其原始目的。於是不僅韓愈有充分利用這種怪異效果，以及使用卑俗甚至臭腐意象的〈天之說〉、〈毛穎傳〉、〈送窮文〉；柳宗元更有同樣修辭策略的：〈東海者〉、〈乞巧文〉、〈罵尸蟲文〉、〈斬曲几文〉、〈宥蝮蛇文〉、〈憎王孫文〉等作品，甚至變本加厲到達對於變態心理本身的刻畫與描寫，如〈李赤傳〉寫的是戀廁狂，〈河間傳〉寫的是色情狂。

這種以卑俗、臭腐、甚至變態的經驗意象來作為作品的感覺層面，然而卻又由此而引申出雅正的教化，以蘄有益於世，固然難免有時會遭受「勸百諷一」之譏。理學家們始終以文章家看待

韓愈，未肯視為同道，未始不是由於這種修辭策略。但是從美學的立場看，這種修辭策略一方面反映了韓、柳對於「美是形相的直覺」的體認，因此大半為文的用心，正在物態人情的形相上的刻畫與描摹。他們的文章，即使是論說而仍然是「美文」，正因他們的致力於感覺經驗層面的苦心經營，並且以感覺經驗的強烈印象之「美」而「辯」其所欲論說的主題。同時由於文章中感覺層次的卑下與主題層次的高遠，在美感範疇上的距離與背反，就產生了俄國形式主義者希洛夫斯基（Victor Shklovsky）所謂的「陌生化」（defamiliarization）的美學效應㉑：使我們以高遠雅正的眼光來觀看卑下俚俗的事物經驗，因而「陌生化」了卑下俚俗的事物經驗，使它們擺脫了純然卑俗的實際意義，而只成為特具新異之感覺內容的美感形象；而高遠雅正的主題乃是引生自卑下俚俗的事物經驗，因此也「陌生化」了高遠雅正的思維，不但使它們成為一種新鮮的思辨，而且因為它事實上超越了習見適用的範圍，不但具有了更大的涵蓋性，甚至顯現出一種化腐朽為神奇的威力。是以這種美感範疇的背反，不但形成的正是一種更為寬廣的美感距離，以及更為開闊的美感品味的心靈空間；無形中正亦提昇了我們觀照人生一切經驗事物的心靈的自由與高度，同時也提供了更廣大與豐富的經驗內容，使我們充分體驗到心靈知覺之擴大與充實的滿足。這不能不說是這種修辭策略在美學上的成功。

但是這種修辭策略的形式，正如柳宗元在〈天說〉一文，針對韓愈的〈天之說〉所說的：「子誠有激而為是耶？」其實是一種「不平之鳴」。誠如韓愈在〈送高閑上人序〉以張旭為例所形容的：

往時張旭善草書，不治他伎，喜怒窘窮，憂悲愉佚，怨恨思慕，酣醉無聊不平，有動於心，必於草書焉發之。觀於物：見山水崖谷，鳥獸蟲魚，草木之花實，日月列星，風雨水火，雷霆霹靂，歌舞戰鬥，天地事物之變，可喜可愕，一寓於書。故旭之書，變動猶鬼神，不可端倪，以此終其身，而名後世。⋯⋯爲旭有道，利害必明，無遺錙銖，情炎於中，利欲鬥進，有得有喪，勃然不釋，然後一決於書，而後旭可幾也。

因此一方面是一種「情炎於中，⋯⋯勃然不釋」的激憤感慨的情感反應；一方面也是一種「寓其巧智，使機應於心，不挫於氣，則神完而守固，雖外物至，不膠於心」[22]，將情感經驗轉化爲美感經驗的超越過程。所以柳宗元接著說：「則信辯且美矣」。由於韓、柳其實皆不能算「天將和其聲，而使鳴國家之盛」，基本上可以說就是「將窮餓其身，思愁其心腸，而使自鳴其不平」的生平遭遇[23]。所謂：「公不見信於人，私不見助於友，跋前躓後，動輒得咎，暫爲御史，遂竄南夷，三年博士，冗不見治」[24]，或者：「坐廢退，既退又無相知有氣力得位者推挽，故卒死於窮裔，材不爲世用，道不行於時也」[25]。因此他們的「有激而爲」，其實就不免於憤世嫉俗，甚至怨天尤人，這正足以使他們以「俳」而「戲謔」、「滑稽」，刻意的去描摹卑下低俗甚至怪異臭腐的意象與經驗。所以，韓愈亦不妨將經典聖賢之作等同於「草木」「金石」、「鳥」「雷」「蟲」「風」之「鳴」[26]：柳宗元則明言：「度今天下不吠者幾人」，直以「邑犬」喻天下士[27]。但他們又都是「信道篤而自知明」，「特立獨行適於義而已，不顧人之是非」的「豪傑」性格[28]，因此既敢於驅遣卑下低俗經驗意象爲

文，亦終要信道適義，「寓其巧智，使機應於心」，「神完而守固，雖外物至，不膠於心」而表現雅正道義的主題知見，於是就形成了這種揉合高雅與卑俗於一爐的，既非純然高雅亦非純然卑俗，而是介於二者之間的「中間」文體。

同時由於這種文章，其實是「情炎於中，……勃然不釋」然後一決於文的有激為作。因此不但「不挫於氣」是必要的，甚至視「文者氣之所形」❷⑨，而要主張：

氣，水也；言，浮物也；水大而物之浮者大小畢浮。氣之與言猶是也，氣盛則言之短長與高下者皆宜。

因而在節奏韻律上就再也無法滿足於刻板的駢四儷六，而要尋求更大的自由，更大的變化，務求能夠反映胸中情炎有激的「盛氣」。因此，韓、柳的古文就不是簡單的以散文來代替駢文而已；而是以能夠反映「盛氣」的自然流動的韻律節奏，來取代四六文的刻板韻律；亦即以語調的抒情性美感來取代形式的規律性美感。錢穆先生〈雜論唐代古文運動〉一文，一方面強調：

然太白所為諸序，尋其氣體所歸，仍不脫辭賦之類，其事必至韓公，乃始純以散文筆法為之。

一方面仍得在蘇東坡所謂：「唐無文章，惟韓退之送李愿歸盤谷序而已」的引文之後承認：

今按：韓公送李愿歸盤谷序，竟體用偶儷之辭，其實尚是取徑於辭賦，東坡以之擬陶淵明歸去來辭，是也。惟文中遇筋節脈絡處，則全用散文筆法起落轉接，此爲韓公有意運用散文氣體改換古人辭賦舊格之證。㉚

事實上韓、柳古文，仍然充分的利用辭賦的排比、對偶的形式美感，只是將通篇四六轉化爲多種字數句式的對偶與排比，並且中間穿插「散文筆法起落轉接」，因而充分顯現一種「氣盛」的靈轉流動；從〈原道〉開始本篇中的韓、柳引文，皆處處可見這種特質。同時，亦將駢文運用典故的習慣，轉化爲歷史性的列舉的敍述，不論是〈封建論〉是〈送孟東野序〉、是〈進學解〉的…

周誥殷盤，佶屈聱牙。春秋謹嚴；左氏浮誇。易奇而法；詩正而葩。下逮莊騷，太史所錄，子雲相如，同工異曲。先生之於文，可謂閎其中而肆其外矣。

或是〈答韋中立論師道書〉的…

本之書以求其質，本之詩以求其恆，本之禮以求其宜，本之春秋以求其斷，本之易以求其

動，此吾所以取道之原也。參之穀梁氏以屬其氣，參之孟荀以暢其支，參之莊老以肆其端，參之國語以博其趣，參之離騷以致其幽，參之太史公以著其潔，此吾所以旁推交通而以為之文也。

它們的美感特質，在形式上仍是近於辭賦的排比對偶，只是句法或者刻意變化，或者略加參差，因而顯得辭氣靈活而不呆板。但是這種歷史性事物的排舉列述，畢竟和歷史典故的運用不同，因為它並沒有以歷史經驗代替了現實經驗，相反的歷史事實卻成了現實經驗的一部分。韓、柳的兩段引文強調的正都是自己對於歷史典籍的判斷，以及這些典籍和自己的學習與創作的關係，所以基本上正是作為個人經驗的一部分來加以呈現。而〈封建論〉和〈送孟東野序〉的歷史敘述，不但是作為論證的主體，事實上反映的正是作者對於歷史傳統的重估，基本上仍是一種言志的表現。

但是重複的排比性的敘述，仍是韓、柳論說文在形式上的特色。韓愈的許多碑文，即使是著名的〈平淮西碑〉，亦完全是建立在這種排比鋪陳的形式美感上。他的革新並不在字句的由駢化散，而是不使用典故作間接的引述，卻實際去呈現事件的經驗，以身歷其境的言語與情狀，和盤托出於讀者目前。所以雖然不是完全的散文，卻已有了直接呈示經驗的模擬（mimesis）敘事的效果。

韓、柳古文的這種同時介於排比對偶的形式美感，以及直接呈示經驗事件的模擬美感的「中間」文體，它所具有的真正的美學意義，其實只是駢儷文體的一種解放，並不就是駢儷美感的棄絕。

而最重要的則是對於個人直接經驗的肯定，深信它們具有足夠的美學意涵或倫理意涵，而值得讀

者再去經驗與分享，因而個人的實際遭遇，以及出於性情志意的思維與感受，也就成爲文學表現的內涵，古文的美學就不免是一種自傳性表現的美學了。

韓愈在〈新修滕王閣記〉再三記述的只是自己的「益欲往一觀」而始終「願莫之遂」；在〈殿中少監馬君墓誌銘〉所述則爲與北平王祖子孫三世交遊；在〈李元賓墓銘〉則但抒一己之感慨；在〈貞曜先生墓誌銘〉則直寫「愈走位哭，且召張籍會哭」等情狀；在〈女挐壙銘〉記諫迎佛骨被貶；甚至在〈唐河中府法曹張君墓碣銘〉中敍述：

有女奴抱嬰兒來，致其主夫人之語曰：「妾張圓之妻劉氏也。妾夫常語妾云：『吾常獲私於夫子。』且曰：『夫子天下之名能文辭者。凡所言必傳世行後。』今妾不幸，夫逢盜死途中，將以日月葬。妾重哀其生志不就，恐死遂沉泯。敢以其稚子汴見。先生將賜之銘，是其死不爲辱，而名永長存，所以蓋覆其遺胤若孫；且死萬一能有知，將不悼其不幸於土中矣。」又曰：「妾夫在嶺南時，嘗疾病，泣語曰：『吾志非不如古人，吾才豈不如今人，而至於是，而死於是邪？爾若吾哀，必求夫子銘，是爾與吾不朽也。』」愈既哭弔辭，遂敍次其族世名字事始終而銘。……

遺族來求銘的經過成爲墓銘的最重要，也最感人的內涵。尋常人物的尋常心情與尋常經驗成爲表現的主體，而作者自己或是親眼目睹、親身經歷的觀點人物的敍事者，就使這類原具客觀性質的

應用文，成為抒情寫志的敍事作品。柳宗元的〈故襄陽丞趙君墓誌〉也是這種敍事化的好例子，只是所敍的正是尋墓改葬的歷程。這種寫法，從某種意義而言，似乎正是敍事主體的偏離，正如後設小說（metafiction），使寫小說的歷程成為小說自身的內容。但是這種現象所顯示的其實只是注重被敍述的對象與敍述者的經驗關連，甚於被敍述者的自身性質，因而將敍述的主體轉移到敍事者自身之體驗的結果。

這種轉移也特別見於柳宗元的山水遊記，如〈始得西山宴遊記〉首段的：

　　自余為僇人，居是州，恆惴慄。其隙也，則施施而行，漫漫而游。日與其徒上高山，入深林，窮迴谿，幽泉怪石，無遠不到。到則披草而坐，傾壺而醉。醉則更相枕以臥，臥而夢。意有所極，夢亦同趣。覺而起，起而歸。

描寫的重點固然已經轉移到人身上；至於「予以愚觸罪，謫瀟水上，愛是溪」而竟「更之為愚溪」，以至「邱」、「泉」、「溝」、「池」、「島」，「皆山水之奇者，以予故，咸以愚辱焉」，則更強要一己的主觀憾恨的情志投射為山水的性質。即使沒有這麼戲劇化，像〈小石城山記〉既視之為「類智者所施設也」，而「疑造物者之有無」，且「怪其不為之中州，而列是夷狄，更千百年不得一售其伎，是故勞而無用」；像〈鈷鉧潭西小丘記〉的嘆「以茲丘之勝」，致之澧、鎬、鄠、杜，則貴遊之士爭買者，日增千金而愈不可得。今棄是州也，農夫漁父過而陋之，賈四百，連歲不能售」，都已經以

人情冷暖，富貴貧賤的思維寄寓其上了。像〈鈷鉧潭記〉亦明言：「孰使予樂居夷而忘故土者，非茲潭也歟？」即使是對於景物的描寫：

黃溪距州治七十里，由東屯南行六百步，至黃神祠。祠之上，兩山牆立，如丹碧之華葉駢植，與山升降。其缺者爲崖峭巖窟，水之中，皆小石平布。黃神之上，揭水八十步，至初潭，最奇麗，殆不可狀。其略若剖大甕，側立千尺，溪水積焉。黛蓄膏渟，來若白虹，沉沉無聲，有魚數百尾，方來會石下。南去又行百步，至第二潭。石皆巍然，臨峻流，若頰領斷齶。其下大石雜列，可坐飲食。有鳥赤首烏翼，大如鵠，方東嚮立。自是又南數里，地皆一狀，樹益壯，石益瘦，水鳴皆鏘然。又南一里，至大冥之川，山舒水緩，有土田。始黃神爲人時，居其地。㉛

亦已經完全轉化爲對於遊程的詳細記錄：「南行六百步」，「揭水八十步」，「南去又行百步」，「又南數里」，「又南一里」，眞的已是足「以啓後之好遊者」的觀光指南了。所寫的景觀亦多暫時性的景象：「有魚數百尾，方來會石下」，「有鳥赤首烏翼，大如鵠，方東嚮立」。對於自然景象不用駢語敍述，卻用人事爲比喻：「大石雜列，可坐飲食」。考慮的亦是遊人的實際問題：「有魚數百尾，方來會石下」，「有鳥赤首烏翼，大如鵠，方東嚮立」。考慮的亦是遊人的實際問題：「若剖大甕」，「若頰領斷齶」。而遊途的起點是人居的「州治」、「東屯」；終點則是「兩山牆立」，「有土田，始黃神爲人時，居其地」，還是人居。這與六朝山水小品的主要是依賴駢語來構設全景：

梅谿之西，有石門山者，森壁爭霞，孤峯限日。幽岫含雲，深谿蓄翠。蟬吟鶴唳，水響猿啼。英英相雜，綿綿成韻。既素重幽居，遂葺宇其上。幸富菊花，偏饒竹實。山谷所資，於斯已辦；仁智所樂，豈徒語哉！㉜

固是迥然不同。即使與盛唐，如王維〈山中與裴秀才迪書〉的，雖然已是動態的歷程，但卻仍是整片遠景，以及表現情韻的選擇性描寫：

北涉玄灞，清月映郭。夜登華子岡，輞水淪漣，與月上下。寒山遠火，明滅林外。深巷寒犬，吠聲如豹。村墟夜舂，復與疏鐘相問。

依舊判然有別。基本的差異，正在柳宗元的遊記已經不復想塑造出一片整體的富有情韻的山水景象，而是將注意轉移到遊歷的經驗過程，人與風景的交涉過程與經歷才是這一新的山水遊記與描寫的重點。主體的介入與優位，才是這種新的經驗表現的美學特質。這種作者個人主體的介入與優位，也正是韓、柳的可以驅遣卑下低俗經驗形象而表現高遠雅正的主題意識的基本原理。

韓、柳文確實是創造出了一種能夠表現作者個人的情志與具體經驗，而又包含了更豐富的經驗對象內容──這往往是尋常人物尋常人情，甚至不妨是卑下低俗的事物──，卻以其栩栩如生的模擬呈現而依然動人的新的美學典範，正預示了一個作者現身說法而又擁抱紛紜世界的新的文

學時代的來臨。真正將此新的美學典範發揚光大的，其實不在李漢、李翱、皇甫湜輩，而是宋代的古文家、歸有光與桐城派！

註釋

❶ 見《陳寅恪先生論文集》（下）。

❷ 見同❶。

❸ 此句原出《詩經》〈魯頌〉〈閟宮〉，為韓愈〈原道〉本文所引。

❹ 韓愈不但受命撰寫〈平淮西碑〉，由〈送董邵南序〉亦可看出韓愈的尊王攘夷的立場。

❺ 見〈答韋中立論師道書〉。

❻ 見〈封建論〉。

❼ 見同❻。

❽ 註同❻。

❾ 見〈報崔黯秀才論為文書〉。

❿ 見柳冕〈答衢州鄭使君論文書〉。

⓫ 見韓愈〈答李翊書〉。

⑫見同⑪。

⑬見李諤〈上隋高帝革文華書〉。

⑭見韓愈〈答李翊書〉：「唯陳言之務去，戛戛乎其難哉」。

⑮見柳宗元〈乞巧文〉。

⑯見同⑭。

⑰見同⑮。

⑱見同⑭。

⑲見韓愈〈上兵部李侍郎書〉。

⑳「語言的結構」與「主題的結構」之區分，參見葉維廉《中國現代小說的風貌》中〈現代中國小說的結構〉一文，頁四，臺北晨鐘出版，民國五十九年初版。

㉑參閱Victor Shklovsky: *Art as Technique*一文，見Lee T. Lemon及Marion J. Reis所譯介*Russian Formalist Criticism Four Essays*, University of Nebraska Press, Lincon and London 1965。

㉒見韓愈〈送高閒上人序〉。

㉓見韓愈〈送孟東野序〉。

㉔見韓愈〈進學解〉。

㉕見韓愈〈柳子厚墓誌銘〉。

㉖見同㉓。

㉗見柳宗元〈答章中立論師道書〉。

㉘見韓愈〈伯夷頌〉。

㉙見蘇轍〈上樞密韓太尉書〉。

㉚見《新亞學報》三卷一期，民國四十六年。

㉛見柳宗元〈遊黃溪記〉。

㉜見吳均〈與顧章書〉。

《傳記與小說——唐代文學比較論集》序

從事中國文史研究的人，稍加留心都會注意到，除了個人差異之外，海峽兩岸學者的論著，往往也會同時反映出各自所屬的社會特質與學術風貌。這不但見於因為社會情況差異所影響到的學術典範的分歧；同時也由於彼此長期的隔絕，致使學者們在他們參考與論辯的相關論述上，不可避免的囿限於自身所處的學術圈內。兩岸交流以來，這種文化學術視域的融會與擴大，正如春雪渙流般的時見波瀾，日益壯闊，另一個可喜的現象是，兩岸皆逐漸清晰的意識到日本海或太平洋的彼岸，亦是一個有待接觸合流的學術天地；而逐漸有了對於這或許可以算是「第三岸」的漢學著作的譯述。倪豪士（William H. Nienhauser, Jr.）教授的這本《傳記與小說——唐代文學比較論集》的出版。或許正是跨越重洋，首批上岸的珍貴信使！

北美洲由於幅員廣大，學術發達，大學以及各種研究機構林立，雖然中國文史研究往往寄身於東亞系或遠東系甚至其他的學科，居於各校的個別規模亦不算太大；但整體而言，卻是一個蓬勃而豐沛的學術世界。許多學者往往可以根據當地的論著譯述，即足以進入中國學術的殿堂，而迥非孤陋寡聞或一偏之見所可形容。同時北美洲的學術訓練，亦往往使得當地的學者可以跨越多重語文的障礙，除了中文以外，他們往往能夠，也習以為常的參考日本、西歐，甚至東歐、俄國

等地的漢學著述，而以一種國際性的視野來看待中國的文史問題。先師屈翼鵬先生在六〇年代即已諄諄告誡臺大的同學：「漢學已經是一種國際性的學問！」可惜我們受限於養成與訓練的方式，大部分人到了九〇年代依然只能「立足臺灣，胸懷大陸」，往往未能輕鬆自在的「放眼世界」。所以，國外漢學著作的中譯仍是需要。本書中的多篇論文，例如第一篇〈中國小說的起源〉等，正都是以國際視野來思考問題的範例。

但是正如海峽兩岸，西歐北美亦各有其學術背景，而當地的漢學研究亦不能自外於其特殊的文化傳統與當令的時代思潮。本書中的〈「文苑英華」中「傳」的結構研究〉採取了結構主義的文類分析；〈唐人載籍中之女性及性別雙重標準初探〉顯然受到了方興未艾的女性主義批評的影響；而〈中國詩，美國詩及其讀者〉則明顯的築基於閱讀現象學、詮釋學、讀者反應理論、接受美學，以至後結構主義諸流派論述的理解之上。因而都一方面自然而然的反映了西歐北美人文社會學界的特殊興味；一方面也將這類新起的思維角度與探討的方法帶進了中國文史研究的領域。這些觀察與分析，不論是否可以成為我們從事研究時的主要關懷，至少是豐富且提示了我們對於中國文史現象可能的更多面的思考。

至於〈柳宗元的「逐畢方文」與西方類似物的比較研究〉一篇，自然是一篇比較文學的論述，但其精神卻近於語言哲學的實在論者。正如這批實在論者所一再辯議以為：無論每個歷史、地域、文化社會的語言用法與想像理解有何明顯的差距，但其所指的「黃金」之為物，其實同一，其事實屬性、其構造成分終究並無二致。該文強調的則是《山海經》神話與柳宗元認定的「畢方」，事

實是「鬼火」，亦即是「ignis fatuus」，而在西方，相同的事物亦衍生Will-o'-the-wisp等等的傳說與想像來。

實在論的語言哲學能不能在後結構主義的詮釋思潮中，提供一種東西、古今互通的理論基礎，或許是一個饒有興味的基本問題。但是本書的基本關懷，其實卻在設法釐清在中國文化的傳統中，尤其是唐宋之際，「傳」、「記」、「碑誌」、「哀辭」與「小說」、「傳奇」等文體的千絲萬縷的糾纏與關連。本書多篇論文的重點是，一方面經由歸納整理，分析探討「傳記」與「小說」的「文類」規範與寫作型態（〈「文苑英華」中「傳」的結構研究〉、〈中國小說的起源〉）；一方面經由互文（intertextuality）比對，首先指出：「小說」不但在用字遣詞、謀篇形製，甚至情節的構成單位與安排經營，往往前有所承，而且大抵本於史傳或經籍（〈「南柯太守傳」的語言、用典、和外延意義〉，並且在其衍變改寫之際，則不但反映了作者個人的用心與情懷，更是對於當代現實的一種迂曲的反映（〈略論九世紀末中國古典小說與社會〉）。同樣的，由於文體的不同規範，各類「傳記」性的作品，亦往往對所謂歷史「事實」有所選擇取捨，然後再行構組，結果產生的就是角度、主題、甚至內容各異的「詮釋」（〈略論碑誌文、史傳文和雜史傳記：以歐陽詹的傳記為例〉）；甚至亦不妨借傳主生平事跡之酒杯，澆作傳者自己胸中的塊壘（〈讀范仲淹「唐狄梁公碑」〉），於是「傳記」的自抒作者胸懷的功能，亦頗類於「小說」作品之於其作者。

在〈唐人載籍中之女性及性別雙重標準初探〉中，倪教授更是以具體實例，論證了：不論其文體性質為「古文」、為「寓言」、為「傳奇」、為「史傳」，在性愛態度上採取的是「性別雙重標

準」的觀點，甚至在描寫表現的基本方式上，皆若合一契的反映了文化價值與偏向的一致性。如是則歷史「傳記」與傳奇「小說」，以至道德寓言與訓誨等各類不同體式的作品，在諸多時代、文化現象的反映上，就未必那麼判然有別，截然可分了。眞可謂是「六經皆史」的另一種現代理解了。倪教授甚至在〈南柯太守傳〉、「永州八記」與唐傳奇及古文運動的關係〉一文中指出，「傳奇」的〈南柯太守傳〉與「古文」之〈永州八記〉，雖然文類性質迥異，但在許多描寫與文字上卻有顯然的雷同之處，因而探詢兩作的因襲承繼的問題，並且重新質疑「古文」與「傳奇」二者關連的傳統說法。但不論舊說或新說，顯示正都是二者的盤根錯節、密不可分，也都是中國敘事傳統影響下的同流分派。

上述種種發現與論述，雖然篇章各別，重點互見，其實都是倪豪士教授浸淫泛濫於中國敘事傳統，尤其是唐代的傳記、傳奇與古文作品多年的閱歷有得之言。雖然本書保留了發表過程的軌跡，以「論文集」，而非以「專書」的形式出現：但整體而言，書中各篇息息相關，環環相扣，其實自有一貫的理路，衍續的血脈，隱然輝映。逐篇讀來，但見其對核心問題的層層逼近，卻又峰迴路轉時有柳暗花明的意態，其引人入勝之處，實不遜於閱覽「小說」。同時其論述善用比較而分析細密，能在文獻字裏行間的參詳比對中，推測史傳之「事實」與作者之「用心」，勾沉顯晦，既是「傳記」的重構詮釋，亦富「小說」的制作興味。名其書爲：「傳記與小說」，其誰曰不宜？

倪豪士教授任教於美國威斯康辛大學，行踪遍天下，但卻獨對臺北情有所鍾，幾度來臺任教與研究，留臺期間甚至號召同好，組織論學談文的定期聚會。慶明有幸蒙其邀約，樂與數晨夕，

頗享疑義相析、奇文共賞之歡趣。此番論著中譯付梓，又得先睹爲快之便，敢贅數語於前，亦略

表「有朋自遠方來，不亦樂乎！」的欣喜愛好之情。

《北宋的古文運動》序

附錄三

文學運動顯然是一種遠比文學創作複雜的現象。但是文學創作原來就是一種社會性的活動，它的促發、產生、傳播與接受，其實無法不受流行的社會成規的影響，也必須透過種種社會的機制方才得以發生作用。因此，創作雖曰「創」作，其實泰半仍須是合於某種「典範」或「法式」之下的「創」作。只有少數的豪傑之士，不但超越了既有的成規，而且及身的使一己的寫作，成為取而代之的新的「法式」，因而自居於「典範」的地位，這樣就形成了所謂的「文學運動」。

每個時代的主盟文壇的人物，或大或小都在從事「文學運動」。文學史的重要工作之一，正在敘述探究這些大大小小的「文學運動」：所有的分期、分體、以至各種風格的討論，尋繹的其實都是這些或顯或隱的運動與其成果。但是明顯自覺的文學運動，所提示給我們的，就不只是一般文學史中所常見的作品與風格而已，同時更是運動的過程、影響的因素與發展的規律。這樣的明顯自覺的文學運動，在中國文學史中屢見不鮮，但是就以影響之深遠長久而論，除了近代的「文學革命」外，當數唐宋的古文運動最為重要。

古文運動與白話文學運動所以重要，所以影響廣大，因為它們都不僅是文學的革命，也是書寫語言的革命，更是一種文化的革命。然而它們的成功，卻不在打、砸、搶、燒的激憤的破壞，

或者政治權力的三令五申，威迫利誘；而是來自於其主張的合於社會轉變之時代需要，以及領導人物經由成功的創作所形成的「典範」作用，與其經由批評自覺所闡明的「法式」之確立，足為時人及後人的仿效與遵循。卡萊爾（Thomas Carlyle）《英雄與英雄崇拜》（Heros and Hero-Worship）所謂的「英雄」的創造世界新秩序，正是此義。

何寄澎先生的這本《北宋的古文運動》，雖然未在書名上強調，追索的卻正是這樣的兩個文化「英雄」──歐陽修與蘇軾，他們兩人所前倡後繼的最重要的文化事業（歐、蘇二人的文學事業，其實更包括了宋詩風格的確立與宋詞意境的開拓，但影響到整個書寫與文化變革的卻是古文運動）。由於他們的提倡與「典範」，終於使得「古文」成為一種平易自然，既切近於人們思感的心理歷程，卻又富於表現、溝通能力，足以適應多種體類之目的的書寫媒介，因而達到了「文」、「道」融合，「文統」與「道統」合一的新的文化方向的開展。從此「文章」具有了「思想」的靈魂，「思想」也具有了藝術表現的體貌。正是另一次「文質彬彬」人文化成之理想的體現。即使在「文學革命」七十年後的今天，當我們回顧古典文化，亦不能不為之崇仰讚嘆，低迴不已。因此何先生在本書中對於他們承先啓後之事業的細按深究，就格外意義重大，充滿啓示。

「英雄」雖然創造時代，時代也同時造就「英雄」。因為每一位文化「英雄」都有他們的先驅者，先行摸索了未來發展的方向。「英雄」們承繼了他們的成功與失敗的經驗，因而終於找到了真正可行的康莊大道。但是「英雄」之所以為「英雄」，也正因他們不只是真理之坦途上的踽踽獨行的人物。──陶淵明或許在詩文上，走的正是文化理想最後會到達的真理之路。但是其意義卻要

到了蘇東坡之後方才被體認，方才有重大的影響。因而陶淵明只是「先知」，但卻不是「英雄」。因為他只是「頗示己志，忘懷得失，以此自終」的完成自己，卻未嘗努力去發起任何文學運動。

——「英雄」之事業，正因為他們的不僅獨善其身，自我完成，而且更是能夠栖栖惶惶的接引同志，開創了風雲際會的時代潮流的吹鼓手。因此他們不只影響久遠，成為文化傳統中永不熄滅的火炬；而且更是功的被納入正典，成為傳統的一部分之後，終要逐漸的由社會的前景消褪，而融入了永恆的歷史背景。但是若無這種盛極一時的流行，就談不上所謂的明顯自覺的「運動」了，不論是文學的，或是文化的。

何先生很真切的掌握「文學運動」的既有前驅，復有同志，更有後繼與羣衆的特質，因此本書的注視的探照燈，一方面集中在前後兩位「英雄」的樞紐作用上，一方面亦不忘照射到北宋古文運動的前驅者：柳開、王禹偁、穆修、石介、尹洙、蘇舜欽，以及歐陽修所提携的曾鞏、王安石、三蘇，以至蘇門的秦觀、晁補之、李廌、張耒，甚至私淑蘇文的唐庚、鮑由、李朴等身上。

何先生在時代背景上通觀叢列了北宋所有重要文化人物的言論，以證明「通經致用」正是時代心靈的共同傾向；並且以相同的方式證明了，當時一般對於「文」、「道」觀念的理解，以及「文」、「道」合一的要求。因而歸結到歐陽修的能夠「富有文采」的塑造出一種「簡雅平淡的風格」，反應了這種時代的需求，而且一方面具有了「文章為士子所效習」的「典範」作用，更兼「指示」了衆人可習的門徑」的「法式」功能。因而在「掌握有力的工具——知貢舉」的便利下，憑恃其「善

處人事」、「胸襟寬闊」的特殊性情，在「提携後進不遺餘力」的精神感召中，達到了古文運動的成功。

接著歷述蘇軾的代興繼起，踵事增華，達到了「古文最高藝術層次」，但也埋伏下了盛極而衰的根由，因而在歷經黨爭、洛學的攻擊，終於內外交困，再難振作，古文運動遂及北宋而止，南宋再無大家繼起。整個的分析，遂具有從驚天動地到寂天寞地的悲劇情調，在低迴掩抑的終曲聲中，我們只聽見〈餘論〉裏何先生的諄諄致意於黨爭之害：「古文之被提倡，本有政治上的目的，但此一政治性係限於冀求實現儒家的政治理想，並不同於黨同伐異的鬥爭工具」，「古文淪為政爭的工具」，「古文被大量用於批評時政，譏刺人身，古文遂為政治所汚染，喪失了它的純淨」，「古文一旦用為政治鬥爭，終必受到政治力量的傷害」……餘音裊裊，發人深省。

江西詩派到了南宋猶能開啓四大詩家，終南宋一世而古文竟無大家。或許正在「古文運動」的「文道合一」原即出於經世致用的要求，所以「道」取「外王」之義，頗具進取精神。而偏安半壁的南宋，正如晚唐的疲弱於外患與黨爭，在苟且委靡的世風下，或許「內聖」之思與淸苦之音更近於時代心理，古文的復興遂有待於明、淸的有心用世之士。但是古文終究於北宋之後成為文體的正統，歐、蘇的努力亦可算功不唐捐了。

何先生雖然對於蘇軾的「重詩賦，文章亦求華美」，「蘇文縱橫倜恍，難以學習」，「蘇文頗軼儒家之道」，東坡的未為粹然純儒，而導致古文運動的盛極而衰，略有微詞，遺憾之意溢於言表。但這其實也是書中重點之一的「道統」與「文統」的能否融合為一的關鍵。早期的古文家所以只

好走怪奇艱澀之路，就是他們只能「宗經」而無法「變騷」，不能融攝戰國以下，縱橫、屈宋、班馬……等等在文風上的發展，因此只能在一種極端有限的文體中艱苦掙扎。歐陽修變怪奇為雅正，化艱難為平易，自是為古文開出一條可行的新路。但是平淡若無真味為內裏，終究有失為文的本義。並且若一味強調平易，亦未嘗不是另一種有限而拘束的風格。書中所探討的二蘇的「文意」與「文氣」的主張，正是想藉由「有德者必有言」的理念，突破文主一格的拘限，想以人心思感的自然流動——「意」之流變多姿，以及性情閱歷的寬厚豐富——「氣」之宏博疏蕩，來充溢平淡自然的文字，而達到有文有質的風格。事實上這正是古文文體的再次解放，而終於找到了真正足以反映性情，自由表現的美學基點，也就是古文的足堪擔當宋代之後文體之範式的活水源頭。所以，何先生亦一再強調蘇軾「造就古文最高藝術層次」，「在藝術成就上，蘇軾的確推古文及於巔峰」——雖然何先生對於「波瀾壯闊、變化萬千之文取代了清新平易之文」，站在為古文運動設想的立場，評價上略有保留。

何先生的另闢一章〈與唐代古文運動的比較〉以及〈古文家與釋子之交涉〉、〈古文家與理學家之交涉〉的兩篇附論，無疑的使得本書的脈絡更加清晰完整。尤其唐代古文運動雖然出以比較，敍述卻是詳備完整。通觀叢列，不但是本書的基本寫作方式，在第一章註十一檢討郭紹虞論北宋文論之不當的這段：

郭氏的偏失可能肇因於立論之時僅就個人論文篇章著眼，而未從史傳、文集綜合觀察他們

的思想、言論，甚至行為；尤其未能將文學現象置於全文化、全社會現象檢視，這很值得我們警惕。

更是充分的反映了本書的寫作態度。是以本書在材料掌握上的周備精密，分析探討上的深入細膩，其足資學者的參考應用，自不待言。而透過「排佛」，何先生強調了古文運動的本位文化意識；談到了「理學家」對於「古文家」的抨擊，則強調了儒門的同室操戈的不無遺憾。但釋契嵩在本書中似乎是理所當然的反派角色；而批評蘇軾的朱熹則位同「聖人作而萬物睹」的儒道「聖賢」，雖有指瑕而大體服膺。似乎完全反映了何先生的深深涵泳於性理、文章兩全其美的儒學大傳統，以及傾向德言兼顧的中庸天性所形成的特殊襟抱，因此發為論斷，有所取而有所不取，俱見性情。

何寄澎先生自於臺大求學之日起，即為經常談文論學的好友。多年前本書初稿完成時，依稀記得彼此曾有熱烈討論，當時惟願見其早日刊行。現在終於正式成書出版，真是可喜可賀！付梓之前有幸重閱，依舊興味盎然，可見學問的累積，雖因歲月而異，但流露真生命真性情的文章，自然永遠動人！

六十年代現代主義文學？

一

是否在「閏秒」的年代裏，時間顯得特別迫促？還是早就習慣於在國際貿易體系中，長年和流行的短暫季節作日光的競爭？我們的文學史的觀照，越來越行縮短，恐怕十年都要成為一個漫長的世代了。但弔詭的是，作家的壽命，包括生理的與寫作的，卻越來越長。令我們不安的是，我們好不好只是切取他們的寫作與人生於某一個短短的五年或十年，然後就將他們投入歷史暗處的垃圾箱？所謂六十年代作家，今天又有哪些人，真的不在，或者是不寫了？並且可能反而是更成熟了。那麼為什麼我們只該談論他們初露頭角時的少作，而非更加圓融成熟的近作？這是不是另一種「青春的崇拜」？還是對於銷售市場之流行的捕風捉影？因此，對於習慣於探討、講授動輒三、四千年的中國文學史的人而言，被指派撰寫一篇「六十年代現代主義文學」的論述，首先就有難以適應的「時差」問題。

其次，「現代主義」在西方，不但有它一定的時空指涉，而且更有其前後銜接的文化傳統轉換

與開展的意義。一方面它代表一次世界大戰前後起，對於西方文藝傳統與布爾喬亞社會的深切質疑，所激發的一系列的對於人類生存的真實處境，在解構了啟蒙時代的理性、人本的神話之後的，重行發現與詮釋：它的種種策略與效果，正來自它的對於西方既有傳統的深質與力抗，並且亦因此而形成了與所謂「後現代」的差異。但是自有三、四千年文學傳統的中國，並不具有這種自希臘、羅馬、中世紀以降，以至文藝復興、啟蒙時代、工業革命，甚至浪漫主義等等的文化背景，因此既無這套特殊文化價值面臨崩潰的危機意識，更無所謂布爾喬亞的自滿文化的可以顛覆與震撼。對於我們而言，「上帝」，早在荀子寫〈天論〉或司馬遷寫〈伯夷列傳〉時，就已經「死亡」了。從老子的「天地不仁」，孟子的「率獸食人」，以至王安石的「天下紛紛經幾秦」，我們亦有足夠的歷史證言與經驗，確認這種感受。我們會有西方人在初聆尼采宣布，並在兩次大戰中印證：「上帝死亡」的那種悲愴與失落嗎？假如我們從來就不特別重視宇宙與人生的種種變化，有其不可變易的理性規律與奧祕神意的存在，更不以內在統一，邏輯發展作為文本結構的基礎；對一個充斥著詩話與筆記的寫作傳統，所謂：即興、片斷，以至詭異、怪誕等等的文體與表現，真的足使我們驚異或震恐？還是習以為常而已？

那麼所謂：「六十年代現代主義文學」的「現代主義」又是什麼意思呢？

二

一九五三年二月，紀弦在《詩誌》停出後，籌畫主編的《現代詩》季刊問世，並在其宣言中強調：

我們認爲，一切文學是時代的。唯其是一時代的作品，才會有永久的價值。這就是說，對於詩的社會意義和藝術性，我們同樣重視；而首先要求的，是它的時代精神的表現與昂揚，務必使其成爲有特色的現代的詩，而非遠離著今日之社會的古代的詩。更不應該是外國的舊詩！

要的是現代的。我們認爲，在詩的技術方面，我們還停留在相當落後十分幼稚的階段，這是毋庸諱言和不可不注意的。唯有向世界詩壇看齊，學習新的表現手法，急起直追，迎頭趕上，才能使我們的所謂新詩到達現代化。而這，就是我們創辦本刊的兩大使命之一。另一個更重大的使命是反共抗俄，⋯⋯

雖然詩刊的名稱，已由「新詩」進而轉換爲「現代詩」，但強調的其實是「新詩」的「現代化」，並未明顯的標榜「現代主義」。它的整套意理，其實與胡適的〈建設的文學革命論〉的強調：「第一、中國文學的方法實在不完備，不夠作我們的模範。」「第二、西洋的文學方法，比我們的文學，

實在完備得多，高明得多，不可不取例。」因而主張：「如今且問，怎樣預備方才可得著一些高明的文學方法？我仔細想來，只有一條法子：就是趕緊多多的翻譯西洋的文學名著做我們的模範。」是如出一轍的。所謂「向世界詩壇看齊」，自然指的不是印度，或菲律賓的詩壇，而是歐美。

這基本上是技術後進國家，向技術先進國家，學習其「技術」，即所謂的「現代化」的一種素樸的想法，向文藝領域的延伸。所以，雖然強調「有特色的現代的詩」與「時代精神的表現與昂揚」，

但無形中卻以「技術」、「新的表現手法」為「時代精神」或「現代」的「特色」。自然除了歐美的先進國家，其他技術落後的國家遂亦不可有其獨自的「時代精神」，更不許其獨特的「時代精神」，作「有特色」的「表現與昂揚」了！

但是，此時的紀弦，所強調的「現代的」，似還不具所謂的「現代主義」的意涵，在一九五五年編成，五六年出版的《新詩論集》中，他在一篇題為〈一切文學是「現代的」〉的文章中，強調：「一切文學尤其是詩，必須是在產生該作品的時代成其為『現代的』。否則非詩；亦不得歸屬於文學的任何一個族類裏去。凡摹倣前人的，就是不創造的，也就是不文學的。」因而提出了如下的警句：

　　唯其是「現代的」，才有其永久性，唯其是「摩登的」，方得列入古典。

　並且論以《離騷》之為古典，正在不步三百篇的後塵，而是「獨創的，是在他的那個時代成

其為「現代的」，《神曲》之為古典，正由於「在但丁的那個時代，它是完全『摩登的』，空前的獨創的」，因而接著強調李白、杜甫、拜倫、雪萊、波特萊爾、象徵派，以至「唐詩、宋詞、元曲，都是在它們的時代成其為『現代的』，所以其中的傑作，便成為中國文學之古典了」。

這篇文章辯護「現代的」的策略，顯然和胡適的《白話文學史》辯稱一切好的文學皆是「白話的」，同一機杼。但其立場，卻與晚明性靈派所主張的：

曾不知文準秦漢矣，秦漢人曷嘗字字學六經歟？詩準盛唐矣，盛唐人曷嘗字字學漢魏歟？秦漢而學六經，豈復有秦漢之文？盛唐而學漢魏，豈復有盛唐之詩？唯夫代有升降，而法不相沿，各極其變，各窮其趣，所以可貴，原不可以優劣論也。（袁宏道〈小修詩敘〉）

故善畫者，師物不師人；善學者，師心不師道；善為詩者，師森羅萬象，不師先輩；法李唐者，豈謂其機格與字句哉？法其不為漢，不為魏，不為六朝之心而已，是真法古者也。是故減竈背水之法，跡而敗，未若反而勝也。夫反，所以跡也。今之作者，見人一語肖物，目為新詩；取古人一二浮濫之語，句規而字矩之，謬謂復古：是跡其法，不跡其勝者也，敗之道也。（袁宏道〈敘竹林集〉）

基本上是同一種立場，同一種側重文藝的「時代性」、「創新性」的態度。所以，紀弦的接著提出，與公安派的「獨抒性靈，不拘格套」的主張近似的：「內容決定形式，氣質決定風格」的

說法，來爲新詩的「正路」，「必須使用自由詩的形式」作辯解，也就無足爲怪了！

但是這篇文章的重要性，卻還不只在對於「現代的」的鼓吹，而是提出了，一如艾略特〈傳統與個人才具〉一文所主張的「現代」與「古典」必須有別，但卻相容，甚至互補相成的觀念。

〈古典〉之所以爲「古典」，正因爲它們都是在其各自的時代，「成其爲『現代的』」，並且是「其中的傑作」，因而「便成爲中國文學之古典了」。這顯然和陳獨秀〈文學革命論〉所謂：「際茲文學革新之時代，凡屬貴族文學、古典文學、山林文學，均在排斥之列」，以爲「古典文學，鋪張堆砌，失抒情寫實之旨也」的理解和態度，迥然不同。因此，自清季維新運動以來的，一連串關於「新」的訴求：新民、新政治、新中國、新小說、新文化、新青年、新潮、新詩、新生活……等等，在凡有求「新」之際，必然反「舊」的，「新」、「舊」互斥的假定。在漸漸使用「現代」，甚至「現代化」來代替「新」的強調時，就慢慢滲入「現代」與「傳統」有別，但卻同時具有連續與發展的相容性；因而進一步就轉化爲「現代」與「古典」爭勝而不妨相成，甚至相得益彰的理解。這種觀念與態度，當然不是紀弦所獨創，甚至獨具。因此這篇文章在當時究竟有何影響，亦殊可懷疑；但是作爲時代精神轉移的指標，卻是一個方便的參考與信息。

畢竟，自晚清以來，以「新」、「舊」爲名所造成的對立與衝突，也太久了，久到所有當年的「新」都不免要顯得陳「舊」不堪了。同時以「立新」、「破舊」爲宗旨的革命，由政治、社會，以至文學的各種「革命」，所造成的破壞與傷害，也夠慘烈與全面了。也許，革命與救國的破壞的時期終該告一段落，而該是開始建設的時候了：當時臺北市的三個男子中學，被分別命名爲：「建

國」、「成功」、「和平」，多少也透露出這種心理消息來。身為「成功」中學歷史教師的紀弦，當不致全無感應吧！

在要求革命破壞之際，「新」、「舊」的對立，似乎是最有力的修辭（北宋的慶曆新政、熙寧新法，亦何嘗不然），但是若從建設、「現代」與「古典」的爭勝互補，似乎是更有效的鼓舞。整個五十年代到七十年代，臺灣社會各方面的包括政治、經濟、文化等等的「現代化」運動，其實流貫的正是這種日益珍視古典，但卻力求現代的精神趨向。所以，余光中得了文藝協會的新詩獎，所撰的自述寫詩經過的文章，即名為〈從古典詩到現代詩〉，而引杜甫詩「但覺高歌有鬼神，焉知餓死填溝壑」為副題。文中強調的正是：「反叛傳統不如利用傳統」，「對於傳統，一位真正的現代詩人應該知道如何入而復出，出而復入，以至自由出入」。

一九六一年七月，余光中一方面總結暫告一段落的「中西文化論戰」，一方面根據方興未艾的包括：現代詩、現代畫、現代音樂等五、六年前即已展開的現代文藝運動，寫了一篇〈迎中國的文藝復興〉（一如當年反省五四的李長之），引王維詩「行到水窮處，坐看雲起時」為副題，明白的主張：

中國現代文藝如有大成之一日，那必是在作品中使東西文化欣然會合之時。到那時，不但現代文藝運動成功，且亦實現了我們的文藝復興，對我們的古典文藝，對五四的新文藝，也才算有了一個交代。

因此，我們的理想是，要促進中國的文藝復興，少壯的藝術家們必須先自中國的古典傳統裏走出來，去西方的古典傳統和現代文藝中受一番洗禮，然後走回中國，繼承自己的古典傳統而發揚光大之，結果是建立新的活的傳統。換言之，我們從長安去巴黎，目的地並非巴黎。巴黎只是中途的一站，我們最終的目的地仍是中國。我們也許在巴黎學習冶金術，但真正的純金仍埋藏在中國的礦中，等我們回來採鍊。

雖然余光中的「冶金術」與「金礦」之喻，仍然因襲了胡適的向西洋學習「文學方法」，以及紀弦的「向世界詩壇看齊」，學習「詩的技術」、「新的表現手法」的想法。但畢竟肯定了「純金仍埋藏在中國的礦中」，強調了「繼承自己的古典傳統而發揚光大之」，因而期待的是「中國的文藝復興」，是「建立新的活的傳統」，他在文首預言：「一九六二年的文化界是多采多姿的。」這種古典／現代：或者傳統／現代的理念下的宣揚「現代」，就是「六十年代的現代主義」嗎？

三

一九五六年一月十五日由紀弦發起，經九人籌備委員會籌備的現代派詩人第一屆年會，在臺北舉行，宣告現代派的正式成立，在二月一日公布現代派詩人羣名單有八十三人，在四月三十日公布的第二批名單有十九人。同年二月出版的《現代詩》季刊第十三期封面上，則刊出「現代派

的信條」：

第一條：我們是有所揚棄並發揚光大地包容了自波特萊爾以降一切新興詩派之精神與要素的現代派之一羣。

第二條：我們認爲新詩乃是橫的移植，而非縱的繼承。這是一個總的看法，一個基本的出發點，無論是理論的建立或創作的實踐。

第三條：詩的新大陸之探險，詩的處女地之開拓。新的內容之表現，新的形式之創造，新的工具之發見，新的手法之發明。

第四條：知性之強調。

第五條：追求詩的純粹性。

第六條：愛國。反共。擁護自由與民主。

紀弦並在〈現代派信條釋義〉一文中解釋第一條，說：

正如新興繪畫之以塞尚爲鼻祖，世界新詩之出發點乃是法國的波特萊爾。象徵派導源於波氏。其後一切新興詩派無不直接間接蒙受象徵派的影響。這些新興詩派，包括十九世紀的象徵派、二十世紀的後期象徵派、立體派、達達派、超現實派、新感覺派、美國的意象派，

以及今日歐美各國的純粹詩運動，總稱爲「現代主義」。我們有所揚棄的是它那病的、世紀末的傾向：而其健康的、進步的、向上的部分則爲我們所企圖發揚光大的。

顯然紀弦心目中的「現代主義」的涵意是相當寬泛而且模糊的，因爲它「包容了自波特萊爾以降一切新興詩派之精神與要素」，在這種意義下，所謂的「現代主義」的「時間性」或「時代性」的意義，就要遠遠大於具體的「精神與要素」了。尤其這「一切新興詩派之精神與要素」，能不能再用「知性之強調」與「追求詩的純粹性」來完全加以規範，事實上不免於一廂情願。相同的一廂情願，亦見於他的要「揚棄的是它那病的、世紀末的傾向；而其健康的、進步的、向上的部分則爲我們所企圖發揚光大」的主張。假如「現代主義」可以被冠以「病的、世紀末的傾向」，那麼它又如何可以被分割或抽離出「健康的、進步的、向上的部分」來？而不論是「知性之強調」或「追求詩的純粹性」，其實都無關於是否「病的」，「世紀末的」或「進步的、向上的」，那是兩種不同範疇的理念，彼此並不能相涉。

同樣的，一旦作了「知性之強調」與「追求詩的純粹性」的限制，則所謂「詩的新大陸之探險，詩的處女地之開拓」，新的「內容」、「形式」、「工具」、「手法」等等的追求，事實上都受侷限。尤其「自波特萊爾以降，一切新興詩派之精神與要素」，是否就不算已陳之芻狗，而完全符合，他在解釋第三條所強調的：「我們認爲新詩，必須名符其實，日新又新。詩而不新，便沒有資格稱之爲新詩。所以我們講究一個『新』字」的要求？只從「新」字去講究，則誰「新」誰「舊」，就

完全是相對性的。對誰而「新」，對那個傳統而言是「新」的？事實上就會有完全不同的理解。當

他在第二條主張「橫的移植」時，許多對於西方的傳統而言，是「新」的精神與要素，但對於中

國或東方的傳統而言，其實是「陳舊」的；反而從西方傳統而言卻是「陳舊」的事物，對於中國卻

真反而是「新奇」的。整個的問題是紀弦等人，未必真的深入的瞭解西洋文學的大傳統，更談不

上瞭解中國自詩經以降的詩歌的大傳統。當他或者談「古典」而只及於「李白、杜甫」，「唐詩、

宋詞、元曲」，或者言「國粹」只涉指「唐詩、宋詞之類」，反映的正是他對於漢魏六朝，以及宋

元清詩的全然無知。至於「唐詩」，他對四唐詩之差異與演變，「宋詞」，他對晏歐、蘇辛、柳周、

姜張，以至吳文英、王沂孫等人的作品與風格上的演變與開拓，有多少的瞭解，亦殊可懷疑。所

以同是「現代派」的九人籌備委員會的林亨泰，就在《現代詩》季刊第十八期，發表了一篇〈中

國詩的傳統〉，以為中國詩的傳統：：㈠在本質上，即象徵主義，㈡在文字上，即立體主義，因此，

他認為『現代詩即中國主義』。」

　針對著紀弦的《現代派信條釋義》，尤其是第一條的提倡所謂「現代主義」，第二條的主張「新

詩乃是橫的移植」，第四條的「知性之強調」，以及第五條的「追求詩的純粹性」，覃子豪在一九五

七年《藍星詩選》獅子星座號，發表了〈新詩向何處去？〉，首先反對「中國新詩是吸收了西洋詩

的營養而長成、壯大，是世界詩壇之一環；因而世界詩壇的方向，便是中國新詩的方向」，認為：

中國新詩之向西洋詩去攝取營養，乃為表現技巧之借鏡，非抄襲其整個的創作觀，亦非追

隨其蹤跡。技巧之借鏡，無時空的限制，無流派的規範。其目的在求新詩有正常之進步與發展。

因此強調：「中國新詩應該不是西洋詩的尾巴，更不是西洋詩的空洞的渺茫的回聲，而是中國新時代的聲音，眞實的聲音。」因而質疑：「若全部爲『橫的移植』，自己將植根於何處？」以爲：「外來的影響只能作爲部分之營養，經吸收和消化之後變爲自己的新血液。新詩目前亟需外來的影響，但不是原封不動的移植，而是蛻變，一種嶄新的蛻變」。所以接著強調，「理性與知性可以提高詩質，使詩質趨醇化」，但若要「表現出詩中的含意」，卻「非藉抒情來烘托不可」，「最理想的詩，是知性和抒情的混合產物」，因此接著提出：「凡屬具有永恆性的藝術，必蘊蓄著人生的意義」；詩必須成爲「作者和讀者溝通心靈的橋樑」，「詩人的目的，是在和讀者作心靈的共鳴，和讀者共享神聖的一刻」，因此反對非由本質而徒具外觀的晦澀：詩的「生命是完整的」，必須出以「完美之表現」，「瑣屑、零亂的表現」，「那是殘缺的，斷片的」，「局部誇張，是畸形的發展」；須「尋求詩的思想的根源」，「思想是詩人從現實生活感受中所形成的人生觀和世界觀」，「所謂理性與知性」，其意義正在「對人生的探索，理想的追求」：以及「從準確中求新的表現」與「風格是自我創造的完成」等論點，尤其最後一點，他強調：

風格在個人來說，是人格的代表，也是一個人精神的超越的表現。在一個民族來說，是一

個民族氣質、精神的代表，也是一個民族氣質、精神的超越的表現。在一個時代來說，是一個時代精神的代表，也是一個時代精神超越的表現。時代風格，就是超越了舊傳統的新風格。民族風格，就是超越了民族古老氣質的新我的新風格。個人的風格，就是超越了現實中的舊我的新風格。而這新風格要在自我創造中求完成，和個人氣質，民族氣質，時代精神不可分割的。

在這一段話裏，覃子豪一方面肯定了藝術品所賦形的美感經驗，來自創作者的現實經驗。因此在某種意義上反映了創作者的生活狀態，以至生命型態，可以視為是其「人格」的「代表」；但另一方面更重要的，卻是美感經驗，或者說賦形呈現於藝術品的「內容」，也就是與「形式」結合後，所形成的整體「風格」，則已非現實經驗，甚至已非現實中的自我──他稱之為「現實中的舊我」──而是其超越，因而也就是「一個人精神的超越的表現」，是以創作者在藝術中昇華了自我，也在藝術品的創造中，創造了一個嶄新的自我，因此作為統一了形式與內容的作品的「風格」，一種精神的實體與面貌，也就可以視為是「自我創造的完成」。同時，這種「反映」與「昇華」，「代表」與「超越」的有關「自我」與「風格」的辯證關係，又可以同時應用到「個人」、「民族」與「時代」的層面上。在這種應用的推擴之際，覃子豪其實是提出了一個「民族」，以至一個「時代」的「主體性」的概念。這也就是他所以強調：「無庸否認一個新文化之產生，除了時代和社會為其背景外，外來文化的影響亦為其重要的因素。但應以自己為主。」的基本立場。

同時，由於提出的不僅是「民族」的「主體性」，還更是「時代精神」的「主體性」，因而相

對於「傳統」，也就更有了「相承」而「超越」的辯證的關係，或者說類似現實經驗爲藝術經驗的「創造」所「超越」、所轉化，但確爲其材料，其基礎，也就是「營養」與「吸收和消化之後變爲新血液」的「蛻變」、「嶄新的蛻變」中「自我創造的完成」的關係。因此，這一方面類似於我們在第二節所討論過的「古典／現代」或者「傳統／現代」的理念，但是在其提出的時候，卻有了更爲深入的闡釋，更深刻的理解。並且，由於「個人」是單一的「主體」，可以有完整統一的「自我」，所以，他以「人格」論個人的「風格」。但是「民族」，作爲集體的「主體」，它的「主體性」卻是多元、多面、多「自我」的，因此，只能以共同或近似的「氣質」，而非以具體的「人格」，來理解與掌握。在強調：「風格，……在一個民族來說，是一個民族氣質，精神的代表，也是一個民族氣質，精神的超越的表現」之際，似乎他正以子之矛，攻子之盾的以紀弦的「氣質決定風格」的主張，其實是一種強調表現個性的浪漫理念：而「民族氣質，精神的超越的表現」，「民族風格，就是超越了民族古老氣質的新風格」，則顯然具有「克己復禮」或「詩者，持也。持人情性」的古典程序與「開物成務」的創新精神。

因此，結果非常顯然：主張「知性之強調」與「追求詩的純粹性」的紀弦的詩作，卻一再的反映了「氣質決定風格」，寫出了〈狼之獨步〉的狂想「以數聲悽厲已極之長嗥」，「使天地戰慄如同發了瘧疾」，而強調「這就是一種過癮」：或者「在禁酒的日子」，「把那些喝空了的瓶」，「又對準了水泥牆，離遠些，使勁地」，「一隻隻，一雙雙拋擲過去」，「使發出乒乒，劈拍之聲──」，而宣

稱：「不也是一種大大的過癮嗎？」的這種一再的以「過癮」作結的，宣洩無聊無賴情緒的「新」抒情詩（其實是「元曲」風的）。而在當時，寫下像〈瓶之存在〉：

不是偶像，沒有眉目
不是神祇，沒有教義
是一存在，靜止的存在
而美形於意象，可見可感而不可確定的意象
是另一世界之存在
是古典、象徵、立體、超現實與抽象
所混合的秩序、夢的秩序
誕生於造物者感興的設計
顯示於渾沌而清明，抽象而具象的形體
存在於思維的赤裸與明晰

這樣的主要以「知性」所構築的詩作來的，反而是覃子豪。在上引節錄的段落中，覃子豪以「瓶」為「象」，指出它同時具有了「古典、象徵、立體、超現實與抽象」等「秩序」，承認此「秩序」是「夢」，是「感興」，但仍然是「秩序」與「設計」，他一方面詮釋了「現代主義」的諸流派中，

他個人的選取，一方面真正被排除或者省略的，卻反而是浪漫主義的個人情緒的宣洩。同時，該

詩以：

似坐著，又似立著

禪之寂然的靜坐，佛之莊嚴的蕭立

似背著，又似面著

背深淵而面虛無

背虛無而臨深淵

無所不背，君臨於無視

無所不面，面面的靜觀

不是平面，是一立體

不是四方，而是圓，照應萬方

圓通的感應，圓通的能見度

是一軸心，具有引力與光的輻射

起始，不但用了「禪」、「佛」、「靜觀」、「圓通」等東方的思維與理念；更基本的，在它近似「弔

詭」的「矛盾語法」（The Language of Paradox）的底層，是中國詩歌的「對句」或「對比」

的思維形式。這不正是或多或少的實現了，余光中所期待的「在作品中使東西文化欣然會合」呢？

由於覃子豪在〈新詩向何處去？〉的質疑，不但引起了紀弦接著撰寫〈從現代主義到新現代主義〉、〈對於所謂六原則之批判〉等文，引發了覃、紀二人的論戰，事實上也擴大為「現代詩社」與「藍星詩社」之間的論爭。但是誠如前引詩例可以見到的，詩人們的「詩」之創作，並不一定與他們的「散文」的論說一致。雖然「現代派信條」的第二條，強調了：「新詩乃是橫的移植，而非縱的繼承」，在當時的創作，最充分利用中國傳統的意象與情韻，作為想像的基底的，仍屬現代派九人籌備委員會的鄭愁予，像〈殘堡〉的：

百年前英雄繫馬的地方
百年前壯士磨劍的地方
這兒我黯然地卸了鞍
歷史的鎖啊沒有鑰匙
我的行囊也沒有劍
要一個鏗鏘的夢吧
趁月色，我傳下悲戚的「將軍令」
自琴弦……

這樣的段落，更不用提他的〈錯誤〉或〈情婦〉等詩，其實更在徐志摩的某些詩作之上。所以，在《現代詩》復刊第二十期，「四十週年專輯」上鄭愁予要重提「氣質決定內容，內容決定形式」，而要強調的卻是：

這前後期的現代詩人羣，從他們的作品和交往中，我發現有顯著的共同基因，那就是他們的氣質極爲接近——寫詩不以做詩人爲目的卻生活得實實確確是詩人。

即使是紀弦的〈四十年前〉的回顧的文章，提到他自己寫於一九四七年的〈詩的滅亡〉與一九五三年的〈詩的復活〉，強調的是「農業社會有農業社會的詩，那是昨天的；工業社會有工業社會的詩，這是今天的」，「新詩之所以新，除了工具、形式、題材、手法之必須新，更重要的是：意識形態的新，思想觀念的新。必如此，方足以言新詩，方足以言新詩的現代化」，他以爲自己在〈詩的滅亡〉中反映的是「一種反二十世紀文明的意識形態」，他在〈詩的復活〉中終於「把它的偏差給糾正了過來」了。但不論是前者的：

不過是個衞星，

也覺得頭頂上的「明月」，

便是「舉杯」在手，

有什麼值得「邀」的？

或者是後者的：

被工廠以及火車、輪船的煤煙燻黑了的月亮

不是屬於李白的；

而在我的小型望遠鏡裏：

上弦、下弦，

時盈、時虧，

或是被地球的龐大的陰影偶然而短暫地掩蔽了的月亮

也不是屬於李白的。

李白死了，月亮也死了，所以我們來了。

其實整個的詩意結構，都建立在傳統的神話性的「明月」與現代的科學性的「衛星」，在觀感上的差異與對比上，正是一如崔護〈題昔人所見處〉的「去年今日此門中，桃花人面相映紅；人面不知何處去，桃花依舊笑春風」的示意結構（傳統絕句最典型的示意結構），而且貫穿二首詩

四

一九六○年三月五日《現代文學》雙月刊第一期，在臺北出版。〈發刊詞〉上寫著：

本刊是我們幾個青年人所創辦的。創辦的動機一是我們對中國文學前途的關心。二是我們在這幾年來一直受著對文學熱愛的煎磨和驅促。……

我們願意《現代文學》所刊載的不乏好文章。這是我們最高的理想。我們不願意為辯證「文以載道」或「為藝術而藝術」而化篇幅，但我們相信，一件成功的藝術品，縱使非立心為「載道」而成，但已達到了「載道」目標。我們打算分期有系統地翻譯介紹西方近代藝術學派和潮流，批評和思想，並盡可能選擇其代表作品。我們如此做並不表示我們對外國藝術的偏愛，僅為依據「他山之石」之進步原則。

作全篇的，全是李白詠月詩的影子！哪裏見到「自波特萊爾以降一切新興詩派」的影子？在一篇回顧自己提倡現代派、現代詩的紀念文字中，所特別徵引的竟然是這樣的兩首詩，我們似乎也不妨反問：這是「橫的移植」？還是「縱的繼承」？還是「氣質決定內容」，每個人寫每個人自己的詩？

我們不想在「想當年」的癱瘓心理下過日子。我們得承認落後，在新文學的界道上，我們雖不至一片空白，但至少是荒涼的。祖宗豐厚的遺產如不能善用即成進步的阻礙。我們不願被目爲不肖子孫，我們不願意呼號曹雪芹之名來增加中國小說的身價，總之，我們得靠自己的努力。

我們感於舊有的藝術形式和風格不足以表現我們作爲現代人的藝術情感。所以，我們決定試驗，摸索和創造新的藝術形式和風格。我們可能失敗，但那不要緊，因爲繼我們而來的文藝工作者可能會因爲我們失敗的教訓而成功。……

我們尊重傳統，但我們不必模倣傳統或激烈的廢除傳統。不過爲了需要，我們可能做一些「破壞的建設工作」（Constructive Destruction）。

對於國家，我們有傳統中國知識分子的熱愛，甚至過而遠之。我們有生而爲中國人的光榮驕傲，儘管我們的國家今天正處於存亡絕續之秋，但我們的驕傲中有著沉痛的自責。讓我們

——中國的知識分子——鞭策自己吧！

即使就以上節錄的片段，我們已經可看出這份名爲《現代文學》的文學雜誌，其實有著極爲濃重的「中國」意識：創辦的動機，首先是爲的「對中國文學前途的關心」。接著談「一件成功的藝術品」，即「已達到了『載道』目標」，強調的正是「文以載道」傳統的新詮釋。再則談到「祖

宗豐厚的遺產如不能善用即成進步的阻礙。我們不願意被目爲不肖子孫」，以至歸結到「我們尊重傳統」，「有生而爲中國人的光榮驕傲」，並要以「中國的知識分子」的自覺，「鞭策自己」！〈發刊詞〉提到二個人名：曹雪芹，代表中國小說過去的成就；胡適，作爲倡導白話文和新詩的歷史「先驅者」，關懷的正全部是「縱的繼承」的問題！所以，對於「決定試驗，摸索和創造新的藝術形式和風格」，並不特別求其成功，反而是「因爲繼我們而來的文藝工作者可能會因爲我們失敗的教訓而成功」，因而，「我們希望我們的試驗和努力得到歷史的承認」（一如胡適的以「先驅者」的歷史價值，而非所寫的是最好的白話文和新詩，得到承認）。

假如其中有可能和「現代主義」這個觀念發生關連，除了名稱是《現代文學》外，恐怕是「打算分期有系統地翻譯介紹西方近代藝術學派和潮流，批評和思想，並盡可能選擇其代表作品」的構想有關。因此到一九七三年九月五十一期止，《現代文學》雜誌先後以專輯的方式介紹了Franz Kafka，Thomas Wolfe，Thomas Mann，Archibald Macleish，James Joyce，D. H. Lawrence，Virginia Woolf，K. Anne Porter，F. Scott Fitzgerald，Jean-Paul Sartre，Eugene O'Neil，William Faulkner，John Steinbeck，W. Butler Yeats，橫光利一，August Strindberg，T. S. Eliot，J. Ramon Jimenez，Albert Camus，Ernest Hemingway，Sherwood Anderson，Andre Gide，Samuel Beckett，Henry James，與大島渚等外國作家和作品，並旁及古希臘二大悲劇家，以及佛洛依德與心理分析。這些作家與作品，固然都是近代的名家，是否可以用「現代主義」一詞來加以涵蓋，亦不免大成問題，而且譯介，終究不等於創作。這些譯介，

對於當時的創作者究竟有何影響，實在亦很難評量。在這些外國作家作品的譯介的同時，《現代文學》並先後於第三十三期推出「中國古典文學研究專號」，第四十四、四十五期推出「中國古典小說研究專號」，第四十六期推出「現代詩回顧專號」，並自第三十五期起，一直維持刊出近四分之一篇幅的「中國古典文學研究專欄」。那麼〈發刊詞〉的：「我們如此做並不表示我們對外國藝術的偏愛，僅爲依據『他山之石』之進步原則」，則似乎是言而有徵的。

假如《現代文學》雜誌，可以和「六十年代現代主義」發生牽連，可能就在於「我們感於舊有的藝術形式和風格不足以表現我們作為現代人的藝術情感。所以，我們決定試驗、摸索和創造新的藝術形式和風格」，「爲了需要，我們可能做一些『破壞的建設工作』」的主張與實踐上。並且誠如〈發刊詞〉特別在「我們不願呼號曹雪芹之名來增加中國小說的身價」下，強調：「總之，我們得靠自己的努力」，這種試驗、摸索、創新特別集中在小說的寫作上。因此，早在《現代文學》還在刊行的前期，就首先單獨的出版了一本《現代小說選》，在五十二期休刊後，又出版了《現代文學小說選集》。白先勇在爲這個選集所寫以代序的〈現代文學〉的回顧與前瞻〉上特別強調：

《現文》最大的貢獻，在於發掘培養臺灣年輕一代的小說家。這本選集中三十三篇小說，大多傑出，可以稱爲六十年代臺灣小說的優秀典例。……綜觀選集中三十三篇作品，主題内容豐富而多變化，有研究中國傳統文化之式微者，如〈朱西寧〉〈鐵漿〉、〈白先勇〉〈遊園驚夢〉；有描寫臺灣鄉土人情者，如〈王禎和〉〈鬼・北風・人〉，陳若曦的〈辛莊〉，林懷民的〈辭鄉〉，

嚴（曼麗）的〈塵埃〉；有刻畫人類內心痛苦寂寞者，如水晶的〈愛的凌遲〉，歐陽子的〈最後一節課〉；有研究人類存在基本困境者，如（叢甦）〈盲獵〉，（奚淞）〈封神榜裏的哪吒〉，施叔青的〈倒放的天梯〉。有人生啓發故事（initiation stories），如王文興的〈欠缺〉；有讚頌人性尊嚴者，如（陳映眞）〈將軍族〉，（黃春明）〈甘庚伯的黃昏〉，也各有特殊風事：如於梨華的〈會場現形記〉，吉錚的〈偶春〉。三十三位作家的文字技巧，就是中國臺灣六十格，有的運用寓言象徵，有的運用意識流心理分析，有的簡樸寫實，有的富麗堂皇，將傳統溶於現代，借西洋揉入中國，其結果是古今中外集成一體的一種文學，這就是中國臺灣六十年代的現實，繼的旣繼承了中國五千年沉厚的文化遺產，橫的又受到歐風美雨猛烈的衝擊，我們現在所處的，正是中國幾千年文化傳統空前劇變的狂飆時代，而這批作家們，內心是沉重的、焦慮的。求諸內，他們要探討人生基本的存在意義，我們的傳統價值，已無法作爲他們對人生信仰不二法門的參考，他們得在傳統的廢墟上，每一個人，孤獨的重新建立自己的文化價值堡壘，因此，這批作家一般的文風，是內省的、探索的、分析的；然而形諸外，他們的態度則是嚴肅的、關切的，他們對於社會以及社會中的個人有一種嚴肅的關切，這種關切，不一定是五四時代作家那種社會改革的狂熱，而是對人一種民胞物與的同情與憐憫——這，我想是這個選集中那些作品最可貴的特質，也是所有偉大文學不可或缺的要素。在這個選集中，我們找不出一篇對人生犬儒式的嘲諷，也找不出一篇尖酸刻薄的謾罵。這批作家，到底還是受過儒家傳統的洗禮，文章以溫柔敦厚爲貴。六十年代，反觀大陸，則是一連

串文人的悲劇，老舍自沉於湖，傅雷跳樓，巴金被迫跪碎玻璃，丁玲充軍黑龍江，迄今不得返歸，沈從文消磨在故宮博物館，噤若寒蟬。大陸文學，一片空白。因此，臺灣這一線文學香火，便更有興滅繼絕的時代意義了。

白先勇的這篇代序，寫於一九七七年二月，上引的這段話，雖然因爲題爲〈「現代文學」的回顧與前瞻〉，夾纏在一大段的對於籌辦、支撐《現代文學》雜誌的回憶，以及由停刊的悵惘與復刊的期盼當中，不易受到學術界的重視，其實確是關於臺灣六十年代文學的最重要的反省與證詞。

首先，白先勇是身歷其境的重要作家，並且由於創辦《現代文學》的緣故，和當時許多重要的寫作者，都有直接或間接的接觸與連繫，因而他自己現身說法，格外能將他們寫作當時的「時代」與「文化」感受，和盤托出，其次，因爲是要給選集作序，他剛「重讀一遍這本選集的小說」，而這個選集又是經由歐陽子把《現代文學》上的二百零六篇小說（包括七十位作者），「從頭至尾很仔細地又讀過一遍」，以一人一篇的方式選編出來的。除了有若干的遺珠（如《現代文學》第四期上司馬中原的〈黎明列車〉，支撐了第三十三期中葉維廉所發表的〈現代中國小說的結構〉的大半論點，卻未被選入），差不多涵括了當時的重要作家；而歐陽子和白先勇又是《現代文學》小說家中，最用心於當代小說批評的。前者爲白先勇《臺北人》的研析與索隱，寫了《王謝堂前的燕子》這部以新批評的方法探討中國當代小說的範作；後者則先後爲叢甦、施叔青、歐陽子、陳若曦的小說集寫序或寫評。兩人的品味與判斷，其實亦有其代表性。所以，雖然只能自《現代文學》雜

誌，甚至《選集》的櫥窗展示來觀察，或許未窺全豹，但可見一斑則是無疑的。

白先勇的這段文字中，在文化情境上，他強調了「縱的繼承」與「橫的沖擊」中，正是「傳統空前劇變的狂飆時代」，「新舊交替多變之秋」。「沉重」、「焦慮」，是基本心態，因為得在「傳統的廢墟上，每一個人，孤獨的重新建立自己的文化價值堡壘」，「文化價值」而用「堡壘」來象喻，正反映了缺乏集體共識，必須出以衛護、固守的姿態。在某種意義上，這種「我們的傳統價值，已無法作爲他們對人生信仰不二法門的參考」：但又無法像五四時代，盲信單憑「科學」與「民主」，即可重建全部的文化樓景的困境，亦可見於六十年代重新引發的中西文化的論戰。論戰中「西化派」的主要思想家殷海光，卻在批判：「我們的傳統文化價值取向把重點放在名教、儀制、倫序、德目的維繫這一層次上，而不太注重生物文化層。於是精神文化和現實生活脫了節」之餘，亦不忘批評在西方文明影響下的「進步主義」的「時代精神」：「進步」本身其實只是一個程序而已；本身並不是價值，只是一個演變的程序而已！好！所謂『進步』，進步到哪裏？伊於胡底！沒有底止的進步，使人仍然在一個過程中滾動，像潮水一般，永遠沒有站穩似的，像狂奔的汽車一般。」「在進步主義的觀點下，所謂『好』無非是指技術精進，技術精進除了帶給人物欲的滿足外，使人有更多的幸福嗎？使人有更高的精神嗎？」「這無非是製造緊張，製造繁忙，製造污染的空氣，或者把人類的占有欲帶到遙遠的星空。」這裏所謂的「進步主義」，正是胡適等人在鼓吹發展科技，以及技術官僚階層在提倡經濟發展，追求成長之際，所不自覺的思想預設與樂觀心態。這種不自覺的思想預設與樂觀心態，亦見於紀弦等人的相信，只要將西方的「現代主義」（方

法，以及其背後的「工業文明」一起）作「橫的移植」，然後發揚光大；或者如洛夫等人（他們被林亨泰認爲是後期現代派運動的代表），認定只要將「虛無精神與存在主義」重作詮釋，再應用「超現實主義」的知覺與態度生活，即可得到生命精神的安頓。因爲他們，在某種意義上言，正都是由五十年代發軔，到了六十年代開始盛行的廣泛的「現代化運動」的一環。他們所看到的西方的「美麗新世界」（The Brave New World），終究是米蘭達（Miranda）版，而不是赫胥黎（Aldous Huxley）版！

六十年代所以重燃中西文化論戰的戰火，其實是中國與臺灣社會已有足夠的經驗，體認到不僅傳統文化的殘破，而且也終於感受到西方文化的「月亮背面的陰暗」，因此雖然新舊中外文化雜陳並列，但卻都是拆碎的七寶樓臺，零亂不成片斷。中西文化論戰以一種低空掠過，把問題向後追溯的方式，草率的處理了當時面臨的文化危機。文學創作，不論是現代詩或現代小說，反而無可逃避的，在處理具體情境與經驗時面對了它。當白先勇將〈鐵漿〉與〈遊園驚夢〉劃歸爲同一類「研究中國傳統文化之式微者」時，他正親切的認知到所謂「鄉土小說」與「現代小說」之劃分的不當。不知曾幾何時被稱爲「反共懷鄉小說」的作家，如朱西寧、司馬中原、段彩華等人，他們在當時的稱呼是「鄉土作家」，而非「反共懷鄉」作家。在一個已然全力衝向現代化的社會中，寫作「鄉土小說」的意義，並不就是在於「懷鄉」，而是在於「他們得在傳統的廢墟上，每一個人，孤獨的重新建立自己的文化價值的堡壘」，因爲他們見證了這個由「傳統」轉入「現代」的「新舊交替多變之秋」，而他們未必能夠在「進步主義」中找到精神的安頓。孟昭有喝鐵漿的尖叫，終究

掩不過火車汽笛的長鳴；但是我們可願意杜麗娘的驚夢，從此成爲絕響？而所謂「描寫臺灣鄉土人情者」，其實正亦一樣的在刻畫鄉土傳統的如何面臨新市鎮的商業經濟的文化衝擊。因而最終的問題是在一個多變而物化或逐漸疏離化的社會中，傳統文化中所肯定的人性尊嚴，與人生價值，如何依歸，如何轉化或求存的問題。因此六十年代作家的迫切問題，並不是「社會改革」的問題，因爲「社會改革」早由科技發展以及經濟發展所主導，不管喜不喜歡，這並不是能依恃「狂熱」就可以阻擋或改變的。作家的使命卻是在於物化的經濟社會體制裏，重新發現生命的意義，重建他們一己的人生信仰以及人類共通的生存之道，所以「這批作家一般的文風，是內省的、探索的、分析的」；「他們對於社會以及社會中的個人」，尤其卑微、弱勢的個人，「有一種嚴肅的關切」，「一種民胞物與的同情與憐憫」。

這些文章的「以溫柔敦厚」爲貴，或許不全是因爲「這批作家」，到底還是受過儒家傳統的洗禮」，最早的編輯方針與後來的選集的品味，自然都會有所影響（所以，這一點倒可以是白先勇與歐陽子等人的「夫子自道」），但是面臨文化解組之後的價值重建，事實上除了人性感通的自然律法，以及設身處地同情共感的人心法庭，我們已經無可憑仗，也無可投訴了。這時「溫柔敦厚」的表達，自然要比「犬儒式的嘲諷」、「尖酸刻薄的謾罵」是一種有效的修辭策略，以及更好的美學典範了。畢竟，整個六十年代的文學寫作與閱讀背景，還是有著很濃很重的「同是天涯淪落人，相逢何必曾相識」的意味啊！

但是這種風格的形成，也跟形式技巧的講求與成熟有關。

五

事實上不少《現代文學》上的作家，他們更早發表作品的地方是《文學雜誌》。當時不論《文學雜誌》或《筆匯》都介紹西方的現代作家與作品；《文學雜誌》同時刊載中國古典文學的論文。

我們現在可以很容易翻檢到的，《文學雜誌》至少刊載過類似William Barrett的〈現代藝術與存在主義〉、William Van O'Connor的〈談現代小說〉、William York Tindall的〈現代英國小說與意識流〉、Malcolm Cowley的〈論批評家影響下的美國現代小說〉、Philip Rahv〈論自然主義小說之沒落〉，以及文孫所譯評的〈一篇現代小說中象徵技巧的分析——試論K. A. Porter's "Flowering Judas"〉等評論，不但對於「自然主義」以後的新的小說技巧多所列論，甚至連小說批評家斯高婁（Mark Schorer）所謂的：「技巧是一個作家用來發現、探索、和擴展他的題材，傳達它的意義以及估量它的價值的唯一方法」，都已經譯介進來。

但是，影響最大的可能是夏濟安所親自撰寫的〈評彭歌的《落月》兼論現代小說〉一文。夏濟安在該文中，幾乎近於批改教寫式的示範了《落月》作為自然主義小說的不足，如何可以有效的改寫為「有意模仿詩的技巧」，「講究節奏，講究旋律的進行，講究主題的反覆呼應與發展」的「樂曲結構」，如何用「一個觀點」與「戲劇手法」交替，以「意識流」代替「歷史編排法」，採象徵主義詩的表情手法來創作「心理小說」，但是他在題目上使用了「現代小說」，無形中就給「象徵主義小說」與「心理小說」和「現代小說」劃上了等號。白先勇的〈遊園驚夢〉，事實上幾乎是

亦步亦趨的遵行了文中的指示，包括「愛情」與「藝術」兩個主題、描寫罪惡，甚至倒嗓……。

王文興在《十五篇小說》的〈序〉中，特別提及兩處與內容有關的修改，其中…

另一處，在「龍天樓」，最後一句，自「整座樓沒進暗影中」改爲「整個樓面落進暗影中」。當初也是過度注重內在的象徵一面的意思。仔細讀的話，都可讀出先前的語病，若要整座樓都沒入暗影中，除非還有一座更高的樓在牠的背後擋住。一旦修改過困擾了我十多年的問題，就像治好了十多年的痼疾一樣，頓然輕鬆許多。

其實也是文中「虛構」不能違背「寫實」之論點的實踐。葉維廉的〈現代中國小說的結構〉一文，在許多的論點上亦可視爲是此文的引伸與發揮，該文甚至一如本文的引王昌齡〈閨怨〉詩來解說現代西洋心理小說的特質，引了李白的一首古風〈胡關饒風沙〉來解說「主題的結構」與「語言的結構」。

引用唐詩，作爲技巧的示例，似乎是當時常見的修辭策略：覃子豪不但引陳子昂〈登幽州臺歌〉解釋抒情詩的形態與詩的特性（〈論現代詩〉）；並且在其《詩創作論》第四章「學習的方法」，以第一節的篇幅，舉了十一個例句，七點理由，強調「從中國舊詩中學習」的重要。余光中則在〈從一首唐詩說起〉一文，由賈島的〈尋隱者不遇〉，以至王維、錢起、韓翃、崔顥等人的詩作，重新以時空交感，抽象畫的趣味看古典詩，因而反過來質疑，即使在「現代美感」上：「現代詩

真能和唐詩並肩而立，不顯得矮一截？」洛夫在其《石室之死亡》詩集的自序〈詩人之境〉，不但引了李商隱〈錦瑟〉詩，作「超現實手法的」的例證，甚至以《老子》書中的「無」，來重新詮釋存在主義的Nothingness（葉維廉在《美國TRACE季刊「中國現代詩特輯」前言》，亦以〈錦瑟〉五、六行為超現實主義與印象主義表現手法，顯然有可能是沿用）。這些例子與現象，無形中不但可以肯定了六十年代，不論現代詩與現代小說，顯然在技巧上，都具有「將傳統溶於現代，借西洋揉入中國」的自覺與用心的一面；而且都特別偏愛唐詩，這顯然一方面是《唐詩三百首》一類的讀物，原就廣為流傳之故；另一方面也因為如葉維廉一方面藉嚴羽《滄浪詩話》的「空中之音，相中之色、水中之月、鏡中之象」來解釋：

這些詩句之妙處（對中國讀者尤為如此），乃在表面上看來似乎是一些信手拈來的事物，但實際上卻能直接表現出自然之體，意象——即構成詩句之客體事物——在同一平面上似乎互不相關，但我們所欲觀的並不是這種表面的意象所構成的關係，而是它指出的言外之意，即所謂「境界」，這種言外之意乃由意象本身或由自然中一草一木所構成之意象所暗示出來。

並且以李白〈玉階怨〉，王維〈山居秋暝〉等「神韻」詩句來詮釋這種「寫實主義的抽象手法」。或者如他的《靜止的中國花瓶——艾略特與中國詩的意象》一文所指出的，中國詩與艾略特詩都深具「詩的意象『使景物自己安排起來』，而能容許盡多的餘弦」的效果，因而強調了中國古詩與

艾略特、馬拉梅、喬艾斯，及普魯斯特分享了共通的藝術界的真理。是以，唐詩，尤其是深具「神韻」風味的作品，異於五四時代的批判，反而成了「現代」的典範。

這種對於形式、技巧的關注，尤其是象徵層面的經營與寫實層面的平衡，不但可以見於前引王文興討論「龍天樓」的一句景象的描寫，亦見於他在同一篇〈序〉中，討論修改「黑衣」，「秋秋初見黑衣人時，說的：她怕他，怕他穿的這一身黑衣服。」，因為「其時，我更注重『怕』一字的內在含義，我希望用這個『怕』字，可以隱喻靈魂對『邪惡』基本的畏懼意思」，但是他終於做了以上的修改：「如今，想想，覺得倒是平易近人些好——由厭惡，轉為對抗，畢竟較因害怕而對抗要平易近人一些」。一詞之轉，一個意象的半面與全體的差異，尚且成為「十多年的痼疾」：所以他視「小說」為精讀的文體：

理想的讀者應該像一個理想的古典樂聽眾，不放過每一個音符（文字），甚至休止符（標點符號）。任何文學作品的讀者，理想的速度應該在每小時一千字上下。一天不超過二小時。

也就不足為異了。六十年代期間，朱西甯曾在信中告訴過筆者，他與司馬中原等人，就是以近乎王文興前引文字的方式，精讀魯迅、張愛玲、曹禺等人的作品而學習其寫作技巧的。

因為關注的重心，逐漸轉移到「藝術情感」的「表現」，以及「新的藝術形式和風格」的「試驗、摸索和創造」，所以，寫作素材所選擇的反而是日常的經驗，王文興在《現代文學小說選集》

代序的〈給歐陽子的信〉上說：

我跟他們一樣相信經驗的重要──只是，我認為經驗有兩種，一種是現實的經驗，一種是浪漫的經驗；如果說我是經驗的信徒，我祇是現實經驗的信徒，而非浪漫經驗的信徒。革命、戰爭、飢餓、五角戀愛、重婚，諸般經驗並非人人可得，但是普通人的周遭事故、成長、職業、婚嫁、生老病死，普通人唾手可得，普通的作家都可採用──而作品未必普通。太多的名字可供佐證：奧斯汀、佛樓拜爾、莫泊桑、契可夫、亨利詹姆斯、喬埃斯、卡夫卡、湯瑪斯曼、梭貝羅……

同樣的，白先勇在回顧他自己寫作歷程的〈驀然回首〉一文，一樣的提到：

現在看看，出國前我寫的那些小說大部分都嫩得很，形式不完整，情感太露，不懂得控制，還在嘗試習作階段。不過主題大致已經定形，也不過是生老病死，一些人生基本永恆的現象。

由於深切體認到，包括中國的古典小說：「我研讀過的偉大小說家，沒有一個不是技巧高超的，小說技巧不是『雕蟲小技』，而是表現偉大思想主題的基本工具」，白先勇不但提出了「作品的文字技巧及形式結構是否成功的表達出作品的內容題材」，作為小說批評的第一項標準，而且在

他為別的小說家的作品寫序或寫評時，往往正從「傑出的小說家，在其寫作技巧上，一定有一二處為旁人所不能及者」入手。如他論叢甦的小說：「其力量輒在於作者對小說的細節有效的控制」，論施叔青的小說，則強調「她對小說語言的應用」、「她對觀點（point of view）的運用」，「在小說形式之控制上，可以說做到了盡善盡美程度」。而歐陽子討論白先勇《臺北人》的《王謝堂前的燕子》，我們只看它們的篇名：〈永遠的尹雪豔〉之語言與語調，〈一把青〉裏對比技巧的運用，〈歲除〉之賴鳴升與其「巨人自我意象」，〈金大班的最後一夜〉，〈那片血一般紅的杜鵑花〉裏的隱喻與象徵，〈思舊賦〉裏的氣氛釀造，〈梁父吟〉影射含義的兩種解釋，〈孤戀花〉的幽深曖昧含義與作者的表現技巧，〈花橋榮記〉的寫實架構與主題意識，〈秋思〉的社會諷刺和象徵含義，〈滿天裏亮晶晶的星星〉之語言、語調與其他，〈遊園驚夢〉的寫作技巧和引申含義，〈冬夜〉之對比反諷運用與小說氣氛釀造，〈國葬〉的象徵性、悲悼性與神祕性等等，就可以對其關注與用心之點，思過半矣。而其總論的一篇，名為〈白先勇的小說世界〉，已經將「小說」視為一個自足的「世界」，而無須再是「世界」的反映，因此文中歐陽子反駁顏元叔的強調「白先勇是一位時空意識、社會意識極強的作家」說法的內在含義，以為「但如果說《臺北人》止於寫實，止於眾生相之嘲諷，而喻之為以改革社會為最終目的維多利亞時期之小說，我覺得卻是完全忽略了《臺北人》的底意」。

因此她一方面強調：《臺北人》充滿含義，充滿意象，這裏一閃，那裏一爍，像滿天裏亮晶晶的星星，遺下遍處『印象』，卻彷彿不能讓人用文字捉捕」，一方面卻將其主題命意，分三節來討論，即「今昔之比」、「靈肉之爭」與「生死之謎」。

事實上，六十年代文學作品的多意複旨，往往並不是來自解讀者或批評者的多元性、多角度、或者心思複雜。相反的，正來自作者們有意構設的匠心，在他們對於技巧與形式的充分自覺的講究與用心之際，他們往往同時經營一個作品的，誠如王文興談修改自己作品的例子所顯示的，象徵與寫實層面，而這兩面的意旨，既分別獨立，又交相融滲，彷彿樂曲的對位手法，所以，一方面是明確的時空、甚至社會階層、自然環境的指涉，作為寫實的基本架構，另一方面，卻是經由：意象、象徵、語調、觀點，以對比或反諷的方式，呈現出遠超出寫實架構，所能陳述的旨意來。因此不同的讀者往往很容易只執其一，而無法同時叩其兩端，尤其當論述受到篇幅或主旨之限制的時刻，例如：王文興的〈欠缺〉，白先勇只能以一句：「人生啟發故事（initiation stories）」來談它的主題。但是它的時空架構卻是很清楚，故事發生的時刻是師大還是師院，並且附中還有初中部時代的，臺北市同安街，未見汽車通行的日子。「正是樸素淡雅的臺北市開始步向經濟繁榮的初期」，而人生啟蒙的事例，並不只是性醒覺的稚戀的幻滅而已，他所崇慕的對象，正是新興家族企業的小資本家，住三層洋樓，既開店又出租，還經營地下錢莊，最後令主角感到幻滅的，正是她的經濟犯罪型的惡性倒閉，尤其是她倒了他家代表善良勞工的菽芭尚，為了讓小孩念書的全部積蓄。因此，幻滅的不僅是「人間」或「人生」有「欠缺」，而同時也是對進入經濟起飛期萌芽

的資本社會的企慕。小說結束前，特別讓「母親看見我進來便喃喃聲說」：

「真是沒有想到，真是沒有想到。人心一年不如一年。市上發財的人多了，詐財欺騙的事也多了。市面的景象固鬧熱，但要人心壞了，要這樣的鬧熱做什麼？」

具有「美麗而慈善的臉」，終抵不住「委確是一個騙子」，於是主角，終於由盡日嬉戲與迷戀，逐漸收心：「我預備聽從我母親的話溫一點功課了」。小說一方面以事過境遷已然長大的主角作敘述者，一方面故事卻是在主角十一歲的春夏之間進行，敘述者的我與經歷事件的被述的十一歲的我，兩種年紀，兩種閱歷，兩種情懷，彼此交響辯證，不但形成了豐富而難以立即確指的意涵，而敘述者的癖性顯著，事實上其不可靠與不足信賴，亦一如十一歲時癡迷的他。王文興非常顯然並不願意就是以「敘述者」為其思想的代言人。這種透過「不可靠」的敘述者來敘事的手法，幾乎就是當時作者們意匠心營，一個更為豐富複雜、層次繁多的藝術情感與作品世界的基本匠心。這種「寫實」與「象徵」兼顧，交響頡頏的表現，在詩歌方面的討論時，就成了葉維廉所謂的：「寫實主義的抽象」。

覃子豪在〈現代中國新詩的特質〉一文中，強調：「中國現代詩的特質，便是表現生活的感受和強調中國的現代精神」，而以楊喚的〈二十四歲〉一詩：

白色小馬般的年齡。

綠髮的樹般的年齡。

微笑的果實般的年齡。

海燕的翅膀般的年齡。

可是啊，

小馬被飼以有毒的荊棘，

樹被施以無情的斧斤，

果實被害以昆蟲的口器，

海燕被射落在泥沼裏。

Ｙ・Ｈ你在那裏？

Ｙ・Ｈ你在那裏？

作為「確有不少詩人對中國現實生活的反映，有極出色的表現」的例證，而申論：「這首詩表現了中國青年對現實生活真實而深切的感受，道盡中國青年的遭遇。它反映出這個恐怖時代和中國苦難的現實，讀者可以在這十一行詩裏體味出這悲劇的成因。」但是在這裏沒有一句是「現實」

的「寫實主義」的呈現，不但全部用的是「象徵」，而且「小馬」、「樹」、「果實」、「海燕」等意象，

其實並不具有任何內在的「情景」或「義理」的關連，它們只是平行的並列而已，在這種凌亂割

裂的羅列雜陳，若有任何關係，只能說，它們皆被用來比喻「二十四歲」，皆被用來表達被傷害的

情境與痛苦。但是理解那時代的讀者，如覃子豪，他的對於現實的體認：「中國的現實和歐美的

現實完全不同，中國人在身體上和心靈上所遭受的傷害，和所積壓的苦悶，實較之任何一個國家

的人民都深切，其表現於詩中的情感，無疑的是更爲深刻、沉痛」，卻可以使他產生上述的解讀。

就像畢卡索爲了反映他對西班牙內戰的感受，開始的卻是充滿了象徵圖象的立體主義的畫作。苦

難與恐怖，超過了某種臨界點，寫實主義的技法就會開始不夠應用，於是象徵、片斷、拼湊就成

爲不得不的「現實」的語言，經由「象徵」，經由將「現實」「抽象化」，反而能夠以小見大，以

少見多，以部分呈現整體，而眞正的掌握或傳達出「時代」的現實來。

同樣的，在《歐洲雜誌》上，有一位署名江萌的論者，曾對林亨泰的〈風景NO-2〉，從用字、

句法、結構、意象，甚至心理基型的角度，對於其中可能蘊涵的寓意，作了極爲豐富而深刻的討

論。這些其實都是關連到該詩的「象徵」層面。而儘管林亨泰自己的現身說法云：

在一連串顛覆「認識論」的累積之後，有了結構性的改變，兩篇〈風景〉便是在這種情況

下所完成的。……實驗到了這樣的階段，幾乎可以說是已經走到了極限。〈風景〉兩篇作品從

根本揚棄了「修辭學」上的運用，而走向「結構性」、「方法論」上的策略，也就是說，放棄

一味追求「字義」營造的淋漓盡致，而將對於「字義」的依賴降至最低，讓每一個字成爲一個「存在」。針對於此，若評論者不經過「認識論」的顛覆，而退回到「修辭學」上的策略時，原本是一個「立體的存在」，便只能淪落爲「平面圖案」了。

但是，像如此「排列」而「寫」成的詩：

防風林　的
外邊　還有
防風林　的
外邊　還有
防風林　的
外邊　還有

然而海　以及波的羅列
然而海　以及波的羅列

只要坐過西部幹線海線的火車，對快速通過車窗的「風景」，稍有經驗，或者曾經留意的人，都會

發現此詩的高度「寫實」性，以及對於「經驗」之模擬的真實。一如「山從人面起，雲傍馬頭生」，只要不是從「存在」的情狀，而是從「經驗」的角度，觀察與了解，其實未必即是弔詭或顛倒。

事實上，許多所謂怪異或晦澀的表達，其實都是對於「經驗」的更深入、更真實的模擬。像洛夫

〈石室之死亡〉的這樣的表達：

只偶然昂首向鄰居的甬道，我便怔住
在清晨，那人以裸體去背叛死
任一條黑色支流咆哮橫過他的脈管
我便怔住，我以目光掃過那座石壁
上面即鑿成兩道血槽

只要了解洛夫是在太武山中石壁裏鑿成的坑道，在金門戰地的砲彈爆炸聲中寫作，許多的字句也就昭然可解了。同樣的，只要熟知像阮籍〈詠懷詩〉八二首，李白〈古風〉五十首等「組詩」的傳統與其結構的似連非連、似斷非斷的首與首之間的關連方式，則六十四首的〈石室之死亡〉的組合，其實亦只是印證了中國心靈終究的一致性性罷了！王文興的〈家變〉以Ａ到Ｏ的十五則片斷，寫尋父的行動經過，以1到157的一百五十七則片斷，寫對於與父親生活的追憶，其結構不僅有類於上述的「組詩」傳統，其實應用的更是如蔣坦《秋燈瑣憶》、冒辟疆《影梅庵憶語》，以至沈復

的《浮生六記》的明清之際的筆記傳統。王文與未必會讀遍這些著作，但喜愛張岱《陶庵夢憶》，習慣於把《聊齋誌異》當作一部書，而非一本「集」子的他而言，這樣的修辭策略，未必就是破空飛來，而不能視爲是另一種意義上的「寫實」！

六

「作家的文字技巧，也各有特殊風格，……有的簡樸寫實，有的富麗堂皇。」事實上六十年代文學的傾向，不但側重在「有的運用寓言象徵，有的運用意識流心理分析」，事實更在文字的鍛鍊上，尤其使用意象語的排比鋪陳上。夏濟安在評彭歌〈落月〉的文字時，強調：

小說家所應該注意的，是這個小女孩子初次進戲院的一刹那，看見的是什麼。前面我說過了一刹那，這裏又得強調「一刹那」的重要。前面所說的是意義最豐富的一刹那，這裏所說的是色彩最豔麗在感覺上給她最大刺激的一刹那。尤其她吃了梨園行的飯之後，再回想起來，這一刹那一定是給她開闢了新的天地，使她領略到從來未有的快感美感和奇異之感。要描寫這一類的經驗，文字「調門」必須「拔高」，明白清楚通用的散文，在這裏是不夠的。作者應該愼選華麗但也是妥切的字眼，句法的安排不妨上應戲臺上戲劇進行的節奏，下合小女孩加速的心跳，連用明喻暗喻各種修辭技巧；從耀眼的燈光，描寫到臺上幾個穿了特殊服裝的演

員，然後眼花撩亂的小女孩子才漸漸的能辨認出那些演員的動作。這一刹那的描寫，對於作者的文字技巧，該是一種考驗，一種挑戰。每個偉大的小說家，幾乎都曾有過幾節超越散文而接近詩的描寫。……

雖然我們不能確知，是否受到了上述主張的影響，但是六十年代的許多作品，有意無間，不但往往描寫的正是「意義最豐富的一刹那」，而且往往意匠心營的也是「色彩最豔麗在感覺上」具有「最大刺激的一刹那」，並且往往是「運用明喻暗喻各種修辭技巧」：

然而他卻偏捧著酒杯過來叫道：夫人。他那雙烏光水滑的馬靴帕噠一聲靠在一處，一雙白銅馬刺扎得人的眼睛都發疼了。他喝得眼皮泛了桃花，還要那麼叫道：，夫人。我來扶你上馬，夫人，他說道，他的馬褲把兩條修長的腿子繃得滾圓，夾在馬肚子上，像一雙鉗子。他的馬是白的，樹幹子也是白的，他那匹白馬在猛烈的太陽底下照得發了亮。他們說：到中山陵的那條路上兩旁種滿了白樺樹。他那匹白馬在樺樹林子裏奔跑起來，活像一頭麥桿叢中亂竄的兔兒。太陽照在馬背上。蒸出了一縷縷的白煙來。一匹白的。一匹黑的——兩匹馬都在流汗了。而他身上卻沾滿了觸鼻的馬汗。他的眉毛變得碧青，眼睛像兩團燒著了的黑火，汗珠子一行行從他額上流到他鮮紅的顴上來。太陽，我叫道。太陽照得人的眼睛都睜不開了。那些樹幹子，又白淨，又細滑，一層層的樹皮都卸掉了，露出裏面赤裸裸的嫩肉來。

他們説：那條路上種滿了白樺樹。太陽，我叫道，太陽直射到人的眼睛上來了。於是他便放柔了聲音喚道：夫人。（白先勇〈遊園驚夢〉）

現在我坐在臺車上。我爲這新的經驗與奮得心裏跳躍。看，我又聽見那莊嚴的轆轆聲了，在雨夜之中，那車輪輾轉的聲音在怒吼著，我們就在那晶瑩的銀蛇身上滑了過去。樹影依舊搖曳著，風雨卻是益加淒厲了。

在風馳電掣之中，嘩的一聲，我的祖父的傘翻成了一朵黑色的花朵。

「哎！小心呀！」車夫叫著説。

我居然對他大聲地笑了起來，一把抱著傘的屍骨。

雨密密地打在我的臉上，閃光數度照耀著前面無盡的兩條銀色的蛇。（陳映眞〈祖父和傘〉）

上引的兩段文字：一段寫錢夫人和錢將軍的隨從參謀，由「遊園」而至「驚夢」的回憶，對紅杏出牆的私情與性愛的描寫，採的是《西廂記》：「春至人間花弄色」與「露滴牡丹開」的象徵性寫法，只是加上了心理分析對於象喻中情欲意義的自覺與意識流的內在獨白的結構，眞的是「富麗堂皇」的文字風格。一段寫礦山中相依爲命的祖孫，小孫子爲了替病倒的祖父求醫，首次自作主張拿了祖父寶愛的長山雨傘下山，這裏以初看似乎「簡樸寫實」的文字，描寫小孫子初次乘坐臺車飛馳的興奮之「成長」，以及痛苦的「啓蒙」之經驗——因爲結果竟是祖父的傘毀人亡：「祖父

的傘翻成了一朵黑色的花朵」，他所真正獲致的其實只能是：「一把抱著傘的屍骨」，從此橫亙在

他面前的是再無遮蔽的無盡的雨打的痛楚與電閃的恐怖。寫來淒厲而陰森，但卻寓意深遠而豐富。

有的時候，這種「超越散文而接近詩的描寫」，亦不只限於「意義最豐富的一刹那」或「感覺

上……最大刺激的一刹那」，或者竟是在作品的整個故事結束之後，而以弦外之音的方式出現，一

樣的亦能形成一種餘音裊裊的抒情表現。例如朱西寧〈鐵漿〉的結尾，描寫孟昭有喝鐵漿包定了

鹽槽，他的兒子竟因此而鴉片煙抽上癮，終至家滅人亡……

周圍的狗羣守候著。

五年過去了，十年二十年也過去了。鐵道旁深深的雪地裏停放著一口澆上石灰的白棺材。

這夜月亮從雲層裏透出來，照著刺眼的雪地，照著雪封的鐵道，也照在這口孤零的棺材上。

有一隻白狗很不安，走來又走去，只可看見雪地上牠的影子移動著。

雲層往南方移動，卻像月亮在向北面匆匆的飛馳。

狗羣裏不知哪一隻肯去撞第一頭。

那隻白狗終於望著揚旗號誌上的半月，齜出雪白的牙齒，低微的吼叫。然後牠憤恨的刨劃

著啼爪，揚起一遍又一遍的雪粒，雪地上刨出一個深坑，於是牠臥進去，牠的影子消失了，

仍在低沉的吼哮。

那一盞半月又被浮雲暫時的遮去。夜有多深呢？人們都在沉睡了，深深的沉睡了。

在這雲移月馳，充滿了變幻與錯覺的時代裏，那隻不安的白狗，可如孟昭有，竟是一頭撞向死亡的憤恨的意志？但人們終究是深深的沉睡了，誰又在乎雪地裏的這種雲月影響下的「狗」瘋呢？

當然，最特殊的時候，竟亦可以驅使這種「運用明喻暗喻各種修辭技巧」的「詩意」的文字，來描摹構設全篇的內容，就像司馬中原的〈黎明列車〉：

黎明正在展開，霞光從那面的玻璃映入這邊的玻璃。一塊方方的淡紅中顯露出山的黑影。閃過去。它與車廂的影子燈的影子以及我和她的影子疊印在一起復與窗外的原野疊印在一起。閃過去。一池欲吐的荷菡。閃過去。一排叢竹的嘯聲。而黎明正在展開。迎光的樹木籠滿清晨的氤氳。背光的樺林如一把把黑色的火炬。一羣熱帶燕逐舞於初露的曙色之中。一隻展翼的蒼鷹在電線那邊翱翔。列車牽動頹圯的古城的城齒。霧昇起。

這段引文，即使因為抽離了上下文，而使得其中每個意象所顯然會在全篇的象徵結構裏凸顯的寓意，隱晦而減弱了。但是仍無礙於其讀來的富於詩意，以及其所隱涵的觀察入微的驚人寫實性質，一種在曙色中行進的列車的可能之所見。但是取消掉了任何因果關連的景象的呈現（行進的車窗中閃現的景象，幾曾有過因果關聯？）就使這種寫作形態，自然的變成了典型的詩句與詩句的關連。於是一場驚心動魄的亂離重逢，就化作一首濃豔多感的印象與印象重疊，片斷與片斷輻輳，回憶與現實頡頏，情感與道義掙扎的繁複的構圖與多音感的交響。正是所謂亂中有序，支離中有條

理。雖然都未必這樣極端，但這或許正是六十年代的「現代」文學的一種特色。

七

假如，所謂的一首「詩」，亦不過如林亨泰〈黃昏〉所顯示的，只是：

蚊子們　在香蕉林中　騷擾著。

那麼，我們實在也看不出，為什麼像《家變》中，這樣的獨立的段落：

82

下午五六點時蝙蝠在屋子前亂飛。

或者詳細一點如：

63

於夏天時經常下一陣熱帶巨雨畢盡，空氣顯得極其沁清。他媽媽在房中徐舒的整拾四處的

衣裳和瑣雜。夜晚放置月光牌蚊香的裊裊淡煙。

深夜時他聆及蟄蟲的響顫像耳鳴。

就一定是「散文」了？。事實上，六十年代，對於文字的刻意講求，強調其內容的密度與結構上的對比與繁複，亦使不少「散文」，迥異於傳統「散文」的風格，雖然未必對偶成句，故不能逕以駢文視之，但其意象之濃豔與豐褥，有時讀來卻有辭賦的韻致。僅僅在瘂弦所編的《風格之誕生──當代散文選》一冊中，我們隨手就可以拾掇到，像下列的例子：

恆的星辰，不滅的火把。

日落，月落，倦眼的雙眼及四肢的癱瘓。我初次品嘗這無邊不眠的痛楚，思緒啊，你是永

時間啊，攤開雙臂，讓我接受你的凌遲。

想著，呼吸該是多麼笨拙的吞吐。

（王愷〈扉頁．一九六二〉）

開始落著雨，只是疏疏地落著，頃刻便塡滿列車遺下的空寂。二月的寒夜，母親的鬢髮上結了雪花，風吹來，她像猛然頓悟了什麼，顫抖地張起黑傘⋯⋯

而那黝暗的簷角下，立著柏樹一樣寂寥的女孩子。她輕輕掀動眼睫，水珠沿著臉頰，簌簌

地落在石板上；她沒聽見，她只幽幽地，幽幽地穿行過天橋。

晨起；高臨這陽臺，溪流從雲深處蜿蜒奔來，整個的風景，像被尖拔的奏鳴曲魅惑了樣的，有一種飛揚與騰起的蠢動，每棵傘一般撐開的樹，每匹草葉，每朵花……

（李齊〈列車〉）

雲絲綢般的鋪展著，滑翔著，海是女子動情時的乳房。（沈臨彬〈巨樹〉）

不論抒寫的是一己主觀的失眠體驗，或者是列車離站後原本是客觀的所見景象，基本上都是以獨立的意象段落，省略了彼此的語句間的連結，來作情意的詩性表達。往往外在景象的段落，如：「日落，月落」，「開始落著雨」，一下子就切入了內在心象的段落，如：「思緒啊，你是永恆的星辰，不滅的火把」，「二月的寒夜，母親的鬢髮上結了雪花」，而在兩者之間，形成一種微妙的因為平行並列而產生的對比的效果⋯「日落」，「月落」，「不滅的火把」⋯目前白晝的「落雨」，「二月的寒夜」，不但在實景與虛景之間，也同時是寫景與比喻之間，「日落，月落」與「星辰」，「火把」⋯「落雨」與「雪花」⋯「簷角」，「柏樹」⋯因而都有了一種似斷還連的，另一序列上的祕響旁通，事實上正打破了一般散文的連結而至表現經驗的方式。而且，甚至可以完全如沈臨彬〈巨樹〉所引段落的，完全以主觀的體會，甚至潛抑的欲念與感官的知覺，來作詮釋或

投射性的對於景象的呈現：「像被尖拔的奏鳴曲魅惑了樣的，有一種飛揚與騰起的蠢動」，正是作者對於春天降臨的「每棵傘一般撐開的樹，每匹草葉，每朵花」的主觀的體會與詮釋。「樹」如「傘一般撐開」、「草葉」躍動如馬「匹」，以至於「雲」如「絲綢般的鋪展著，滑翔著」都是以感官知覺的明喻暗喻來具現。而「海是女子動情時的乳房」就已經不只是尖新的譬喻，刻畫不只是海水的波濤起伏，反映的正是觀賞者的潛抑的欲望所引生的聯想，所形成的主客重疊的複雜心理了。

這種內外相切，虛實並列，想像與回憶交織，平行對比成為全篇的基本結構，就會產生像葉珊〈陽光海岸〉那樣的作品。該篇一方面是北方的「陽光海岸」；一方面是「多雨的南方」的反覆對比，一方面則是實景與虛想的交切。例如，文章一開頭：

我悄悄離開那海岸。那是一片美麗、光輝的海岸。

但是，事實上是：

暗處，我真後悔沒有好好找你。
我走的時候已是深夜，但我走得很慢。……然後我上了車站，我回頭沒看到你，你大概在

先前緊接著「我走得很慢」，作者卻欲露還遮的敘述說：

我記得一路上我都想著：「我要重來的。」我惦記著你；不只是你，我惦記著你坐在領事館短垣時背後慢慢湧起的夕照，我真希望那時就有一顆星。你髮絲飄搖間是一片草原，但那不是牧羊的。「南方沒有牧場！」我心裏想，「但為什麼一定要有牧場呢？」我真喜歡那兒，但那不是牧羊的。看到那一幢幢西歐式的紅房子，我忽然想：「荷蘭人也是值得感謝的。」

絮絮叨叨，吞吞吐吐，不敢開門見山的表達，正是更加完整的表達。因為同時表達的正是那分欲蓋彌彰中初經戀愛的羞澀靦腆與意亂情迷。作品的表達，不僅是依賴語句的內涵，也同時憑藉的是語句之連續與銜接，在表面上的缺少關連之際，所達成的對於心意流動的模擬，於是「結構」本身，一如「媒介」，也就同時成為「訊息」與「內容」，正是這種由「言說」（telling）而轉向「呈現」（showing），因此，作品也就由「所指」（to mean）變成了「所是」（to be）的一種存在了。

在這樣的修辭策略下，所謂「詩」與「散文」的界限就模糊了。因此，它們往往就成為「不分行的詩」。甚至說明性的文辭，也不妨採取詩意的修辭了，像余光中為他的第一本散文集《左手的繆思》所寫的〈後記〉：

我們這一代是戰爭的時代；像一朵悲哀的水仙花，我們寄生在鐵絲網上，呼吸令人咳嗽的火藥氣味。上一次的戰爭，燒紅了我的中學時代，在一個大盆地中的江濱。這一次的戰爭，烤熟了我的心靈，使我從一個憂鬱的大一學生變成一個幾乎沒有時間憂鬱的教師，在一個島

上的小盆地裏。從指端，我的粉筆灰像一陣濛濛的白雨落下來，落濕了六間大學的講臺。

幸好，粉筆的白至並沒有使我的思想白至化。走下講臺，回到書齋，我用美麗的藍墨水沖洗不太美麗的白粉灰。血自我的心中注入指尖，注入筆尖，生命的紅色變成藝術的藍色。

十三年來，這隻右手不斷燃香，向詩的繆思。可是僅飲汨羅江水是不能果腹的。漸漸的，右手也休息一下，讓左手寫點散文。……

八

看了這種「後記」，很難相信，這種「散文」是用「左手」寫的，終究作者不斷燃香，所向的只是一位相同的「詩的繆思」，只是，有的時候是「詩學的繆思」，有的時候是「修辭學的繆思」罷了！

六十年代的文學作品，由於在其基本結構上，往往採取類似「滕王高閣臨江渚，佩玉鳴鸞罷歌舞」與「閣中帝子今何在，檻外長江空自流」的並列對照；或者「昔人已乘黃鶴去，此地空餘黃鶴樓」與「鳳凰臺上鳳凰遊，鳳去臺空江自流」的承接，以至「何事吟餘忽惘恨，村橋原樹似吾鄉」的興感等等的形式，因此充滿的就是兩度以上之時空並置，錯綜、交揉、滲溶的表現方式。

白先勇《臺北人》一書，引劉禹錫〈烏衣巷〉：「朱雀橋邊野草花，烏衣巷口夕陽斜。舊時王謝堂前燕，飛入尋常百姓家。」作為題詞。這固然有他對於這首詩，在寓意上的取義；但詩中拼合的

景象，兩度時空的並列與承轉，卻更是該集列書內各篇作品的基本結構方式。《臺北人》一書的創作，自然明顯的有喬哀思《都柏林人》影響的痕跡，但是自〈永遠的尹雪豔〉起而終於〈國葬〉的篇次結構，其實更具中國古典組詩的風韻，而反映的卻是大陸遷移流離來臺的羣體普遍性與各別特殊性的交織。因此，它的兩個時空，就很明顯的是以臺北的現在，反襯延伸為大陸上各地的過去。一方面有萬方歸一的多樣與單一的對比；一方面往往正是由昔日的繁華輝煌淪落為今日的凡庸憔悴。王文興的〈龍天樓〉雖然只是單一的作品，卻利用了宴聚中各人自敍的手法，達到類似的雜多而至統一的效果，強調的反而是遷移逃離的過程，因此，其敍事性以及其經歷的恐怖怪異的性質，反而迥異於《臺北人》的抒情與感傷。

但是，臺北／大陸的二元時空架構，僅是當時盛行的二元架構之一種。另一種顯然是光復／日據時期或者竟是臺灣與南洋，像陳映真的〈鄉村的教師〉，黃春明的〈甘庚伯的黃昏〉，敍述的正都是南洋戰場上的受難與創傷者的即使回到臺灣，依然無法恢復或適應的悲劇，吳錦翔自殺，阿興發瘋，其反映的時代的苦難與悲劇，正不下於中國的內戰。

至於前面已然引述的像〈鐵漿〉或〈欠缺〉，雖然空間或在大陸，或在臺北，時代亦略有前後，但反而是屬於同一類型的二元結構，也就是空間地點上沒有變動，但在文化的變遷之際，卻成了截然不同的兩種時空，也就是傳統／現代的社會差異，當然懷舊與趨新，情懷有異，而其中所反映的不可逆的變化，正成了人們所無法抵抗的命運。當然，另外一種遊離的個人，由鄉村流落往都市，或者經由都市，基於種種原因，再度回歸，或渴望回歸鄉土，或者鄉土已經面目全非，或

者鄉土在心中成了一片淨土，像黃春明的〈兩個油漆匠〉、〈莎喲娜拉・再見〉，以至陳映眞的〈夜行貨車〉等，那都已是七十年代以後的作品與主題了。

前述幾種六十年代的二元時空結構，一方面反映的是歷史上的，光復與遷臺的政治變動，一方面顯示的是，社會上的，傳統邁向現代的文化變遷。不論修辭策略爲何，風格表現爲何，這種表現與形態，本身即是一種時代關切點的反映，其基本的感受是一種斷絕的，不連續的變遷的時代感受。誠如Peter F. Drucker在一九六八年出版的分析當時社會處境的名著：《The Age of Discontinuity》的書名所顯示的。這種「不連續性」或變動的跳躍與不可逆的性質，未必即是臺灣社會所特有的現象。當時因爲這種「不連續性」而形成的另外一種指標，正是Margaret Mead所提出的「代溝」(the generation gap)。但是，光復、遷臺，以及經濟社會的現代化幾乎是接踵而至，使得臺灣社會所遭受的衝擊，一方面似乎是格外兇猛而強烈；一方面卻反而較爲具體而有所歸咎，反而不致產生如同「失落的一代」的價値的失落。結果是唐詩常見的這種「物是人非」的歷史感興，成爲一種方便的意義與詮釋的架構，因而將它們只當作永恆的歷史興亡的一環看待，產生的只是懷古嘆今的吟詠抒情的現代版，用力的倒反而是經驗具體呈現的新風格的試驗與探索。

另外，不論追溯或對照的是臺灣的過去，或大陸的過去，其實都是由立足臺灣的人的現在出發。這種二元結構就在明知其爲斷裂，而仍然有其尋根，有其解釋當前，明白處境，甚至續接失連的生命歷史與意義的功能，不同的族羣與階層，也因「同是天涯淪落人」而有互相瞭解的可能。

這一類作品的產生，雖然未必是高度自覺，但總是有其潛在的認清臺灣社會的「風雨同舟」本質之欲望與時代需求之存在。因此，它們的產生與流行，亦自有其不可抹殺的時代社會功能。

同時，由於「現代化」，意即是「西方化」，甚至是「美國化」；加上國際交流，因為交通與資訊的進步，而突飛猛進，當全世界大多數地區的人，都在同一時刻，自電視中看到人類登陸月球的畫面時，所謂「地球村」已漸形成。當越戰隨著每日新聞，在大多數人家的客廳進行，越南戰場上度假的美軍íŕ行在臺北街頭；臺灣開始轉趨出口導向的貿易；世界已如大家的後院。於是「放眼世界」和「瞭望太空」的作品，也就應運而生，而非不可想像的脫離現實。余光中寫〈芝加哥〉，夏菁寫〈自由神像〉，洛夫寫〈西貢詩抄〉，固然都有親身的經歷，但是瘂弦寫〈芝加哥〉、〈巴黎〉、〈倫敦〉、〈那不勒斯〉，其實亦如余光中寫〈如果遠方有戰爭〉，羅門寫〈彈片·TRON的斷腿〉一樣的有另一種間接經驗的基礎。羅門在該詩的註上說：：

TRON是被越共擊斷一隻腿的越南小女孩（見五十七年十二月份的《生活週刊》）

這種「立足臺灣」卻「放眼世界」的經驗與思維的擴大，正可以在瘂弦的〈如歌的行板〉的一方面是：

君非海明威此一起碼認識之必要

歐戰，雨，加農砲，天氣與紅十字會之必要

小說與電影，正都提供了這一方面的經驗。另一方面則是：

　　觀音在遠遠的山上
　　罌粟在罌粟的田裏

罌粟田可能在大陸西南或金三角，但觀音山或山上供有觀音的寺廟，卻是足跡耳目之所及。同樣的如瘂弦〈下午〉一詩的：

　　莎孚就供職在
　　對街的那家麵包房裏

或者是：

　　鐵道旁有見人伸手的悠里息斯
　　隨便選一種危險給上帝吧

的這一類的句子，同時和諸如：

　　紅夾克的男孩有一張很帥的臉
　　在球場上一個人投著籃子

以及一再反覆的：

（在簾子的後面奴想你奴想你奴想你在青石鋪路的城裏）

（奴想你在綢緞瑪瑙在晚香玉在謠曲的灰與紅之間）

（輕輕思量，美麗的咸陽）

就自然形成了一種古今中外，薈萃一堂，交相詮釋，彼此嘲諷的奇妙視野，以及綜攝而不融合的時空，一種在中西文化意識兼容並包下擴大的時空。更不必談吳望堯〈我航行火星的運河〉一類的詩作了。

九

二元以上的時空經驗，採取近乎唐詩的平行對比的手法，似乎也可以處理。但是斷裂失連的社會處境與多重文化的碰撞，所引起的信仰危機，卻仍是必須克服的困境。這種信仰的危機，往往來自逼使人們採取言行不符的艱難處境。其中，因為中國內戰的浩劫，以及內戰後臺海分隔，而臺灣的前景仍不明朗，因此不但產生了一批以歸化留學為目標的，新一代的留學生，也產生了一種新的留學生文學。在這種新的留學生文學中，一樣有著幾乎是類似定命的，無可回逆，無法接續的斷絕的經驗特質。也因此而在一般的異國旅愁之外，加添了一種文化認同的意義危機。居留而意圖入籍於異邦，但卻念念不忘要用中文寫作，本身就是精神分裂的現象，尤其不像大陸／臺灣，或者日據／光復二元架構，雖為經驗上的斷裂，但終究仍是集體的，族羣的社會現象，個人並不必須擔負起，銜接全部生命經歷而又賦與意義的重任與決斷。白先勇的〈謫仙記〉與〈芝加哥之死〉中，「中國」李彤與吳漢魂的先則試圖放浪形骸，玩世麻醉，終至都以自殺的方式，結束其生命，不論其二元的時空架構是：中國／美國，或者臺灣／美國，終究反映的仍是這種分裂的認同危機，無法達成有意義的安協或整合。

當這種生存的社會情境的連續性，突然因為偶發的災難而斷裂中止時，其所經歷的生活調適，可以是在矇朧中進行，而包裹在許多的感傷與怨嘆中，也以至行為規範和價值意義的被迫重整，可以是高度清醒而自覺的。當這種斷絕而重整的理路，以「寓言象徵」的方式來表現時，就成了

七等生的《我愛黑眼珠》。基本上，小說中李龍第所作的選擇，並沒有比晏殊〈浣溪沙〉詞的：「滿目山河空念遠，落花風雨更傷春，不如憐取眼前人」相差太遠。但是，把它道德化，甚至為此而得更改自己的姓名為「亞茲別」；而要堅持「為什麼人在每一個現在中不能企求新的生活意義呢？」以至於否定自己真實的內在感受，就是被堅持「不連續性」的特殊情境所蠱惑，而妄圖在嘗試將這一特殊情境視為普遍人類處境的本質，以重建堅牢的生命意義──事實上也就是「生命」作為一個連續的過程，並不具有意義，只剩下恆是片段的「現在」的「生活意義」──的迷執。它所以引起許多的詮釋與爭議，也正在於其中所涉及的「連續」與「不連續」的辯證，不僅是觸及了歷史時代的痛楚，也正是高速流動中，人們生活所可能淪落的「常態」，於是一切「恆常」或「長久」的人際關係與生活意義，都受到了這種可能淪落的「新」的生活形態的質疑──假如我們夠真誠的去面對它的話！

同時，形成生命意義之迷惘的，亦正在東西古今文化與思想的雜陳並列（而不純粹是生命情境的「不連續」）。文化再不能以其作為社會之共識，形成我們可以信賴的世界來保護，以至保障我們的生命意義與價值。有關生命意義的思想與信仰，亦如時裝，只成為一時的流行之際，它們就成為裝飾，而不再是生命的安頓了。陳映真的《唐倩的喜劇》，王尚義的〈大悲咒〉，嘲諷慨嘆的正是這種真實信仰與信心的「無可奈何花落去」。不論是「存在主義」或「邏輯實證論」，以至於美國的工業技術，開明而自由的生活方式，對於唐倩而言，都不過是男友們性無能與去勢的懼怖感的外在虛飾（佛洛依德式的解構？）而在〈大悲咒〉中一開始的「結論」，就是：「其實我們

還是沒有信仰。」儘管「把柏拉圖、黑格爾、康德圈在一個圈子裏，把老子、莊子、釋迦、尼采圈在另外一個圈子」，甚至出家了，敘事者所敬愛的主角：「雖然他竭力顯得自信樂觀，可是也很難壓抑住他虛無的本質」，「他不斷地追逐，不斷地貪圖，妄想，顛倒執著，不過把生命看得太重，不過是沒有看破，這世界不乏聰明之人，也必然會想到如果可以唸大悲咒，也同樣可以唸康德，唸黑格爾，甚至可以唸唸沙特，但是許多人正是這樣唸過，許多人不得解脫。」當多種文化，多種思想，以知識爆炸的形態，輻輳聚集在一起之際，不但有莫所適從與歧路亡羊的困惑：更重要的是它剝奪了眞實信仰的可能：

──許多年來，我們把握不住現在，我們飄浮、流浪、追逐、丟棄，被存在否定，被虛無的風向撥動，被痛苦撕碎、埋葬……。

這種痛苦，一方面正是來自不願生活得「既沒有悲傷也沒有虔敬，像碎落的磚頭：貧乏，刻薄，無情」，所必須付出的代價：一方面正在於當信仰，只是習得的一時流行的思想，和生活脫節，「根本沒有同情，甚至不知道在做什麼」，就變成了「只見他嘴唇微微掀動，聲音單調而刺耳，像沒有淚的哭泣，聽不出什麼意義」。

社會因文化的多元雜陳，欠缺根本的共識，信仰就成了「像拼湊的馬戲，表演得也並不逼眞」，對於不想渾渾噩噩，隨波逐流，麻木不仁的過日子的人而言，生命意義逐成爲一種孤獨而痛苦的

尋索。不論是〈我的弟弟康雄〉或者是〈第一件差事〉，陳映真小說中遠非敘事者所能充分瞭解的「存在英雄」，儘管擁有一切的可能，但皆因缺乏眞正的「同情」和自我超越或與超越界連繫之道，而以自殺的方式，標誌了他們孤獨探尋的失敗。在王尚義的《大悲咒》中，敘事者至少有兩位密友一起追問，即使是那位「昔爲人所羨，今爲人所憐」的主角，也有師傅帶領，因此即使「不得解脫」，亦不必陷入全然的絕望。

在納粹集中營裏發展出存在心理分析與意義治療學的Viktor E. Frankl，不但指出了Man's Search for Meaning，在生活中的重要性，而且在他的反向治療法的策略中，喜歡詢問：「那麼，你爲什麼不自殺？」作爲發現一己存在意義的關鍵。但在孤絕或疏離的情境中，這種詢問，假如是孤單的自問的話（意義治療學中上述的詢問，必須出以醫生以救助指導者身分，在對話的情境中，以關心的方式導引），結果往往不是瘋狂，如施叔青〈倒放的天梯〉中的潘地霖，就是自殺，如陳映真小說中的康雄與胡心保；省略了身居異國中的文化認同的困惑的話，白先勇小說中的李彤與吳漢魂，亦然。

由於工商業化的結果，人際日漸疏離，生活日漸孤獨單調，甚至要求以顚倒扭曲的方式生存——如潘地霖的必須倒掛於半空工作，黃春明〈兒子的大玩偶〉中的坤樹必須妝扮怪異的作廣告——再加上社會缺少強而有力的傳統與信仰的共識，除非能夠找到或建立起強韌的個人關懷，如坤樹的對於妻子阿珠和兒子阿龍的恬掛；或〈看海的日子〉中白梅對於家人和孩子的關愛與渴望；同時又不願以一種玩世不恭的方式，自嘲嘲人的生活……

陽臺、海、微笑之必要

懶洋洋之必要

而既被目爲一條河總得繼續流下去的

世界老這樣總這樣：──

零時三刻一個淹死人的衣服自海裏飄回

而抱她上床猶甚於

希臘之挖掘

在電單車的馬達聲消失了之後

伊壁鳩魯學派開始歌唱

（瘂弦　〈如歌的行板〉）

──墓中的牙齒能回答這些嗎

星期一，星期二，星期三，所有的日子？

（瘂弦　〈下午〉）

前述的結論與結果，幾乎就是不可避免的。因為生存的情境，越來越接近於羅門〈死亡之塔〉中

所謂的：

生命只是一堆天色　摺在那把黑傘裏

一陣浪聲　疊在風中

酒宴過後　僕役是最忙的掃墓人

花燭夜　愛琴海的琴聲碎於一聲獸叫

我們曾以掌聲擊亮一枚勳章

曾闖入瑪麗亞不認識的黑巷子

曾為一句流言與讚美弄亂了白晝夜晚

而我們總是陌生得叫不出名字

總是想不出鳥飛出翅膀的時候

只是〈死亡之塔〉外，暫時被觀望的「無益的激情」而已。這正是人生在多元文化的衝激中失去了信仰的保護，在社會變遷與高速流動裏失去了連續性，以及日益繁忙與扭曲的工作中，陷於孤獨與焦慮，而且逐漸失去了深厚長遠的情感連繫之後的生存困境。王文興以一則寓言，點出了可能的病根，並且幾乎是回答了，瘂弦在〈下午〉一詩中的詢問。在〈最快樂的事〉中，他寫初經

性行為的一個年輕人，「睜開眼」，仰視天花板，離開床上的女子，自窗戶垂視樓下的街⋯

冰冷，空洞的柏油馬路面，宛如貧血女人的臉。天空灰濛，分不出遠近的距離，水泥建築物皆停留在麻痺的狀態。同樣的街，天空，建築，已經看了兩個多月，至今氣候仍沒有轉變的徵象。

但是這位年輕人，顯然是拒絕接受「世界老這樣總這樣」，以及「既為目為一條河總得繼續流下去的」苟且偷生的想法。因而在這樣的一場自我告解與質詢：

「他們都說，這是最快樂的是事，but how loathsome and ugly it was!」他對自己說。

幾分鐘後，他問自己：

「假如，確實如他們所說，這已經是最快樂的事，再沒有其他快樂的事嗎？」

之後，「在是日下午自殺」了。

也許「追求幸福」，這往往也就被解釋為「追求快樂」的簡單的生活假定，畢竟並不能解釋而且解決，我們深沉的尋求實現人生意義的渴望與需要。六十年代文學的充斥著死亡與瘋狂的影像與沉思，反映的並不是無法生存的時代苦難，反而是在文化撞裂之餘，尋求生命更高意義的重建

價值的努力：象徵與寓言的妙用，正在它令人思索高層的問題，而不必然反映低層的現實。

十

六十年代的文學，是否為「現代主義」？這是一個有爭議，但也可能只是「名詞」用法的問題。

但六十年代的「新」文學，確實有其特色，雖然在那年代裏，大部分的作者都還很年輕，但是他們的作品，不論在藝術的表現或思感的深度或廣度而言，都已經擺脫了純粹的「嘗試」而是成熟的。這既拜承平歲月所賜，也由於能夠汲引古今中外的諸多傳統資源，自然與五四的草萊初闢，以及抗戰的顛沛流離不同。視野闊大而不失其出於本土現實的立足點，技巧多變而能妥適運用，形成言之有物的內容，套一句古語，可謂：「文質彬彬」矣！

本文只簡略的討論了，當時的現代詩、現代小說，以及稍稍觸及現代散文。至於現代戲劇的部分，就筆者有限的閱覽所及，似乎只有姚一葦先生一人，他的作品「將傳統溶於現代，借西洋揉入中國」，以及力圖綜合多種演出的傳統，在古典情境中發掘現代意義，在現代生活中注入古典深度的意圖與表現，皆是昭然可見，與本文的論點大體相合，恕不另立專章再述。

附註

本文因篇幅已達會議規定四倍，因此發表時刪略所有引文腳註，茲補附基本參考引用書目如次：

一、關於西方現代主義：

Irving, Howe(edited), *Literary Modernism*, Fawcett Publications Inc. N.Y., 1967.

Malcolm Bradbury and James McFarlane(edited), *Modernism*, Penguin Books Ltd. Middlesex England, 1976.

Renato Poggioli, *The Theory of the Avant-Grade*, Harvard University Press, Cambridge, 1968.

Peter Burger, *Theory of the Avant-Grade*, University of Minnesota Press, Minneapolis, 1984.

Peter Brooker(edited), *Modernism/Postmodernism*, Longman Group UK Limited, Essex, England, 1992.

Patricia Waugh(edited), *Postmodernism*, Edward Arnold, London, 1992.

Martin Coyle, Peter Garside, Malcolm Kelsall and John Peck(edited), *Encyclopedia of*

Literature and Criticism, Routledge, London, 1990.

葉維廉，《解讀現代・後現代》，東大圖書公司，臺北，一九九二。

二、主要期刊　（依創刊年代序）

《現代詩季刊》

《幼獅文藝月刊》

《藍星詩週刊》、《詩頁》、《詩選》、《季刊》、《年刊》

《創世紀詩刊》

《文學雜誌月刊》

《文星雜誌月刊》

《筆匯月刊》

《現代文學雙月刊》

《笠詩雙月刊》

《文學季刊》

三、重要選集

余光中等編，《中國現代文學大系》，巨人出版社，臺北，一九七二。

Chi Pang-yuan(edited), *An Anthology of Contemporary Chinese Literature*, University of Washington Press, Seattle, 1975.

齊邦媛主編，《中國現代文學選集》，爾雅出版社，臺北，一九八三。

張默、瘂弦主編，《六十年代詩選》，大業書店，高雄，一九六一。

洛夫、張默、瘂弦主編，《中國現代詩論選》，大業書店，高雄，一九六九。

林明德等編著，《中國新詩賞析》，長安出版社，臺北，一九八一。

歐陽子編，《現代大學小說選集》，爾雅出版社，臺北，一九七七。

施淑等編著，《中國現代短篇小說選析》，長安出版社，臺北，一九八四。

劉守宜主編，《文學雜誌作品集》，聯經出版事業公司，臺北，一九七七。

瘂弦主編，《風格之誕生》，幼獅文化事業公司，臺北，一九七〇。

四、重要專著

覃子豪，《覃子豪全集》，覃子豪全集出版委員會，臺北，一九六八。

紀弦，《新詩論集》，大業書店，高雄，一九五六。

紀弦，《摘星的少年》，現代詩社，臺北，一九六三。

紀弦，《飲者詩鈔》，現代詩社，臺北，一九六三。

紀弦，《檳榔樹》甲、乙、丙、丁、戊集，現代詩社，一九六七─一九七四。

紀弦，《紀弦詩選》，光啓出版社，臺北，一九六五。

鄭愁予，《夢土上》，現代詩社，臺北，一九五五。

鄭愁予，《衣缽》，商務印書館，臺北，一九六六。

鄭愁予，《窗外的女奴》，十月出版社，臺北，一九六八。

楊喚，《風景》，現代詩社，臺北，一九五四。

楊喚，《楊喚詩集》，光啓出版社，臺北，一九六四。

余光中，《鐘乳石》，香港中外畫報社，香港，一九六〇。

余光中，《萬聖節》，藍星詩社，臺北，一九六〇。

余光中，《蓮的聯想》，文星書店，臺北，一九六五。

余光中，《五陵少年》，文星書店，臺北，一九六七。

余光中，《天國的夜市》，三民書局，臺北，一九六九。

余光中，《敲打樂》，純文學出版社，臺北，一九六九。

余光中，《在冷戰的年代》，純文學出版社，臺北，一九六九。

余光中，《左手的繆思》，文星書店，臺北，一九六三。

余光中，《掌上雨》，文星書店，臺北，一九六三。

周夢蝶，《孤獨國》，藍星詩社，臺北，一九五九。

周夢蝶，《還魂草》，文星書店，臺北，一九六五。

羅門，《曙光》，藍星詩社，臺北，一九五八。

羅門，《第九日的底流》，藍星詩社，臺北，一九六三。

羅門，《死亡之塔》，藍星詩社，臺北，一九六九。

蓉子，《七月的南方》，藍星詩社，臺北，一九六一。

蓉子，《蓉子詩抄》，藍星詩社，臺北，一九六五。

蓉子，《維納麗沙組曲》，純文學出版社，臺北，一九六九。

葉珊，《水之湄》，藍星詩社，臺北，一九六〇。

葉珊，《花季》，藍星詩社，臺北，一九六三。

葉珊，《非渡集》，仙人掌出版社，臺北，一九六九。

葉珊，《葉珊散文集》，文星書店，臺北，一九六六。

敻虹，《金蛹》，純文學出版社，臺北，一九六八。

瘂弦，《深淵》（增訂本），晨鐘出版社，臺北，一九七一。

洛夫，《靈河》，創世紀詩社，臺北，一九五七。

洛夫，《石室之死亡》，創世紀詩社，臺北，一九六五。

洛夫，《外外集》，創世紀詩社，臺北，一九六七。

洛夫，《無岸之河》，大林出版社，臺北，一九七〇。

商禽，《夢或者黎明》，十月出版社，臺北，一九六九。

葉維廉，《賦格》，現代文學社，臺北，一九六三。

葉維廉，《愁渡》，仙人掌出版社，臺北，一九六九。

葉維廉，《中國現代小說的風貌》，晨鐘出版社，臺北，一九七〇。

林亨泰，《長的咽喉》，新光書店，臺北，一九五五。

林亨泰，《見者之言》，礦溪文學，彰化，一九九三。

白萩，《蛾之死》，藍星詩社，臺北，一九五八。

白萩，《風的薔薇》，笠詩社，臺北，一九六五。

白萩，《天空象徵》，田園出版社，臺北，一九六九。

朱西寧，《鐵漿》，文星書店，臺北，一九六三。

朱西寧，《狼》，大業書局，高雄，一九六三。

朱西寧，《破曉時分》，皇冠出版社，臺北，一九六七。

朱西寧，《第一號隧道》，新中國出版社，臺北，一九六八。

朱西寧，《貓》，皇冠出版社，臺北，一九六六。

司馬中原，《靈語》，大業書局，高雄，一九六四。

司馬中原，《荒原》，大業書局，高雄，一九六三。

司馬中原，《加拉猛之墓》，文星書店，臺北，一九六四。

白先勇，《謫仙記》，文星書店，臺北，一九六七。

白先勇，《遊園驚夢》，仙人掌出版社，臺北，一九六八。

白先勇，《臺北人》，晨鐘出版社，臺北，一九七一。

白先勇，《驀然回首》，爾雅出版社，臺北，一九七八。

王文興，《龍天樓》，文星書店，臺北，一九六七。

王文興，《玩具手鎗》，志文出版社，臺北，一九七〇。

王文興，《家變》，環宇出版社，臺北，一九七三。

王文興，《十五篇小說》，洪範書店，臺北，一九七九。

陳映眞，《第一件差事》，遠景出版社，臺北，一九七五。

陳映眞，《將軍族》，遠景出版社，臺北，一九七五。

陳映眞，《夜行貨車》，遠景出版社，臺北，一九七九。

王禎和，《嫁妝一牛車》，金字塔出版社，臺北，一九六九。

王禎和，《寂寞紅》，晨鐘出版社，臺北，一九七〇。

黃春明，《兒子的大玩偶》，仙人掌出版社，臺北，一九六九。

黃春明，《鑼》，遠景出版社，臺北，一九七四。

黃春明，《莎喲哪啦，再見》，遠景出版社，臺北，一九七四。

七等生，《我愛黑眼珠》，遠行出版社，臺北，一九七六。

王尙義，《從異鄉人到失落的一代》，文星書店，臺北，一九六三。

王尚義，《野鴿子的黃昏》，水牛出版社，臺北，一九六八。

殷海光，《中國文化的展望》，文星書店，臺北，一九六五。

陳鼓應編，《春蠶吐絲──殷海光最後的話語》，世界文物供應社，臺北，一九六九。

附錄四

百年悲壯細參詳

——對「百年來中國文學學術研討會」的期盼

一、「聞道長安似奕棋，百年世事不勝悲」

距離二十一世紀，已經只剩三年半的時光，似乎正是可以好好檢討二十世紀的適當時刻。對於中國來說，這個世紀的歷史，剛好不是「百年孤寂」，而是百年紛擾，百年動盪，甚至是百年掙扎。即使以尚未進入二十世紀前的世紀末的幾年而論，我們都可以感受到風雲詭譎的時代腳步：

一八九四：甲午戰敗。孫中山先生創興中會。馬克思發表《資本論》第三卷。

一八九五：訂立馬關條約，割臺灣。臺灣以「民主國」名義，宣布獨立。

一八九八：戊戌變法失敗。京師大學堂開辦。孫中山先生確定三民主義。

一八九九：山東義和團起，倡言扶清滅洋。美發表中國門戶開放宣言。

一九〇〇：義和團亂起，八國聯軍陷北京。孫中山先生惠州起事失敗。

進入了二十世紀，雖然結束了二千餘年來的帝制，但是戰爭、動亂、浩劫、災害……都是連

年不斷，除了「敢有歌吟動地哀」，我們還有什麼更適當的反應與形容。

二、「野哭千家聞戰伐，夷歌是處起漁樵」

儘管內憂外患頻仍，隨著帝制的取消，標誌著一個古舊社會的結束；白話文學卻成了啓迪民智，開創一個新文化的利器，「文以載道」，因此有了嶄新的意義。由梁啓超的申論「小說與民治」的關係，提倡「新小說」、「政治小說」，以至於五四時代，以「引車賣漿者流」的話語，想要引進「德先生」與「賽先生」的光臨，創造「國語的文學，文學的國語」等等，其實都充滿了「啓蒙」的精神與宏願。但「啓蒙」的工作，甚至「文藝復興」的企望，卻都在外寇侵逼與內部的紛爭中，顯得緩不濟急，終於革命與抗戰的激情掩蓋一切，留下了由五四以至六四的未竟之業。雖然我們目睹了⋯胡適以《嘗試集》，魯迅以《吶喊》、《徬徨》揭開文學革命，以至革命文學的序幕，但在郁達夫的〈沉淪〉與聞一多的〈死水〉之間，中國的人民是否仍得繼續「摸著石頭過河」？百年的奮鬥，反應的不也是百年的摸索？百年的迷惘？

三、「五更鼓角聲悲壯，三峽星河影動搖」

二十世紀的歷史，就中國而言，是人性價值接受全面試煉的百年掙扎。隨著傳統價值的崩解，甚至「吃人」都已經不再是文學上的古老寓言了。但即使在戰爭的艱難歲月裏，流亡的西南聯大，都依然堅持⋯

這種近乎道家智慧的古老情懷，並且在「萬物並育而不相害，道並行而不相悖」的「斯雖先民之恆言」中，體認到「實爲民主之眞諦」。然而這種智慧與眞諦，其實是建立在恆常和諧的自然宇宙的信仰之上。

自然　自由　自在

如雲　如海　如山

但是二十世紀，卻同時也是人類由石油世紀步上核能世紀，由飛行世紀邁向太空世紀，由音響影視的發明精進而轉變爲全球同步的資訊網絡的年代。人類的換心、換肺、換腎已經由新聞而轉化爲大型醫院的經常業務；而楚天雲霧早已不再神祕，因爲人們早已污染空氣成酸雨；面對大海亦不再時興仙山或龍宮的遐想，因爲污染海面爲油漬，破壞海洋生態爲吾家惡臭的廢水處理場，早已是司空見慣與理所當然之事。至於剷山塡海，更是日常工作，投資餘事。於是，在人類雄心勃勃的移山倒海，麻木無感的噴煙燃氣中，所謂的「如雲、如海、如山」的「自然、自由、自在」又將何所依傍？人們舉目四望，又將何來逍遙舒卷的坦蕩情懷？在人類征服內外自然的崇高意志與雄偉精神中，是不是正有著孤獨的投赴暗夜虛空的悲壯？還是，這只是黎明前的號角？

人類，亦因此，一方面由鄉土被驅趕到都市，成爲科技競爭與商業戰爭中盲流的難民，因而不免時起懷舊的鄉愁，而暗戀往日桃花源世界中的山水，或者更積極的興起拯救地球的環保意識

與行動。一方面則更是對於科技進步的日新月異，深覺迷醉，日競月逐之餘，更對未來美夢成眞

或惡魘成實的科幻世界，充滿了好奇與想像。於是幻想與知識就越來越融混爲一種難分難解的灰

色地帶，而我們所面對的終究不過是：「人心惟危，道心惟微」的互古眞實。

當腦力激盪或腦筋急轉彎，才是決戰制勝的關鍵；男性的肌肉與膂力逐漸喪失其重要性，而

人類甚至可以憑藉手術變「性」之餘，則兩性的性別差異，假如不在生物本能上，至少在社會角

色上，它的意義，亦面臨重新釐清，重新組合。於是也就牽動了數千年來的以父權爲中心的基本

文化價值與組織形態。同時，各別差異，原本是自立自足的各種地域、族羣文化，亦因日益縮小

的地球村處境而快速碰撞傳播，於是所謂：文化的震盪、衝擊以至休克，亦成爲上下七四七客機

或空中巴士，以至打開一個頻道或開關的尋常經驗。文學的表現，遂亦有心有意或不知不覺的充

滿了文化的批判或反批判。借用田立克（Paul Tillick）的說辭，我們所經歷的，豈不正是一切「基

礎的動搖」（The Shaking of the Foundation），不論是人文的或是自然的？

四、「豈有文章驚海內？漫勞車馬駐江干」

《中央日報》主辦的這次「百年來中國文學學術研討會」，因此就充滿了，諸如：啓蒙、現代、

後現代、都市、鄉土、鄉愁、山水、民族、殖民地、抗戰、大陸、臺灣、原住民、認同、族羣、

風俗民情、地方形式、文化界線、文化批判、父子關係、母親、女性、性、科幻、環保、歷史神

話、宗教修辭、正義論述、擁共與反共、紅衛兵心態，以至生命的玄祕等等的議題與論旨。當然

文學史的分期，文學的主流、潮流、發展、滄桑、流派、政策、戲寫、業餘，更是文學研討的本務，甚至觸及「學者的自我陳述」的後設檢討。因此研討的不僅是百年來的中國文學，更是對於中國，甚至人類當前的政治、經濟、社會、文化，以至科技與生態等等生存處境的綜觀反省。

在專業日趨細分的當代，文學或許漸漸可以卸下啓蒙的重擔，卻成了人類共同福祉與生存之道的公共論述與反思的新闢空間。作者們作出了初步的反應與省思，學者接續著加以深化，以分析爲表現，攜手合作所要促成的正是：人類對於一己生活與共同命運的深切感知與自覺，因而終於能夠以醒覺的人性與高遠的視野，共同諦創人類較爲美好，更加近情合理的現在與未來。而最後一場專題座談：「副刊與中國文學」，更是充分的顯現了媒體對於文學作爲公共論述空間的認知與培育滋養的使命感，不但扣緊了近代中國文學發展的歷史事實，更是反映了副刊編者們的雄心與宏願。

這樣的會議主題，涵容了這麼繁多的論旨，正是切合當今文學研討的眞正任務。設計這次研討會議題的重要與論旨的豐富，已經顯示了一個良好的開始。我們期盼它不僅是一時的盛會，透過海外、兩岸各地的與會者深入廣博的研討，疑義相析，奇文共賞，更將留下重要的啓發與長遠的影響，不僅在文學上，也在政治、社會、文化的瞭解與改進上；並且使得百年來的中國文學對於世界文化的貢獻與意義，更加清晰與顯明！

小說《小說中國》

文學作品，不僅只是詩，即使是小說，到了九〇年代，所遭逢的顯然已是一臺心思複雜、富於創作能力的讀者。因此所謂的「閱讀」，不論從理論上，或者實踐上，都已是另一種序列上的「寫作」活動了。面對中國小說，王德威無疑的是一位典型的「心思複雜」的解讀・寫作者。而就《從劉鶚到王禎和》起到《小說中國》一系列關於中國小說的論著上看，王德威顯然更是一位中國小說的「志意遠大」的研究・評論者。

王德威作為一位解讀・寫作者的「心思複雜」與研究・評論者的「志意遠大」，充分的顯示在他為其「討論晚清到當代中文小說」的新書，取名為《小說中國》（小說為方體，中國為正體）上。

這個書名本身，即已顯示了語言，尤其是詞性靈活的中文，在文法成規內外，所具有傳達「複音多義」的潛能，以及難於定止其意義之游移的一斑。這正是本書所以對作品之解讀・寫作的「心思複雜」的理論基礎。因此，為了這區區四個字，王德威就在其序文中，花費了三頁的篇幅，提出了至少三層以上的意義；而我們假如稍加效法，亦不難再提出第四層、第五層……的可能意義來。

例如，當王德威著意要強調「小說」凌駕於「中國」之上，而將「小說」置於「中國」之「上」

（或之「前」，這又看是豎列或橫排而定），但是「小說」二字的類似本文題目開頭兩字的用法，卻

有可能使得「小說」轉化為動詞，因而使得「小說」失去了獨立的自體性，凸顯的彷彿正是「中

國」不可動搖的本體地位。因而也就反映出王德威作為一位小說研究·評論者的，不甘囿限於「小

說」的狹小領域，而意在關懷「中國」的「志意遠大」來！

類似這樣在文義上游移而弔詭的取名，自然不僅是一種標奇立異的語言遊戲。事實上它所反

映的還不止於對於語言指意本質的高度自覺，其實更是對於一切言說，一切語言表達中，所必然

包涵的心理認知上的「洞見／不見」的深刻理解。因此，「心思複雜」的讀者，不僅在同樣的一組

文字中，讀到了作者「言外之意」的「洞見」，也在「文內之義」中，讀到了作者所「不見」的「言

外之意」。這種情形，甚至不必限於以形、聲或人、事等題旨難以確指的「言象」為表達手段的詩

與小說，即使是評論文字，亦可以解讀·寫作出這種弦內、弦外交響共振的複旨與諧趣。

也許本書輯五「批評的新視野」各篇，在全篇的統觀綜論之餘，對於所論各別著作的隻字片

語的評述，反而最能昭顯這種貫穿全書的「心思複雜」閱讀的特色。例如在〈新西潮下的弄潮人〉

一文中，作者比較六四前後中國大陸「社會科學院」出版的兩期《文學評論》雜誌，提到：「最

引起我興趣的，倒是陳慧〈論西方現代派的頹廢性〉及蔣孔陽〈說醜〉兩篇論文」，在介紹陳文的

「重點則歸結於現代（及後現代）派無可避免的頹廢性」與「陳進一步分析造成現代派頹廢性的原

因：一、因上帝之死而生『宗教危機』；二、背棄歷史而生的『非人性化』傾向；三、倫理學、美

學墮落後所生的『非道德化』和『反向詩學』之餘」，王德威的解讀卻是：

但這篇文章真正的弔詭是，陳慧對現代派頹廢性的描述，與其說正確的反映現代派的真面目，倒不如說是直搗毛文藝本身的要害。中國當代文學現代意識的滋生，固然受西潮東進的影響，但回顧中國本身的歷史情境，我們要說中共的上帝──毛澤東──已死，才帶來了毛宗教的危機；共產極權才背棄了歷史，造成非人性化傾向；中共倫理學、美學論述的墮落，才是驅動社會『非道德化』及文藝的『反向詩學』的主因。……

接著他又提到「蔣鑽研西方醜的美學傳統，提醒我們中國文學中也有差堪類比的一環」，指出「能夠描寫醜惡的人不是醜惡的人，而是與醜惡作鬥爭的人」，卻結束在：

在怪誕、恐怖、痛苦的描寫中，與醜惡為伍的作家找尋美的救贖可能，而不預言美的必然降臨。現代主義的美學是宣揚醜的美學麼？果真如是，我們要如何因應？蔣的議論謹慎，但在毛澤東『美』學稱霸中國大陸四十年的今天，發揚『醜』學，真是此其時也。

這樣的按語，不但畫龍點睛，一擊中的，而且遺音裊裊，將其對於中國的深切關懷，溢於言表。

在上引二例中，這種「心思複雜」的閱讀，主要是透過將經由語法所組構的文意，反過來納入言說所以形成的語境中，因而逼顯出特殊語境中的另一（或多）層文意，而使二層（甚至以上）

的文意，迴環激盪，爭響共鳴。

這種解讀的方式，不但使得王德威的評論獨具立場，見解超達，而且複旨重出，姿態橫生；尤其在直接討論作品之際，更是曲折變化，妙趣歧出。但是更重要的，卻是使得他多年的對於中國現代小說傳統的研究，與他豐富的西方當代文學與文化理論的知識，得以緊密結合而有充分施展發揮的空間。因為他所選擇的「特殊語境」，除了言說所以形成的歷史時空、特殊的政治社會情勢，一方面集中在現代小說中的次文類自身的系譜；一方面則是由當代文化、文學的諸類理論所凸顯出的，中西文化發展的基本轉折。

因此，《小說中國》中的諸多論述，主要的都是透過眾多作品的類比對話，而集中在中國近、現代的政治、鄉土、留學生、科幻、狎邪、女性意識等小說次文類傳統之生成、發展、現勢與其美學、社會、文化意涵的探討上。

王德威在這幾種小說次文類的選擇上，以及將追索的期間斷自晚清以迄當代，其實不只是客觀的掌握了中國近、現代小說的基本特質，正在於其中展現的現代意識的形成與衍變；事實上更顯示了他的主觀關懷，正是浩浩前移的中國現代化過程的整體洪流。

面對著彷如「無邊落木蕭蕭下，不盡長江滾滾來」的歷史文化情景，他的獨標「從世紀末到世紀末」，而甚至出以「預言四則」，其實是深有「萬里悲秋常作客，百年多病**獨登臺**」的感時憂國的幽思在，雖然未必出以沉鬱悲痛的語言。

在書中，彷如「馬邊懸男頭，馬後載婦女」漢末胡羌入侵的亂世，他明確的指出砍殺或拋擲

男性的頭顱，操控或開發女性的色身，正是小說（甚至電影）中，現代意識面對西潮，想像「中國」的潛隱的文化符碼。這不但標示了百年來變革再造神話的一再破滅，喻現了儒家傳統理性文化的終究淪亡；更是宣告了一種瀰天漫地而來，新的感性文明的興起與沉淪。

風簷展書讀，盡是如此的「怪世奇談」，這般的「抒情歷史」，我們是不是只有強顏歡笑「逍遣（解）中國」？或者竟是埋首耽溺於新舊「狎邪」而樂不可支？這究竟是四則末世預言；或者竟是一段警世通言？王德威投擲給當代小說家，以及當代「中國」人的是一串？？？？？的巨大「問號」。但或許這正是他的「志意遠大」、用心良苦之處。

國家圖書館出版品預行編目資料

中國文學的美感 = Aesthetic modes of Chinese
literature／柯慶明作. －－二版. －－臺北市：
麥田出版：家庭傳媒城邦分公司發行，2006
[民95]
　面；　公分. －－（麥田人文；104）

ISBN 986-173-021-4（平裝）

1. 中國文學 － 評論

820.7　　　　　　　　　　　　94024526

Rye Field Publications
A division of Cité Publishing Ltd.

廣　告　回　郵
北區郵政管理局登記證
北台字第10158號
免　貼　郵　票

英屬蓋曼群島商家庭傳媒股份有限公司城邦分公司
104台北市民生東路二段141號2樓

▼

讀者回函卡

謝謝您購買我們出版的書。請將讀者回函卡填好寄回，我們將不定期寄上城邦集團最新的出版資訊。

姓名：_____ 電子信箱：_____

聯絡地址：□□□ _____

電話：(公) _____ 分機 _____ (宅) _____

身分證字號：_____ (此即您的讀者編號)

生日：_____年_____月_____日　性別：□男　□女

職業：□軍警　□公教　□學生　□傳播業　□製造業　□金融業　□資訊業　□銷售業
　　　□其他 _____

教育程度：□碩士及以上　□大學　□專科　□高中　□國中及以下

購買方式：□書店　□郵購　□其他 _____

喜歡閱讀的種類：(可複選)

□文學　□商業　□軍事　□歷史　□旅遊　□藝術　□科學　□推理　□傳記

□生活、勵志　□教育、心理　□其他 _____

您從何處得知本書的消息？(可複選)

□書店　□報章雜誌　□廣播　□電視　□書訊　□親友　□其他 _____

本書優點：(可複選)

□內容符合期待　□文筆流暢　□具實用性　□版面、圖片、字體安排適當

□其他 _____

本書缺點：(可複選)

□內容不符合期待　□文筆欠佳　□內容保守　□版面、圖片、字體安排不易閱讀

□價格偏高　□其他 _____

您對我們的建議：_____

_____

_____